儒仁的栈道

RUREN DE ZHANDAO

王佩飞 著

黄河出版传媒集团

宁夏人民出版社

柳一明抚掌大笑，说布衣兄想法妙哉。正得意忘形间，就听门口咣的一声，惊得众人心都大跳了一下，循声看去，见老爷子柳凡夫拄着拐杖，眉毛胡子直抖，颤巍巍地立在书房门口。这时，柳一明就看到老爷子手里，有一只釉色朦胧，光晕闪动，浸润着一种厚重的岁月气息的瓷器，正是朱砂盏。

图书在版编目（CIP）数据

儒仁的栈道/ 王佩飞著. — 银川：宁夏人民出版社，
2014.7（2023.8重印）

（灵武文丛/孙志强主编）

ISBN 978-7-227-05806-9

Ⅰ.①儒… Ⅱ.①王… Ⅲ.①中篇小说—小说集—中
国—当代 ②短篇小说—小说集—中国—当代 Ⅳ.①I247.7

中国版本图书馆CIP数据核字（2014）第157639号

儒仁的栈道（灵武文丛）   王佩飞 著

责任编辑　姚小云
封面设计　伊　青
责任印制　侯　俊

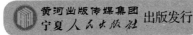 黄河出版传媒集团　宁夏人民出版社 出版发行

出 版 人　薛文斌
地　　址　银川市北京东路139号出版大厦（750001）
网　　址　www.yrpubm.com
网上书店　www.hh-book.com
电子信箱　nxrmcbs@126.com
邮购电话　0951-5052104　5052106
经　　销　全国新华书店
印刷装订　三河市嵩川印刷有限公司
印刷委托书号（宁）0027084

开　　本　690mm×980mm　1/16
印　　张　18
字　　数　265千字
版　　次　2014年7月第1版
印　　次　2023年8月第2次印刷
书　　号　ISBN 978-7-227-05806-9

定　　价　58.00元

总　序

中共灵武市委书记　杨建华

　　作为一种精神力量，能够在人们认识世界、改造世界的过程中转化为物质力量，对经济社会发展产生深刻的影响。文学作品是展现这种力量的载体，是人们了解历史、了解社会、了解自然、了解文化人生意义最直观表达。经文联同志编纂整理，《灵武文丛》已定稿待刊，这是从灵武优秀作家16部文集中精选出来的，主要有《风流云散》《先人种树》《儒仁的栈道》《名不虚传》《金紫宰相》《路边的刺玫》《灵州记忆》7部作品，掩卷之余不禁感慨，一个拥有30多万人口的灵武，有这么多热爱文学的人，而且，所收作家如查舜、季栋梁、王佩飞，诗人杨森君等在全国有很高的知名度，他们的作品多次获得全国各种奖项，有的作品还被翻译为阿拉伯语、英语在海外出版，影响广泛。他们笔耕不辍，默默奉献，为社会文明和文化进步增光添彩，我为他们的勤奋与坚持而感怀。

　　灵武有着2200多年建城史，自古就是西北地区重要的政治枢纽、军事重镇和文化中心。历史上曾有众多文人墨客赞美过灵武，如王维"大漠孤烟直，长河落日圆"，李益"回乐烽前沙似雪，受降城外月如霜"，韦蟾"贺兰山下果园成，塞北江南旧有名"等佳句名篇吟诵至今，灵武积淀了深厚的历史文化和民族文化资源，游牧文化、农耕文化、黄河文化、大漠文化、伊斯兰文化在这里繁衍生息，相互交融，相互渗透，构筑了灵武底蕴丰厚、独具特色的文化内涵。这些本土作家正是基于这样丰富、多样的文化脉络，创作了大量优秀的文学作品。

　　我们历来高度重视文化事业的繁荣发展，十分关注和支持文化建设和文学工作。近年来，广大文学工作者依托良好的创作平台和灵武丰富的文化资源，出版发表了一大批优秀作品，也涌现出了很多优秀作家。如查舜中篇小说《月照梨花湾》获第二届全国少数民族文学骏马奖，《穆斯林的儿女们》获 1991 年度庄重文文学奖，长篇小说《青春绝版》获中国首届回族学优秀成果一等奖；季栋梁《觉得有人推了我一把》获中国文学奖，《小事情》继获北京文学奖之后，又获宁夏文艺评奖中篇小说一等奖，《吼夜》获全国文学奖；王佩飞的诸多作品被国家级选本选载，《日子的味道》获得宁夏文艺评奖中篇小说一等奖；杨森君的诗歌曾数十次入选全国性选本，多次获得宁夏文艺评奖一等奖，他创作的《父亲老了》一诗，被 IB（international baccalaureate）国际文凭组织中文最终考试试卷采用。这些优秀的作品、优秀的文学工作者，将我们灵武的文化发展和文学创作推向了一个新的阶段，其中不少作品描写了灵武家乡变迁、反映灵武历史文化和灵武人时代风貌，对人们了解灵武、认识灵武发挥了重要作用。同时，从一个侧面向世人展示出了灵武人的文化底蕴。

　　文化是民族凝聚力和创造力的重要源泉、综合竞争力的重要因素、经济社会发展的重要支撑，丰富精神文化生活越来越成为人民群众的热切愿望。今天的灵武，得黄河之利，借"两区"建设之势，已连续两年进入全国科学发展百强县行列。适逢灵武经济发展大跨越之际，我们更应该奋力搞好文化建设、大力发展文化产业，为推动灵武经济社会快速健康发展提供精神动力、智力支持和人才支持。《灵武文丛》不仅是新时期灵武文化传承和弘扬发展的有效载体，也是彰显灵武文化特色，塑造灵武精神，树立灵武自信的优秀成果。

　　希望灵武的文学创作者们继续努力，能以更多的形式来宣传灵武，提升灵武知名度和美誉度，为建设开放灵武、富裕灵武、美丽灵武、和谐灵武凝聚强大的精神动力。阅读一部好的文学作品，是对文化、知识、智慧和感情的一种积累，也是对心灵的一次涤荡。希望广大读者朋友们，都能够通过这套丛书，发现和了解宁夏灵武文化脉络，同时，也期待灵武有更多人才出现，更多精品享誉国内外文坛！期待灵武文化更加辉煌！

目　录

儒仁的栈道

一

太平镇广宁堂大掌柜韩儒仁和伙计小喜子从淮阴城采购回来，刚进了镇口，就见亦匪亦兵的恶霸高铸九的保安团士兵在街上横冲直撞，闹得满街鸡飞狗跳，人心惶惶。儒仁问相识的街坊，这些兵丁因何而来？说是有个共产党逃进了镇子，要挨家挨户搜查呢。儒仁心想：不可能吧。共产党不是都让杀了吗，哪能这么快又闹起来了？便加快了脚步往自家的广宁堂走，刚进了前厅，大弟儒厚便把他叫到一旁，神色紧张地说：哥，我做了件天大的错事。

儒厚平时遇事沉稳，胆大心细，是儒仁的好帮手，也是广宁堂名副其实的二当家。他这副神态不由让儒仁心里一紧：你做了何事？

儒厚嗫嚅着说了事情的经过：

半个时辰前，儒厚正和吕叔在后院说话，隐约听见后门有响动，儒厚从门缝望去，门上贴着一个人，外面再无其他人影，就打开了门，那人却随着门扇倒了进来。儒厚大吃一惊，此人右额上长有一颗朱砂痣，正是上次和魏正斌来筹款的石先生。他的右胸有枪伤，处在半昏迷状态。儒厚知此人身份特殊，拿不定主张是救还是不救。正犹豫间院外响起枪声，便和吕叔急忙把石先生抬到了暗室里。让吕叔守着，自己去前厅诊室找儒义商议，儒义说哪有开药堂见死不救的。急忙拿了药物去救治。就在这时，街面上人声嘈杂，几个保安团横眉竖眼要往广宁堂里闯，说是有人看到共党分子跑到这边来了，他们要搜查。情急之下，儒厚呵斥说：广宁堂韩大掌柜和南京龚特派员、你们高团长是好兄弟，好朋友，共党分子岂敢藏到这里。领头的小队长听了不敢造次，只得带着几个士兵到别处搜查去了。

儒仁听了儒厚的话，气得直打哆嗦，说：你，你好大胆，好糊涂，竟敢藏匿共产党！看来这次广宁堂是在劫难逃了！

确实，对广宁堂来说，民国 19 年（1930 年）是惊恐焦虑的一年。年初起，太平镇东面朱圩圩主，暗匪朱殿魁数次抢劫广宁堂的药材、车马，使广宁堂损失了近万大洋；八月初，共产党泗县行动委员会发动了石梁河农民暴动，暴动前，暴动组织者、韩家世交魏守光的长子魏正斌与一位右额上长有一颗朱砂痣的石姓地下党人深夜造访广宁堂，对儒仁、儒厚兄弟既动之以情，又晓以大义，从广宁堂带走大洋、纸币八千块，长枪两支。后暴动失败，魏正斌等人被捕，儒仁闻讯，惶惶不可终日。此事一旦泄露，后果不堪设想，幸魏正斌虽身受酷刑，直至殒命，仍守口如瓶，使广宁堂躲过灭顶之灾。

儒厚吓得脸色惶遽，头上汗如雨下。嗫嚅说：那，那把他交出去？

儒仁圆瞪两眼：糊涂！你不救他也就罢了，救了再把他交出去，如此人经不住打，或心生怨恨，把前事供了，怎么办？说着儒仁跌坐到椅子上，拧眉敛目好一阵思考，这才说道：罢了，事已至此，祸福两说。当时你如见死不救，有违广宁堂救死扶伤之初衷；如将他交给保安团，共产党又岂能善罢甘休！再说，这些共产党人也真侠义，当初魏正斌他们被抓后身上被烙铁烙成了焦炭，始终未吐一字。要是说了，你我兄弟早已身首异处了。我们把姓石的治好让他走人吧。

随即把管家吕叔、三弟儒义、四弟儒礼及小喜子、田贵等几个知心伙计找来，说：此事实在重大，如让保安团团长高铸九一伙知道，将家破人亡。这人除我们几人外，切莫让他人知晓。并特别嘱咐田贵，不得让闲人进入后院。

广宁堂是洪泽湖西南方圆百里最大的中药铺，有两进院落，临街一面是诊所、药堂、几间住院病室及伙计住处。前院是库房、药材晾晒场地、炮制中成药的车间。后院是家人住所、几间客房和仓房。

待一切布置妥当，儒仁这才去看望石先生。密室在后院仓房和前院库房中间，是一间二尺宽一丈多长的夹皮墙，门就掩在仓房壁柜后面，原来是藏贵重物品的，自另挖了地窖后就闲置下来。到了密室门口，儒仁又踌躇不前，犹豫了好一会儿，才抬脚进了房子。

石先生已醒了过来，因失血过多，显得很虚弱。见儒仁来了，欲起身迎接，儒仁忙说：先生不必拘礼，我来看看您的伤口。儒仁对红伤颇有造诣，一看就知是子弹从肩胛骨下穿过，儒义已给清洗伤口，外敷了广宁堂特制的创伤药膏，说：石先生，此伤太险，若是向下寸许，先生危矣。

石先生肃然说道：谢韩先生救治。韩先生乃深明大义之士，上次我们虽举事未成，但贵堂慷慨解囊之情，我们不敢忘怀。对您我无须掩饰，我不姓石，我姓周，就是被反动派通缉的那个周立民。

儒仁闻言，不由大惊失色。

在泗县，周立民是家喻户晓的人物，他曾是淮阴一家私立学校的校长，去年六月，被中共淮北特委派到泗县，参与中共泗县"行动委员会"组织的石梁河农民暴动。暴动失败后，魏正斌、王子玉等多名暴动领导被俘牺牲，泗县保安团四处张贴告示，悬赏五千大洋捉拿他。

可眼下，那个被国民政府通缉的共产党头子竟然就藏在自家密室里，饶是儒仁够沉稳，却也惊得头皮发麻，冷汗津津。

周立民看出儒仁表情变化，说：大先生不必担心我的伤口，我感觉尚好，今夜我就离开贵堂。

儒仁也觉出自己失态，忙说：先生原来就是周校长，儒仁久闻先生大名，景仰之至。能有缘结识先生，实是三生有幸。你重伤未愈，得静养一些时日，待痊愈再走不迟。此时如贸然离开，倘若有失，于你于广宁堂皆有害无益。

周立民说：谢大先生费心，只是广宁堂受我连累，心里着实不安。哦，对了，有件大事我差点忘了，我们得到情报，前不久高铸九与朱殿魁合谋，想霸占广宁堂。

儒仁听了，说：怪不得自去年来朱殿魁几次三番抢劫广宁堂车马药材，高铸九也时常给广宁堂摊派捐税，原来他们居心叵测，在觊觎我广宁堂。只是不知先生如何获此消息？

周立民笑笑说：请韩先生多做防备，此消息千真万确。

儒仁不再追问，说：只要不让高铸九抓住什么把柄，以广宁堂目前的人脉、声望，我想他不至于太过造次。

周立民说：请大先生放心，立民绝不连累广宁堂。

儒仁感动地说：你们共产党人忧国忘家，捐躯济难，一诺千金。当初魏正斌等若是贪生怕死，广宁堂怕是早被抄家问斩了。只不知先生是如何伤了？

周立民脸色凝重地叹了口气，说：昨夜在界集东面王沟村开会，遭保安团偷袭，我突围时被保安团发现，追到这里了。

儒仁心里暗自感叹：这共产党主张是好，不过恐难成大业；现时天下大势已定，蒋主席是国民领袖，又统率千军万马，古人言"识时务者待时而动"，你们又何必逆势而行，空丧性命呢？嘴上却安慰周立民说：幸喜没有伤着要害，看来无甚大碍，先生安心静养一些时日，定可痊愈。

二

早上，小喜子打开广宁堂大门，见门口站着两个荷枪实弹的保安团，还有一个穿便衣的坐在门旁，小喜子认得这人是镇警察所的警察。就问你们为何在广宁堂门口站岗？警察说是奉长官命令来保卫你们。小喜子不明就里，急忙去后院告诉儒仁，儒仁也是一愣，走到后门，从门缝里看到后门外也有保安团和警察在站岗。儒仁隐约明白了保安团的用意，一种从未有过的恐惧感让他不由得打了个寒战。

原来，周立民在太平镇失了踪迹后，当晚，小队长就将情况报告给了保安团团长高铸九。高铸九本就是恶匪，民国 27 年（1938 年），他通过义父高适之关系，招安成了泗县保安团团长，团部驻扎在离太平镇十几里外的金锁镇。他听说那个共产党可能藏匿在广宁堂里，想着查抄广宁堂的机会来了，但心里又顾忌韩家与国民政府派驻淮阴治安特派员龚雨辰及驻在淮阴的江苏保安二旅旅长南汉文的关系，不敢贸然搜查。淮阴城自古以来有韩刘龚杨秦五大家之说，乃淮阴侯韩信，西晋时三公尚书刘颂，清直隶总督杨士骧，清咸丰进士、广西按察使秦焕，南宋诗人、画家、两淮制置司的府龚开。龚开就是龚雨辰先祖。韩家祖辈在淮阴时与龚家颇有渊源，且结有姻亲，儒仁早年也与龚雨辰交好。一次剿共剿匪会议上，龚雨辰特地交代高铸九：当年韩家在淮阴城时，龚韩两家乃是世交，儒仁兄更是我尊敬的兄长，高团长务必多加保护。会后，南汉文还托高铸九给儒仁带了一支左轮。龚雨辰的话给早就想将广宁堂据为己有的高铸九浇了一桶凉水，他不敢再明目张胆地欺压广宁堂，就唆使朱殿魁祸害广宁堂。现在太平镇有了共党分子，给了他一个冠冕堂皇控制广宁堂的理由，当即决定以防止共党和土匪危害广宁堂为名，派团副高凤年领着一个中队进驻太平镇，让高凤年在广宁堂前后院门加设明岗暗哨。为不使韩家反感，还让在两家大的饭店、旅馆也放哨设岗。他对高凤年说：我给他韩儒仁玩场猫捉老鼠游戏，你给我守株待兔，严看死守，共党分子要是真的躲在广宁堂，只要抓住了他，整个广宁堂都是咱们的。

当天夜里，保安团在广宁堂前后院门设了明岗暗哨，把广宁堂给围了。

儒仁意识到事态严重，他当即将儒厚、吕叔等人叫到一起，让他们外松内紧，万不可让保安团看出破绽。

早饭后，儒仁刚到前厅诊室，高凤年就来了，说：韩大掌柜，凤年奉高团总命令，自今日起在广宁堂及几户大的商家设岗，请给予理解和配合。出了问题，无法向高团总交代。

儒仁听到保安团在其他商家也设了岗哨，想高铸九此举无疑是欲盖弥彰，看来他对广宁堂确实是费了心机了。动容地说：感谢高团总、高团副对广宁堂的厚爱，这几名兄弟的辛苦费就由广宁堂出吧，你看一月二十块银圆够吗？改日让人给您送去。

高凤年听了，一时弄不清儒仁所言是真是假，但这二十块大洋是真的，便洋洋得意地走了。

高凤年离去后，儒仁陷入了沉思，高铸九这么做，无疑是怀疑广宁堂藏有共产党，想搜查又怕搜不出人来，惹了广宁堂也伤龚雨辰的面子，便派兵严看死守，让周立民自己走出来。

阴险，阴险哪！儒仁心里似压了块巨石，有种喘不出气来的感觉。当天中午，高凤年再次来到广宁堂，说接到团总命令，共产党逃犯未抓获，近日太平镇周边又发现流窜，为保卫广宁堂安全，高团总命令加强警戒，昼夜值班。

儒义书生气重，说：门口整天站着两个荷枪实弹的兵丁，这哪是中药堂，像是监牢，何人敢来就诊？

高凤年赔笑说：高团总要的正是这个气势，可令共党、土匪望而却步。

儒仁也附和说：此乃高团长一片苦心，如此甚好。

待高凤年走后，儒仁说：门口设岗是高铸九的诡计，防止周先生走脱。不过，保安团此举虽说对广宁堂不雅，土匪也不敢来寻衅闹事了。

三

高凤年走后，儒仁心绪不宁，无法看诊，离开诊室，出了广宁堂，信步向镇东走去。

儒仁此行，要去安东河口的安东亭上拜谒汉初智囊陈平陈丞相，这是他多年的习惯了。

当年，陈平献计害了韩儒仁先祖淮阴侯韩信，一千多年后，陈平却成了韩信后人韩儒仁的精神支柱，韩儒仁将他的计谋古为今用，使广宁堂在这风雨飘摇浑噩乱世中，平狂澜于旦夕，弥大祸于无形。

出了街口，下了官道，儒仁踏上了那条通往安东亭的茅草小径。孑孓独行在这寂静的旷野上，除了儒仁的足音，就只有风掠枯枝败叶的沙沙声。想到广宁堂在兵匪夹缝中挣扎的境况，唉！儒仁心事重重的一声哀叹，但在这肃杀萧条的旷野上，显得那么苍白无力，还不如枯草丛中一声虫鸣！

　　安东河口到了，四下无人，连水鸟都不见踪影。只有河水不知疲倦地拍击着一只不知是谁家的破旧的木船，那条锈迹斑驳的铁索发出吱呀吱呀的声音，像是上了年纪的老人，在讲述不为人知的亘古往事……

　　据史料记载，安东河原叫黄水河，公元前二〇二年二月，刘邦大将灌婴和项羽大将钟离昧在此决战，没承想灌婴所部在渡河时，原本晴朗的天空突起一股乌龙风，竟将钟离昧副将马万里卷走，楚军大败，河东由此安定。刘邦遂将黄水河赐名为安东河，并在河口建安东亭，塑乌龙，派专人看护。因此地是刘邦与重臣萧何、韩信及霸王项羽故里，为激励部属，更为震慑霸王余部，刘邦又在亭内塑了张良、萧何、韩信、陈平四人塑像，以昭显王威厚德。

　　其实，安东亭早已名不副实了。儒仁记事时，亭子就不在了，三间屋基大的高台上，立着张良、萧何、韩信、陈平几尊破损的石像。经过风吹雨打和人为破坏，石像残缺不堪了。张良的两只眼珠被挖掉了，萧何被打掉了半个头颅，韩信少了两只手；最惨的是陈平，胸口以上都被砍掉了，如果不是脚下的祭台上刻有汉丞相陈平几个字，会让人无从确认。千百年来，几位先贤如风烛残年的老人困守在旷野上，伴着日升日落，呵护着自己的千古名望！

　　按理说，作为淮阴韩氏后人，最应崇拜的人应是大军事家韩信，令人匪夷所思的是，当年普济堂的韩孝甫老太爷和现在的掌门人韩儒仁，偏偏崇拜的是韩氏仇家陈平。这个中缘由，就是儒厚儒义儒礼三兄弟也不知其故。

　　曾经，少不更事的儒仁对此也很不解，一次在陈承相石像前问父亲：陈平屡次三番陷害祖上，为何要敬他？老太爷肃然而言道：汉初三杰，祖上淮阴侯军功盖世，却不能避谤，被擒于云梦泽，死于钟室；萧何遭馋，曾械于牢狱，尽散家财；张良惧祸，托言闲游，难享富贵。陈丞相六出奇计佐汉，又平定叛逆使大汉江山天牢地固，却能久居相位，自免于祸，且得善终，足见他才智谋略，远在"三杰"之上！故为父敬仰"三杰"，更敬陈丞相。你长大后要能参悟陈丞相安身立命之玄妙，为父百年之后便可瞑目了。自那以后，陈丞相事迹便在儒仁心里生根发芽，太史公的《史记·陈丞相世家》能倒背如流，《陈丞相奇谋六法》等正史野史皆烂熟于心。虑事行事皆以陈丞相为法度，有时，他甚至都觉得自己就是那个陈丞相的门生了。因此，安东亭就成了儒仁的图腾之地。自父亲去世后，每逢清明、春节或遇有大事难以决断时，他都会去安东亭拜谒几位先贤。广宁堂的人私下说，安东亭那几个石人，是儒仁的魂。

太阳骑到西面的树杈上了，儒仁终于来到了安东亭。他还和以往一样，从右至左一一向几位先贤行拜谒之礼，最后两眼微闭，身体微倾，默默无语地站在陈丞相的残像前，长时间地纹丝不动，好像与这位先贤已天人合一了。

其实，此时儒仁的脑海里，早已打开了那本他已倒背如流的《陈丞相世家》：

> ……其后，楚急攻，绝汉甬道，围汉王于荥阳城……陈平既多以金纵反间于楚军……陈平乃夜出女子二千人荥阳城东门，楚因击之，陈平乃与汉王从城西门夜出……

刹那间，儒仁思维的触角从这部他烂熟于心、倒背如流的沧桑史书中延伸，闪过高铸九、朱殿魁那些恶魔的面孔，进入广宁堂举步维艰的境况，一个个搏命自救的计策訇然间清晰、明朗地闪现出来，儒仁睁开眼来，满目含泪地自语道：朱殿魁、高铸九你们这些恶魔，非我韩儒仁枉读圣贤书，也非我广宁堂不仁义，你们要祸害我广宁堂，我岂能坐以待毙，束手就擒！我韩儒仁誓与你们周旋到底！

四

年关渐近，虽说兵荒马乱，年味却一日浓似一日，人们挑着粮食，提着鸡鸭，从四面八方涌进了太平镇。"油盐酱醋茶"的摊位将街面两旁挤得满满的。鸡鸭猪羊一声接一声地叫个不停，讨价还价一声高过一声，贪玩的孩童不时点响爆竹，叫卖的吆喝声此起彼伏，太平镇整个街面都被年的气息染浓了。

儒仁坐在诊室里，想起周立民说的高铸九与朱殿魁合谋在经济上榨干广宁堂的话，心里倍感压力，忧心忡忡地冲着熙熙攘攘的街面发怔。近年来广宁堂连连遭劫，入不敷出，这年关也就成了难过的关口。高铸九贪得无厌，年年勒索，长此以往，家道必败无疑。

思虑再三，儒仁嘴角露出一丝苦笑来，那天在安东亭所想的计策再次浮上心头，他决定采取行动，先发制人。当天下午，就带着小喜子去了观湖岭村。

观湖岭村坐落在成子湖南边，时常有土匪来往，却很少受到祸害。不明白的人以为土匪是"兔子不吃窝边草"，其实土匪是把这个村子当作遮蔽所，正因为有了这个村子，为他们的行动增加了许多突然性和隐蔽性。儒仁在这个村子里，有三位相处甚密的朋友。一个叫田石山，是民国 18 年（1929 年）中央军镇压了苏南农民暴动后，从太湖那边逃难来到观湖岭村的。田石山长得五官周正，举止有礼，识文断字，还会治印，真草隶篆，样样在行，儒仁尤为敬佩。另一位人称姜先生，是民国 13 年（1924 年）秋天搬来的。在成子湖这儿是个半人半神的人物，他有许多奇才异能，比如他制作的蜡烛，一夜只燃一寸，且无论刮风还是雨雪天气均不熄灭，着实让人吃惊！还有一位叫刘仲达，他是观湖岭村的老住户，曾只身深入湖匪巢穴，保释出了一个身怀六甲的孕妇，在村中颇有威望。

儒仁在观湖岭村盘桓半日，当晚带着田石山制作的两方印章回到了广宁堂，又在书房里忙碌了半宿，第二天早饭后，儒仁将儒厚、儒礼、吕叔等人叫到书房，未及开口，便潸然泪下，哽咽地说：我自幼得慈父教诲，饱读圣贤之书，忠孝仁义，不敢差池；可眼下广宁堂险象环生，举步维艰；我只能穷于心计，夹缝求生，难做光明磊落之人了。儒仁这番话，众人听得惊讶不已，儒厚惶悚地问：哥，究竟出了何事？你说出来，我们和你一起分担。

儒礼更是昂然吼道：哥，是谁为难于你？我与他势不两立！

儒仁拭去泪水，摆手说：我之难过，非惧祸怕事，是因贼人所迫，眼下情势波诡云谲，我只得行阴晦之事，自污人品，还要玷污你们人品，待日后九泉之下，有何面目去见列祖列宗！

吕叔听出端倪，安慰道：你不必过于自责，古人也说"他以祸心来，我以祸心去"。我们总不能坐以待毙，任人宰割吧！你有什么吩咐我们照办就是了。

儒仁就把高铸九、朱殿魁阴谋吞并广宁堂之事告诉他们，今年被朱殿魁抢了近万大洋的财物，伤了元气。年关又到，往年高铸九每年都要五千大洋保护费，使广宁堂经济捉襟见肘，每况愈下，要是高铸九再来逼要，你不给，他就会让保安团扮作土匪来骚扰你，祸害你。得想个法子，让他开不了口。

儒厚说：若不是周立民在，何必怯他！

儒仁说：这正是我投鼠忌器之处，为了保全广宁堂人的身家性命，只有设法把周立民安全送出广宁堂。

儒礼听了说：前后门都有保安团岗哨，怎能平安把周立民送走？我看不如趁黑夜之时，悄悄灭了门口那几个贼人，将周立民送走得了。

儒仁听了，连说不可。保安团是以保护广宁堂的名义设岗的，院墙四周又有暗哨，还有警察署协防，你如何悄悄灭了他们？即便灭了他们，广宁堂却安然无恙，岂不是授人把柄？再说，万一失手，广宁堂岂不毁矣！眼下，先把高铸九这无底洞堵一堵再说吧。就把自己的谋划说了出来，随后，拿出一封书信，让儒厚、小喜子将此信送给高铸九，并再三叮嘱要沉着应对，不可慌张。

五

金锁镇在安东河南，与太平镇相距不足三十里地，高铸九的保安团部和三百人的主力就驻扎在金锁镇内。

作为泗县治安中坚力量的保安团，团部理应驻在泗县县政府所在地泗县城内，可高铸九却将团部驻扎在远离县城的金锁镇，高铸九的几个中队长感到委屈，说放着热闹繁华的县城不住，跑到这么个小镇上，憋屈。其实，这正是高铸九的高明之处。高铸九桀骜不驯，也极为狡诈。接受招安后，本欲将他安排在县城驻扎，但泗县城内驻有中央军一个团部又一个营，还有警备队、警察署，高铸九既怕被缴械，又觉得在城里受人制约，捞不到好处，便要自择驻地。县长也讨厌高铸九，更怕他反水，祸害县城，就将高铸九派驻匪患重灾区金锁镇。

儒厚、小喜子进了金锁镇保安团部时，高铸九让座斟茶，倒也客气，寒暄几句后，小喜子呈上礼物，是山参一对，苏州绸缎一匹，还有密封在油皮纸包的一叠膏药。可莫小看这膏药，它非等闲之物，跌打损伤头疼关节炎都能医治，洪泽湖四周官人兵丁百姓乃至土匪大都贴过此膏药。但这膏药不是一年四季都做的，因受一味主药时节所限，它只在九九重阳节前一天才做，且一年就做这一次，一年仅在重阳这天出售一次。过了这天，一贴膏药百金难求。

随后，儒厚呈上信件，高铸九接过，打开：

高团长铸九兄勋鉴：

时如飞梭，自去年仲春一别，又有许多时日未睹兄尊容。思经年得兄华盖佑护，弟感激涕零，须臾不敢忘怀也。

近年来，弟之药铺，惨淡经营，复几次被劫，损失惨重，终致捉襟见肘，入不敷出，已近山穷水尽矣，此令愚弟羞于启齿。盼兄台闲暇之余，移驾屈尊，莅临寒舍，定可使敝舍蓬荜生辉，财运毕至也。

此前，兄大札嘱咐之事，弟虽竭力，然难齐兄所需之额，尚缺五百现洋，让兄台哂笑；因李队长匆忙辞别，弟未及将借据奉还，每虑此，弟惶惶不可终日也。今金羊即归，大年将至，弟无以为报，特将借据及信物奉还，望兄台笑纳。

另，雨辰兄传书，令我择时去宁小聚，如能得兄同往，弟不胜荣光。

又，近从风年先生处得悉，兄台体弱多汗，弟甚为挂念。此宜多做运动，步行最佳；饱受日光空气，胜日食参苓也。望兄多加珍重，以慰远念。

　专此敬颂

勋祺

弟 韩儒仁

于辛未涂月望日

随信附有借据一张：

借　据

因匪患猖獗，特借现洋 5000 块。

　此据

国民政府泗县保安团（高铸九章）

民国二十年八月十二日

高铸九看完了信和借据，阴鸷地看了儒厚一眼，好长时间未发一语。儒厚、小喜子不敢开口，恭敬地站在一旁，等候高铸九发话。一阵窒息般的沉寂之后，高铸九打开办公桌旁的铁柜，拿出一枚印章，在那张借据旁盖了一个章子，仔细端详、对比，确实是自己的印章。他非但不气，却突然笑了起来：高人，高人哪！

问儒厚：你认得借款的人吗？

认得。一共五个人，领头的是李队长，腰上别着盒子炮，几个弟兄军服整齐，除一位使唤的是独子炮外，其他都是老套筒。

高铸九还是笑吟吟地说：我保安团皆汉阳造，无人使唤老套筒，更莫说独子炮了。

儒厚惊呼：团总意思，借款之人不是您派去的，何人如此大胆，莫非是魏友三的人？

魏友三是苏北恶名最响、势力最强、危害最大，也最凶残的匪首，死于他手的百姓难计其数。

高铸九瞅了眼儒厚，说：你给你家兄长说，这钱虽说不是我借的，可我高铸九认了，就算我欠他一份人情吧。龚特派员那里就拜托他多加美言了。

儒厚惊诧得义愤填膺了。此人如此胆大妄为，竟敢偷盖团总印鉴，利用团座的威望去广宁堂诈钱？

高铸九冷冷地说：借据上的印章不是偷盖，是仿照布告上的印模偷刻。

儒厚着急地说：团总，那得把诈钱的人抓住呀，四千五百块大洋，广宁堂三年的收入呢。

高铸九说：跑不了，跑不了。谢你家兄长，广宁堂也着实不易，今年过年我这里礼数就算尽了，给那几个站岗放哨的兄弟发两块守岁钱就行了。

儒厚听了，连声感谢。

高铸九说：不是还有什么信物吗？我看看！

儒厚便战战兢兢地从怀里掏出一个红布卷，双手捧给高铸九。

高铸九接过，用手一摸，神色一愣，旋即哈哈大笑起来：好。好。狗日的比我狠！用这玩意诓人，也难怪韩大掌柜放血。你把它带回去，权当作个纪念吧。说罢，便起身送客。

出了高铸九团部，小喜子问红布里裹的是什么东西？

儒厚嘿嘿笑了起来，说你自己看。

小喜子接过，一层一层解开红布，天哪，竟然是一颗木柄手榴弹。

屋里，高铸九看着桌上的礼品，也扑哧笑了，韩儒仁呀韩儒仁，看你温文尔雅，却原来是个诡计多端的阴谋家。今年你不想送礼就罢了，用这点雕虫小技哄谁呢？你这不是糟蹋我吗！还有，你处处拿龚特派员压我就是你的不对了，物极必反，我高铸九要是强搜你广宁堂，他姓龚的能拦得住？要是真的搜出了共党分子，怕是连他也要问罪呢！再说，谁不知你广宁堂结交魏友三，我办你通匪资匪罪也不屈你。哪天，我叫人扮成土匪，非把你抢了不可。

其实，这个主意高铸九早就打过，只是太平镇上警察署有十几条快枪，界集有驻军，镇内大户人家深宅大院，皆有炮手，广宁堂更是深不可测，让小队人马去抢，占不着便宜；大队人马去就会露了马脚，那自己这保安团团长定是干不成了。现在，当务之急是不伤龚特派员情面，探实那个共党分子藏没藏在广宁堂里。只要抓住了他，自己就是反共铲共的英雄，也就不必顾忌龚特派员面子了。

于是，气急败坏之下，高铸九就给广宁堂使出了一招"杀人锏"。

六

小喜子堂叔赵金城来广宁堂了。小喜子欢喜得热泪涟涟。

小喜子老家在宿迁，六年前他刚十四岁，父母患病不治身亡，他出来讨饭时被广宁堂收养，韩家老少视他为家人，安排在柜上抓药并帮助吕叔料理杂事。这几年来老家虽然有人来过，但却与赵金城失了联系。如今堂叔突然找自己来了，小喜子当然高兴。

赵金城是让人背到广宁堂的，他晌午在经过安东亭时遇了歹人，被抢了钱物，还被打伤了一条腿。

儒仁说：伤了腿还能摆脱土匪追杀，奇事。便亲自去给赵金城疗伤。赵金城左腿肚上横贯了一个伤口，疼得他龇牙咧嘴，满脸是汗。儒仁见了，不由发愣，好一会儿也没说话。赵金城低着头大气也不敢出一声，受伤的左腿和没有受伤的右腿一齐抖个不停。

金城，你在安东亭遇到土匪了？儒仁终于开口了。

是的，是个独匪，把我身上钱抢了，还想要我的命，我看势头不对，撒腿就跑，土匪撵了我有半里路，看撵不上了就开枪打我。幸亏来人了，才拣了条命。

儒仁连声说：好险好险，幸好没伤骨头，伤了骨头就跑不动了。等会我让人给你敷剂膏药，静养几日，便可痊愈。

赵金城听了，心里的石头总算落了地，忙说：谢谢韩大掌柜！

儒仁又问：金城，你到广宁堂是为了看喜子吗？家里还有其他人吗？

赵金城羞愧地说：家里穷，我是个光棍汉，租了几亩地，收成还不够交租子的，实在过不下去了，听说喜子在掌柜这，就找来了，想讨个活干。

一旁，小喜子听了忙说：大爷，我叔现在无处可去，你就把他留在广宁堂干活吧。

儒仁稍一怔愣，说：好，好。那就留下来吧。金城啊，我给你说，在广宁堂做事，要讲仁义道德，不可浑浑噩噩，是非不分哪！有许多规矩，待你伤口好了，我再给你细说吧。吕叔，你给金城在前面安排个住处，等他伤好了，就在前厅打杂吧。

待吕叔安顿好了金城后，儒仁将儒厚、儒义、儒礼、吕叔及几个亲近人员叫到后院厅堂，长叹一声说：鬼影子又来卧底了。

众人纳闷，说鬼影子不是早走了吗？

原来，入秋时，大土匪魏友三的军师鬼影子魏善友化名韩友善，以打工为名来广宁堂卧底，欲探清广宁堂家底，里应外合劫空广宁堂。这魏善友可是个大祸水。他原本是富家子弟，后家道为仇家所败，他在毒死仇家老少七口后投奔了远房堂叔大土匪魏友三，成为魏匪的臂膀，专为魏匪踩点卧底。因他诡计多端，形影无踪，到了哪里，哪里就人头落地，血流成河。对这个专门酝酿灾难的丧门星，儒仁殚精竭虑，虚与委蛇，终以他崇仰的汉丞相陈平脱衣渡河示穷之计，给鬼影子展现了一系列捉襟见肘，入不敷出，惨淡经营的境况，终于让魏善友将广宁堂视作无肉之鸡肋，在入冬前大失所望地走了。

儒仁说：此鬼影子非彼鬼影子。魏善友不过是为了抢财，这个鬼影子比魏善友要凶险万分，他是想让广宁堂家破人亡，我等人头落地。

众人惊愕地问：是谁？他在哪里？

就是喜子堂叔赵金城！

赵金城？众人更惊了。

小喜子说：大爷，您没说错吧？

儒仁摇头说：但愿是我错了，可铁证如山，想错也难啊！

原来，儒仁擅长红伤救治，对各种枪伤颇有研究，凡抵近射击的伤口，伤处有硝烟，伤口贯通，少撕裂；赵金城的伤口，与上述症状相同。打伤赵金城的枪口，应在三尺之内，且是从一侧开的枪，而非他所说是被身后追击的独匪所伤。如他所言属实，子弹不能拐弯，怎能横穿腿肚？还有，他说在家种地，你看他那手，细皮嫩肉的，哪像个庄稼人。他说的都是假话。

儒厚说那他来给谁卧底？是高铸九吗？

儒仁说：正是。赵金城既然能自残，绝非善茬，他是高铸九给广宁堂下的一剂猛药，是个丧门星哪！

儒礼气恨地用眼神询问儒仁：灭了他。

儒仁说：不可，高铸九既然把他派来，就吃准我广宁堂即使知其身份，也不敢谋他性命。再说，广宁堂本救死扶伤之地，岂可害人性命。

儒礼嗫嚅道：既受枪伤，难免感染，也难免不治而死！

儒仁沉吟片刻，说：即使不治而死，广宁堂也难脱干系，高铸九必将怀恨于我，也将更加怀疑广宁堂藏有共产党。而赵金城此来，也说明高铸九心中对广宁堂还是无底。父亲在世时，常告诫于我，处事过急，则祸端必至。故切不可贪图一时之快，否则后患无穷。

小喜子听了，气得脸色发白，眼泪直淌，怨恨地要把赵金城撵走，也不再认这个堂叔了。

儒仁说：喜子你休怨恨。他既来之，我则安之是了。如今他在明处，我在暗处，我知其术，他如瞽盲，不必惧他。他毕竟是你堂叔，你要热情待他。唉！但愿金城非我所想之人！

刚安顿好了赵金城，高凤年带着十几个保安团来到了广宁堂，他让士兵们堵在门口，自己进入诊室拜访儒仁，说是年前这段日子里是土匪作案高峰，保安团要对镇上重点保护的几处大户人家加强护卫。广宁堂是龚特派员亲点的重中之重，他要进去查看查看，看是否有疏漏地方。必要的话，保安团将派兵在广宁堂内驻守。

儒仁听了，爽快地说：不瞒高团副，我广宁堂后院是家人住所，从未有外人进入，你负有重任，我不能谢绝。不过请你放心，广宁堂里除我手无缚鸡之力，其余众人皆可做炮手，龚特派员、南旅长等也赠了不少枪支弹药，即使上百匪人来袭也难讨便宜。说着便要带高凤年到院内检查。

没想高凤年听了儒仁的话，当即爽快地说：既然韩大掌柜如此自信，那凤年就不必打扰了，就此告辞。带着门口那十几个士兵呼啦啦走了。

看着高凤年的背影，儒仁感到压力陡增。看来，高铸九等不及了，周立民伤已痊愈，得赶快把他送走。否则，恐怕夜长梦多。

这时，儒义从隔壁过来，问：哥，高凤年来何事？

儒仁说：打草惊蛇，高铸九把我广宁堂当作蛇了，他要让周立民自己走出广宁堂。

七

一辆胶轮大车停在广宁堂大门前，一位鹤发童颜的老人被两个保安团卫兵搀下车来。此人非等闲之辈，乃是手眼通天的淮北耆老、泗县保安团团长高铸九义父高太爷。当年，高铸九招安就是他通过在省府做副秘书长的外甥促成的。

高太爷家住金锁镇南面高楼，距金锁镇六里，距太平镇约十二里。高楼是一个建在黄土墩上的小庄子，仅有三十多户人家，四周有天然壕沟环绕，庄子东西两头有青石垒砌的对角炮楼，高铸九在这里驻了一个配有机枪的二十多人的小队，说是与金锁镇形成掎角之势，震慑匪人，实是为了讨好高太爷，保护高家基业。

高太爷伫立在广宁堂前，手捋长须，嘴里啧啧称羡。这广宁堂气势确非一般中药堂可比，虽说在街心，但两边皆空出三丈宽的巷子，并无房屋相连，使其成为独栋宅院。临街这面，并排着七间门面，右侧面街悬着一块招牌，斗大的正楷："自选川广云贵地道药材，蜜制丸散膏丹汤剂饮片"。正中大厅那间门楣上方挂着黄底绿字的"广宁堂"牌匾，是清末民国初大书法家、光绪二十八年（1902 年）升任京师大学堂监督（即今北京大学校长）袁励准题写。两边配以"但愿人常健，何妨药生尘"的木雕对联，显得庄重典雅。

高太爷考过两次乡试，肚子里有些墨水，喜欢附庸风雅，也颇有名士风范，他家四壁挂满书画，皆出自名家；贡桌上摆着花瓶、香炉，也都有些年头。八仙桌上还放着一本《唐诗三百首》手抄本，蝇头小楷，颇有功力，落款为高适之，就是高太爷。

高太爷将对联欣赏一番后，就在门口对袁励准的书法品头论足起来。

儒仁到过高府，认得高太爷，忙不迭地将他迎进前院客厅落座献茶。高太爷见厅里有古玩字画，说：韩大掌柜也精文玩？

儒仁笑道：晚辈才疏学浅，在您老跟前，岂敢妄言喜欢，附庸风雅罢了。这几件玩什，论名头品相与您老所藏，相差万千。

高太爷说：韩掌柜何必过谦，你是执掌广宁堂的大掌柜，又研著《红伤二十八贴》，救死扶伤，百姓口碑载道，誉之杏林圣手，华佗再世，岂是才疏学浅之人。

儒仁说：太爷过奖，晚辈自幼秉承家传，耳濡目染，医学之道，略知一二，但余之所学，仅沧海一粟，泰山一壤。华佗乃医界皓月，晚辈不过是一闪萤火。您老学富五车，经纶满腹，与您老相识实是一大幸事，乞多教诲于我。

这番话高太爷听得心情舒畅，边捋着胡须边说：韩掌柜学贯中西，老朽哪敢造次，日后若有为难之处，我定尽力相扶。不过今日老朽倒要麻烦于你。这些时日，我倍觉身体沉重，四肢麻木，且时常头晕头痛，遇事易遗忘，特来请韩掌柜施以妙手，除此顽疾。

儒仁听了，心想：你已偌大年纪，这诸多症状，皆为生理常态，算什么顽疾？嘴上却说：您老身体有恙，晚辈自当尽全力除之，何来麻烦！

便亲自为高太爷把脉。

高太爷年近古稀，手掌绵软极富弹性，一看就是养尊处优之人。其脉象正常，实无大碍。嘴上却说：老太爷所言不虚，脉理稍嫌紊乱，诸疾尚在萌生之中，我开几方就可除之。即叫过小喜子口授处方：

方一：防风五钱，何首乌、大黄、生姜、陈醋、白酒、红花、海螵蛸一两，加水一碗煎开，熏洗手脚。此方治四肢麻木有奇效，七日后即手健脚健。

　　方二：黄芪、百合、当归、天麻各一两，与黄母鸡炖，连吃三只，头晕头痛即愈。

　　方三：白头翁、迎春五钱煎汤，黑芝麻一两，炒熟；熟芋头二两，玄参五钱，猪油二钱，佐以汤汁、白糖，每日食一次，半月后记性必然大好。

小喜子按儒仁所述，一一记了，便去前厅药柜抓药。高太爷便命随行的保安团卫兵先行备车。一会儿，卫兵慌慌张张地跑进来说，刚才车把式发现大车轴裂了，得换车轴，就到街上的脚手行叫顶二人抬的轿子吧。

高太爷心情好，也没生气，说行，就叫顶轿子吧！

一会儿，小喜子把药拿来了，两个穿着粗布衣裤，黑脸布鞋，头戴棉帽，耳朵上套着棉猴的轿夫抬着一顶绿绒小轿进了前院，在客厅门前落下，两个人面无表情，一声不响地站在一旁，静候高太爷上轿。

眼前这极为平常的一幕，却使儒仁的脑子里轰然一响，电光石火般迸发出一串通明的光亮，"……陈平乃夜出女子二千人荥阳城东门，楚因击之，陈平乃与汉王从城西门夜出……"（《陈丞相世家》）这些盘桓在儒仁心中，却又让他难以连接贯通的文字，珠玑般地如闻号角的雄赳赳武士，延绵列阵而来。儒仁心如皮鼓，咚咚作响，脸似赤旗，飞波走红。他猛然站了起来，痴呆呆地望着两个轿夫，眼里已是泪花潸潸。

高太爷很是惊异，问：韩掌柜，你怎么了？

小喜子也惊慌地说：大爷，你，你……

儒仁这才回过神来，抱歉地对高太爷说：老太爷，晚辈失态了。晚辈一是舍不得让您老走，二是突受惊吓，让您老见笑了。

高太爷更是惊异，问：受何惊吓？

儒仁惶恐地说：您老莅临，晚辈只顾高兴，忘了告诉您老刚才所开药方，看似平常，实则内有玄妙，需即配即煎，即煎即服，且每剂之间要依药理药性间隔一段时辰，须臾不得差池。否则，不但药性相克，必致反性；如反性，反性则……则……

反性则如何？且说无妨。

反性则初时头痛脑涨，体温攀升，四肢乏力，继而头痛发热，肢体痉挛，语不能控……故晚辈不敢让您老自煎自服。

高太爷听了不由紧张，说：依韩掌柜之意该如何？

儒仁说：我意今日待我略做准备，自明日起劳您大驾，每日屈驾寒舍，由我和儒义亲自为您老配药煎熬，按时服下。不用半月，保您老精神矍铄，沉疴悉除。

原来如此。高太爷放下心来，沉吟片刻，说我自来便是了。

儒仁又赔罪说：让您老鞍马劳顿，我心不安。不过，您老不必担心寂寞枯燥，晚辈尚有几件祖传珍品，另有淘得的明清字画，届时尽数取出，请老太爷长长眼，倘若有您老上眼之物，就孝敬您老。

儒仁此言，无异于天上突降馅饼，高太爷当然高兴，对儒仁的称呼也改了，说：今日与贤侄相谈甚欢，真乃相见恨晚。我明日上午一定准时前来讨扰。

送别高太爷后，小喜子问儒仁：大爷，刚才你怎哭了，可把我骇死了。

儒仁喜形于色地说：喜子，大爷昨夜梦见陈丞相，今日高太爷便来问诊，我的脑子里忽然灵光乍现，高太爷这恙疾，对广宁堂来说也许是个福音。你先去给脚手行的王掌柜打个招呼，待我备了礼品即去拜访他。

小喜子不解，说：大爷，您与王掌柜是过命交情，人生知己，时常相见，见就见了，何必行此俗礼？

儒仁听了，慈爱地抚着他的头说：喜子，王掌柜就是普度我们广宁堂脱离苦海的观音菩萨哪！

八

第二天上午，高太爷坐着修好的大车，在四名保安团卫兵护送下，准时到了广宁堂，在高太爷服过刚刚煎好的汤药后，儒仁果真拿出几件祖传的宝贝：装在玉匣中的石印《神农黄帝食禁》，一只八寸长的青色玉如意，一对清青花菱口碗，一只紫砂菊瓣壶。还有几轴字画：林则徐的对联、曾国藩的立轴，清康熙五十一年（1712年）头名状元王世琛的条幅，还有一件装在古色古香木制长匣里的《双马图》，画者正是龚雨辰特派员先祖、南宋诗人、画家、两淮制置司慕府龚开。其他物件在高太爷眼里都很平常，唯独对《双马图》颇有兴趣。儒仁说这幅画龚特派员前次见过，准备物归原主。高太爷听了，便面露失望之色。

儒仁见了，便对一旁的吕叔说，我家那件《美女邀饮图》何在？

吕叔吃惊地瞪着儒仁的嘴角，哆嗦着想说什么又咽了回去。却一声不吭。

《美女邀饮图》呢？儒仁又问。

吕叔方说：在二东家那里。此画老爷在世时有言，非老太太允诺不可现世。

儒仁一愣，尴尬地对高太爷说：您老见笑了。那是广宁堂镇宅之宝，更是我韩家传世之宝。听说是明朝奇人所作，世上绝无仅有。据说此画是明成祖作为国礼让三宝太监郑和送给西洋大国的。因此画太过奇妙，郑和不舍，复又带回，后几经辗转流入民间。清同治年间，我家祖太爷救了江湖侠盗白云天，他以此画相赠。

高太爷来了兴趣，说这画哪里奇妙，说来听听。

这画中有一佳人，脸色粉白，手举酒杯，立于翠竹之下，她若嗅到酒气，便有了灵气，脸色渐红，好像不胜酒力。

高太爷惊讶：世上竟有此奇画，不知价值几何？

儒仁说：已非价值连城可比，实乃无价之宝。

高太爷急切地说：老朽但乞一睹。

吕叔说：此画老太爷驾鹤西去时，遗嘱由二东家保管，现二东家给南旅长送膏药去了，无法取出。

高太爷听了，连说：老朽没有眼福，真乃一大憾事也！

自此，高太爷就无时不在惦念那件《美女邀饮图》了。果然就每天按时前来，一为服药，二为那件《美女邀饮图》。虽说儒厚未回，难以遂愿，但身上那诸多不适皆已消失，人也精神许多，就连高铸九见了，心里也暗自佩服广宁堂医术高明。

本来，高铸九对高太爷定时光顾广宁堂非常恼火，说我怀疑那个共党分子就藏在韩家，因有龚雨辰罩着，不好搜查。现在你天天往广宁堂里跑，不是更给韩儒仁长脸，万一他要加害于你，我也鞭长莫及。

高太爷说：韩儒仁是温文尔雅之人，广宁堂乃祛病除灾之地，我堂堂皇皇前去就诊，他岂能加害于我？你不必多虑。

高铸九知道高太爷心事，是为了那件什么《美女邀饮图》，说：广宁堂迟早都是我们的。你要是真喜爱那幅画，到时抄家，那些稀罕玩意儿还不都归你。

都归我？说得轻巧。龚开那幅《双马图》能归我？你真抄了广宁堂，他一定会过问那画。到时，那件《美女邀饮图》你也留不住，那是抄没物件。龚雨辰如要，你也得给他。但韩儒仁如若事先把画送我，那就另当别论，他龚雨辰就不能夺人所爱了。再说，我去广宁堂也是一箭双雕，也是醉翁之意不在酒，我给你盯着他们。

高铸九拗不过高太爷，只得随他。

就在高太爷在广宁堂就诊的第五天上午，高太爷刚服过汤药，就听后面咚咚直响。儒仁听了，脸色都变了，忙给小喜子使个眼色，小喜子便急急跑了出去，一会儿咚咚声就没了。高太爷起了疑心，便对儒仁说：听说院后的"流清汉"水清如镜，你陪我到后门口望望。

高太爷这话说得绝，他说到"到后门口望望"，你就不能舍近求远从前门绕过去，只能穿院而过。儒仁似不乐意，但也不能拂了高太爷的面子，只得领着他进了后院，高太爷便看见后院门旁横着一只小木船，旁边放着几件木工工具，想必刚才那咚咚声就出自此船了。再看后门，刚好能通过这只小船。待出了后院，视线豁然开朗，眼前是一片水洼，成了广宁堂的天然屏障。门口有一条小土路，中间扎着一个帐篷，那就是"保卫"广宁堂的保安团哨所了；土路尽头，就是传说中的"流清汉"。据说：明朝第一术士吕天罡在路过此汉时，曾叮嘱当地官员"速将此沟淤塞"。当地官员不以为然，为大明王朝留下了祸根。将原本五百四十四年的大明江山流给了大清二百六十八年。流清汉北通安东河，广宁堂从水路运来的大批量药材，都是在安东河口卸装到小木船上，运至广宁堂后门入院。

高太爷指着"流清汉"对儒仁说：广宁堂背靠高古之河，定将生意兴隆。

儒仁说：谢老太爷吉言，"只要世人皆常健，但愿门前车马稀"，晚辈只要能平安坐诊就知足了。

高太爷听了，连声赞叹：医德可嘉，医德可嘉！

回家时，高太爷拐到了金锁镇，对高铸九说：你说广宁堂要是真藏着共产党，他会怎么脱逃？

高铸九踌躇满志地说：我前后昼夜设岗，并伏有暗哨，凡是可疑人员，一律抓捕，他怎么也逃脱不了。

高太爷白了他一眼，说：昼夜设岗？老虎还有打盹的时候呢！那共党分子要是里应外合调虎离山怎么办？围魏救赵攻打凤年的驻地又怎么办？你可有应对之策？

高铸九让高太爷问得张口结舌，抓耳挠腮地吭哧了好一会儿才说：共党分子真要闹什么调虎离山，围魏救赵，还是个麻烦事。我得赶紧让凤年提前防备。

高太爷微笑着摇摇头，说：此地共党早已被剿灭，个把漏网之鱼闹不起调虎离山、围魏救赵的把戏了。如广宁堂里真藏有共党分子，我料定他定会"明修栈道，暗度陈仓"，从后门逃走，走水路，遁入洪泽湖。

高铸九惊讶地问：您老有可靠消息。

高太爷手捋长须，悠然自得地说：韩儒仁这两天几次三番地对我说门前岗哨吓得百姓不敢前来看病，求我让你把前门哨兵撤了，却又在后院暗暗准备木船。这不是"明修栈道，暗度陈仓"又是什么？这点把戏儿怎能瞒得了我。你就将计就计，让凤年把后院外岗哨埋伏在"流清汉"口，等着拿人吧。

高铸九说：那我把共党分子堵死在广宁堂里不是更保险吗？

高太爷说：夜长梦多，他要是赖在里面不出来，瞅空子溜了呢？你将计就计把岗撤了，他就会趁机逃窜。而你在广宁堂外将他抓住，姓龚的不但不会归罪于你，还会赞你有计谋，有韬略。竿头再进，大有可能。

高铸九服了，说：您老到底是参加乡试的，经纶满腹，真是孔明在世哪！

九

高太爷告诉儒仁，撤岗的事他给铸九说了，正好金锁镇那边匪事吃紧，铸九把太平镇的保安团调走了一些。铸九还特地提醒你，院后是空天野地，没有岗哨，要多加防备。

果真，后门岗哨没了，前门的明岗也少了一个，儒仁的计策终于有了成效。

晌午，天又阴了，水缸里外都湿漉漉的，儒厚说看这天，明天还要落雨。

儒仁看了看阴云密布的天空，问：你把谋划给周先生说了？他能负重吗？

能行。周先生提醒说要把赵金城看住，不能让他过早知道伤号是谁。还说如发生意外，他就说是混进广宁堂来刺杀高太爷的，绝不连累我们。

不必担心。此计犹如诸葛孔明城头抚琴，虽是险棋穷计，但最为稳妥。不过这些共产党人，大义凛然，视死如归，确实令人感动！快过年了，这事不能再拖了，等吃过晌饭，你把吕叔、儒义他们都叫到我书房吧。

晌饭后，吕叔、儒义、儒礼、小喜子、二牛、田贵到了书房，儒仁细细安排一番。临了再三叮嘱说：广宁堂命悬一线，成败在此一举，大家要格外小心，不可坏了大事。

到了后晌，儒仁把赵金城也叫到书房，沉脸说：金城，你糊涂，糊涂啊！我听说前日你把人打伤了？古人说"见善如不及，见不善如探汤"。你怎能去做那种龌龊之事呢？

原来，赵金城伤好后便不安分，晚上常溜出去赌钱嫖妓，还与人逞凶斗狠。

赵金城听了，强词夺理说：大掌柜，你有所不知，他输钱不给不说，还连连唾我，我忍无可忍，才教训他两拳。

儒仁摇头，说：此错大矣！你如此逞凶斗狠，睚眦必报，不是安身立命之道。金城哪，听我一句话，就此收手，虽不能立地成佛，但也可得善终。你对我所言置若罔闻，日后必有杀身之祸。

赵金城听了，想韩儒仁对自己实在是恩义有加，不由心存感激，说：大掌柜，谢你金玉良言，我一定知错改过。

儒仁宽慰地说，知错能改，善莫大焉。你自到我广宁堂后，胼手胝足，尽心尽力，我都记在心里，日后，广宁堂要振兴发达，你还得多用心哪。

儒仁一番衷肠，听得赵金城面红耳赤，忙表白说：请大掌柜放心，金城今后一定把堂里的事情做好！

儒仁这才说道：这我就放心了。我今天找你来，也不是要说你，是有件事交给你做，你到院后"流清汊"边上，把土台垫垫，河边要是有冻，你砸一砸，家里挑水方便，再把院里那条小船收拾收拾备用。

出了书房，赵金城心里纳闷，自到了广宁堂，从不让自己进入后院，有几次到了院门口，都被看门的田贵拦住了。这后院到底有什么秘密呢？赵金城不由仔细观察起来。后院比前院要小一些，中间是个大三合院，三面房子连在一起，房后似乎还套着房子，像个迷宫。后院墙那面没有房子，只是在大门左边盖了两小间草屋，像是门房。草屋对面石板铺就的空地上，躺着一条小木船，这应该是东家刚才说的小木船了。赵金城就走到小木船旁看了看，小木船宽约一丈，刚好能过大门，似新上了桐油，味道还浓。

赵金城找到田贵，开了后门，顺着小土路到了"流清汊"边。河边有个土码头，早上落了阵子雨，河面上尚未结冰。他想：韩儒仁要我砸冻垫土干什么？莫非要行船？

赵金城心事重重地回到前堂时，小喜子来说：叔，我攒了点钱，你给我收着。说着递给赵金城一个沉甸甸的荷包。

赵金城纳闷地问：钱你自个儿收着就是了，干吗让我给你收着？

小喜子说：大爷说有个病人久治不愈，得送县城西医救治，让我陪着。他怕路上不平安，说明晚天黑了走水路，明早我还得去安东河口雇条大船，这一走怕要好几天，钱给你这放心。

赵金城听了，激动得两腿打战，他明白了，韩儒仁家真的藏着共产党的伤号，他要跑了。而且是从水路跑。也就是用那条小木船送到安东河口的大船上。天爷爷啊，我赵金城苦日子熬到头了，抓住这个共党我就发大财了。赵金城不由手痒痒心也痒痒起来，等拿到赏金，就到县城窑子里包一个俊俏乖巧的小妞，好好乐一乐。

正如儒仁所料，赵金城果真是高铸九派来的。前几年他在县城里偷抢扒拿，去年加入了保安团，一次他赌钱输了，人家要割他耳朵，他吹嘘说他侄子在广宁堂当差，有的是钱。这事让高铸九知道了，就设了个苦肉计，抵近他左腿肚子打了一枪，让他来广宁堂卧底。

晚饭后，赵金城说要去打瓶酒，提着一只空瓶子出了广宁堂，奔了镇西头的"醉香春"酒店，路上，赵金城忽然觉得对不住韩家。小喜子是赵家独苗，没有韩家，怕是早就饿死了。自己到广宁堂后，大掌柜还亲自为自己疗伤。真要去告发，不是伤天害理吗？可要是不告发，一辈子受穷不说，高铸九也不会放过自己。再说，当年曹操把他救命恩人都杀了，我这不过是透了个风，反正也没人知道。想到此处，赵金城便心安理得了。

"醉香春"酒店的门面虽然一般，卖的却是正宗的双沟大曲，墙角放着一排酒瓮，一进门便能闻到浓郁的酒香，柜台上摆着泥螺、醉虾、茴香豆几种下酒的小菜，价格也都合理。老板是双沟人，人称老双沟，其实也就四十来岁，老双沟看见赵金城，笑容可掬地招呼道：先生，打酒？

赵金城扫了眼一旁的伙计，拿出半块银圆来，蘸了口唾沫，将它立在柜台上。却不说话。

老双沟见了一愣，忙将赵金城请到了里屋。

一会儿，赵金城拎着酒瓶离开了"醉香春"，老双沟抱着一坛酒去了高凤年的保安团驻地。

当晚，高凤年快马将赵金城情报急报高铸九，高铸九兴奋地从烟榻上一跃而起，韩儒仁哪韩儒仁，你终于等不及了，熬不住了。好，你就等着被抄家、坐牢、杀头吧！

高铸九踌躇满志，胜券在握。立即备马，直奔高楼。高太爷听了高铸九的喜讯喜得眉开眼笑，胡须乱抖，说：那我明天还去不去广宁堂服药？

高铸九说：我来就是为这事，明天您老要是不去，韩儒仁就会起疑；去吧，我又怕有闪失，难死我了。

高太爷又说：明天你一旦抓了韩儒仁，龚特派员那里不好交代吧？

高铸九说：这您老不必多虑，龚特派员反共坚决，对共党分子是除之后快。一旦证实韩儒仁通共，不会再保他。再说，抄没了韩家财产，他祖宗龚开那幅画不就回到他手里了，他岂能不喜？韩家说不定还有许多宝贝，给就是了，说不定他高兴，这泗县县长也让我做呢。

高太爷听了，来了豪情，说：那我明天一准去，给韩儒仁吃个定心丸，让他放心让那个共党脱逃。再视情况把那幅《美女邀饮图》先借出来。又叮嘱道：要犯该抓就抓，该处决就处决，那些药工还得保留，广宁堂也不能乱抄砸，那可是个生钱的聚宝盆呀。

✝

早上，太阳刚升到太平镇东面的穆墩岛上，高太爷的胶轮大车就从广宁堂前堂边门呼隆而过，进了广宁堂前院。儒仁早已等在院门前，将高太爷搀进了客厅。

大门外，当大车刚进了前院时，二牛带的几个伙计就动手扒起了街上的路面。这些路面原是黄泥铺设，中间有一条排水沟，各家各户的生活污水都从一条条或明或暗的小水沟排进了这条水沟。因年久失修，排水沟大半被泥沙杂物淤塞，每到阴雨天气，街上泥泞，污水四溢，臭气熏天。镇上几次说修，皆因摊派的钱款过重，无人交纳而止。现在广宁堂出面整修街面，疏通水沟，街上的人都觉得这办法好，各人自扫门前雪，也用不着捐钱纳税了，就都各自干了起来。

广宁堂里，儒仁给高太爷掬了一杯清茶，高太爷抿了一口，惊讶地问儒仁：严冬之季还有此清香，你是如何收藏的？

儒仁钦佩地说：您老真是品茗大师，一口就知是何茶了。

原来，今天儒仁沏的是当地特产的荷叶茶。此茶产自洪泽湖中穆墩岛，早就闻名遐迩。乾隆年间就和穆墩岛莲子、半城花亭百合被列为古泗州三大贡品。只是此茶难于保存，入冬即散味。

儒仁说，也无特别之法，只需将此茶装于青竹筒中，上以莲心覆盖，每月将竹筒置于湖水中浸润一个时辰即可。

高太爷啧啧称奇，说来年老朽也如法炮制。

往日，用茶后，就该服汤药了，儒仁说今天多加了两味草药，得多煎些时间，到大半晌时，高太爷才把汤药服了。服过汤药，儒仁便安排上饭，今天的饭菜也很特别，全是当地土产，穆墩岛莲子、花亭百合当然也在其中，高太爷笑言：今天三大贡品都品尝了，我也当了一回皇帝。

儒仁笑道：还有一样您老没享受到。乾隆帝当年还在泗州城洗了个"神仙浴"呢。

"神仙浴"？老朽尚未听说过。

"神仙浴"是皇家汤池专用之法，祖上有此秘方，先父说非德高望重之人不能享用，故从不让家人染指。您老是乡里泰斗，足配此浴，今天晚辈就为您泡上一池，以报您老关爱之恩。

高太爷喜不自禁，说这神仙浴名称怪撩人，不知用何物泡制？有何玄妙？

儒仁说：请老太爷恕罪，此方广宁堂有祖训，不可示人。我略微介绍几味，您老便知此浴名不虚传。主料有沉香、秦艽、威灵仙。《本草备要》称：沉香性温，入脾，佑肾，壮阳，行气，祛寒；秦艽能通络舒筋；威灵仙辛散善走，祛风化湿，使湿邪随汗而解。其余十多味不便再说，浴过便知玄妙了。您老稍候片刻，我去隔壁调制汤池。

隔壁是一间住房，置一张木床，床前有一大木桶，已装了半桶热水，颜色微红，清香扑鼻，让人神清气爽。儒仁进来后，小喜子从床底下掏出一个布袋，解开，里面是一瓶双沟大曲，还有一个铁盒，装的竟然是洋金花末。

儒义见了大惊：哥——

儒仁一言不发，拔开酒瓶塞子，往木桶里倒了点双沟大曲，待酒味显现，又加了两把洋金花末。这才恻然地对儒义说：势如此，非此法难以留他。快请高太爷过来洗浴吧。

果真，这神仙浴非同小可，一会儿工夫，高太爷就皮肤红润，血脉偾胀，肠胃通气，好不舒坦。高太爷不由天良发现，想这韩儒仁确实不错，品行端正，仁义道德堪称楷模，要是真把他办了，心有不忍。又想人情大不过王法，谁叫你通共窝共，反蒋主席反国民政府呀呢！我助铸九拿你也是一心为国，你可莫怪老夫无情呀！想到此，高太爷便放松身心，顿时就产生了一种腾云驾雾、飘飘欲仙的感觉。于是，这位洪泽湖西南的土皇上，没来得再调整一下姿势，就在神仙浴里红光满面地睡着了。

<h2 style="text-align:center">十一</h2>

天真的变了，先是小雨淅沥，跟着便又雪花飘洒，整个天地间一片迷茫。

高太爷在神仙浴里梦了一番周公后醒来了。只觉得浑身精力充沛，四肢有力，还有了一种老当益壮的冲动。待他穿好衣服后，一件更大的喜事等着他：儒仁说儒厚回来了，几位弟兄都乐意把那幅《美女邀饮图》送给高太爷。

高太爷喜得气喘如牛。忙谢道：韩大掌柜这般重礼，老朽如何受得？

儒仁说：您老不必过谦，古人言"货唯卖与识主方得其价，马唯遇伯乐方得其主"。我为《美女邀饮图》的归宿高兴哪！

说话间，田贵搬来一张饭桌，小喜子等又抬来一蒸笼饭菜，高太爷见了，想可不敢在此吃晚饭了。忙说：晌饭吃得太饱，晚饭就不吃了。天晚了，我得回去了。

儒仁笑说：非留您老吃饭，是请您老与美女对酒当歌也。

高太爷听了，便来了兴致，乐得呵呵直笑，说：那就客随主便，我就见识见识这宝贝吧。

可是，等了好一会儿，也不见儒厚把画拿来，儒仁不悦了，说怎么这么拖沓呢？便自己去取，却也过了好一会儿，才见他捧了一个紫檀匣进来，打开，是一件黄绫包裹的画轴，解开黄绫，将画轴挂在画钩上，小心翼翼地展开，眼前出现的是一幅六尺中堂，果如儒仁所说，画中仅有美女一人，脸色粉白，手举酒杯，立于翠竹之下，构图极为平常，并无特别之处。儒仁给高太爷斟了一杯酒，说：我先敬您老一杯。

高太爷心情高兴，一饮而尽。这酒醇厚香绵，刚落入肚中，似春虫吃咬，却不难过，只觉精气上扬，高太爷惊问：何酒？

儒仁说：乃龙种浸泡的百年双沟原浆。

龙种？是何物什？

就是丈二花蟒刚生之卵，用此泡酒，常饮可生精养气，延年益寿。

稀罕，稀罕，实在稀罕。高太爷又饮了一杯，更加神采飞扬。

儒仁又给高太爷斟了第三杯，说：您老诗词皆佳，就请您老赋诗与佳人对饮。

高太爷被两杯龙种酒喝得热血沸腾，说那老朽就聊发少年狂吧。即开口吟道：

> 绿蚁新焙酒，
> 红泥小火炉。
> 晚来天欲雪，
> 能饮一杯无？

吟罢，将酒杯与画中美女手中之杯碰了一下：请玉人同饮！便一饮而尽。奇迹发生了，高太爷面前的画中佳人，似已嗅到酒气，人便有了灵气，脸面就渐渐活泛起来，先是红了一点，继而整个艳成了桃花，好像给酒气熏醉了。

高太爷见了，惊为天物，想此生有《美女邀饮图》做伴，有"龙种酒""神仙浴"得享，实为人中之仙也。得提醒铸九，千万不可毁了那张秘方。更不可泄了《美女邀饮图》的去处，这可是真正的无价之宝。

其实，《美女邀饮图》实为观湖岭姜先生所赠。用料为朱砂一钱，焰硝三分，捣碎和匀，用陈年老酒调配成烂泥状，装入壶中盖好，埋在向阳的泥土中，一个月后取出，用石器拌匀；绘画时，先用芥壳制的粉衬底，然后用上述朱砂粉涂于画纸上，在日中晒干；然后再用墨绘画人像；画中人物脸面便可遇酒气而变，酒气消失，画面则由红转白。"龙种酒"中，被加入提神的"春来草"，"神仙浴"中，让高太爷产生奇妙感觉的则是洋金花，此物常用对身体无益。儒仁也是不得已而为之。

这时，高太爷已不能把持，说贤侄，围炉把盏，人生快事，你也赋诗一首，助个雅兴吧。

儒仁也不推辞，说我不通平仄，依稀记得几句曹孟德的《短歌行》，就诵了前后四句：

> 对酒当歌，人生几何？
> 譬如朝露，去日苦多。
> 山不厌高，水不厌深。
> 周公吐哺，天下归心。

高太爷听了，知儒仁这是在称颂他，更加心情欢畅，当即投桃报李，口占一绝：

> 暮雨白雪春正融，
> 贤侄置酒画堂中。
> 适之举杯邀佳人，
> 只关诗趣不关情。

高太爷手捻长须，声音洪亮，得意处皓首摇摆，颇有李太白遗风。儒仁见了，心中深为惋惜，此人满腹文章，却穷奢极欲，巧取豪夺，实乃可叹，可恨！

这时，后院传来咣当一声响，高太爷向窗外望去，天已黑了，想这是在搬动那只小船，看来他们要行动了。果然，又传来一阵急促的压着嗓门的说话声。跟着，吱呀一声，想必是后院的木门也打开了。下一步，是把那条小木船抬到河边，共党分子该坐它逃跑了。《美女邀饮图》到手了，我可不能坐在人家里看风景，那就太不识相了，我得赶快走。高太爷便放下酒杯，果决地起身告辞，儒礼和一个卫兵便过来说，今天街面上修排水沟，把路面挖断了，青石板也撬掉了，再加上雨雪泥泞，大车出不了门，得到街上脚手行里雇顶小轿，把高太爷送到街口的大车店里，再雇辆马车回高楼。

高太爷宽宏地说：那还等什么？就叫顶轿子吧。

儒仁说：这样甚好，快去把轿子唤来，送老太爷去大车店。

儒礼应声去了。高太爷便抱着紫檀匣，心急如焚地等着轿子。

此时，夜色四合，天昏地暗，万籁俱寂，雨雪蒙蒙。广宁堂后院透出一缕苍黄的灯光，青石板上，映出一片片清亮的水渍。纷乱的人影在灯光下摇晃不定，显得神秘诡异。那只原本在广宁堂后院的小木船，已静静地泊在"流清汊"里。浪花轻柔地拍打着船体，绳索颤悠悠地摇曳着，漾起一圈圈细细的縠纹，使河面显得越发的静谧。一只马灯出现了，跟着一副担架出现在广宁堂的后门，抬担架的是小喜子和二牛。这段路很短，走起来却很长，许是怕颠了担架上的伤号，小喜子和二牛不是在走，而是在挪。赵金城身背被褥跟在儒厚身后，他几次想上前探探担架上的那个伤号，怎奈儒厚紧紧拉住他的胳膊，说小心路滑，莫跌倒脏了被褥。

小土路在一寸一寸地缩短，终于到河边了，一行人上了小木船，二牛划动船桨，小木船打了个忽悠，便吱吱呀呀地往安东河口荡去。这时，"流清汊"的堤岸上，突然出现了许多影影绰绰的人影，赵金城按捺不住，一把掀开了蒙在伤号头上的棉被，赵金城傻眼了，昏黄的灯光下，他想象中的共党分子竟然是一位鬓角花白、满脸沧桑的老者。此人正是被韩家兄弟尊重如父的老管家吕叔。

广宁堂里，一个保安团卫兵领着两个轿夫抬着一顶绿呢小轿一溜小跑到了前院客厅门口，儒仁说路远，雨雪大，你俩要把老太爷抬好，我有赏钱。柴房里有蓑衣，斗篷，去穿戴上。两个轿夫就随着儒礼进了柴房，几乎是喝口水的工夫，两个轿夫就披了蓑衣，戴了斗篷，从厢房出来，还给高太爷的四个保安团卫兵也各拿了件蓑衣和斗篷，待卫兵穿戴完毕，儒仁又给了卫兵两块大洋，说天黑，雨雪大，给老太爷雇辆有厢的马车。

保安团卫兵高兴，说几步路就到大车店了，韩大掌柜放心。

说话间高太爷已从堂屋走了过来，没待儒仁开言就掀开轿帘坐了进去。

儒仁说这雨雪太大，老太爷您不如暂住一夜，明早再走吧。

此时高太爷已是如坐针毡，片刻也不想等了，也片刻不能等了。后门外，共党分子即将被捉，干儿子的虎狼兵丁就将闯进来拿人、抄家，自己等在这里，不免尴尬，说不定还有性命之忧。起轿，起轿，起轿！高太爷顾不得斯文了，扯着嗓子连声催促。

恭敬不如从命，儒仁只好一边躬身相送，一边颤巍巍地拖声喊道：老太爷走好！老太爷保重！

两个轿夫不敢怠慢，一哈腰，只见轿顶水珠飞溅，绿呢小轿已稳稳地托在了肩上。

随着小轿离地，儒仁腿一软，便瘫在儒礼肩上。这几个月来，他的心血熬干了，周立民这块重如泰山的巨石，压得他夜不安寝，食不甘味，惶惶不可终日。为良心，为自保，他殚精竭虑，穷其心智，自损人格，让高铸九、高太爷落入"明修栈道，暗度陈仓"的思维定式，"明修"了前门撤岗的"栈道"，"暗度"院后"流清汊"的"陈仓"；而这条"栈道"，这个"陈仓"不是别的，正是高铸九的义父，满腹经纶、手眼通天的高太爷高适之。让高家父子的守株待兔打草惊蛇等诸多妙计，成为笑谈；霸占、吞并广宁堂的诸多阴谋，成为一枕黄粱梦。

绿呢小轿到了前厅了。开门！开门！在卫兵的吆喝声中，广宁堂前街两扇大木门在通红的烛火中嘎吱吱地打开了。

就这样，在大门口保安团岗哨的注目礼下，在披着蓑衣、戴着斗笠、荷枪实弹的保安团卫兵护送下，被国民党泗县当局悬赏五千大洋缉拿的中共淮北特委特派员周立民，将自己的"栈道"抬在肩上，光明正大地走出了广宁堂。

此时，烛光摇曳，雨雪淅沥，寒风习习，风雨中的广宁堂肃然地注视着这个名叫儒仁的韩家子弟，恍惚中似乎听到了它发出的一声声悠长的叹息……

原载《佛山文艺》2012年4期

对　决

背景：

1946 年 7 月，国民党调集 12 个旅向淮北发起进攻。7 月 17
日，桂系第七军占领泗城。8 月 7 日，中国人民解放军华中野战军
九纵和八师泗城战役失利，向运东转移。

11 月下旬，国民党六十六师、六十九师、五十八师、暂编二
四一师、七十四师等部进攻解放区。11 月 24 日，泗宿沦陷。县委
书记柏瑞秀等各带一些人，分三批相继渡过运河，到达淮海区。
留在淮北的中共干部、党员、地方武装，在敌人优势兵力围剿下，
除部分退入洪泽湖或分散突围外，大都遇难。泗宿县被敌人枪杀、
活埋的中共干部和积极分子达 1100 多人，仅朱湖区就有 400 多人。
泗阳县吕集一带数百人被杀害。在太平集北的成子湖畔，被还乡
团杀害的中共干部无法统计，仅半日内，就近 400 人被杀害。

——江苏《泗洪县志·革命斗争纪略》

（江苏人民出版社 1994）

一

王培泰是在半晌时被乡公所抓走了的。

抓王培泰的人是乡公所的四个乡丁，其中两个王培泰认识，另两个面生。他们对王培泰很客气，既没打骂也没捆绑，说是陈乡长有请。

去乡公所的路上，枪声、哭喊声、犬吠声，此起彼伏，尸体随时可见，令人胆战心惊。

烧杀是从十一月二十四日傍晚淮北沦陷开始的。国民党军及还乡团大肆残害中共干部和积极分子，仅二十五日半天时间，王培泰所在的塘槐村及成子湖（洪泽湖西南水面）周边吕集、王嘴等村就四百多人被杀害了。

王培泰被抓，就像陈有义当了国民党的乡长一样让人感到惊诧。陈有义刚过而立之年，虽说是富甲一方的地主，但他行事老成，做人低调。一九四一年，韩德勤要在成子湖边建立国民党区政府，搞了个人才培训班，陈有义被选去学习了三个月，准备进入区政府做事。他刻苦学习，还得了射击比赛头名。后来韩德勤同新四军闹摩擦，在这里站不住脚，这事也就不了了之。近两年共产党在这里建立政权后，他积极响应减租减息号召，带头多交公粮，广有好评。王培泰年长陈有义一岁，是陈家佃户，为人忠厚老实，寡言少语，陈有义十二岁那年，和王培泰爬树掏喜鹊蛋被蛇咬了，是王培泰给他吸了蛇毒，救了他的命，因而两人相处甚好。

一九四二年秋上，王培泰和村上两个青年人在成子湖边打鱼时失踪了，听说是被国民党江苏省政府主席韩德勤的部队抓了壮丁。一九四四年底王培泰突然回到村里，说是所在的队伍给日本人打散了，他就跑回来了。还是租陈有义家的地种，有时也做些小买卖，收购些成子湖里的鱼虾到外地去卖。其间，人民政权斗恶霸地主，镇压反革命，闹减租减息，他堂兄王培宇当了共产党乡政府武委会主任，他弟王培楠也参加了新四军，但王培泰对这些活动都不参与，该交的租子一斤不少，人民政权开会时，他总是低头坐在后面，一声不吭。

一九四五年六月，陈有义二弟陈有良勾结亦兵亦匪的高铸九，偷袭了新四军九旅在成子湖边芦苇荡里的一只医疗船，残杀了七名伤员和两名女卫生员，洪泽湖游击队在陈有义家屋后看青棚里捉住了陈有良。原来，陈有义、陈有良家是相连的两座四合院，两家的山芋窖其实是一条相通的暗道，出口就在一百多米远的陈有义家的看青棚里。那天，游击队围住陈有良家，陈有良仓皇出逃，刚钻出暗道口，头上就被人套了口袋，经审判后被处决了。陈有义父亲陈福寿怕游击队来抄家，晚上，把一坛子洋钱埋在屋后厕所房旁的洋槐树下，没想让去太平赌钱的王升高撞见了，陈福寿又惊又吓也一命归天。陈家两件丧事，王培泰都帮忙张罗。对此，陈有义很是感激，怎会抓他呢？

二

陈有义早早就等候在乡公所门口，满脸笑容的把王培泰迎进屋里。

王培泰谦恭地说：乡长找我有事？

陈有义说：什么乡长不乡长的，培泰你这是骂我呢。县国民政府硬让我当这个乡长，我三番五次都推辞不了，只好挂着这个名了。不过，你我还是兄弟，可不敢见外了。我找你来，啥事也没有，这兵荒马乱的，心里闷得慌，就是想找你来说说话。

说实话，陈有义当国民党的乡长，虽在王培泰意料之中，却也多少有点意外。

王培泰早就觉得陈有义不简单，最早让他觉得陈有义有心机的是湖边那二亩黑土地。这块地共有五十多亩，其中太平地主王筱英家二十多亩，陈有义家三十多亩，王培泰家也有两亩多。这黑土地本是拾荒地，当初归十几户人家所有，后来就卖给了王、陈两家。因这地离王培泰家只有小半里路，耕种方便，旱涝保收，王培泰家一直没舍得卖。陈有义家的地紧挨着王培泰家的地，早年，每到耕地时，陈有义父亲陈福寿都让伙计多耕一两犁，王培泰父亲多次和陈家争吵过，但陈家势力大，只得忍气吞声。后来，这里成了敌我双方拉锯之地，但还是建立了地下抗日革命政权，再耕地时，腰上有伤的陈有义亲自架犁，每次少耕一犁半犁的，不到两年间，王家被占的地就不声不响地都让了回来了。

而引起王培泰对陈有义警觉的是独匪混江龙之死。前年大年三十那晚，混江龙被人打死在太平集后面的土塘里，混江龙是洪泽湖有名的浑噩之人，他艺高胆大，独来独往，不守规矩，不论红白贫富都祸害，官府奈他不得。那枪打得绝，枪弹从混江龙左眼中射进，从后脑穿过，他人死在太平集后面的土塘里，那血迹是从陈有义家院子东墙下淌了一路。如果是在陈家中的枪，这说明陈有义不但有枪，而且枪法极好，王培泰就知道陈有义不是一般的地主。但总的来说陈有义还是不显山不露水的夹着尾巴做人，充其量也就是个躲在人后摇鹅毛扇的。没想到他竟然未做一点铺垫就登了台，亮了相，这多少出乎王培泰的意料。

王培泰在八仙桌一侧坐下后，陈有义亲自给他沏了茶，压低了嗓音，显得既神秘又亲切地说：培泰兄，这几天风声很紧，新四军打了败仗，跑山东那些大山里去了，委员长正派大军围剿呢。

王培泰听了，木讷地点点头，嗯了一声。

陈有义见了，脸上掠过一丝狡黠得让人难以捉摸的笑意，又说：听说这次蒋委员长的中央军开过来好几十万，他的二太子也来了，还带着十万铁甲兵。乖乖，这次来头着实不小啊！区乡干部和县干部都跑了，留下的人不是投了政府就是被处决了，不知培宇兄现在在哪里？我真替他担心！

抓陈有良那天，王培宇带着乡民兵队参与了。陈有义打问他，说明是要报仇了。王培泰就答非所问地说：是听说中央军来了不少人。我听说新四军是主动撤退的，很快就打要回来，也不知是真是假？

打回来？陈有义轻蔑地撇撇嘴：委员长有几百万人马，又有美国人撑腰，都是好枪好炮，还有飞机和坦克车。那坦克车刀枪不入，新四军就这么点人马，能抵挡得住？

王培泰明白了，一贯小心谨慎的陈有义之所以迫不及待地跳出来，他觉得大局已定，共产党大势已去，自己用不着再伪装了。

陈有义边说边眯眼观察王培泰的脸色，他见王培泰不吭声，端茶杯的手却在不停地抖动。陈有义肥厚的嘴角上露出来阴沉的冷笑。心想：王培泰，你总算害怕了！你不是会装蒜吗？分浮财，你不要；闹减租，你害怕；可你怎能没有人味，帮着共产党杀我二弟呢？这么多年，也难为你了，这回我看你再怎么装孙子！

陈有义咬牙切齿了。

原来，那天陈有良被守候在暗道口的游击队活捉后，陈有义很疑惑，因为他家的山芋窖从不让外人下去，里头的暗道更是连媳妇大美也不知道，游击队怎能知道呢？后来得知有天他不在家，大美让王培泰下去帮她拿山芋，陈有义这才明白是王培泰发现了暗道，向游击队告的密。

陈有良被处决后，陈有义铁心与共产党为敌，以看病为由进了一趟县城，见了国民党泗县书记长徐心诚，徐心诚就是一九四一年国民党办的那期培训班的主任，他答应为陈有良报仇，委任陈有义为国民党太平乡支部书记长，还发了一千块大洋的经费。陈有良被处决后没几天，陈福寿因哀痛和埋财时受到王升高惊吓也撒手西去。临终前，他要陈有义记着陈家仇恨，还再三告诫他切不可像有良那样莽撞，要用心去泄恨，用心去报仇。

想到父亲的叮嘱，更想到今后要在家乡做官，要弄个好名声，陈有义的脸上再次堆满了关切：培泰，我刚才那些话都是心里话，要是别人我还不说呢。再说，共产党对我也不错；只是形势比人强，你我老百姓不听政府的还能听哪个。给你说实话吧，这次不是我要为难你，是还乡团杜团总和你过不去，他说有人告发你是共产党，还替共产党藏粮藏钱，还说你知道培宇兄藏在哪里。要派人抓你，让我拦住了。你想，你让他抓住还能有命吗！你要真替共产党藏粮藏钱，就交出来吧。交出来就没事了。不然，杜麻子不会放过你。

王培泰着急地说：乡长，我一个种地的，什么时候给共产党藏过粮钱呀？杜团总这不是冤枉我吗！你得为我做主，替我向杜团总说清呀。

陈有义直摇头：杜麻子杀人杀红眼了，都血流成河了，我怕是力不从心了，说了他也不会听。古人说，识时务者为俊杰。你要三思呀！我问你，有个叫刘林的你认识吧？

王培泰说：刘林是哪个庄子的？我没听说过。

陈有义说：没听说过？你还说谎话。培泰呀，可不敢再隐瞒了。杜麻子什么事都做得出来。你不说，他等一会儿要来审你，你后悔都来不及了。

杜麻子本是一个无恶不作、臭名远扬的土匪，曾奸杀其姨表妹。这次国民党军进攻淮北解放区，被国民党淮北挺进总队收编，被任命为成子湖清共治安团（即还乡团）团总。

王培泰苦笑了笑说：杜团总他总不能屈打成招吧！

陈有义气急败坏地说：屈打成招？培泰你呀你呀，你叫我怎么说你呢！看来，我是劝不了你了。让乡丁把王培泰关进了后面的柴房里。

原来，这乡公所就是陈有良家，陈有良被处决后，媳妇带着孩子回娘家了，这院子就空了下来。陈有义当乡长后，说他不愿到集上办公，就将乡公所设在这里。其实，他是有所用心的，这些年来陈家宅院太冷清了，如今把乡公所设在家里，这就是最好的光宗耀祖。

三

下午，王培泰又被带到了陈有良家堂屋，陈有义正和杜麻子坐在八仙桌旁说事。

陈有义未开口，杜麻子就满脸凶气地瞪着眼说：你就是王培泰？胆子不小啊！敢跟国军作对！

王培泰惶恐地说：杜团总，我是个庄稼人，哪里敢跟国军作对！

陈有义不悦了：培泰，我上午就给你说过，杜团总都调查清楚了，你是共产党乡干部，还替共产党藏了不少粮食物资呢。这可是死罪！你不要再糊涂了，快把知道的事都告诉杜团总，这才能保住你的命，要是隐瞒不说，那就只有死路一条！

王培泰急了，脸红脖子粗地说：陈乡长，我种了你家几十年的地，你何时见我替共产党做过事？杜团总不知情不怪他，可你不能冤枉我呀！

陈有义为难地说：培泰，这时你还说冤枉？这样吧，你先交纳一匹洋布的保金，等杜团总把情况核实一下再给你做结论吧。

　　王培泰想，这是陈有义在给我下套子。他明知我家没有洋布，却要我交一匹洋布的保金，我要是真拿出一匹洋布，那他就会要拿你出十匹、二十匹，还会要你拿出粮食、洋钱、法币（民国政府发行的货币）。王培泰为难地说：陈乡长，我家家境你是知道的，莫说一匹洋布了，就是一尺洋布也没有。杜团总要是真想要一匹洋布，那请看在你我多年情分上，就先给我借一匹吧。

　　陈有义听了，气得一时语塞。杜麻子不悦了：他妈的，你连一匹洋匹都不想出！我要不是看在陈乡长面上，你这样的共党早埋了。你拿不出洋布，那就让你家里等着收尸吧！

　　王培泰不敢吭声了。

　　陈有义顺了口气，又恳切地对王培泰说：我能为你做的都做了，我也无能为力了。

　　杜麻子便对门口的两个还乡团卫兵说：拉出去，给他松松筋骨！

　　王培泰被拉走后，杜麻子冷脸说：陈老弟，一匹洋布？你寒碜我！

　　陈有义笑了：王培泰家贫如洗，哪来一匹洋布？他要是真能拿出来，那他就肯定是共产党的钱粮委员，我们就可以从他手里得到更多钱粮，说不定还能从他嘴里挖出来一大串地下共党分子。

　　杜麻子听了，连声说：老弟你到底是喝过墨水的，老谋深算，我老杜佩服，佩服！

四

　　两个还乡团卫兵拷打了王培泰半下午，扁担都打折了，王培泰身上伤痕累累，右腿骨头都伤了，还是叫屈连天，说陈乡长可以证明他是个老实的庄稼人，这么多年来，他从没欠过陈乡长家一两租子；这次国军来，他除了在家里水缸下面藏了二斗粮食外，什么亏心事都没做过。还说陈乡长的大大（父亲）和弟弟的后事都是他帮助料理的，因他同陈乡长处得好，走得近，共产党的干部、民兵都另眼看他，事事都防着他，怎能让他帮着掩藏钱粮呢。

还乡团觉得王培泰说的在理，问：陈乡长家的丧事真的都是你帮助料理的？

王培泰气愤地说：那还有假！连他自己的命都是我救的。那年他给毒蛇咬了，是我用嘴给他把蛇毒吸出来的。

还乡团卫兵听了，想他能给陈乡长家办丧事，还救了陈乡长，怕不是共产党。便到堂屋去给杜麻子、陈有义报告拷问情况。

杜麻子已走了，只有陈有义皱着眉头半躺在太师椅上想心事。还乡团就一五一十地把王培泰的话说了。临了，还给陈有义说王培泰和你交好，给你办事，不像是共产党。

陈有义听了，想王培泰果然不简单，竟然把还乡团都迷惑住了。嘴上却附和着说：谁说不是呢？不过杜团总认定他是共产党，我也没办法。你们就把他看起来，不要再审了。

还乡团走后，陈有义动起了心思，王培泰要是死也不招怎么办？埋他？王培泰是自己派人抓来的，而王家又是个大家族，沾亲带故的遍布成子湖边各村各庄，还有两个给共产党拿枪杆子的，要是埋了王培泰，那就结了仇气，日后这乡长、区长就不好当了。看来对王培泰还是攻心为上，要是把他制伏，让他叛变了，那不用自己杀他，共产党就会除掉他。更重要的是王培泰一旦投了国军，他藏匿的那些财物可就变成了自己的囊中之物了。那可是一笔巨款，有了它，既可广置良田，也可远走高飞，尽享富贵。

怎样才能让王培泰屈服变节呢，陈有义费尽心机，终于想出了一个绝妙的办法来。

王培泰你要强一辈子，这回我要让你变成一只跟在我屁股后面的狗，看你还怎么正义，还怎么拿锄头打我。

原来，陈有义除了恨王培泰帮助新四军抓捕陈有良外，还有个王培泰做梦也想不到的原因。

当年，王培泰给陈有义吸了蛇毒，但陈有义心里却仇恨王培泰，认为那蛇是王培泰事先放进喜鹊窝里的。十多年后的一天傍晚，村里的俊姑娘大美在锄玉米时，被一个蒙面男子扑倒，也在一边地里锄地的王培泰听到大美的呼救声，跑过去给了蒙面人一锄头，把蒙面人打跑了。事后，有说是匪人作恶，也有风声传出那人是陈有义。直到陈有义娶了大美后，这话才没人说了。没承想，那人却真是大地主陈福寿的大公子陈有义。王培泰那一锄头砸裂了他两根肋巴骨，以后每逢阴雨天，肋骨就疼，陈有义也就在心里愈加记恨王培泰，恨不得把王培泰的骨头都吃了。

现在，王培泰终于落到了陈有义的手中，他开始老账新账一起清算了。

陈有义胸有成竹地迈着四方步走进了柴房里，他看着满身血污的王培泰，心里舒坦死了，嘴上却气愤地说：怎能把人往死里打呢！培泰，你受苦了。杜麻子要埋你我没答应，你还是把粮食和那些财物说出来吧。再说，好多区、乡干部都反正了，你还坚持什么？我这么劝你是为了你好，你要体谅我的苦心。

王培泰忍着疼说：谢谢你的好心。我确实不知道什么粮食财物，你这是从哪里听的瞎话？

陈有义说：培泰，明人不做暗事，实在人不说假话。你的身份我也早就知道。前些年说你被抓了壮丁，其实你是到外面参加了新四军，你回来是给共产党做地下工作的。

王培泰说：乡长，我确实是被抓了壮丁，抓我的是韩主席的保三团，我们团长叫刘向东，连长刘得山，队伍在盱眙县被鬼子打散了，我就跑了回来。不信你去调查。

陈有义听了，心想：你把谎话编得这么圆，想叫你改口是难了。罢罢罢，你是不见棺材不落泪，不撞南墙不回头呀！脸上却带着笑容：培泰，保三团没了，日本人也降了，你叫我到哪里查？

王培泰摸透了陈有义的心思，他之所以不杀害自己，还对自己笑脸相待，好言相劝，除了有种种见不得人的想法外，他不愿意背上杀害救命恩人的恶名，他是把坏事做绝了还要落个好名声。就顺着陈有义的心思说：你是乡长，也是我东家，是说话管用的人，你可不敢冤屈我。这要是让乡亲们知道了，你我都让人耻笑呢。

陈有义听了王培泰的话，竟然红了脸，说：培泰，我哪能冤屈你呢。你多心了。你就好好养伤吧，我再找杜麻子给你说说吧。

出了柴房，陈有义便决定实施他的绝妙计划了。

五

当天上午，陈有义就指使还乡团去抓了地主陈崇山、富农胡大举和冯宝几个暗匪，说他们通共通匪，要埋了他们。这几户人家有着陈有义垂涎欲滴的钱财，陈崇山和胡大举则因早年在买卖土地时和陈家有过节，他记恨在心，早就想动手了，因不愿让杜麻子染指，才隐忍不发。现在为了制伏王培泰，他只好忍痛割爱了。

陈崇山几家与杜麻子素不相识，更惹不起他，当晚，这些人家的家人便都去求陈有义给杜麻子说情疏通。陈有义事先就算定这些人家要来求他，他在乡公所也就是陈有良家院门口放了岗哨，自己在堂屋里等着。收了胡大举几家的金银钱款后，陈有义说明天把这些钱物给杜麻子，让他一定放人。只是让他早就动心的陈崇山的小老婆陈丽花和土匪冯宝风骚媳妇马美霞例外。他要了马美霞后，又让乡丁领着马美霞去求杜麻子。陈丽花是陈崇山在老婆死后花了二百块洋钱从县城妓院买来的，细皮嫩肉，陈有义收了她的金条洋钱后，又把她留了半宿。第二天早上，杜麻子过来淫笑着对陈有义说，那媳妇还真不孬。陈有义故作不知，拿出一个装着洋钱的布袋递给杜麻子，说把人都放了吧。杜麻子人财两得，说陈老弟够朋友，今后有事尽管说。

陈有义就又从口袋里摸出一根金条，连同一份名单递给杜麻子，说了整治王培泰的计划，并许诺一旦王培泰屈服，还有重谢。

杀人如麻的杜麻子听了陈有义的计划，心里竟然生了一股凉意。这陈有义看起来温和斯文，心里却是如此歹毒，心机更是深不可测。不过只要能降伏王培泰，就又能得到一笔横财。反正自己早就恶名在外，也成不了佛了，便一口应允下来。

两天后，杜麻子按照陈有义的计划做好了准备，开始了制伏王培泰的行动，押着王培泰和新抓来的十几个干部、党员家属到成子湖边的淤泥地里"看热闹"。

王培泰几人临出陈有良家院门前，迎面碰到了陈有义，陈有义不解地问还乡团你们要去哪里？还乡团说是游街。陈有义便对王培泰说这也好，出去走走就知现在是什么形势了。

待王培泰上了路，陈有义望着王培泰跟跄的背影，冷笑着想：这回你要是还能撑得住，算我这么多年小看你了。

出了太平集，田地里一片肃杀的情景。往年这时，地里随着冬小麦的返青，勤劳人家已开始耕地打埂，除草施肥了。可今年，地主恶霸还乡团疯狂反攻倒算，庄稼人生活在灾难中，哪还有心思摆弄田地庄稼呢。

路上，刚被抓来的乡民兵小孔悄声问王培泰：还乡团拷打我时，说你是地下乡干部，还藏着好多钱粮，这是真的？

王培泰看了他一眼，苦笑着说：乡干部？你看我像吗？

小孔说：他们就像疯狗似的乱咬。坏事都让他们干绝了。农救会长王凤山一家四口被还乡团沉到了河里；军属于传弟怀孕六个月的媳妇先用钳子被拔去头发，又割开腿肚子加上盐，活活折磨死了。就连赌钱鬼子王升高和寡妇水叶都被乡丁抓去让还乡团给打死了。你说王升高是个赌钱鬼子，水叶一个寡妇人家惹谁了……

王培泰听了，忍着悲愤说：这事怕是只有陈有义才说得清楚。

到了淤泥地，只见几个党员干部和他们的家属被捆绑在地中间，旁边站着许多群众。王培泰明白了，这是让他们来陪杀场，还乡团又要杀人了。

杜麻子先开始训话，说你们这些顽固分子现在反正还来得及。党员干部都愤怒地瞪着他。杜麻子恼羞成怒地一挥手，还乡团先将王嘴农会翻身委员季学农一家五口拖在一个土坑里活埋了，埋完后还在坑上面又蹦又跳地叫喊：斩草除根，永不发芽。

接着，还乡团又将几个党员、干部埋在土坑里，只有脖子露在地面上，说你们不是宣传什么耕者有其田吗？叫你们尝尝耕人家田地的滋味！然后便赶着耕牛拖着铧犁耕过去……

六

押去陪杀场的人，吓傻四人，变节两人，王培泰也泪流不止。

陈有义认为王培泰怕了，又假惺惺地到柴房里劝慰、开导王培泰：培泰，今天的事你都见了，我看你为那点钱粮丧命不值得，还是交出来吧。王培泰出乎意料地怒吼道：哪来的钱粮？你让我拿什么交！

陈有义吓得一跳，转身边走边说：好，好！好心当作驴肝肺，你就当我没说。

回到堂屋后，陈有义一屁股坐在太师椅上，气得癞蛤蟆似的直喘粗气。

好你个王培泰，给脸不要脸，你是不见棺材不落泪呀！我非要叫你人不人鬼不鬼的难做人！

陈有义就使出了绝招：让王培泰"抹血"。

"抹血"是陈有义从山东高密国民党军队占领区"活学活用"来的。高密那里把这种做法叫作"抹血"。就是以几个主谋元凶拉扯胁迫他人作案又嫁祸他人的卑鄙伎俩。还乡团抓来一些村民，采用自家人埋自家人的"抹血"手段，毫无人性地逼迫邻居埋邻居、父亲埋儿子、小叔埋嫂子、亲侄子埋叔婶、民兵埋军属、贫农埋干部。造成了高密广大农村社会普遍相互猜疑、相互攻击的冤假错案，危害极大。

晚上，陈有义让乡丁抓来几个认识王培泰的乡亲，和王培泰一起去"抹血"。

"抹血"的地点选在太平集前面的河滩上。还乡团的逼着王培泰和几个乡亲挖了半人深的土坑，接着有两个人被押了过来。王培泰认得是太平集上的共产党员邓长水、周大林。还乡团的将邓长水、周大林推下土坑，说这两人是共产党，逼着王培泰几个填土。王培泰明白了还乡团的险恶用心，这是让自己活埋他俩。王培泰扔了铁锹说：这事我不能做！大家乡里乡亲的，我埋了他俩良心何忍？再说事情传出去，人家亲友能饶过我？共产党能饶过我？怕是连老婆孩子都要跟着遭殃。反正是死，你们把我也埋了吧。

那几个人听了，也都不敢埋了。

还乡团的恼羞成怒，用枪托砸，铁锹砍，将几个人打倒在地。说再不动手，就把你们一起埋了。

邓长水、周大林说乡亲们，你们就埋吧，我俩不怪你们，共产党会给我们报仇的。

他俩这么一说，那几个人更不敢动手了。还乡团的就更加凶狠地打砸他们，还把一个乡亲也扔进了土坑里。

"抹血"必须有人证明，眼见为实，阴谋才能得逞。躲在一旁的陈有义没想到王培泰会来这一手。因为这几个乡亲是乡丁抓来的，一旦还乡团的真把他们打残了、埋了，那自己这好人就再也伪装不下去了。陈有义就故作气喘吁吁地跑过来，连声说乡亲们，乡亲们，我来迟了，让你们受惊了。又对还乡团的说：兄弟们，好兄弟们，这几个乡亲都是老实人、本分人，看在我的面上，放了他们吧。回头我请你们喝酒。

还乡团的故作为难地说这是杜团总的命令，我们不敢做主。

陈有义说我是乡长，一切由我担当，你们快放人！

还乡团的就不情愿似的将几个乡亲放了。他们就不停口地感谢陈有义的救命之恩，有一个人还给陈有义跪下了。陈有义面有得意地说：谢什么，乡里乡亲的，应该的。

几个乡亲走后，两个还乡团的人押走了王培泰，其他的还乡团的人就把邓长水、周大林埋了。

王培泰软硬不吃，陈有义黔驴技穷了，心里不再有你为鱼肉我为刀俎那种胜券在握的淡定，而且他从过往的国军嘴里听到了国军连吃败仗等诸多不好的消息。跟着，驻在成子湖周边村庄的国军孙良诚的一个旅开走了，这让他产生了一种不好的预感。更让他胆战心惊的是，有传言说共产党七分区饶子健司令率领淮北挺进支队已到了运河边上，马上就打过来了。此消息传开后，许多在沦陷期间反攻倒算的恶霸地主收拾细软，又纷纷逃亡了。自己是逃是留？陈有义急得如同热锅上的蚂蚁，一时拿不定主意。

逃？家里的田地房产就白扔了，这可是费尽了自家老少几代的心血才积累的呀！再说，这几年为了伪装积极，家里的浮财大都捐给国共两党抗日了，虽说这段日子又弄了些金银法币，但经不起到了城里坐吃山空。

留下来？这一个月来虽然乡里死了几百口人，可那都是还乡团杜麻子他们出面干的，自己手上没有血债，而且还从杜麻子枪口下救了不少人。虽说这期间搜刮了不少钱财，还睡了陈崇山、冯宝的女人，可那是她们自愿的，都还泪水汪汪地谢我呢。也许，留下来静观其变是上策。而且，眼下国军毕竟比共产党的队伍要强大得多。只是担心万一共产党回到淮北，自己的底细让人揭穿，那样穷鬼们怕是会把自己的皮扒了。不过，从眼下来看，似乎只有王培泰对自己有所怀疑。看来不管王培泰是不是共产党的财粮委员，也不管他藏有多少金银，我绝不能做那人为财死鸟为食亡的蠢事。

陈有义下了杀心。

他悲天悯人地仰头长叹一声：王培泰啊王培泰，当年你打断我两根肋巴骨，又害了我弟，我陈有义大人大量，对你以德报怨，要不是我护着你，杜麻子早把你送进阴曹地府了。可你不识时务，顽固不化，那我就成全你吧。就让共产党的那些财粮给你陪葬吧。你如不是共产党的财粮委员，那也不屈你，你兄王培宇，你弟王培楠是匪军，你就是匪属，国民政府杀你不屈。

想到王培宇、王培楠，陈有义心里还是犯了忌讳，自己要是杀了王培泰，万一真变了天怎么办？我能杀王培泰共产党就不能杀我？还是假手他人为上策。

陈有义就想到了吕集保公所保长吕凤阳。

吕凤阳为人圆滑，处事谨慎。虽说有田产，集上有商铺，可他从不仗势欺人。共产党也说他是开明人士，社会贤达，对他尊敬有加。在淮北沦陷后的太平乡里，吕凤阳是唯一没有参与杀人的顽保长，他使唤的几个保丁也都是他家的长工。陈有义知道吕凤阳的心思，他是在给自己留后路。

滑头，大滑头！陈有义恨恨地骂。当初叫你当保长，你为了讨好国军，保全家产，一口应允了，可却遇事又做缩头乌龟，看来没有人命你跟我不贴心，得给你也抹点血，让你也背条人命，看你再怎么四方讨好八面玲珑。

陈有义决定借刀杀人，让吕凤阳处决王培泰。

七

上午，陈有义和杜麻子嘀咕一会，就以杜麻子名义给吕凤阳写了一封信，说王培泰是匪属，也是共产党地下干部，塘槐村属吕集保公所管，特地将王培泰押到吕集处决。为了杀一儆百，震慑通共分子，责令吕集保公所召开村民大会，公开处决王培泰，最好是活埋。晌饭后，让乡丁马永丰和绰号叫水鬼、老鳖的两个还乡团的人押着王培泰去了吕集。

吕凤阳在淮北沦陷后能基本上做到洁身自好，这无疑受到他姨表弟刘同喜的影响。刘同喜在孙良诚的部队当团副，其实是中共地下党员。前时刘同喜从离吕集二十里地的界集镇团部来看望吕凤阳时，告诉吕凤阳粟裕在苏中七战七捷，国军在战场上连吃败仗，情况不妙。还说在洪泽湖里坚持斗争的共产党部队运用针锋相对的办法，夜里上岸处决了不少凶残的顽乡长、顽保长，让吕凤阳好自为之。

吕凤阳听了，心想：战事吃紧，怎能不紧呢，整天就知道杀人，反攻倒算，人心都没了，还能得到天下？

马永丰领着水鬼、老鳖把王培泰押到吕凤阳家时，吕凤阳正在冲着他的连襟姚明珍发火。姚明珍是高嘴保长姚明珠的堂兄弟，姚明珠把在洪泽湖里坚持斗争的七分区二连盛立富连长十二岁的侄儿抓去吊在房梁上，肩上加砖，还挂了四支枪，两个膀子都吊断了。昨夜，七分区以其人之道，还治其人之身。把姚明珠的父亲和儿子抓去作为人质，姚明珠吓破了胆，派姚明珍来求吕凤阳想办法保住他老子和儿子两条命。

待姚明珍走后，吕凤阳看了杜麻子的信，吓出一身冷汗。吕凤阳想：杜麻子大老粗一个，斗大的字不识一筐，这分明是陈有义的主意，想嫁祸于人。又想，王培泰真要是共产党，你把他埋了，人家反攻过来，怕是要埋你一家子。再说，人老几辈子相安无事，还沾亲带故的，这人命关天的事怎能下得了手？

待水鬼他们把王培泰绑在院内牛棚的柱子上后，吕凤阳把三人让进了堂屋歇息喝茶，自己借口上厕所，转到了牛棚里问王培泰：培泰，你给我说实话，还乡团为啥要我埋你？

王培泰说：他们说我是共产党财粮委员。

吕凤阳心里一惊，疑惑地盯着王培泰看了又看，说：培泰，你怎能是共产党的财粮委员呢？你真的参加了共产党？

王培泰笑笑说：凤阳哥，那你说我是不是共产党财粮委员呢？

吕凤阳听了王培泰这句话，便心若洞明，想王培泰还真的是共产党，我要是埋了他，自己就死无葬身之地了。心里不由痛恨陈有义，明里是人，暗中做鬼，也太阴险歹毒了。我得让王培泰知道你的祸心。便叹了口气说：培泰，虽说还乡团要埋你，可陈有义他是乡长，你俩交情也不错，他怎不保你？

王培泰：凤阳哥，我给你实说了吧，就是陈有义为了给陈有良报仇要害我。

吕凤阳：培泰，我当然不能埋你，但我也无法救你，我只能让他们把你再带回去。

王培泰：凤阳哥，你思想开明进步，我在路上就想到你不但不会害我，还能救我。

吕凤阳：救你？培泰，你高看我了。这两个还乡团如狼似虎的样子，哪能容得了我救你。

王培泰：凤阳哥，我想了一个办法，你看这样行不行？

王培泰就把想法给吕凤阳说了。

吕凤阳听了，先是怔愣了一会，接着像不认识似的盯着王培泰说：兄弟，我看你整天闷声不响的，你哪来这么多的计谋呀？我按你说的去做就是了。

回到堂屋后，吕凤阳给马永丰使了个眼色，马永丰跟着吕凤阳来到灶房，问吕凤阳：表姑夫，你叫我有事？

原来，吕凤阳媳妇娘家在太平东面的龙集乡，马永丰是他媳妇娘家表侄。他本是个在成子湖边打大雁的枪手，这一年多来在陈有义家湖边的看青棚里常住，与陈有义来往近乎。陈有义当了乡长，就以每月两块大洋的高薪招他当了乡丁。

吕凤阳直截了当地对马永丰说：永丰，王培泰埋不得。

马永丰问：怎么埋不得？

吕凤阳说：能埋得陈乡长怎么不在太平埋？非要押来吕集埋。他这是为了坑害我。我实话给你说，王培泰是真共产党，他哥王培宇和他弟王培楠都是拿枪杆子的，你把他埋了，这仇就结大了。共产党反攻过来，水鬼、老鳖他俩本来就是土匪，家又不在本地，到时脚底抹油跑了，你拖家带口的，跑得了和尚不了庙，就只有死路一条。

马永丰吓坏了，说：那怎么办？

吕凤阳说：你听表姑夫的，我保你没事。就给他安顿一番，马永丰走了，吕凤阳又给乡丁布置一番，这才回了堂屋，从老柜里拿出一个黑瓷瓶双沟大曲，说这酒是宣统那年的贡品，存世没有几瓶，说话间打开瓶盖，果然满屋酒香，馋得水鬼、老鳖直咽口水。吕凤阳就拿了四只小碗，将酒分开，也没有就菜，四个人就品了起来。正品得高兴时，一个保丁提着枪，神色慌张地跑进来把吕凤阳叫了出去。一会儿，吕凤阳回来心事重重地说：昨夜共产党的队伍上岸把高嘴姚保长大大（父亲）和儿子抓走了，刚才街上又发现几个形迹可疑的人，可能是共产党便衣队，说不定是来救王培泰的。我看你们还是把王培泰押回去吧。

水鬼说：吕保长可不敢这么做，杜团总、陈乡长会处罚我们的。

吕凤阳不乐意了，说：共产党的便衣队就藏在吕集，你要处决王培泰，人家肯定要解救，那样你我几个的命怕都保不住。你说是处决王培泰要紧，还是保住自己的命重要？要想在吕集处决王培泰也行，那我就得请我表弟派兵来，那样共产党的便衣队才不敢动手。你们要不听我的，想怎么处决王培泰都行，反正我是不参与。

水鬼听吕凤阳说话强硬，也知他表弟在国军里做团副，比杜团总、陈乡长官大，也不敢得罪他，便苦着脸说：吕保长，我也知你这也是为我俩好，但杜团总那人翻脸不认人，王培泰万不可押回去。

吕凤阳听了，沉吟一会，说那我就不为难两位老弟了，要埋，就晚上埋，这样不招风显眼。

马永丰听了，连声说行，那就晚上埋。

水鬼无奈，只得同意吕凤阳的办法。

傍晚，吕凤阳给了水鬼他们三人每人十块洋钱，又摆了一桌酒菜，款待马永丰、水鬼、老鳖，两瓶酒下肚，水鬼和老鳖就醉醺醺了，吕凤阳说还要送王培泰上路，就不让喝了。

淮北的冬天黑得快，晚饭后天就大黑了。吕凤阳就带着一个乡丁领着水鬼他们三人将王培泰押到了吕集街后的乱坟岗，挖了一个坑，将王培泰推了下去了，吕凤阳便和乡丁手忙脚乱地往里埋土，许是乡丁手脚慢了，吕凤阳恼怒地呵斥他：快点埋！快点埋！话音刚落，乱坟岗一头就响起了枪声。马永丰惊恐地说：便衣队来了！几步蹿到一旁的坟茔上，搂响了汉阳造。水鬼、老鳖也迅速卧倒，冲着响枪的地方扣动了扳机。在他们身后，吕凤阳变戏法似的从土坑旁的茅草中拿出一只箩筐，又拽出王培泰嘴里的毛巾，将箩筐罩在王培泰头上。

很快，吕凤阳和乡丁埋了王培泰。水鬼他们三人还在冲着便衣队射击。吕凤阳气喘吁吁地说：埋好了。

马永丰说：快撤吧。

水鬼、老鳖虽说惊慌，却还是没忘了此行的任务，在坑上狠命地跺了几脚，这才和吕凤阳几人奔回了吕集保公所。

八

马永丰、水鬼、老鳖仨人回到乡公所，已是夜里十二点多了，乡公所的人都睡了，只有陈有义还在等着马永丰几个。水鬼就编了一段真真假假的话哄骗陈有义，说便衣队进了吕集，吕凤阳怕便衣队抢人，晚上才去埋了王培泰。还和救王培泰的便衣队打了一仗，把他们打跑了，才把王培泰埋了。

陈有义听了心里很高兴，想到底不显山不露水的把王培泰给灭了。嘴上却直骂吕凤阳讲鬼话，耍滑头。说什么怕便衣队劫人，他是怕背名声！骂着骂着他突然觉得不大对头，想他不会搞什么鬼吧？就又让马永丰把埋王培泰的过程说了一遍。马永丰战战兢兢把水鬼的话又重复了一遍，还特地说了水鬼、老鳖离开时在土坑上还跺了几脚。陈有义心里还是不踏实，说你们带我去看看埋在哪里。水鬼、老鳖不悦了，说：半夜三更的，有什么好看的，要看你自己去。转身走了。陈有义管不了还乡团，拿他俩没办法，只得叫了几个乡丁，让马永丰领着奔了吕集乱坟岗，找到了埋人的土坑，可坑里不见了王培泰。陈有义心细，他提着马灯，趴在土坑边上仔细看了好一会儿，土坑埋过人的痕迹看得清清楚楚，看来，王培泰是让人救走了。

陈有义疯了，千算万算，还是让王培泰跑了。急忙回到太平集，找到杜麻子，命令还乡团和乡丁连夜在吕集周边的塘槐、王嘴、周嘴、何庄几个村庄搜查王培泰，还提出要到成子湖的芦苇荡搜查。

杜麻子说芦苇荡有共产党，黑天夜地的去那里，想找死！

还乡团不敢去，乡丁更不敢去。陈有义只得安排乡丁卡在湖边几处芦荡口前，防止王培泰逃进芦苇荡里。

一番折腾后，天已大亮，陈有义不死心，回到乡公所后，顾不上休息，又和杜麻子谋划召开抓捕王培泰的保长会议。俩人说话间，陈有义媳妇大美从隔壁家里提着水壶给陈有义送开水来，杜麻子见了大美，眼睛都直了。在这之前，大美就听说过杜麻子的凶残暴戾，吓得不敢看他，放下水壶就赶紧往外走，杜麻子眼睛又追着大美屁股不放。

陈有义知道杜麻子是个心黑手辣、无恶不作的土匪，他对国军收留这些渣滓很是不解，但对杜麻子残杀共产党人、翻身农民却很欣赏。他认为，共党穷鬼也非杜麻子这些恶人不能剿灭。但他也知道杜麻子这伙土匪本性难移，无信义可讲，自己既要利用他，也得处处防着他，免得被他咬一口。

陈有义厌恶地皱起眉头，咳嗽一声，杜麻子这才将眼珠从大美身上拔了出来，嘿嘿干笑了笑说：老弟好福气呀！

两人谋划一番后，决定晌饭后召开各保长会议。待送通知的乡丁走了，陈有义这才回家打了个瞌睡。

晌饭后，各保长准时到会，杜麻子声色俱厉地把各保长训斥一番，说抓不住王培泰要罚各保五千块洋钱。几位保长听了，叫苦不迭，有的则面露怨恨之色。陈有义这才慢声慢语地说：眼下日子艰难，五千洋钱不是小数。杜团总怀疑王培泰是共产党，要找他把事情问清。杜团总是重证据的人，不会为难他。再说有我陈有义在，还能给他王培泰身上扣屎盆子。

保长们听了直点头，想还是乡长有情分，讲仁义。吕凤阳则动情地说：

幸亏有义出头担当乡长这差事，方保我乡一方平安。我等当尽全力寻找王培泰，决不能让他连累了乡亲们。

陈有义听了，说凤阳兄此话言重了，有义受之有愧。心里却对吕凤阳恨得牙根发痒，要不是你吕凤阳作梗，王培泰能让共产党救走吗？

散会后，各保长匆匆赶回保公所，带着保丁四处搜捕王培泰，一时闹得鸡飞狗跳，人心惶惶。午夜，陈有义又亲自带领乡丁到塘槐去捉拿王培泰的家人，结果扑了个空，王培泰的家人早在他被抓的第二天就躲了起来。陈有义很后悔没有早点对王家下手，便严令各保四处设岗，不让王培泰跑了。

九

当水鬼吕凤阳几人慌慌张张地离开乱坟岗后，一个人摸过来将王培泰扒了出来，解开了王培泰手上的绳子，还递给他一包饼子。王培泰没有停顿就从野地里奔了太平集。此时已近午夜，天上稀稀的星斗眨着诡谲的眼睛，冰凉的夜风呼呼地吹着，刮得树枝野草沙沙直响。王培泰忍着腿上的伤痛，一瘸一拐地爬高下低，蹚沟过河，在下半夜到了太平集西头沙垅。这里是周围几个村庄的墓地，上百亩的砂浆地上布满了高高矮矮的杂树和密密麻麻的坟头。这些坟头中有许多是空坟，那些死于非命的人，找不到尸首，家人就给起了一座空坟。这些密密麻麻的坟头里，有王培泰的亲友和乡亲，他们有的死于疾病，有的死于贫困，也有的失去了对生活的信心，自寻了短见，他们的音容笑貌此时栩栩如生地活泛在王培泰的脑海里。如今，他们摆脱了命运的安排，也免却了年复一年的磨难，再也不用操心年成的好坏、担心兵匪祸害、地主的逼债、品尝尘世的荣辱辛酸了。

坟地里，又新添了许多大大小小的坟头，这都是这些天来被还乡团残害的乡亲。王培泰心里充满了悲愤。但他的脚步没有停下，而是径直走到沙垅北面那片掩在桑树林中的坟墓前，这片坟墓有二十多个，坟头都不大，有的被风雨剥蚀的只剩下一堆黄土，在朦胧的月色下显得格外荒芜、凄凉。在三个塌陷的墓基相连的坟墓前，王培泰住了脚，蹲下了身子，仔细端详了一会，又伸手在坟墓上下摸索起来。淮北的一月份，虽说还在冬季，地气早已萌动，坟头上已长出了密密麻麻的小草和野菜，像是给坟包披上了一层绿色的戎装。王培泰无声地长出了一口气，起身离开了桑树林，消失在沙垅中间的湖神庙里。

陈有义马不停蹄地在塘槐、王嘴、何庄、周嘴几个村子穿梭着，搜查着，还是一无所获。他后悔当初不该沽名钓誉，怕落了个恩将仇报的恶名，没早点让杜麻子把王培泰杀了；后悔没有早点捉拿王培泰的家人，逼他就范。如今，自己费尽心机，却落了个人财两空。

陈有义欲哭无泪，把肠子都悔青了。

抓！一定要抓住王培泰，不然后患无穷。几乎在一念间，陈有义就做了一个决定：给国军一笔钱，请国军捉拿王培泰。国军开上一营人马过来，几个村子一起搜，我看他王培泰往哪里藏！

回到乡公所，顾不上睡觉，陈有义就以乡公所和还乡团名义，让各保交纳一千块大洋和十头肥猪犒劳国军。送通知的乡丁还没回来，陈有义就得到报告说封锁湖边的国军今晚就要调走了。这个消息对陈有义来说，无异于晴天霹雳，把他的心和骨头都惊碎了。

国军连洪泽湖的残余共党都顾不上清剿了，这说明战事吃紧，共党得势了。国军要是走了，那共产党的队伍肯定很快就要到了。好像为了印证陈有义的猜度，杜麻子突然对他那两条泊在河里的钢板划子进行维修，看来他要继续他湖匪的营生了。这让陈有义更加恐慌，也更加后悔没有果断处死王培泰。如果处死了王培泰，没人知道自己的底细，就可以伪装成庇护乡梓的好人了。可是，王培泰跑了，陈有义便稳不住了，他一面严令乡丁继续搜查王培泰，一面打点好金银细软，先让大美带到县城二姑家，自己准备在乡公所再坚持几天，看看形势。

陈有义之所以不跑，他信县党部书记长徐心诚的话。在这之前，陈有义去了县城一趟，徐心诚对他说：国军兵强马壮，蒋委员长决心灭共，又有美国人支持，共军根本不是对手。还许诺保荐他做成子湖区长，管理太平、龙集、界集三个乡。陈有义便心存侥幸，认为共产党终归不是国民党的对手，自己不必过虑。再加上他难舍家中的田产、宅院，更贪婪王培泰藏的那些从陈佩华匪窝里掏来的金银珠宝，这事只怪狗日的杜麻子手重，把刘林打死了。刘林是太平集人，他参与攻打陈佩华在高集的窝点，缴了一口袋金银。杜麻子本是土匪，他一听刘林给共产党当眼线，没容他把话说完，一枪把子就把他给砸死了。

又煎熬了两天，不断有伤兵从运河那边撤下来，陈有义从伤兵们口中得知，共军反攻到运河边上了。陈有义撑不住了，不再相信徐心诚那些鬼话了，立马决定让大美带着两岁的儿子小宝去县城，并派了两个乡丁护送。还开了路条，说大美是淮阴警备司令部陈参谋长的表妹，现去县城看望陈参谋长的母亲。太平离青阳不足六十里路，沿途都是国军地方部队占领区。大美骑着大青驴，抱着小宝，带着一对沉甸甸的褡裢起了程。陈有义亲自将大美母子送出街口，上了路，这才转回乡公所。

十

大美一行出了太平集西口，走了约莫有三里路，就到了沙垅前的岔路口，一个路口是大路，另一条小土路通向沙垅，从坟地中间穿过去，能近二十里路。乡丁按陈有义叮嘱，赶着大青驴上了小土路。刚走了小半里路，惊诧的一幕出现了，树丛里突然蹿出一个人来，惊得大青驴前腿一踉跄，将大美母子连带褡裢都甩了下来。当大美看清来人是杜麻子时，顿时感到大祸临头，吓得魂都没了。

原来，早上大美母子准备起身时，杜麻子刚巧来找陈有义，陈有义正把沉甸甸的褡裢往驴背上放，土匪出身的杜麻子对钱财似乎有着一种特殊的嗅觉，心里一动，悄悄退了出来，跟踪大美进了沙垅。

杜麻子蹲在大美跟前说：弟妹，你这是去哪里呀？说着便解开褡裢，褡裢里面装的是金银首饰，洋钱，还有银元宝和一扎扎国民政府发行的法币。杜麻子冷笑说：陈乡长把乡上给国军筹的军饷贪污了，该枪毙！

大美吓坏了，护住褡裢说这是我家的积蓄！

积蓄？这些金银首饰也是积蓄？杜麻子说着用劲一拽褡裢，大美就歪到了杜麻子怀里，杜麻子顺势就将大美抱住，左手毫不犹豫地从大美衣襟里探了进去，一把握住了大美的奶子。顿时，杜麻子心酥了，说：大妹子，你好心疼人。

杜麻子早就垂涎大美的美貌，但陈有义自上次见杜麻子看大美那色眯眯的样子，就没让他进过家门，更不让大美去乡公所。谁知杜麻子自见了大美后，便把大美窝在了心上。

杜麻子的放肆，吓得大美惊叫一声，本能地扇了他一巴掌。两个乡丁也吓坏了，说杜团总，你、你……杜麻子便突地跳起来，一言不发地将盒子枪抵在乡丁胸口上，随着两声闷响，两个乡丁应声倒地。

大美被吓瘫了。杜麻子说：大妹子，乡丁都死了，你依了我，褡裢里的钱我只当没看见，有义还照当他的乡长。伸手就要搂抱大美。

大美两手紧紧地护着胸口，惊骇地说不，不……

杜麻子火了，凶狠地盯着一旁哭泣的小宝，大美便屈服了，松开两手说莫害我的孩子。杜麻子说大妹子你真懂事。几把撕开大美衣裤，望着大美白嫩的身子，杜麻子舍不得就此放手，想反正共产党的队伍马上就打过来了，不如把她藏掳到"眼子"（土匪窝底）藏起来，待日后带到大湖里快活。转念又想：这女人留不得，陈有义诡计多端，他表哥又是国军参谋长，一旦让他知道了，自己就得吃枪子。还是把她了结了稳妥。就在他将枪口对着大美时，身后一声枪响，杜麻子身子一颤，但他在栽倒的同时，还是冲着大美的胸口扣动了扳机。

陈有义提着匣子枪扑了过来。

刚才，陈有义回到太平集街口时，马永丰对他说刚才杜团总去家里找你，看你正忙着没吭声就走了。陈有义心里一跳，便问在街口站岗的还乡团，可见了杜团总，还乡团说杜团总刚才在您家夫人前头出去了，还没回来。陈有义便有了一种不祥的感觉，撒腿便往街外奔去，却还是晚了一步。

陈有义泪水涟涟地边给大美穿衣边说大美我不怪你，我不怪你。你可不能死呀！陈有义是爱大美的，这个十庄八村少见的俊女子是他费尽心机才娶到家的，为此他还挨了王培泰一锄头，伤了两根肋巴骨。

陈有义念叨间，身后响起了杜麻子的狞笑，他知大事不好，一把抓起放在身边的匣子枪，这时，一粒子弹已经钻进了他的肚皮，但他在栽倒的同时，同刚才杜麻子那样，转身扣动了扳机，揭开了杜麻子的天灵盖。

十一

王培泰突然出现在坟地里。原来，这几天他就藏身在坟地中间那倒塌的湖神庙的地室里。这湖神庙本是清朝穆宗同治十二年（1873年）太平集道台朱有光捐钱修建，共有殿堂房舍十余间。尽管饱食人间烟火，却未能造福于民。自开建那年起，成子湖连年发大水，伤人毁田，老百姓苦不堪言，最严重一次湖水顺着河道冲过来，把沙垅掏了一个大坑，差点把湖神庙也卷了；人们就冷落它，香火日渐稀疏，庙宇也就渐渐破败了。现在，除了供奉湖神的三间正殿摇摇欲坠外，其他的房子只剩下一圈残垣断壁了，里面长满了杂乱的树木荒草。没想到的是，它的正殿下面，竟然藏着一个二十多平方米的地宫。这是洪泽湖游击队发现的，后来被用作安置伤员、藏匿物资，王培泰就藏身在这地宫里。

正如陈有义所疑，王培泰是共产党的地下财粮委员，他所谓被抓了壮丁，其实是参加了新四军，怕家人遭到日伪报复打的幌子。当时，成子湖地区是敌我顽三方拉锯地带，不久组织就派遣他回来做地下交通员。这次"淮北撤退"过于仓促，有几十担粮食和二十多匹白洋布以及由他和刘林负责运送的从陈佩华处缴获的一口袋洋钱、金银首饰来不及运走就藏在地宫和空坟里。这几天，为了保护这些物资，王培泰就坚守在地宫里。在前天夜里，他曾经摸到塘槐村找熟悉的党员干部了解情况，但都没联系上。不过让他惊喜的是，国民党大部队不见了，剩下的都是地方保安团、还乡团，他意识到，形势有变了。更加增强了坚守下去的信心。刚才，他在地宫里，听到了枪声，枪声过后，又隐约听到了孩子的哭声。这里怎么会有孩子哭呢？王培泰出了地宫，顺着哭声找去，先看到的是一只大青驴，这不是陈有义家的吗？自己没少喂过它草料呢。跟着他看到一个两岁大小的男孩在地上边爬边哭。见四周无人，王培泰过去抱起了男孩；男孩的脖子上挂着一只拇指大的玉鱼，他认出是陈有义的儿子小宝。接着他惊讶地发现了几具尸体，杜麻子的天灵盖碎了，大美死了，两个乡丁死了，陈有义的肠子都流了出来，也只有出的气没有进的气了。这突如其来的变故，让王培泰一时闹不清是怎么回事。

此时，小宝在王培泰的怀里安静下来，眼睛忽闪忽闪地看着这个抱着他的陌生人，两只小手搂住王培泰的脖子，把小脸直往王培泰脸上贴。王培泰心里却在紧张地考虑一个简单而又复杂的问题：孩子抱走还是不抱走？抱走，这是陈有义的儿子；不抱走，把他留在空天野地里，意味着放弃了他的生命。想到这里，他好像怕小宝被别人抢走似的，解开衣扣，将他紧紧地裹在怀里。一个还不会走路的孩子，就是陈有义的孩子又有什么关系呢？

放下孩子！坟地上突然响起一声阴森森的呵斥。

王培泰不由一颤。这个声音太熟悉了，可以说已渗透在他的骨头里了。

王培泰慢慢转过身来，眼前，满身血污的陈有义侧着身子，正用黑洞洞的枪口指着自己。

王培泰急说：不要开枪！你不要开枪！

陈有义狞笑着：你也怕死。

王培泰说：不要伤了孩子。

陈有义一怔：把小宝放下！我留你一命。

王培泰：你自己命都不保，还能养活孩子？

陈有义想王培泰是将小宝当作保命符了。说：大人的仇气与孩子无关，你把小宝放下，我和你有话要说。

王培泰讥笑说：残害无辜的事只有你这样的恶人才做得出。说着将小宝放到了地上。没想到，小宝却又哭着抱住王培泰的腿。

王培泰的举动让陈有义感到意外，更让他吃惊的是，王培泰手中变戏法似的多了一把短枪。

陈有义突然哭似的笑了：王培泰，我终究没有冤枉你。你就是新四军、共产党。只有你进过我家山芋窖，知道那条暗道。有良就是死在你手上的。

原来，尽管陈有义早就断定王培泰是地下党，却从未抓住他的真凭实据。

王培泰：陈有良他是罪有应得！

陈有义：罪有应得？他和你有仇吗？你也下得了手！

王培泰：那些伤员和他有仇吗？那两个女护士还是孩子，也和他有仇吗？吕集、塘槐、王嘴被你们残害的那些乡亲又和你有什么仇？他们有许多是你的长辈，是你家的佃户、长工，用汗水养活了你陈家，你又怎能下得了手！

陈有义：那是杜麻子干的。我保了不少乡亲呢。

王培泰：杜麻子干的？你保了不少乡亲？王升高是怎么死的？杜麻子怎会杀他？就因为他撞见你大（父亲）埋财，吓破了你大的胆，你就怀恨在心，指使杜麻子杀了他。还有水叶嫂子，她一个寡妇人家，惹谁了？还乡团为何要杀她？就因为她说过强奸大美那个蒙面歹人就是你，你就不放过她。

在王培泰的痛斥声中，陈有义恼羞成怒地冲着王培泰扣动了枪机，无奈他的伤太重了，手抖得太厉害了，砰砰两声，王培泰还是纹丝不动地站在他的面前。

陈有义绝望地说：你杀了我吧！

杀你？国民党匪兵都退走了，淮北马上就解放了，等着你的是和魏友三一样的审判。

魏友三是淮北罪恶滔天的大土匪，一九四二年三月十七日，在山子头被新四军三师九旅俘获，在吕集圩被枪决。愤恨的百姓还不解恨，将他烧成了焦黑的柴棒子。

陈有义胆寒了。自己身负重伤，怎么也回不到家里了，即使回到家里，也不能跟着保安团、还乡团逃跑了。共产党来了，肯定饶不了自己。看来，只有死路一条了。

王培泰再也没看陈有义一眼，走到大美跟前，脱下上衣盖在大美身上，然后抱起小宝，头也不回地走了。

看着王培泰跟跄的身影，陈有义的眼里蹿出了两股血水，这么多年来，尤其是这几十天来，为了保住陈家土地房产，更为了报仇雪恨，他耗尽心血，殚精竭虑地隐蔽自己伪装自己，以图日后扬眉吐气。如今，却成了南柯一梦。而眼前他千方百计想杀害的这个人，没有给自己补上一枪，却还收留了自己的儿子。陈有义的精神彻底崩溃了，他无助地茫然四顾，坟地里一片寂静，斑驳陆离的阳光下，那些大大小小的坟头随着洪泽湖上卷起的阵风不停变换着的表情，冲着他或悲哭或愤怒或呐喊或大笑。他凄然地用尽全身力气，颤巍巍地将枪口抵住了自己的太阳穴……

原载 《朔方》 2011 年 7 期

穆墩岛往事

民国 19 年（1930 年）7 月初，遵中共徐海蚌总行委命令，中共泗县委员会改为行动委员会，丁超伍任书记，领导泗县农民暴动。同时成立了中国工农红军泗县独立师，何凤池（李宝璋）为司令，魏正斌、丁超伍为副司令。决定 8 月 1 日在泗县石梁河举行农民暴动。后因起义行动被敌察觉，行委决定于 7 月 30 日提前暴动。行动口号是：打倒国民党，推翻旧政权，建立工农政权；打倒土豪劣绅，反对苛捐杂税；打倒恶霸地主，分土地、分粮食。从而揭开了泗县革命斗争新篇章。

——摘编自《泗县志》

一

民国 19 年（1930 年）7 月上旬，宋士明急匆匆地从一百多里外的青阳镇来到了穆墩岛，落脚在岛上的马文礼家。马文礼与宋家交好，民国 14 年（1925 年），宋士明兄长宋士文从青阳镇来穆墩岛收购药材，捡到一只五寸长的金簪，这可是稀罕对象，没想遭人暗算，被打昏在苇丛里，幸好让马文礼救了，并由此结交了马文礼。自此，每到雨季，宋士文都会到穆墩岛来住上一段时间，既收购药材，也收购水产和地皮菜。收购来的药材、水产，宋士文不急于运回，而是就地切割晾晒，这样便需许多时日，因而他在岛上住的时间就长了些。好在有马文礼这个知心换命的朋友，吃住方便，倒也不觉得有什么难处。

对兄长多年不变的穆墩岛之行，宋士明很是不解，觉得似有事瞒着他，但兄长不说，他也不好打问。直到去年八月，宋士文在穆墩岛再次遭人暗算，宋士明才明白兄长为何年年雨季要到穆墩岛去。

穆墩岛是洪泽湖中唯一的岛屿，面积只有两平方公里，岛上住着七八家逃荒户。岛西面避风湾里，还搭了一排马鞍形草棚，住着几户渔家。另外的建筑就是面对半城镇河口村的土码头了。这么个荒凉小岛，按理说应是土匪安营扎寨的好去处，但因回旋余地小，又人烟稀少，没有可供打劫的肥羊（财主），土匪很少来这里。

马文礼是从山东临沂逃荒过来的，年近五十，身材魁伟，相貌堂堂。独自带着儿子山魁和闺女水秀过日子。他为人仗义，在穆墩岛上极有人缘。宋士文与马文礼结为患难之交时，还是个小药铺的郎中，后来家境渐好。在宋士文的帮助下，马文礼盖了几间草屋，圈了院墙，还买了一条小船，日子也就勉强过得去了。

对宋士明的到来，马文礼和山魁、水秀都非常高兴；马文礼去青阳镇与宋士明接触几次，虽说他刚过而立之年，文弱消瘦，但知书明理，尤其对世事的见解更让马文礼佩服。两人先叙了些关于宋士文过世的情形，不免都伤感了一回。随后，马文礼泡了一壶茶，说老弟，你是读书人，品品是什么茶？

宋士明笑说：不用品，我一闻这清香，就知是乾隆皇帝喝过的荷叶茶，你带给兄长的我常喝呢。

原来，穆墩岛特有的荷叶茶早就闻名遐迩，它具有祛瘀止血，清热解暑的作用。相传乾隆皇帝下江南，到了洪泽湖畔的泗州府时，因一路山珍海味吃多了，肝火上升，觉得胃里不适，浑身疲劳不堪。当地官员特泡制荷叶茶，献给乾隆品尝，一口下肚，乾隆只觉得清香扑鼻，顿时浑身舒适，胃也舒服了。乾隆龙颜大悦，将荷叶茶和穆墩岛莲子，以及产于半城花亭的百合一起列为古泗州三大贡品，年年进贡，供皇家品尝。

一会儿，水秀做好了饭菜，有银鱼、河蚬、莲子汤等，很是丰盛。

饭后，天色已晚，便收拾休息。为便于说话，马文礼就和宋士明打了通腿。

上床后，马文礼怕招惹蚊虫，熄了灯火，说：按往年士文兄惯例，我估摸你上个月就该到了，怎今天才来呢？

宋士明压着嗓子说：团练局、警察局三天两头到药铺里骚扰，收什么治安费、防共费，脱不开身。

马文礼说：是了，前些时半城镇公所也来收什么防共费、防暴费，说共产党在萧县那里闹暴动了。这是真的吗？共产党不是前几年都给杀光了吗？

宋士明说：萧县那里是闹农民暴动了，还成立了徐海蚌红十五军第一师。俗话说官逼民反，眼下老百姓被地主老财、官府兵匪剥削欺压得没地种，没工做，离乡背井，逃荒要饭，不暴动就没法活。共产党是为穷苦人闹翻身的党，他们也大都是像你一样的穷苦人，你说天下穷人这么多，能杀得光吗！

马文礼听了，吃惊地瞪着宋士明，说：兄弟，你这话千万莫在外头说，让人听到了会惹大祸。

宋士明笑道：兄长你也是穷苦人，我才给你说这话。不过总有一天，老百姓都会理直气壮地说出自己的苦处，理直气壮地要求改天换地的。

马文礼从宋士明的话里听出了弦音，疑惑地问：兄弟，莫非你——话说了一半，又觉不妥，打住又说：你说这共产党能成事吗？

宋士明会意地笑了笑，说：人心齐，泰山移。只要天下穷苦人都和共产党一条心，哪有做不成的事呢！人家萧县那里不就成事了，佃户连租子都不交了。

马文礼让宋士明说得动了心，连连点头说：是这么个理。我怕是等不到那一天了，只要孩子能回到老家过上安生日子我也就安心了。

宋士明说：兄长我正想问你呢，你怎到这荒岛上安家呢？

马文礼听了，不由神色恻然，说：还不是为了吃口饱饭嘛。

宋士明见马文礼不愿多说，想离乡背井之人定有哀痛之事，也不好再问，提醒他说：穆墩岛狭小人稀，一旦遇到坏人祸害，没有藏身之处，长居此地不妥。

马文礼叹息说：我哪想住在这里，开这几亩荒地还要给半城镇镇公所交税，给团练局交治安费，但要上岸，连搭间草棚的地方都没有，还能去哪里呢？

宋士明安慰说：山魁、水秀都成人了，日子会好起来的。这块不想住了，到青阳镇也行，那里可做的事多，我那药铺也需要人。说着，摸索着从床头的布褡裢里拿出手电筒，拧开，又拿出一个金戒指说：这只金戒指，是家嫂带给水秀的。家兄多年来麻烦兄长，家嫂很感动，她让我谢你多年来对家兄的照顾。

马文礼感动地说：这话让我承受不起，不是你家兄嫂资助，我马文礼哪能盖得起屋，买得起船呢。不瞒你说，你家兄长给山魁娶媳妇用的一荷包金沙我还没动呢。要说感谢，是我要怎么感谢你们呢。

宋士明听了，愧疚地说：兄长你莫说金沙了，这些年来，我家愧对兄长你，瞒着你做了一件亏心事，还得请你宽量呢。

马文礼让宋士明说得一怔，惊愕地说：什么，亏心事？兄弟何来此话？

宋士明说：兄长，我这次来穆墩岛，不是为了收购药材、水产，就是要告诉你这件事，还要请兄长帮我做成一件事。

马文礼说：士文兄也是知书达理的人，以他的为人，那件事不告诉我定有不告诉我的原因，你就莫说了。你有事要办，我一定尽力就是了。

宋士明说：不瞒兄长，我有一件大事急需用钱，所以那事必须告诉你，家兄在岛上找到了一处……

正说着，外面嘭的一声，像是什么东西落到地上。宋士明立马打住话头，马文礼也疾速下床，贴到门后屏息静听了一会，见门外无啥动静，才又上了床，悄声说：外面不是毛贼就是独匪，不惹他。

宋士明行事谨慎，就收住话头，说兄长，天不早了，我困了，那就明天再说吧。

马文礼也不想让宋士明说出什么尴尬事，说：我也困了，就早点睡吧。

俩人就在暗中睁着眼，听着外面的动静，直到更深夜静了这才放心入睡。

二

第二天，吃了早饭，宋士明让马文礼陪他在岛上转转。马文礼知道宋士明有话要讲，便让山魁兄妹去地里忙活，自己陪着宋士明出了门。

穆墩岛早就名声在外，相传宋代抗辽名将、巾帼英雄穆桂英的故里穆柯寨就是这儿。岛上至今还保留许多当年穆家军的遗迹。因为交通所限，上岛人少，也就造就了岛上荒芜的自然人文景观。

两人先到了屋后穆墩岛最高处的土墩上，马文礼说这就是穆桂英的"点将台"。据说穆柯寨的草莽们就是从这里加入了杨家将的英雄行列，演绎了一出出脍炙人口、千古传颂的动人篇章。此时，阳光东照，湖面上蠕动的薄雾妙曼地漫过堤岸，为穆墩岛披上了一层羽翼般的轻纱，使整个岛屿灵动起来。滩涂上那一片片茂密的芦苇，在晨风中起伏舒卷；一旁的荷塘里，绿叶竞翠，莲蓬高举；远处湖光粼粼，白帆点点，一切都是那么古朴自然，美不胜收。

在岛北面的斜坡上，生出一个天工造物般的土包，上面汪着一个半亩地大小的水塘，那塘极像一只圆圆的黄盆，四边的坝埂恰似黄盆的沿口。宋士明想，这塘应是兄长说的黄盆塘了。因心里有要事，他顾不上细细欣赏大湖风光，见四周无人，便拉着马文礼坐下，接着昨晚的话头，给马文礼说了一件奇事——

民国 15 年（1926 年）6 月的一天，宋士文在穆墩岛北坡坝埂下的水洼里淘洗采摘的药材时，随着飞溅的水花，奇迹出现了，水洼一侧的凹槽里突然跳出一只惊慌的青蛙，宋士文吓了一跳。这只青蛙跳跃过的地上，洒落些许金光点点的颗粒。宋士文心里疑惑，再看这水洼，活脱脱一个鲶鱼嘴。青蛙跳出的地方，则极像鲶鱼嘴的下颌，宋士文本能地伸手探了进去，里面是一个盘着的一道道水槽，还长着苔锈的斗大水洞，宋士文在洞里抹了一把，抽手一看，手掌上竟然沾了许多黄闪闪的金沙……

自此，每到雨季，宋士文都会到穆墩岛来，做着无本的淘金买卖。如果运气好，一个雨季下来，能淘到几两上好的金沙，直到去年 7 月 27 那天他遭到朱有财的致命一击。

朱有财住在穆墩岛对面的河口村，与宋士文素有交往。他注意宋士文已有一段时间了，直觉告诉他，宋士文年复一年地在雨季从上百里外的青阳镇跑到穆墩岛来收购银鱼虾米，且一住就是好几十天，定有所图，便留意宋士文的行踪。久而久之便对宋士文为啥老在那个水洼洗手产生了怀疑，

而灾祸，就生发在举手之间。

那天半晌，宋士文在淘了第一把金沙后，习惯性地举到眼前看了看，东升的阳光鲜亮耀眼，将宋士文手上的金沙反射得灿烂夺目，这一幕，正好让藏在距鲶鱼嘴咫尺之遥的杂树林里的朱有财看到了。朱有财干的本来就是打家劫舍的恶事，见多识广，也就在宋士文抬手间他就断定这灿烂夺目的东西是金沙，而那个水洼无疑是个淘金洞。他几乎未做任何思考就本能地做出了职业反应，在宋士文伏下身子，又伸手去鲶鱼嘴下颚收集金沙时，朱有财使出平生本领，眨眼间就从杂树林里扑到宋士文背后，用手中的木棒给了宋士文致命一击。宋士文只感到头嗡的一声就失了知觉。

朱有财冲着满头血水的宋士文冷笑一声，迫不及待地趴下身子，并很快从鲶鱼嘴下颚那个被他看作是盘龙洞的斜兜里捞出了几粒金沙。发财了！我朱有财真的有财了！朱有财欣喜若狂。

也是朱有财利令智昏，这个整天盘算害人的独匪、"眼子"（土匪线人），就在他狂喜之时，那个被他忘掉的垂死之人爬了起来，捡起那根木棒，倾尽全身力量扎实地在他的后脑勺上还了一棒。朱有财就再也动弹不了了。

宋士文不愿鲶鱼嘴暴露于人，更不愿结仇朱家，眼见得朱有财只有出气没有进气，将他藏进杂树林里。为了遮蔽自己与朱有财毙命的关系，不连累马文礼，雇了条船回了青阳镇。

到家后，宋士文因伤重失血过多，已奄奄一息，他断断续续地将朱有财行凶，穆墩岛雨季黄盆塘坝子冲开北坡后鲶鱼嘴里斜兜子能捞金沙的事告诉了宋士明后，人就过去了。

这时，宋士明这才知道兄长为啥这几年雨季都去穆墩岛，原来雨季那个

什么鲶鱼嘴里有金沙。也明白兄长瞒他的苦心，如果自己参与此事，惨遭杀身之祸的也许就是自己了。一时，兄弟之情让宋士明痛不欲生……

听了宋士明的话，马文礼惊呆了。原来，他心里对宋士文早有疑惑。宋士文每年雨季都准时来穆墩岛，说是穆墩岛水产价好，他才年年来这里收购。这话虽在理，可为什么非得在雨季来？心里就估摸宋士文定有什么事情不便让人知道，但怎么也没想到宋士文瞒了自己这么大的一件事。

马文礼不由深为宋士明的赤诚感动，说：兄弟如此信任我，这淘金的事就烂在我心里了，你该怎么做就怎么做。

宋士明说：我这次来，就是请兄长帮我找到那鲶鱼嘴，找到金沙，我有大用处。

马文礼说：坝埂离此不远，那里是有几个漏水洼，离湖水只有几步远，有个稍大些的，我觉得像个什么嘴，我还在那里洗过手，但从没见过什么金沙啊？我这就领你去找。

俩人便下了点将台，拐过一道残垣的土梁，到了北坡边上，再下了北坡，穿过杂树林，就到了坝埂。坝埂其实是穆墩岛北面临水的一段陡坡，不知何年何人在上面修了一条不知做何用途的土埂。坝埂下果然有几个水洼，汪着一泓泓晶莹剔透的水，马文礼边走边说：前头那个应该就是你家兄长说的鲶鱼嘴，它是最大的水——话没说完，马文礼便跌足道：坏了。坏了！——眼前出现的是一个被挖开的大水坑，哪像什么鲶鱼嘴。

宋家兄弟精心遮蔽的聚宝盆，被人毁坏了！

宋士明惊愕地问：兄长，这就是鲶鱼嘴？

马文礼沮丧地说：就是。

宋士明听了，蹲下来，在水坑查看了好一会儿，果然，一粒金沙也没有。也失望地说：这鲶鱼嘴给毁了，存不住金沙了。

马文礼说：不会是有人也知道这里有金沙吧？不然怎么单单把这个水洼挖了？

宋士明摇摇头：我也不知有没有人知道这事。

俩人正在琢磨时，山魁、水秀干完了活过来了，听说这里有金沙，兄妹俩很惊奇，水秀说：这水洼是让渔老鹰挖黄鳝挖的，没见他挖到金沙呀？

渔老鹰是穆墩岛上光棍汉，为人懒散，靠一只小船、两只鱼鹰为生。

马文礼气得直跺脚，说：这水洼是淌水口，又不在汪塘边上，哪来的黄鳝！

山魁听了，说：叔，这水洼就是挖大了一些，怎就捞不到金沙了？

宋士明抚了抚山魁的头说：我想鲶鱼嘴里被长年累月的流水淘成了一个盘旋交叉的斜兜子，正是这斜兜子使金子沉淀下来。现在斜兜子毁了，就存不住金沙了，都冲到湖里了。

水秀灵机一动，说：那用箩面的箩网拦在这里行不？

宋士明说：那股水下来太猛太大，箩网眼太细，阻力大，拦不住的。

山魁说：这办法显眼，要是让人知道了传开来，人家会想我们不定得了多少金子，那会惹祸的。

宋士明听了，惊讶山魁少年老成，赞许地直点头。

宋士明见马文礼和山魁、水秀沮丧的样子，便给他们宽心说：都莫急，等下大雨了再来看看，说不定会冲下金沙的。

三

7月的穆墩岛雨水勤，当天半夜就又下了场大雨，早上，山魁去地里看玉米回来说黄盆塘冲开了。宋士明想：兄长说往年只要黄盆塘垮坝了，鲶鱼嘴里就能见到金沙，今天多少都该有点吧？早饭后，就和马文礼去了鲶鱼嘴，山魁和水秀去扶被风刮倒的玉米。到了坝埂时，只见鲶鱼嘴里咕嘟着的尽是黄泥水，哪有金沙的影子。

宋士明想，这金沙怕是再也淘不到了。只是兄长说黄盆塘垮了，就能淘到金沙，这又是怎么回事呢？这金沙又来自何处呢？还有岛上有这么多的淌水洞，为什么只有坝埂下那个鲶鱼嘴里有金沙呢？穆墩岛上一定还有不为人知的秘密。不然，怎么解释那些金沙的来历呢？

宋士明心里异常焦急，脸色变得凝重起来。

原来，宋士明是中共泗县地下党员，他原在徐州做小学校长，前年奉组织之命回到泗县城，以药铺二掌柜身份开展地下工作；这次之所以来穆墩岛，是为了筹集暴动资金。就在上个月，也就是民国19年（1930年）6月底，遵中共徐海蚌总行动委员会命令，中共泗县委员会改为行动委员会，丁超伍任书记，魏正斌任军事委员，决定建立红二军独立师，由丁超伍、魏正斌负责，在8月1日举行暴动。委员会决定采取凑钱买枪，找关系借枪，收编土匪武装，收缴地主枪支等各种办法，筹备枪支弹药，为暴动做好物质准备。会后，魏正斌拿出多年积蓄，又借外债，用九十块现洋买了一挑子弹和两支驳壳枪。担任泗县商民协会会长的王子玉，从家里拿出五十块银圆购买药品，在泗城开设一个秘密医院，为暴动服务。宋士明根据兄长宋士文所说的线索来穆墩岛收集金沙，用于购买枪支弹药。如今鲶鱼嘴被毁了，金沙没了，他岂能不急。

站在坝埂上，宋士明将目光一遍遍探向岛上的树木土包、沟沟壑壑，恨不得一下探究出金沙的秘密。

雨后的穆墩岛，干燥闷热，一片寂静，只有知了不知疲倦地聒噪着。骄阳下，树木、芦苇、蒿草上水汽氤氲，"点将台"、黄盆塘及一些高低错落的地形地貌和稀落的草屋上泛着诡异的光晕，无形中给这个本来就到处传说的小岛增添了一种神秘感，也更使宋士明坚定了金沙藏匿在岛上某个地方的判断，便把自己的想法说给了马文礼。

马文礼也认为金沙一定藏在岛上，但对寻找这个藏金处却感到为难，说：我闭着眼睛都能把穆墩岛摸个遍，从没见有什么惹眼的地方，怎么找呢？

宋士明鼓励马文礼说：只要岛上有前人做的手脚，就一定会留下蛛丝马迹，你以前心里没装金沙这事，可能对一些异常情况熟视无睹，现在我们带着目标去找，一定会有所发现。

马文礼说：那好，反正这岛也不大，我们就像篦子似的梳它一遍看看。

俩人就回屋提了柳条筐，装着采药材的样子先往岛西面寻找。刚转到草屋后面的小路上，迎面碰到了肩上扛着土枪的朱有富。朱有富正是朱有财的二弟，他本来在河口村租地种，后来自己有了十几亩地，反倒不种了，租给别人种。兄弟俩经常来往于穆墩岛、半城镇，以打兔子、大雁为名，做着无本的"眼子"营生，谁也不敢招惹他们。

说实在话，此前朱有富在穆墩岛上时常碰到马文礼和宋士文，双方都很客气，有时还会坐下来吃上几锅旱烟。然后又客客气气地道别，各自做各自的事。朱有富心里对马文礼、宋士文并无恶意。朱有富以他有别于常人的眼光，看出马文礼是个会家子，尽量做到与马文礼相安无事。而朱有富对待宋士文，则完全是一种友好的心态。宋士文待人和气，乐于帮人，曾经帮朱有富拔过火罐，扎过针，还送给他几贴伤风膏药；朱有富觉得宋士文人不错，可以相处。所以尽管他知道宋士文开着中药铺还倒腾些水产，从没想过要让土匪绑他。

马文礼见了朱有富，老远就笑着打了招呼：有富兄弟，又来打兔子了。

朱有富听了，也客气地说：闲着没事，出来碰碰运气。这位是？

马文礼说是青阳镇宋老板，来收水产的。

朱有富热情地对宋士明说是士文兄家二掌柜吧。你家兄长可是个好人，每年来岛上都给我带膏药呢。

宋士明听朱有富已认定自己身份，便大方地说：有富兄见外了，几贴膏药你还记着。

朱有富说：你家兄长给我的不是膏药，是情分，我心里时常记挂呢。他可好？

宋士明含糊地说：谢您牵挂！

朱有富便说：好，好！又对马文礼说：老哥，等我打了兔子给你和宋掌柜下酒。

别了朱有富后，马文礼说：朱有富这人是个懂情义之人，他做"眼子"可惜了。

宋士明说：我见他眼神闪烁不定，像是有心思，这样的人得防着。

马文礼说：你是说他可能知道朱有财和士文兄那件事了？

宋士明说：这还不好判断，不过和土匪做伴，迟早要被他祸害。

马文礼说：穆墩岛这几年还算安稳，他好歹也是兔子不吃窝边草吧。

马文礼、宋士明哪里知道，就在他俩说话间，朱有富已转身端起了土枪，满腔仇恨地瞄准了他俩的后脑勺。

四

夏日的穆墩岛上，一棵棵枣树上果实累累，一处处藕塘莲蓬高耸，处处洋溢着火热的季节信息。

宋士明、马文礼往西一路找来，在岛西面，宋士明看到一道半人高的沟壁，蜿蜒在岛的西面，沟壁顺岛上的地势而走，足有半里路长，在岸边一处浅沟前消失了，但到处可见层叠相连的土墩和一块块方形的石头，想必这就是当年穆柯寨的残壁。那些石头像河水一样光滑，石头上的阳光伴着大湖的浪花叮咚作响，仿佛是巾帼英雄穆桂英正在为杨宗宝弹奏着高山流水，让人真实、清晰地感受到了那段脍炙人口的千古逸事。浅沟紧连着避风湾，湾里泊着几条船，其中有一条船头挡着钢板，船舱棚时有渔民进出。马文礼止住脚步说：那是湖匪渔霸在收保护费。宋士明听了，愤恨地说：坏人当道，民不聊生，这世道是该变变了。

马文礼怕湖匪过来找麻烦，便拉着宋士明转向了岛的东面。岛东面的地貌和岛西面截然不同，地表深处的土壤因受流水侵蚀、冲刷，沟壑纵横，地形破碎，鼓凸起许多直径不到一米，被风雨侵蚀得斑驳陆离的黄泥包。宋士明细细打量着这些土墩、残壁、土包、沟壑，想从中发现什么，还是一无所获。

待两人转到北坡时，太阳也已到了头顶，穆墩岛变得辉煌起来。宋士明的衣衫都让汗水湿透了，有种头昏眼花的感觉，当他抬头抹去额头上的汗水时，眼前出现了一件奇特的景象：黄盆塘里升腾起了一条鳞光闪闪的白龙，跟着，黄盆塘倾斜了，一汪光亮的水幕漫过堤坝，扑进下面的苇丛里。

宋士明摇了摇头，又揉了揉眼睛，定睛看去，烈日下，黄盆塘水波不兴地悬在半坡上，坝埂下那丛焦黄低矮的芦苇，像是蹲坐于旁的一位风烛残年的干渴老人，在祈求黄盆塘的滋养。这时，宋士明不由心里一动，再次想起兄长说的那句"黄盆塘垮了有金沙"的话来。便对马文礼说：我们去黄盆塘跟前看看。

到了黄盆塘，宋士明才真正感受到黄盆塘的奇特。北坡是个三十度的斜坡，有八九米高，在距底部两米处，突兀地凸出一块九十度的土包，而土包中间又凹下一个圆圆的形似黄盆的大坑，形成了一个大水塘。从下面看，黄盆塘就是一个悬塘，它三面的土坝很宽厚，只有东面的土坝较低，由人工加固了二尺多高。下面的那丛芦苇里，是一个浅坑，有一间屋子那么大，上面长满了低矮的芦苇。四周是坑坑洼洼的砂浆地，上面胡乱地缠绕着一条条大小不一的淌水沟。过了砂浆地，就是马文礼的开荒地了，因地劲足，绿油油的玉米都蹿过人头了，秆子有鸡蛋那么粗，半腰上竖着一只只壮硕的穗子。

顺着黄盆塘的坝埂，宋士明走到芦苇坑旁，听到坑里不时发出咕咚咕咚的响声，惊得蚊虫上下翻飞。宋士明想，黄盆塘垮坝后，水流首先经过芦苇坑，然后再经过砂浆地，才能冲进玉米地，而玉米地在东，鲶鱼嘴在北，方向不同，为什么往往黄盆塘垮坝后鲶鱼嘴里会有金沙，这不合情理呀？思谋间，阳光暗淡下来，西天乌云翻滚，凉风飕飕，又要下雨了。两人只得急急地返回草屋。

刚进了屋，雨就来了。马文礼皱眉说：看来这场雨不会小。他担心黄盆塘再次垮坝，毁了刚扶好的玉米。

宋士明心里却盼望下场大雨，因为他隐约觉得自己已接近找到解开鲶鱼嘴秘密的钥匙了。便问马文礼：黄盆塘每年都垮吗？

马文礼说：坡上水大，没法拦，每年都垮几次。

宋士明沉思一会，说：为什么黄盆塘垮坝，鲶鱼嘴就有金沙出现？

马文礼说：我也觉得奇怪呢，难道黄盆塘里有金沙？

宋士明摇摇头：我想在垮坝时看那股大水往哪去了。好似玉米地和鲶鱼嘴不在一个方向上。

马文礼拍了下大腿：对呀，玉米地和鲶鱼嘴分了两岔，我怎就没想到呢？真是人老脑子不中用了。

宋士明说：既然鲶鱼嘴的水不是玉米地那股水，那黄盆塘垮坝时就还有一个水道，找到了它，也许能找到解开金沙的谜团。等会雨停了，黄盆塘要是没垮坝，那就把坝子扒开，看水流到哪里了。

马文礼说：这话在理，那就把坝子扒开。

这场大雨足足下了三个时辰，直到傍晚，雨才小了，山魁担心黄盆塘的坝子被冲开，说现在就得去看，不然水跑了就看不到了。

宋士明和马文礼、山魁便冒雨直奔黄盆塘。

黄盆塘里的水果然已漫坝了，三个人同时掘开水坝，浑浊的水流如一条黄龙，裹着衰草败叶，哗啦啦地直泻下去，一头栽进坝下的芦苇坑里。

奇迹出现了，栽进芦苇坑里的那股大水，像是扑进了棉花里一样，瞬间没了踪影，足足过了两袋烟的工夫，这股大水才分成两股，一股继续潜进芦苇坑，一股越过砂浆地，漫进了玉米地。

马文礼有经验，惊诧地说：这坑里有暗沟。

宋士明也看到了，说：芦苇坑里一定有秘密。又对山魁说：你腿快，快去鲶鱼嘴看看有没有大水。

山魁应了一声，便飞身去了。

一会山魁来了，说：叔，鲶鱼嘴水好大，直朝湖里灌，就是黄盆塘这股黄水。

宋士明激动地对马文礼说：兄长，我的猜测已被验证了。见马文礼一脸疑惑，又说：以往每逢黄盆塘垮坝，鲶鱼嘴里就有金沙，我想莫非是黄盆塘里有金沙？后来想即使黄盆塘有金沙，也只能沉在水底，不可能浮在水面，又怎能流到鲶鱼嘴呢？这就是说金沙一定藏在岛上什么地方，被黄盆塘大水冲到了鲶鱼嘴里。现在，我们已肯定鲶鱼嘴里那股水出自黄盆塘，下一步要做的就是顺着这股水找到藏匿金沙的地方。

山魁听了兴奋地说：岛上还真有金沙呀？它是从哪里来的呢？

宋士明说：这里传说是当年穆桂英的穆柯寨，虽然无从考证，但三国时鲁肃曾在这里为官，为官为居巢长的周瑜屯集粮草。雍正年间的大将军年羹尧的老家年家庄也离此不远，他被削职为看守杭州城门的士卒时，年家知大祸不远，四处掩埋金银财宝，并曾在穆墩岛上避难。另据史料记载，1860

年太平天国侍王李世贤从河南禹州回师南京，在此被左宗棠所部三万精兵堵截，李世贤命部属将所带的珠宝皆藏匿于地下，与左部死战，他们都可能在岛上留下财宝。鲶鱼嘴里的金沙也许就是当年这些英雄豪杰、达官贵人遗留之物。刚才，黄盆塘的水流到芦苇坑时，水头就一下栽了进去，这说明芦苇坑下面有空间，或者有水道，或者芦苇坑就是个藏宝窟，金沙就藏在里面。

马文礼觉得宋士明说得有根有据，很有道理，也兴奋地说：这好办，等明天带了标枪来探探，就知底下有没有东西了。

五

因昨天雨大，洪泽湖里许多渔船都靠到穆墩岛避风，岛上的杂人比往日多了许多，马文礼和宋士明耐着性子待在草屋里，直到快到晌午时渔船都离开了，马文礼才和宋士明去了芦苇坑。到了坑边，马文礼先用标枪扎了扎，坑边上泥土很硬，扎不进，坑里是晃晃的一层稀泥，马文礼找了一根碗口粗的枯树，担到坑口上，接着又折了一捆芦苇铺在枯树上，这才轻轻踩上去，在接近芦苇坑中心的地方用力一插，标枪颤颤悠悠地钻了进去，约莫有三尺深时，下面竟好似悬空了。马文礼一惊，接着又扎了几个地方，他感觉这芦苇坑好像是口大井，因为四周有石头砖块似的硬物，中间是空的。

宋士明激动地说：这芦苇坑不是天然水坑，那我猜测就对了，我想它不可能是水井，在这四面环水的小岛上，根本用不着这么大的水井。这地方值得挖一挖。

马文礼说：那就回去拿锹来挖挖看。不过怎么挖得想想，招人就麻烦了。

回到草屋后，老少几个一合计，决定以在芦苇坑和玉米坡打坝子挡水为由头，伺机开挖芦苇坑，这样别人不会疑心。

吃了晌饭，几个人带着铁锹、草叉、镰刀来到了芦苇坑。天又阴了，飘起了牛毛似的雨丝，穆墩岛上不见人影，他们先割了一些蒿草、芦苇，堆在芦苇坑四周，又扛来两根枯树，准备遮挡芦苇坑，几个人还事先说好，要是有人来问弄这些蒿草、芦苇干什么，就说给玉米地挡水打坝子用的。

然后便开始清理芦苇坑。先是把上面的芦苇清理了，接着开挖，工夫不大，就掘开了上面的腐土淤泥，这时中间透出一个盘根错节的锅口大的黑洞来。马文礼这才明白芦苇坑里的芦苇为什么长得毛毛草似的，它下面接不上水和地气，仅仅靠着雨水维持生命，怎能长得起来呢。黑洞里冒着一股凉气，山魁面露怯意，不知这是什么洞，更不知里面藏着什么。还是马文礼胆大，他拿着草叉往里面探了探，没碰到什么，又往里砸了几大块土疙瘩，还是没有动静。马文礼就让山魁拖来一棵枯树，想把树干戳下去试试有什么动静，谁知刚把树干放到洞口，就听轰隆一声，洞口的泥土坍塌了，坑口上的人都吓了一跳，赶紧躲开，好一会儿不见什么动静，这才小心翼翼地探到坑口，原来芦苇坑下面让水淘空了，眼前露出了一个四方四正，足有半间屋子那么大，约两人深，砌着长条砖块，长着绿绿青苔的深坑，没见有什么特别之处。马文礼见没啥危险，说我下去把淤泥清了，看底下有什么东西？说着跳了下去，宋士明想得细，怕有人闯来露了馅，他让水秀留在坑口望风。随后和山魁也跳了下去。

深坑里，马文礼、宋士明、山魁各占一面，将坑里的泥土、砖块烂草往中间堆。宋士明心想：这是藏宝窟，还真的是个大水井？思想间山魁突然惊叫了一声，在一堆杂乱的树枝芦苇后面，露出了一个黑黝黝的洞口。

马文礼一把拽过山魁，自己贴到洞口边上，洞里面除了嗡嗡的响声没有别的声音，就用铁锹慢慢把洞口前的泥土砖块扒开，一个半人多高的洞口显现在眼前。这洞拱形起顶，一侧嵌着两个铁钉，已锈成了铁棒棒；另一侧上有一个锈蚀的铁环，壁上还有个瓦罐大的壁洞，里面放着一只裹着绿茸茸青苔的油灯，从锈迹上看，似是铜灯。洞里黑乎乎的，看不清楚，马文礼将铁锹伸进去搅了搅，也没碰着什么，倒是有一股飕飕的冷风吹得人心里发毛。

宋士明也很纳闷，问马文礼：你看这洞是干什么用的？

马文礼说：我看这个洞是墓道，芦苇坑可能是个墓室。

山魁说：那金沙就藏在这块？

宋士明说：如果是墓室，那棺材呢？既然棺材没了，又没有别的东西，那金沙又哪来的？这个洞又抬不成棺材，墓室入口在哪呢？

马文礼说：把你那电灯（手电筒）拿来照照，看洞里面有什么。

就叫山魁回家拿手电筒。

山魁站到土堆上，正要往坑口上面爬时，就听水秀压着嗓子喊：大大（父亲），来人了！

马文礼听了，对山魁说，快上去。说着将他一把托起，双臂一用力，山魁就翻了上来。接着又把宋士明托了上去。自己则在土堆上一躬腰，跃上了坑口。马文礼虽说已是五十岁的人了，这力气、这身手非壮小伙子可比，惊得宋士明人都呆了。

马文礼到了坑沿，顾不上问是何人来了，迅速拖过那两棵枯树，横在芦苇坑上，宋士明、山魁也急忙抱了些芦苇、蒿草盖在枯树上。这才问：人呢？

水秀说：好像是有富叔，在北坡顶上冲这望望又走了。

马文礼说：今天天阴，他还上岛？

又看看天色说：这事要让他盯上就生祸。我们还是把事情做得严实一些，不要让人生疑，先把淌水沟挖了，省得今后老为垮坝担心。

几个人便挖起了淌水沟。

天黑时，淌水沟挖好了，朱有富也再没出现，宋士明和马文礼商量，回去吃了晚饭，再带了手电筒来探看。

六

晚饭后，天已黑了，山魁急着要去探宝，可马文礼不急，宋士明更不急，俩人你一言我一语地说一些兵匪横行、老百姓受欺压的事。待天大黑了，宋士明才对马文礼说：兄长，不知码头上除了咱们的船还有没有别的船？

马文礼听了，对山魁说：你悄悄到码头看看有几条船。

山魁应了，他腿脚快，再加上穆墩岛也是太小，一会儿就回来了，说：除了咱家的船，就有富叔家的小划子在。

马文礼说：看清了？

山魁说：看清了。

哦！马文礼对着宋士明嗯了一声，眼里露出敬佩的神情。马文礼心里，对宋士明更敬重了，觉得他沉稳、静气。遇事拿得起放得下，是个做大事的人。

宋士明知马文礼心中所想，说：我看先睡吧。

马文礼便说：先睡。

山魁急了，说：今晚不去芦苇坑了？不要让别人把里面的宝贝挖走了。

宋士明安慰山魁说：先睡吧，等避风湾的人睡了我们再去。

待山魁、水秀睡了，宋士明、马文礼也熄灯上床。

宋士明问马文礼：兄长，朱有富到哪里了？

马文礼鄙视地说：还能在哪里，又在避风湾过夜吧。

原来，避风湾里有户逃荒人家男人没了，朱有富就挂上了那个寡妇，常在人家留宿。

宋士明说：我这心里一直担心朱有富，他怎么整天在岛上转悠呢？

马文礼听了，紧张地说：他还能真知道他哥和士文兄那事？

宋士明说：很有可能。他就不像个打兔子的，我怀疑他不是在寻仇就是在找什么东西？

宋士明听了暗暗点头，说我琢磨也是这么回事，得防着他。

说了一会儿话，已小半夜了，宋士明和马文礼起来，拿了手电，叫醒山魁兄妹动身。其实，山魁和水秀都没睡。也是，这时候谁能睡得着呢。

出门前，马文礼安顿说要是碰到人就说有牲口糟蹋庄稼，去赶牲口。几个人又悄然奔了芦苇坑。

夜色中的洪泽湖，渔火闪烁，细浪舒卷，荷香凝滞。

一只叫不上名字的大鸟，鸣叫着隐进夜空，衬托得岛上越发地静谧。

路上，宋士明心里说不出是亢奋还是紧张。他祈盼此行能找到金钱，只要有了钱，就可以买枪，买手榴弹，就能壮大暴动力量，狠狠打击反动派了。

前面，就是芦苇坑了。就在这时，走在前头的马文礼突然发现，坑洞里好似有光亮。

难道坑洞里有人？

马文礼急忙让众人藏到一处蒿草后，仔细观察一会，果然，芦苇坑上方，映着一缕暗黄色的光亮。

坑洞里有人。马文礼贴着宋士明的耳朵说：你们千万别动，我去看看。

宋士明不由紧张，叮嘱说兄长小心。

马文礼说你放心，我见机行事。说话间，右手在后腰一探，擒住了一把弯刀。这把刀乍看似洪泽湖边农家常用的柴刀，细瞧却和柴刀大不一样，把长，刀宽，背厚，足有四五斤重。这是马文礼特意打制的兵器，为不想引起别人注意，才做成柴刀样子。

就见马文礼身形一晃，几乎脚不沾地飘到了坑口。

望着马文礼敏捷的身影，宋士明埋藏在心底的猜疑得到了证实：马文礼绝非普通的逃荒人，他栖身于穆墩岛定有不为人知的原因，是被人追杀，还是身有命案？但不论何种原因，宋士明都坚信，马文礼是一位真正善良的好好人！

马文礼伏在坑口上，探头一看，坑洞里果真有一个人，手里提着一盏风雨灯，正伸头在那个拱形黑洞里寻觅着什么。许是憋屈得很，这个人连着咳嗽了几声。虽说声音不大，但这咳嗽带着嘶嘶的尾声，在坑洞里荡起很大的回声。

马文礼觉得这咳嗽声很耳熟，这人是谁？

思谋间那人从洞里收回了身子，抹了把脸上的汗水。这时，马文礼才知道自己刚才对朱有富的判断错了，朱有富根本没在避风湾睡女人，他正在坑洞里寻宝。

马文礼知道朱有富根底，并不想惹他。但朱有富知道此事了，他找到找不到财宝都会认为坑洞里的财宝让自己先挖走了，因此绝不会善罢甘休，迟早会勾结土匪来抢劫祸害，说不定自己会再次家破人亡。

宋士明看得对，马文礼是有深仇大恨的人，他原本是山东临沂城安平镖局的武师，在他护镖期间，镖局的师爷常去调戏他的妻子。忍无可忍之下，他痛打了师爷，并要将此事禀报镖局堂主，师爷害怕丢了差事，说一家老少靠他抚养，乞求马文礼放他一马。马文礼心软了，在师爷立誓痛改前非后，饶恕了他。没承想，师爷竟然乘马文礼不在时奸杀了他的妻子。马文礼悲痛欲绝，扑杀了师爷，因而也被迫亡命他乡。此时，理智告诉他，当年因他的善良妻子命丧黄泉，今天如果不杀了朱有富，又将遗患无穷。但是，让一辈子耿直做人的马文礼杀一个和自己无冤无仇的人，他实在下不了手。

就在马文礼两难之时，一件意想不到的事情发生了。

一条紫头眼镜蛇嗦嗦地从马文礼对面的坑口爬了下去，也许它从未见过那盏风雨灯，爬到了一半时，就刺耳地咻咻吐着芯子，像是在试探风雨灯的反应。

朱有富看到了这条眼镜蛇，但好似没把它当回事。那蛇缓缓滑了下来，又游上土堆，一伸一伸地探着头，摆出时刻准备攻击的架势。但从它的头晃动的姿势看，攻击的目标不是朱有富，它要攻击风雨灯。

朱有富到底做的是杀人越货的勾当，没把毒蛇当回事。他主动将风雨灯朝蛇头前送了送，眼镜蛇不知所措地昂着头，那双鼓凸的眼睛一会盯着风雨灯，一会盯着朱有富，就在这时，朱有富右手一扬，飞出一把匕首，眼镜蛇就尸首分家，头弹了一下落在土堆上，身子抽搐着翻滚到了土堆下。

马文礼着实吃了一惊，朱有富竟然在袖筒藏着一把匕首。也是巧了，这时坑口上滑下一块石子，虽然动静不大，朱有富却像听了惊雷似的一抖，迅即放下风雨灯，身子贴在土堆上，手里多了一把手枪。

马文礼又是一惊，朱有富手里这把手枪叫独子炮，威力忒大，让它打中了，就是拳头大的一个洞，不死也残。

更巧的是朱有富正趴在紫头眼镜蛇头边，可能是他嫌蛇头腥气，顺手用独子炮的枪管将蛇头拨向一边，此时，令人匪夷所思的惊骇情景出现了，那个仅剩了两寸长的蛇头突然高高跃起，一口咬住了朱有富的手腕。朱有富吓坏了，见鬼了！见鬼了！朱有富撕心裂胆地号叫一声，扔了独子炮，硬硬地将蛇头连同一块肉皮撕了下来，那蛇头竟然又在地上翻腾起来。朱有富的胆子吓破了，喊叫一声纵身跳上土堆，又一跳扒上坑口，跌跌撞撞地栽进了夜幕。

眼前的一幕，纵是艺高胆大的马文礼，身上也连连打了个寒战。

七

马文礼哪里知道，如果他今晚不对朱有富下手，那这条眼镜蛇就救了他和宋士明的性命。

原来，朱有富已确定朱有财是死于宋士文之手，他决定要对宋士明和他在穆墩岛的保护人马文礼下手了。

朱有富是在避风湾那个寡妇家中得到宋士文重伤的消息的，并且知道宋士文的兄弟宋士明来到了穆墩岛。

在宋士明到达穆墩岛那天傍晚，朱有富去那个寡妇那里亲热，碰到了渔老鹰。

渔老鹰就是水秀说的那个挖黄鳝的人，他也早就注意了宋士文的行踪——

宋士文大多是在雨季来穆墩岛，上岛后都要转到北坡杂树林下面的坝埂上，而且每次都要在坝埂上那个大水洼里洗洗手，然后四处张望一番，便探着身子像是在水洞里摸什么。渔老鹰想那水洞里定有蹊跷，莫非宋士文把收货的洋钱藏在那个水洼里了。他决心弄个水落石出。

一次雨后，宋士文又在那个水洼洗手摸索一番离开后，也藏身在杂树林里的渔老鹰急忙跑过去，只见一股流水叮咚作响地涌出水洼，跌进波澜起伏的湖水里。他仔仔细细地看了好一会，什么机密也没发现，心里对宋士文的行为更加纳闷。几天后，宋士文被人打成重伤，正是渔老鹰将他送回青阳镇，因而认识了宋士文。

从青阳镇回到穆墩岛后，渔老鹰对那个水洼不死心，便拿着铁锹掘开了鲶鱼嘴，结果大失所望，这才打消了对宋士文和鲶鱼嘴的疑虑。

朱有富进屋时，渔老鹰正对寡妇炫富，说他下午看到收水产的宋老板的弟弟来了，他有好几十斤银鱼干，准能卖个好价钱。还夸宋老板的弟弟有钱、大方，去年宋老板在穆墩岛被人打伤了，雇他的船经双沟送回青阳镇，宋老板弟弟给了他三块大洋。

说者无意听者有心。朱有富这才明白为啥去年至今宋士文都不曾在穆墩岛露面，也就自然而然地想到了兄长朱有财的死。朱有富就绕着弯子套出了宋士文受伤月份、日子，及头上的伤口。此时，朱有富惊骇地意识到，他的兄长朱有财和宋士明的兄长宋士文之间发生了一场惊心动魄的搏斗，致使兄长在这场搏斗中丢了性命。

朱有富曾经无数次地猜测过兄长的死因和可能的仇人，但他怎么地想不到兄长竟是死于那个见人不笑不开口的采药郎中之手，而死因无疑是为了盘龙洞里的金沙。

——去年7月27日傍晚，朱有富在穆墩岛找到遭人暗算的兄长朱有财，朱有财留给朱有富只有断断续续地说了三个字：盘……龙……洞……就咽气了。朱有富看到兄长满是血迹的右手上沾着两粒金沙。

朱有富认为，兄长说的盘龙洞就是一个很大的藏金窟，兄长就是在盘龙洞里遭人暗算的，但他不知盘龙洞在哪里。一年多来，他几乎把穆墩岛上大大小小的风蚀洞都找遍了，也没找着一个能藏人藏金的洞穴。他哪里知道，盘龙洞根本不存在，朱有财所说的盘龙洞其实就是北坡坝埂下那个被宋士文叫作鲶鱼嘴的泄水洼。

但朱有富的心里装满了仇恨和金沙，他不但要找到盘龙洞，手刃仇人，为兄长报仇，更要夺回被抢走的金沙，那是属于他朱家兄弟的财富。

在渔老鹰说话间，朱有富断定宋士明到穆墩岛来，肯定是为了金沙。仇恨使朱有富咬得牙齿嘎嘎直响，嘴角沁出了殷殷血丝。他知道，他和马文礼往日的相安无事结束了，宋士明更是不共戴天的仇人，等着他俩的，必将是你死我活！

朱有富先想勾结土匪毁了马家，又怕引火烧身，他清楚村里人和穆墩岛上居民都知道他是"眼子"，会说土匪是他勾来的。那他在河口村就住不下去了。何况马文礼和穆墩岛毗邻的高宅圩主朱继祖、太平镇广宁堂大掌柜韩儒仁交情深厚，这两个爹老子可是手眼通天、黑白两道通吃的人物，连魏友三、陈佩华、高铸九那些大土匪也对他俩礼让三分，要是让他俩知道是自己勾结土匪祸害了马家，自己也就死到临头了。

朱有富决定独自行动，既要报仇，更要劫财！

朱有富破天荒地在晚上离开了寡妇，把温柔让给了渔老鹰，驾着小划子赶回了河口村。回家取了独子炮又返回了穆墩岛，围着马文礼家的院子转了一圈又一圈，心里说姓马的你不地道，你表面和我称兄道弟，暗地里却和宋士文串通一气杀我兄长，谋财害命。你盖屋的钱、买船的钱哪来的？不正是抢我兄长那个盘龙洞里的金沙吗！

在马文礼家灯火熄灭后，朱有富想翻进院子，向马文礼、宋士明开黑枪，没想在翻墙时，扒掉了墙头上一块砖头，吓了他一跳，这也就是宋士明那晚听到的那个响动。朱有富觉得出师不利，也忌讳马文礼的能耐，不敢再翻墙入院，只好收手。后来，他觉得穆墩岛是下手的好地方，神不知鬼不觉，就是官家去查，案子也是记到土匪头上，谁也想不到是自己所为。所以这些天来，朱有富就常到穆墩岛上晃悠，寻找下手机会。无奈马、宋两家四个人都是结队而行，他不敢轻举妄动。

昨天，朱有富好不容易见到宋士明、马文礼俩人在一起，他在背后将枪口指向了宋士明，又指向了马文礼，最终，枪柄都被攥出了水，他还是没有搂响扳机。小不忍则乱大谋，就是放倒了一个，还有三个人，自己这命也就没了。朱有富是从不做赔本买卖的。否则他就不是土匪"眼子"了。望着宋士明、马文礼消失的背影，朱有富从牙缝哼了一声，蹲下来点了锅旱烟，也是他脑子里塞满了仇恨，直到随手扔掉的洋火点燃了身旁的毛绒草呼呼烧疼了脚，他才跳了起来。望着呼呼燃烧的火焰，朱有富的脸上露出了阴阴的冷笑，他终于想到了灭仇人于无形的办法：一把火烧死他们！

朱有富知道，只要扣住马文礼的屋门，用柴草堵住门口，一把火就把仇报了。朱有富便四处寻找干柴枯树，就发现了马文礼、宋士明清理芦苇坑的怪事。他本想过去看看，忽听水秀喊着什么"来人了！"觉得蹊跷，就躲在北坡上监视马文礼他们的举动。一会儿他看见马文礼、宋士明在芦苇坑旁挖起了水沟，没弄清是何意思，待马文礼他们扛锹拿叉的回了屋后，才摸了过去。朱有富大吃一惊，芦苇坑下竟是一个四四方方的石窟，隐隐约约的还看到西南砖墙上还有一个大洞。这不会是兄长说的那个藏着金沙的盘龙洞吧？朱有富想下去看看，又怕让马文礼、宋士明来了将他堵在下面，那就危险了，还是等他们下去了，我把他们灭在下面算了。

于是，朱有富就藏到马文礼家的玉米地里等候马、宋几人入洞。

7月，洪泽湖周边高温闷热，蚊虫凶猛。朱有富手在脸上一抹，就是一巴掌鲜血。本来，朱有富是有一块驱蚊香墨的，这是马文礼送给他的。据说这香墨是穆墩岛西南面塘槐村姜先生用癞蛤蟆和香墨配制的，只要用香墨在墙上或木板上画一个图，所有蚊子都进圈内。即使在荒天野地、芦苇丛中，有了它也能避免蚊虫叮咬，神奇得很。这香墨金贵，朱有富很少舍得用，没带在身上。

足足有两顿饭工夫，宋士明、马文礼他们还没来，莫非睡了？不来了？朱有富等不及了，决定去探探。果真，马文礼家屋里漆黑一片，他们已睡下了。

朱有富纳闷，怎不起宝了？莫非他们已得手了？又想：得手怕就把坑填了，一定是夜晚洞里看不见东西，他们是等天亮了再去。真是天助我也！朱有富暗喜：何不乘他们睡了，先去把宝起了再收拾他们也不晚。

朱有富就打着如意算盘，跑到小划子上拿了风雨灯，心急火燎地窜向了他寻了多时的"盘龙洞"……

八

朱有富的号叫格外瘆人，马文礼只是轻描淡写地说朱有富是给毒蛇咬了。他怕夜长梦多，说我们快下去看看。留下山魁、水秀在坑口望风，打开手电筒，和宋士明跳下了坑洞。

宋士明捡起那支独子炮，一看已顶了子弹，就别在腰上。马文礼担心还有毒蛇，机警地四处查看一番，确定安全后，又贴到洞口听了一会，然后才用手电往洞里照去。洞壁也是用长条砖块砌成的，上面长着一层褐色的苔藓，北面一侧底部的条砖被水流切割出了一条光滑的槽沟。宋士明很奇怪这条槽沟的形成过程，想这应该是一个奇迹，而它的诞生过程就像穆墩岛上那些不为人知的秘密一样，是人们难以观察到的。宋士明还惊奇地发现，洞里地面上，尽管散落着许多湿漉漉的树枝和芦苇节，却见不到淤积的泥沙，这无疑又是水的杰作。

随着手电光的延伸，洞壁在拱形洞前十几米的地方消失了，隐隐约约出现了一间更大的石窟。马文礼说：我进去看看。

宋士明不放心，说：情况不明，我同你一起进去。

马文礼点点头，提着弯刀，钻了进去，宋士明手握铁锹跟在后面。

这条通道其实不矮，人走在里面稍微躬下身就能自如行走，走了不多远，前面果真出现一间比芦苇坑要大得多的石屋，手电光下，只见石屋一面墙壁上有一排三个粗大的铁环，有两个铁环里拴着两条锈迹斑斑的铁链，下方坠着两团像是镣铐的铁疙瘩。另一面墙壁上方，有一个碗口大的圆洞，似是通风口。东南角上，有几只破碎的坛子，还有三只大木箱。马文礼和宋士明不由心中狂喜，藏匿在这地下石窟中的东西，定非普通物件，而这些坛子、木箱中，莫非就藏着金沙吗？俩人交换了下眼神，压抑着激动，几步跨到坛子、木箱跟前。手电光下，木箱已朽得支离破碎了，马文礼用弯刀一划拉，木箱就碎了，里面并没有出现金银珠宝，而是一坨腐烂的难以分辨的东西。跟着第二只第三只木箱也被划拉开，里面装的还是一坨腐烂的难以分辨的东西。两人心里都很失望，刚才，他们心里还充满了紧张和兴奋，欢喜、期盼从箱内取出些金沙或者别的金银财宝，现在，美好的期盼如同一只五彩缤纷的肥皂泡，突然破灭了。

马文礼和宋士明如同掉进了冰窟窿里，从头凉到了脚。

失望中，宋士明有点不甘心，又在一旁破陶瓮堆里划拉起来，当宋士明将一只半截瓮底里的碎片捞起后，陶瓮里的积水瞬间变得绚丽夺目，宋士明在短暂的怔愣后，颤抖着从陶瓮里抓出一把黄澄澄的金沙来。宋士明激动地说：兄长，真的找到金沙了。

马文礼更是异常欣喜，说：兄弟，还是你们文化人脑子好使，给了我怎么也不会想到芦苇坑的机密。说着他用弯刀又扒开了另一只陶瓮的碎片，发现底下竟然有一个二尺见方的地洞，旁边，躺着一块石板。跟着惊人的事情再次出现了，碎坛片里，还卧着一堆鸡蛋大小的金光闪闪的元宝。

此时，宋士明醍醐灌顶般地明白了眼前的秘密：

——芦苇坑是看守住的石洞，这石屋曾是关押要犯的地牢，那些铁链是锁犯人的。那个二尺见方的地洞，是排水口，犯人的粪便也由那里排出，那块石板是用来封洞口的。拱形过道两侧砖墙上的铁钉铁环，其实是安装牢门的挂轴。后来这地牢不知何种原因被用作藏宝，为了安全，就将芦苇坑封了或填了起来。因年代久远，黄盆塘一次次垮坝冲开了石洞封土，洪水灌进石洞，沿着过道进入石屋，毁坏了木箱里的财物，打碎了陶瓮，冲走了金沙，这也就是只有黄盆塘垮坝了鲶鱼嘴才出现金沙的原因。而这些年来，兄长在鲶鱼嘴所淘得的，只是这几只陶瓮所盛的金沙的九牛一毛，实在是微乎其微了。

马文礼脱下汗衫铺在地上，宋士明将陶瓮里的金沙倒了出来。马文礼掂量一下，足有两斤重，金元宝有七个，提在手里沉甸甸的。

离开石屋时马文礼用石板封死了那个排水洞。他想得远，说把这石屋灌满水，别人也就发现不了石屋的秘密了。

上了芦苇坑后，宋士明发现，石屋竟然藏在黄盆塘下，这是谁的杰作呢？当初这黄盆塘又是干什么的，它又有着什么不为人知的秘密呢？

黄盆塘的坝子再次被人为地掘开了，一股大水灌进了芦苇坑，因没有出口，水坑一会儿就晃晃荡荡了。随后，几个人又将那些枯树、芦苇、蒿草扔了进去，石屋的秘密就这样被隐藏了。

返回草屋的路上，宋士明对马文礼说：兄长，那边事情紧急，这些金子给你留点，剩下的我带着连夜赶回城里。

马文礼听了说：兄弟，我马文礼虽说没文化，也不是个贪财的糊涂人。这些金子你都拿走办你的正事、大事，我一粒金沙都不要。

宋士明听了，激动地说：兄长大仁大义，组织上正当用钱之时，我也就不客气了。不过我担心朱有富会给你惹事，你要早做打算，这里要是不安全，就带着孩子到县城去找我。

到了草屋，宋士明还是硬给马文礼留下一个元宝，说今后也许有用处。马文礼这才收了。稍作收拾，宋士明恋恋不舍地与山魁兄妹道别，马文礼不敢怠慢，便立马送宋士明出岛。

东方熹微，豆似的渔火在湖面上荡漾闪烁。穆墩岛如同一头亘古的卧牛，静静安卧其中，守望着大湖潮涨潮落，日落日升。土码头上，马文礼家的小木船静静地泊在岸边，朱有富那只原本拴在柳树上的木划子倾覆在湖水中。马文礼神色恻然地叹了口气说：那紫头蛇毒性奇强，人称百步倒，朱有富怕是再也用不上这木划子了。

马文礼荡起木桨，小木船轻轻划开湖水，悄然驶离了穆墩岛，宋士明伫立船头，兴奋的心情难以言表，这些金子可以购买几十条快枪了，自己总算不虚此行了。宋士明还想：穆墩岛既然有着如此深厚的历史底蕴，怕是一定还隐藏着许多不为人知的秘密吧。

原载《佛山文艺》2010 年 8 期，原名《激流暗涌》

洪泽湖往事

姜家异事

子牙村的人一直认为，天下所有的民间秘术都起源于姜家。

姜家是外来户。民国 13 年（1924 年）立秋那天刚搬来时，姜家户主老姜曾说自家是百家宗师、千古武圣姜子牙的后人，以表明姜家的身世是显赫的。

在姜家搬来之前，子牙村原本不叫子牙村，却也有一个不俗的名字：观湖岭。这里住家不多，三十来户，姓也杂，且少有大户。姜家搬来后，把老祖先姜尚的法术展现得淋漓尽致，也就一年多，观湖岭就改名了，叫作子牙村。一是说这里住着姜子牙的后人，二是说这村里旁门左道、稀奇古怪的事情多。这就让子牙村更加出名，搬来的人家也多了起来，几年间成了一个有好几百人口的大村庄。

当初，虽说观湖岭小且偏僻，姜家作为外乡人也是不能随意搬来的。可姜先生认识太平镇上广宁堂的大东家韩儒仁，韩儒仁给村上交好的刘仲达写了封信，刘仲达便出面给他张罗，刘仲达是子牙村的老住户，也是场面上的人，多谋善断，为人正直。他曾只身深入湖匪巢穴，保释出了一个身怀六甲的妇人，因而洪泽湖西南有名望的高宅圩主朱继祖、太平镇广宁堂大东家韩儒仁等都很欣赏识他、尊敬他。他出面替姜家疏通，并将自己占的一块留作弟弟刘仲立建房的宅基地给了姜先生，村里人也就不好阻拦了。

但姜家刚搬来时，尽管姜先生自说家世显赫，人也长得面如满月，胸前还垂着飘飘长须，颇有些仙风道骨，偏偏村里人不买这个账，说你就是姜子牙的后人又咋了，姜尚他当的是周武王的丞相，又不是中华民国的丞相，中华民国的丞相姓段又不姓姜，你一个孤门小姓外乡人还想充啥大头。再说你为啥跑到这洪泽湖边来，一定有不为人知的秘密。因此，村里人虽然也叫他姜先生，但调侃不恭的意思要多于尊重的成分。

到了秋末初冬，姜家的房子盖起来后，村里人再看姜家，眼里的内容就丰富了。

姜家的新房和村里大多数人家没什么不同，三间堂屋，东西各两间厢房，南面是一个带有三尺宽门楼的围墙，论气势，比起大户人家的四合院就差多了。不过，姜家能一下盖这么多房子，也还是让子牙村的人高看一眼。有知情人说姜家这几间房子的钱都是用一幅画换来的。姜家这幅画中有八个美女，当把酒端到画中人物的面前时，她们似乎闻到了酒气，脸面就渐渐变成了红色，好像给酒气熏醉了，待酒气消失后，画里的美女们的脸色又会变成了粉白色。观湖岭的人听了，都讥笑说这是给死人念经——哄鬼呢！真要有这样的画，怕是南京城的房子都换不来呢！

但姜家的房子盖好后，子牙村的人心里不约而同地起了变化，原因是姜家院门上贴的不是门神，是两个圆圆的黄色图形。村里人有说是八卦图，有说是易经图，总之让人感到怪怪的，很神秘，也很邪乎。还有深夜里，姜家院子里时常会响起莫明其妙的撞击声，惹得人心里莫名地烦躁。有人耐不住好奇，问姜先生夜里捣鼓个啥？姜先生惶惑地应：忙哩，穷忙哩！

更诡异的是，自大年三十晚上起直至正月十五，姜家院子里夜夜烛火通明，有心人发现，姜家院里的蜡烛一夜只燃了一寸，且无论刮风还是雨雪天气均不熄灭，着实让人惊骇！

一般蜡烛，别说一夜只燃一寸，就是一尺长的蜡烛也烧不了一个时辰。且禁不得风，更见不得雨，他家这蜡烛咋就风雨无碍？到后来姜先生只有九岁的小儿子在河边匪夷所思地用蛙卵抹在竹篮上表演竹篮打水后，子牙村的人惊惧地想：这姜家究竟是人还是鬼？原先的不敬就被恐惧和骨子里的尊崇替代了。村里人再见了姜先生，就好像太监见了皇帝，老远便侧身站定，恭候老爷子过了自己再走。

子牙村在洪泽湖西南一个洼地里，夜晚道路难行，村里人便去求购神烛，姜家倒也大方，收银圆角票，一角一支，或用鸡蛋等食物交换，逢年过节，还给村邻每家馈赠一支五寸长的红烛，就是不告诉你制作的秘密。消息传开，常有人慕名上门来购买，但姜家从不赶集上市。待烛卖完了，姜先生便会到青阳镇或县城，买上一些材料回来制作。

这个蜡烛，使得姜家的日子从容了许多，却也引起了旁人的注意。

洪泽湖里有不少零散土匪，大都是附近村庄的人，忙时务农，闲时为匪，脸蒙黑巾，舞刀弄枪地专劫单身行人，虽鲜有伤人性命，却小恶不断，也着实让人痛恨。有一头脑活泛的匪人，对姜家的蜡烛很上心，想只要打探到姜家制烛的秘密，黑夜行走方便不说，还可生产出售，比为匪来钱稳当。便蒙面劫道，看姜先生到底买的什么东西？

这天姜先生背着布兜，从青阳镇采买回来，刚过了安东河口，被一匪人用独子炮逼住，劫了背上的布兜。姜先生极有长者风度，卸下布兜时还帮匪人背上，说兜里东西金贵，莫糟蹋了。边说边顺手在匪人衣领上抹了一下。匪人得手后，甚是高兴，到家打开一看，里面装的是蜂蜜、松脂、槐花、浮石、丹矾、樟脑、焰硝等物，便取出一些制作，却总不得法。着急之下自己身上逐渐发痒难忍，很快遍及全身，转天后身上红肿起来。这病是如何得的？匪人左思右想，记起姜先生好似在他脖子上抹了一下，吓得拎着布兜直奔刘仲达家。原来，匪人竟是刘仲达姨表弟，住香城圩，叫王海。仲达听了缘由，扇了王海两巴掌，说姜先生你也敢劫！这事我管不了。在王海赌咒发誓再不为匪后，刘仲达方才提了布兜去找姜先生。

姜先生见刘仲达手里的布兜，便知来意，不敢怠慢，忙起身相迎。仲达说先生好手段。姜先生听了，也不问那匪是何人，说非我有手段，那是"药功点打法"，方用：毒蛇头一个，雄鸡头一个，草乌四十克，柏杨树根二两，水杨树根二两，用白酒二斤共浸泡密封三个月后，取蛇头和鸡头焙干研粉装瓶备用。此药接触人的皮肤，开始无感觉，逐渐发痒难忍，很快遍及全身，红肿发烂而死。解救方法：蚂蟥三至五条捣烂，拌白糖三两，硼砂二两，白酒二两，及时涂上可解除痛苦。说毕，拿出一小瓷瓶给了刘仲达，自始至终没提匪人一个字。

事后，这王海倒是一条汉子，把他劫姜先生被施了法术的事和盘托出，其他匪人再也不敢对姜家轻举妄动了。

民国27年（1938年），姜先生又帮助刘仲达躲过天大劫难，在人们心里，姜先生就成了救命的神仙了。

这年秋天，刘仲达的弟弟刘仲立拐走了太平镇自卫团总虎西山的女儿虎巧妹，闯下大祸。

原来，刘仲立是百里挑一的神枪手，指哪打哪，虎西山就硬将他招进了自卫团，让他常年在虎家大院伺候。刘仲立长得一表人才，一来二去就与巧妹生了情分，且行了男女之事。虎西山知道了，要把刘仲立和巧妹绑了沉湖。俩人就跑了。

虎西山觉得这人丢大了，让管家兼团副马长远带着几个团丁到子牙村，要把刘仲达一家老少全绑了，还要烧刘家的房子。经太平镇上韩儒仁和高宅圩主朱继祖调解，虎西山给刘仲达宽限七日交人，不然就绑人烧房。

刘仲达不是个怕事的人，本想和虎西山对着干，但他心里对虎西山和他的自卫团那几十条枪有想法，不好硬来。为难之时，村里打鱼的田石山来找他，俩人关在屋里嘀咕了半天，没两天子牙村就去人就给虎西山传话，说刘仲达得急病死了。

虎西山听了心生疑窦，立马让马长远前去子牙村查看。马长远到了刘仲达家时，见刘仲达躺在堂屋当中的门板上，脸上盖着黄表纸，刘家人围着掉眼泪。马长远心眼多，想不会是诈死吧，就以给死人烧纸为名蹲在刘仲达头前，边慢慢烧着纸钱，边瞅着刘仲达脸上的黄表纸，刘仲达如是装死，黄表纸会随着他的喘息而掀动，且要不了多久，鼻子下那一块就会被鼻息洇湿。足有一顿饭的工夫，刘仲达脸上的黄表纸纹丝不动，莫非刘仲达真的死了？马长远又东扯西拉地问了刘家一些闲话，眼却不曾离开刘仲达尸体分秒。刘仲达尸体一动不动，脸上黄表纸更是未见异常。看来，刘仲达确实死了。

马长远心里不由打起了小九九：虎西山就巧妹这么一个宝贝女儿，爷爷奶奶母亲视若掌上明珠，自己几次来刘家拿人，刘仲达其实是给自己逼死的，一旦日后人家和好，自己可就里外不是人了。再说朱继祖、韩儒仁那可是黑白两道的红人，他们都帮着刘仲达，自己犯不着得罪这些人。就将身上带的五块大洋悄悄给了刘家，还赔了许多不是，这才带着团丁回了太平镇。

马长远刚出了子牙村，姜先生就进了刘家，他揭了刘仲达脸上的黄表纸，用凉水给刘仲达净了面，一会儿刘仲达就还魂了。家人说马长远要是再回来怎么办？姜先生笑说，虎西山不过是要挣个面子，仲达这一死，他面子有了，为了他闺女，今后就是知了实情，也不会再和你们过不去。

刘仲达听了，连声感谢姜先生的恩德。姜先生面有愧色地说：老弟之话言重了，你和仲立行的是大善，我施的是小德，萤火岂能与皓月争辉，实在惭愧。刘仲达听了，不由一愣，旋即上前一步，握着姜先生的手说：先生所为也是大善。言罢，俩人相视而笑。

翌年4月，已是新四军洪泽湖游击队小队长的刘仲立和巧妹现身太平镇。刘仲立见到刘仲达时很惊讶，说哥你不是被逼死了吗？

刘仲达笑说：我那是装死。组织上为了团结虎西山，不想把事情闹得太僵，才想了那么个下策。不过这真的还要谢姜先生，他给了我一剂"蒙汗药"，主要成分就是"洋金花"。说它能阻断人的副交感神经，也可用作人中枢神经系统的抑制剂，服用了昏睡一天半日性命无忧，还真管用。

刘仲立说姜先生这人不简单，你莫看他整天恭奉圣贤，研习法术，其实对世事洞若观火，他一定知道你是地下党员才帮你。他还给游击队教了"蚊子不叮术"：在癞蛤蟆口内放入写字的香墨，用布包好，埋泥内七天拿出，弃蛤蟆，留香墨，只要用香墨在墙上或木板上画一个图，所有蚊子都进圈内。他们在芦苇中避免了蚊虫叮咬，神奇得很。

此时，虎西山已不当自卫团总了，他拉起一杆人马自保，听说刘仲立回来了，躲进了洪泽湖，刘仲立就去拜访马长远，俩人相谈甚欢，马长远也参加了革命，做了共产党乡政府的粮财委员。后来，还说服虎西山成立了太平镇抗日自卫队，和新四军一起打鬼子。

民国 26 年（1937 年）日本人占了南京城，民国 28 年（1939 年）正月十一，日军川岛六十五师团侵占了淮阴城，但一直还没侵害过子牙村，到投降时也没扎下据点。因为这里地形太复杂，沟渠纵横，芦苇遮天蔽日，泥潭星罗棋布，更是有名的土匪窝子。成了国民党、新四军拉锯的地方。子牙村特殊的地理环境，使日本人也心有余悸，直到民国 29 年（1940 年）5 月 7 日，日军平林师团的一支由九岛少佐和伪军团长刘永贵带领的三百多人扫荡部队才经过子牙村，他们是去攻占子牙村东面不肯降日的大地主朱继祖的高宅圩子，当晚，虽说破了高宅，却伤亡惨重的日伪军在经过子牙村西面长着茂密杂树林的乱坟岗时，遭到了袭击，死伤了二十多人。

九岛对子牙村耿耿于怀，无时不想施以报复。在端午节这天，他派出日军桑田小队和一个伪军小队四十多人，从青阳镇绕道西南的陈涝洼，经过五十多里急行，晌午时到达子牙村口，没想老天不助鬼子，随着一声炸雷，刹那间风雨大作，洪泽湖水开锅似的暴跳，桑田小队长顾不上搜查抗日分子，领着日伪军涌进了村口的姜先生家。桑田是个文化人，早就听说过姜先生的诸多神奇，对姜先生很敬重，通过翻译官俩人相谈甚欢。姜先生不但提供了洪泽湖游击队在周边活动的情况，还主动提出愿意为皇军效劳。桑田说你是法术家，会制造神烛，把秘密说出来，皇军大大有赏。姜先生爽快地应了，和姜夫人搬出几只竹筐、木桶，亲自动手，边操作边解说：

取蜂蜜、松脂、槐花各一斤，浮石四两，溶解成液体，再浇成蜡烛，这种蜡烛虽然点了一通宵，而只耗损一寸。

用丹矾八钱，樟脑五钱，焰硝五分，溶解后制成蜡烛，再入少许樟脑。这蜡烛用于夜间照明，风雨无阻。

风雨无阻？桑田不大相信，让翻译官点了一支，端到门外，果真，烛火在风雨中跳跃着、摇曳着，发出嗞嗞的响声，光亮却越发劲爆。

日伪军们惊呆了，桑田小队长更是连声惊呼：科学家！科学家！大大的科学家！让姜先生把竹筐、木桶里的材料都做成蜡烛，给皇军使用。姜先生连声应承，专心致志地为皇军赶制蜡烛，连脸上的汗水都顾不上擦。

转眼，天色已黑，风雨减弱，桑田不敢久留，更不敢进村搜捕抗日分子，仰仗姜先生神烛，急急撤出子牙村，走不多远，一个个头晕目眩，手脚无力，不断有人栽倒在地，桑田隐约觉得这神烛不大对头，正欲命令日伪军熄灭烛火时，路边草丛里射出一排排枪弹，日伪军们无力还击，扔了神烛，撂下十几具尸体和伤兵，跌跌撞撞地逃回了青阳镇。

三天后，日军平林师团金子联队一千五百多人从青阳镇、洋河镇等地出动，扫荡洪泽湖西南地区，九岛乘机派出桑田领着六十多人的日伪军偷袭子牙村，欲抓捕姜先生，没想扑了个空，姜先生和村里的人都躲到洪泽湖芦苇地了。伪军中队长要焚毁姜家大院，桑田不允，抢了些粮食牲畜窜回了青阳镇。从此，姜先生没了音信。子牙村及周边村镇的人在怀念姜先生同时，便都开动脑筋猜测他的真实身份，有说姜先生是共产党地下人员，有说姜先生是某个失势军阀的军师，还有说他是金盆洗手的帮会头子……

新中国成立后，有关姜先生的去向更是众说纷纭，有说他去了香港，有说他去了台湾，还有说他化名在北京做了大官了。只是让子牙村人至今不解的是，姜先生这么有本事的人，当年为何栖身于观湖岭那么个偏僻的小村子呢？

扒　灰

子牙村常家曾发生过一件惊天动地的事：民国 16 年（1927 年）3 月，一天傍晚，弱女子杨玉翠在安东河边阻止了常家族长将一个可怜的女子沉河事件。

那是在玉翠嫁到常家第二年初夏，族里人说玉翠堂表嫂柳叶和刘大高私通，这可是件天大的事，因刘大高听到常家要拾掇他的风声后逃走了，只留下一个弱女子，在世俗的风浪中承受着巨大的压力。

柳叶是七年前常家为给儿子冲喜从十几里外的谢咀村买来的，不到一年后丈夫就病死了，那时她刚刚二十岁，柳叶婆婆厉害，她气柳叶没有冲回儿子的命，发狠要让柳叶给他儿子守一辈子寡。柳叶守了六年，到底没守住，常姓人就要把柳叶沉河，为常家雪耻。玉翠听说后，连跌带爬地赶往河边，柳叶正给逼得一步步往河里走，玉翠拽着捆绑着柳叶的绳索，死活不松手。族长呵斥玉翠，说她出头露面，伤风败俗。叫人扯开她，但无人上前。这里有一个缘由：柳叶的相好刘大高就是本村的，你沉了他心爱的女人，日后他找你寻仇怎么办？还有刘姓是子牙村大户，刘姓当家人刘仲达又是能拿事的人，不好惹。族长只好让人把柳叶带回祠堂，关在一间小屋里，常姓几个主事人和柳叶婆婆在一起商量半宿，决定明天早早起来，悄悄把柳叶带到南京城卖了。

没承想，第二天早晨，他们去带柳叶时，却见房门大开，柳叶跑了。

柳叶怎能跑了呢？常家人很纳闷。祠堂大门是锁着的，里面的小屋也是锁着的，何况柳叶手上还绑着绳索，且结的是死扣。没有别人帮她，是怎么也跑不脱的。

看来，肯定有人帮了柳叶。

就有人说一定是玉翠帮了柳叶。有好事的便唆使常家去找玉翠要人。

刘大高的远房堂哥刘仲达听了，说眼见柳叶要给逼死了，你们屁都没放一声！现在却要为难一个女人家，是人做的事吗？再说，玉翠放了柳叶，谁看见了？那两个铁锁，都是用手把锁舌拧断的，这么大的手劲？莫说玉翠了，就是一个壮汉也做不到，这玉翠一个弱女子哪来这般力气！

众人听了，觉得在理，常家却疑心柳叶是玉翠和刘仲达放的，但因刘仲达是场面上的人，和子牙村近邻的太平镇上的能人韩儒仁、高宅圩圩主朱继祖都称兄道弟的，就不敢再为难玉翠了。

没想到第二年，柳叶的灾难落到了玉翠身上，她丈夫德安也得病死了，也没和她生下一个孩子。德安虽是独子，但他妈有人味，说是守是走随玉翠。玉翠知恩图报，想婆婆孤寡一人，年老多病，自己要是走了，她就活不成了。铁心留下来侍奉婆婆，为她养老送终。谁知德安两个叔叔怕玉翠招赘占了常家房地家产，逼着玉翠走人。玉翠是刚烈性子，死活不依；玉翠婆婆也磕头碰脑地和两个小叔子争吵，这两个叔叔竟然盘算要给玉翠寻婆家，想变相把玉翠卖了。

正在玉翠走投无路时，发生了一件奇事，玉翠二叔家打场用的石滚子给人夹到了一人多高的槐树杈上，玉翠三叔家喂牛的石槽给人架到了他家猪圈上，这两件物什都有二三百斤重，一般的壮汉想晃动一下都难，这是怎么搁上去的？还有，村里这么多人家，为什么单单作弄了常家兄弟？这是什么人干的事？村里的人左思右想，想到了柳叶和刘大高，说他俩一定做了土匪了。言下之意是说常家兄弟惹了玉翠，他们给玉翠报恩，替玉翠出头来了。常家兄弟要是再生坏心，怕要有性命之忧。也有人说玉翠邻居长贵有一身软硬功夫，说不定是长贵干的。但不论怎样议论，玉翠那两个叔公是再也不敢欺负她了。

玉翠生活安定下来，一心一意地侍弄着庄稼，照顾着婆婆。到婆婆去世时，玉翠都三十好几岁了，她那两个叔公暗自高兴，想这下你该走了吧。能拿的东西你拿走，房屋宅基你总得留下吧。村上好心人也都劝她，趁自己还年轻，找个好人家过日子吧。没想玉翠一点走的意思也没有，更莫说改嫁了。人们直摇头叹息，说玉翠傻，为她惋惜。

这时的玉翠，虽说终日劳作，人却不显老，白里透红的脸蛋再配上大眼睛，细鼻梁，薄嘴唇，尖尖的下巴，十分受看。村上许多男人都愿意帮玉翠家干些修房耕种的力气活。有的女人怕玉翠勾引自己男人，就骂玉翠是狐狸精，专门迷惑男人，不让自家男人去帮玉翠干那些重活、苦活。

光棍赵大发就认为自己有机会了。

赵大发游手好闲，不走正道，三十大几岁了也没讨上个媳妇。他就把心思花在玉翠身上，自家的力气活不干，却乐意帮衬玉翠家。村里的人就拿他和另一个光棍汉常长贵说笑，说长贵是懒黄鳝，外面有鲜食却不愿出洞，赵大发是泥鳅，没人喜欢却四处胡骚情。

这天艳阳高照，玉翠到地里锄玉米。大发便也扛着锄头跟着下了地。绿汪汪的青纱帐一眼望不到边，人钻进去谁也看不见谁。赵大发家的地傍着玉翠家的地，玉翠也没当回事。快到中午时，阳光毒到了极点，绿油油的玉米叶上泛着刺眼的光，野地里少见人影，连飞鸟也不见了踪迹。此时，玉米地成了大蒸笼，人在里面不干活也会出汗。赵大发脱去了身上的汗衫，祖胸露腹地哼着小调。还不时隔着玉米没话找话地搭讪玉翠。玉翠心里厌烦，装着没听见，一门心思地锄地。赵大发耐不住了，就走过来和玉翠套近乎。玉翠薄薄的衣衫被汗水湿透了，紧紧地粘在身上，勾出浑圆诱人的胸部曲线。赵大发目不转睛地盯着她看，额上的青筋一条条蠕动起来，眼里似乎蹿出了火苗子，灼得玉翠的心咚咚直跳。

赵大发说玉翠嫂，歇息一会吧。玉翠停了手中的锄，没有回答，眼却朝另一边的玉米地望去，那是长贵家的地。地里静静的，没有一丝动静，玉翠好似叹了口气，扛了锄头准备离开。赵大发瞅瞅四周无人，觉得天赐良机，便采取了进一步行动，丢了锄头，扑过去把玉翠压在身下，准备剥她的衣服。玉翠强烈地反抗着，怎么都无法摆脱那沉重的身体。就在赵大发快要得逞时，他突然惨叫一声，还没明白是怎么回事，人就重重地摔在一旁。赵大发吓坏了，待他爬起来，看见眼前站的人是常长贵时，不由又是惊讶又是恼怒，说：莫非你常长贵真的要扒灰！长贵没吭声，脚背一挑，赵大发那把锄头就飞到手里。赵大发讥笑说：干啥？你还想打我！长贵还是没说话，两手一抖，咔嚓一声，那鸭蛋粗的锄把已断成两截。

看来常长贵真的有功夫。赵大发被震慑住了。再看玉翠，满含泪水的秀眼里燃烧着憎恨的火焰，死死地盯着自己，赵大发被盯得浑身发麻，扑通一声跪在地上。说长贵叔、玉翠嫂，我狗日的不是人，我错了，再也不敢了。求求你们饶了我吧。说完便左右开弓，连着扇了自己好几个耳光。

入冬时，赵大发入了洪泽湖大土匪魏友三匪伙，民国 27 年（1938 年）春上，因强暴女肉票坏了土匪的规矩，被魏友三割了命根子活活疼死了。

赵大发连滚带爬地离开后，玉翠怨恨地盯着长贵，说你来干什么？让赵大发把我糟蹋了算了。长贵不敢看玉翠，叹了口气，转回自家地里去了。玉翠望着长贵宽实的背影，终于忍不住委屈，喊了声：常长贵，好你个没良心的死人哩！放声大哭起来……

原来，按辈分讲常长贵是玉翠丈夫德安出了"五服"的叔叔。也就是玉翠的堂叔公，比玉翠大了十多岁。他长着连鬓胡子，一双大眼，少年时曾跟走镖的外祖父学了七年的功夫，十八岁那年成了亲，并有了两个可爱的儿女。民国 20 年（1931 年）4 月，两个孩子和母亲在吕集圩子赶庙会时，被一个叫陈老狠的匪徒杀害了，热热闹闹的一家人转眼就剩下他和小妹春柳。前年，春柳也失踪了，长贵快急疯了，就在子牙村的人以为他没了活头时，不知村上打鱼的田石山给他说了啥话，把他劝好了。只是本来言语不多的他就变得更少言寡语了。人也木讷了许多。如果说有什么变化的话，那就是自媳妇和孩子被害那年起，每到农闲时，长贵都会外出一些时日，有人说是习武去了，也有人说是找土匪报仇去了。他家是一处破旧的老院，他外出时，房门挂着铁锁，院门就用木棍别着，院中有一棵香椿，枝杈上吊着两只黑油光亮的沙袋，一看就有了年月。墙根下还立着一对石锁，锁把磨光了，锁面也磨光了，也有了年头。长贵每次回来，院子里都干干净净的，他知道是隔壁玉翠扫的。对此，长贵心里是感激的，却不说出口，只是在院子里大声咳嗽几下，算是给玉翠打了招呼。

长贵这么做，是有原因的。玉翠丈夫德安是他侄子，玉翠就是他侄媳，虽说早已出了"五服"，七八代前可能是一个祖上，但一个常字让他当叔的长辈身份没法改变，一段时间他帮玉翠干活勤了点，就有闲话说他为长不尊，想扒灰。有人还发现长贵衣服上的补丁针脚细密密的，不像男人补的，就说玉翠守不住了，早和长贵住到一起了。许多人这才恍然大悟，说怪不得玉翠不嫁长贵不娶，原来是这么回事。但长贵和玉翠辈分不对，是叔老子和侄媳妇的关系，真要有那事，就是扒灰。扒灰可是人神共愤的恶行！一个人要是扒灰了，便是猪狗不如。这个人就完了，这个家庭就完了，甚至整个家族都完了。猪见了直哼哼，驴见了尥蹶子，狗见了不抬眼。这时，人们看长贵的眼神就斜了，一些妇女见了，也瘟疫似的躲着他。而赵大发那号人，见了玉翠，眼里也就只剩下淫荡了。他们认为，一个能和叔老子扒灰的寡妇，你想要她怕是比脱裤子还容易。所以赵大发那天就在玉米地里对她欲行不轨。还有一个光棍几次半夜里去敲她家的门，蹲她家的墙根，被玉翠浇了几盆凉水。

不过，让玉翠雪上加霜的还是赵大发，他在玉米地里强行玉翠未遂后，年底投奔了大土匪魏友三，临行前，赵大发为了发泄对常长贵和玉翠的怨恨，有鼻子有眼地给村里人描绘了长贵和玉翠在玉米地乱伦的恶事，惊得子牙村里的乡亲们一个个口舌打节。钟无量更是如丧考妣地捋着颔下仅有的几根焦黄胡须，摇头晃脑地连声哀叹：我子牙村乃民风淳厚的仁义道德之地，这下算是完了，完了啊！更惊慌的是玉翠两个叔公，如果长贵和玉翠真铁了心要成亲，那玉翠住的房屋宅基不是都便宜了常长贵？他俩急得像热锅上的蚂蚁，挖空心思地想着对策，最终想了个忒恶毒的点子：说玉翠狐狸精附身，不知道羞耻了，才去勾引常叔公常长贵，只有捉了狐狸精，玉翠的病才会好。想以此来羞辱常长贵和玉翠，让他俩知难而退。俩人各出一块洋钱，请钟无量捉妖。钟无量本不愿做这得罪人的事，可经不住两块大洋的诱惑，便跃跃欲试。事情传到姜先生耳朵里，姜先生意味深长地说：老钟要捉妖？到时我也去看看，他这次一定会捉到狐狸精。姜先生可不是乱说的人，在子牙村人心中，他可是金口玉牙。村人都很兴奋，就连原本反对钟无量作践玉翠的人也转变了态度。说只要他不怕丢人现眼，那就让他捉，要是捉不到就吐他一脸口水。谁知，钟无量听到姜先生要到现场看他捉妖的话后，脸色变得屁打般的黄，死也不肯替常家兄弟捉什么狐狸精了。接着刘仲达、田石山等人也出面干预此事，常家兄弟谋划的事也就不了了之。

这期间，常长贵许是听到些什么，再到农闲外出时，院门上就多了把锁子，回来后也不再在院里大声咳嗽了，气得玉翠不知暗自流了多少泪水。

去年冬天，长贵出去没几天，脸上就带着个血口子回来了，他破天荒地炒了两个菜，斟了一壶酒，在埋着娘仨的坟前又哭又笑地说为她娘仨报了仇了，今年春天就不见他出去了。还有一个变化是他给房子抹了墙泥，新苫了麦草，还和刘仲达几个把玉翠家的房子也拾掇了。只是，他的话更少了，人瘦了，眉头上的疙瘩堆成了团，烟锅却吃得凶了起来。

常姓年纪最大的常奶奶心疼长贵，担心他遇到什么难事了，请姜先生去开导开导他。姜先生摇摇头说：长贵是有了心事了，劝也没用。等他自己把心里的扣子解开了也就好了。

就在玉翠在玉米地里哭骂长贵这年秋后的一天晚上，有人看到有一个很像柳叶的女子去了玉翠家，不几天，玉翠娘家来人接走了玉翠。走时，玉翠显得很宽宏大量，只是把两亩地卖了，把几间房子留给了德安两个叔叔，屋里的家什却没留下，说过日子要用。紧接着长贵把两亩地也卖了，把房子给了常奶奶家，背着铺盖卷走了。

这样长贵和玉翠就相继离开了子牙村。

长贵和玉翠走后，子牙村的人思念起他俩的诸多好处，有人问姜先生：说他俩过得好好的，怎就突然走了呢？

姜先生神色恻然地说：唾沫星子也能淹死人，他俩是躲唾沫星子去了。

许多年后，子牙村有人在徐州城里见到一家"太平小食店"，店主正是常长贵和杨玉翠。此时，他俩已添了一双儿女。于是常长贵扒灰的事也就传了开来。只是出乎意料的是，人们并没有讥笑、谴责他俩，而是将此事作为子牙村的一桩美谈。

钟无量的法术

常老爹在民国 16 年（1927 年）夏天从草垛上掉下来摔死了，就埋在他家屋后的沙垯上。这块地方是常家祖坟，北面临洪泽湖，东西两面是高咀和周咀两个村子，风水先生说那是两个凤凰翅，常家日后定有一飞冲天之人。

常老爹被家人安葬后刚过了"三七"，就在夜里去找住在沙垯旁边的申二爹叙旧，声泪俱下地说：兄弟，哥想你哩，想死你哩！申二爹醒来，虽说心里打怵，却也没当回事，吃了早饭，便下湖打鱼。正赶上湖里退水，湖边浅滩的水洼里汪下了一窝窝的鱼虾，只一顿饭的工夫，申二爹已抓了上百斤的鱼虾，三四斤重的红鲤鱼就有好几条。就在这时，申二爹听见芦苇丛里哗啦哗啦似有大鱼在扑腾，申二爹悄悄蹚过去，见有一条半人长的黑鱼被困在一个浅水里，打了一辈子的鱼，何时见过这么大的鱼呵！这要是抓回去，怕要轰动前后三庄的。申二爹异常惊喜，扑过去逮那黑鱼，没想那是个泥潭，一下就陷落到胸口，那黑鱼好似对申二爹的举动很恼火，冲着申二爹撞了过来，幸亏申二爹闪得快，要是让它撞到胸口，那是不死也伤。黑鱼一撞，撞出了水洼，游走了，申二爹却被困住了，幸好拉住两根芦苇，费尽了力气，好半天才挣脱出来，却吓得魂都快没了。

当天夜里，常老爹又来了，什么话也没说，龇牙咧嘴地冲着申二爹笑，好似是讥笑他白天逮黑鱼差点送命的事。莫非那黑鱼是常老爹变的？申二爹心里犯了猜疑。晌午他去给牛割青草，路过常老爹坟地边时，想起那梦，心犯疑惧，又失足跌了一跤，伤了腰不说，镰刀还把胳膊划了一拃长的大口子。

常老爹在世时，和申二爹生过口角。申二爹就认为是常老爹记仇，为了托生，鬼魂就找上他了。申二爹很愤怒：几十年来一个村子住着，低头不见抬头见，有个言语磕碰也是常情，你想转世投胎我能理解，但不能找我当替身。你活着时，每年过年我都要请你来喝酒；你家里盖房，我也没少去帮忙，怎能一点情分都不讲呢？真是太过分了！又想：申家的房子就在常老爹眼皮底下，自己年纪也大了，他不找我还能找谁呢？要躲开常老爹的纠缠，最好的办法是要常家迁坟，或自己搬家，但这都不可能，唯一的法子只有以毒攻毒，把常老爹的鬼魂制住。

申二爹就去请姜先生捉鬼。没想姜先生惊讶地说：捉鬼？鬼在哪里？哪个见了？

申二爹很不悦，想姜先生不是道行不济就是不想得罪常家，就又气呼呼地奔了钟无量家。

钟无量是捉鬼世家。听说钟无量的爷爷原本是太平镇上做豆腐的，挑着担子，走村串乡，卖了一辈子豆腐。有一回他用豆腐救了一个饿昏的道士，道士送给他一柄拂尘，他就扔了做豆腐的行当，做了一个半路出家的捉鬼道士。且很快在太平镇一带博得名声，日子过得也比卖豆腐时滋润了很多。只可惜惹的阴仇太多，鬼们不到他家托生，到了钟无量这代，家里更是人丁单薄，只有钟金光一根独苗，还病病恹恹的，让钟无量很是痛心。这也让人们对钟家的道行产生了怀疑。再加上几乎是半人半神的姜先生的到来抢了钟家的风头，请钟无量做法事的也就王小二过年，一年不如一年了。

申二爹的到来让钟无量很兴奋，但他听说是常老爹缠上了申二爹，要他施展法术去捉常老爹的鬼，心里不免作难。常老爹在世时，从没和他破过脸皮，还常常给他送烟叶送酒；常家人丁也旺，五代之内就有六十多口人，自家是孤门独户，没什么根基，这事要让常家知道了，就会惹祸，常老爹这鬼怎么也捉不得的。但钟无量也不愿得罪申家，再加上这几年生意清淡，更不愿推掉这上门的营生。心里盘算了好一阵，有了主意，说：离这二十里地的龙集有个马半仙道法深，请他来准行。

申二爹高兴，当即要去请。钟无量说不可，请马半仙做"法事"，要用两斤猪肉、两条大鲤鱼、一只公红鸡、两瓶酒、四尺红布、两块洋钱做谢礼。你明天吃过晌饭去，晚上再返回来，到村里时刚好人都睡了，悄悄做了法事，捉了鬼，常家也不知情，更不会伤了两家和气。

申二爹听了要花这么多的钱，心里着实舍不得，但性命攸关，只得舍财保命。

第二天晚上，天黑人静，申家偷偷把马半仙接来。马半仙到了申家门前不由一惊，说你家有摔死鬼找上门了。而且摔死鬼就埋在你家前面！申家人听得脊背发凉，因为他们根本没有给马半仙说清缘由，马半仙怎么会知道摔死鬼这件事呢？于是申家越发相信是常老爹鬼魂找上门了，就请马半仙做法驱鬼。马半仙说：赶了它还会来，钉住它就害不了人了。申家人问怎么钉？马半仙说：你家门前不是有三棵桃树吗？从中间那棵上砍两根拇指粗的树枝给我。天很黑，马半仙怎么会知道门前有三棵桃树呢？申家老小一时将马半仙视若神人。忙砍下两根桃枝递给马半仙，马半仙用刀削了两根楔子，先对着楔子噗地吹了口气，口中念念有词，又举着拜了托塔天王，最后用手一抹，那桃木楔子上竟然荧光点点，着实吓人。马半仙施了法，叫申二爹亲自把桃木楔子钉在常老爹坟头两边，说是这样鬼魂就被封住了，自己便到钟无量家歇息去了。

申二爹双手捧着木楔，摸到了常老爹坟上，似心有不忍，边钉桃木楔子边念叨：老哥：你小侄子还没成亲，兄弟我还不能走。你要托生就走得远远的，莫打村里人的主意。申二爹钉了桃木楔子，回来到钟无量家里接了马半仙，又连夜把他送回去了。路上，申二爹觉得手中提的他给马半仙做法事用的物什，好似轻了不少，细看，那只大公鸡和猪肉都没了。

钟无量在马半仙做了捉鬼的法事后，总觉心亏，就给常老爹老伴常婶说：老嫂子，我梦见常老爹了，他好似在那边活得不自在，说是腰难受呢。这话可是出自钟无量之口，常婶听了不由心惊肉跳。也真奇怪，当晚常婶就做了一个好怪的梦：常老爹按着腰在呻吟。

第二天上午，常婶就备了纸钱，去给常老爹上坟。刚到常老爹的坟上，就发现坟腰两侧各露着一截桃木楔子。常婶悲愤难忍，哭诉说他爹你心地善良，从不伤害人，是哪个丧天良的来害你一个死了的善人，这不是伤天害理吗！

常婶拔了桃木楔子，回家和家人一说，常家老少人人气愤。想使坏的人一定有道行，一般人拿他没办法，就拿着礼品和桃木楔子去找钟无量。钟无量很热心，说：此桃木楔子非得扎进的人拔出来才行。你再去倒着插上，这样就伤不着常老爹了。

常婶不信，说他既然使坏下了楔子，能自个拔了？钟无量说我施法术，请常大哥亲自出马，容不得他不拔。就当着常婶的面，对着家里的神坛，口中念念有词地舞了一会，跳了一会，说你回去，当作没这回事，我料定两天内定有讲究。

当天夜里，申家的大门噼噼啪啪地响个不停，申二爹起来几次，都没见个人影。申二爹又气又怕，人都快急疯了。当头遍鸡叫，敲门声再次响起时，他猛地拉开木门，似有一团黑影扯着风声射向夜空，这不是"半夜鬼敲门"吗？申二爹吓得魂不附体。看来，这是做了亏心事了。申二爹左思右想，觉得自己也没干过什么坏事，就是在常老爹坟上插了两根桃木楔子。看来马半仙的法术不灵，没有镇住常老爹，他寻仇来了。

果真，天亮后申二爹在门上看到了一团黏黏的污血，阴森森地瘆人。

申二爹胆怯，只得再去请钟无量，钟无量看了门上的污血，脸色也变了，说真是马半仙惹恼了常老爹，他上门闹事来了。赶忙让申二爹端来清水把污血洗了，又画了符，念了咒，说我已在门上遣了驱鬼门神，你今晚去常老爹坟上把那两根桃木楔子拔了，他也就不再缠你了。申二爹感激不已，从屋里拿了两条干鲤鱼、一只腌兔子还有一把上好的烟叶酬谢钟无量。

到了晚上，申二爹就悄悄去把常老爹坟上的木楔拔了。常老爹再也没来骚扰申二爹。常婶再梦见常老爹时，常老爹都是很安详的样子，再也不提腰疼的事了。常申两家人因互不知情，相处得挺和睦，因而心里也都佩服、感激钟无量。

自此，子牙村再没发生过半夜鬼敲门的事，但周围村子却时有此类事情发生，人们也都知道钟无量法术高，都来请他去捉鬼，钟无量忙不过来，收了一个叫李光华的徒弟。村里人不解，说怎不教儿子呢？钟无量叹息说光华是罗汉转世，天生捉鬼的料，金光没有根基，压不住邪。就整天带着李光华四处捉鬼降妖，忙得不亦乐乎。

1964年冬天洪泽湖周边奇冷，安东河上也结了一层冰，钟无量去河那面捉鬼时掉进了冰窟窿，连冻加吓一病不起，大去之前，弟子李光华说：师傅，"鬼敲门"的法术您还没教我呢。钟无量凄然一笑说：就是黄鳝的血，傍晚时涂在门上，蝙蝠就闻腥飞来了。

原来师傅成名的法术是这么回事？李光华先是一愣，随即心里涌起一种酸苦的滋味，百感交集地失声痛哭起来。

钟无量似感到内疚，指着床头的桃木剑、乾坤袋和道士帽说：这剑和这袋子一定要传下去，还有这顶黑毡帽子留下你戴。说完，人就没气了，享年七十三岁。村里人说钟无量会死，要是晚死两年，那就里外不是人了。原来1966年"破四旧立四新"时，马半仙交代了他和钟无量串通起来捉鬼，在常老爹坟上下桃木楔子的事，常申两家的后辈听了，十分气愤，要去扒钟无量的坟，只是因了钟金光的好人缘，钟无量的坟才得以保全。但常申两家从此生分起来，常常因了些鸡毛蒜皮的事闹得鸡飞狗跳。

钟无量死后，那顶黑毡帽就戴在李光华头上，一年四季从没摘下过。"文革"时他不想戴了，但红卫兵不许，将他和社长刘仲达一起树为封资修的活靶子，勒令他睡觉也不许把黑毡帽摘下。到了1972年，下放到子牙村生产大队当党支部书记的刘仲达，见李光华竟然还戴着那顶黑毡帽，就让李光华摘了，没想到李光华不愿摘，说他怕风，这顶黑毡帽戴习惯了，摘下就头疼脑昏。这顶帽子李光华一直戴到了1987年，那年冬天他害心口疼病走了，老伴心疼他，说他离不开这顶黑毡帽，就又让他戴到棺材里去了。

原载《福建文学》2011年4期

惊 蛰

刘有才说卫国我要回家了。

马卫国惊讶地说回家？你不是刚从家里回来吗？

刘有才说家里有事，得我回去办。估计一时半会来不了，你要见着郝老板，替我打个招呼。

马卫国说行。不过我从昨天就没见上他。你给我留个地址，说不定哪天去你那玩。

刘有才笑说我家那穷地方，八抬大轿都抬不去你，留啥。

马卫国便掏出两百块钱塞给刘有才说给孩子买点吃的。

刘有才也不推辞，道了声谢，接了。

别了马卫国，刘有才回到出租房，结了房租，取了包，就奔了汽车站，上了一辆从银川发往延安的长途客车。等待发车这段时间，刘有才心里慌慌的，眼睛不停地向车外张望着什么，一副紧张的模样。

下午，客车出了宁夏地界，进入陕北的土地，连绵不尽的土山、沟壑，那些熟悉的景象，真切地展现在眼前，刘有才心里才踏实了些。道路也崎岖艰险起来，或一面深壑万丈，或两面万丈绝壁，让人提心吊胆。远处的山脚下，零零星星散落着些不规则的小楼或平房。

傍晚，客车进了一片被沟坎缠绕的土塬，刘有才下了车，上了一条高高低低的黄土路。行人稀少，刘有才的前头，只有一个老汉牵着一头黄牛在夕阳下默默地行走。虽说过了春节，晚风还很冷，刀子般的刺骨。刘有才穿着球鞋的脚，一会就被冻僵了，只好一边疾走着一边跳着跺着来取暖。一会儿，老汉和黄牛都停了下来，跟着，路上多了堆冒着热气的牛粪，热气徐徐上升，非常诱人，刘有才真想把脚伸进去，得到片刻的温暖。但他的脚步没停，也没看老汉，而是低着头，加快了步子过去了。

翻过两个小山梁，前塬的沟口下面，卧着一个废弃的村子，刘有才家原先就住在这里。沟很陡，窑洞大多背山而挖，棋子般撒在塬脚下，一条小涧从山沟间穿过，随意地弯来弯去，在一户户人家的房前弯出了一块块大大小小的园子。一道道篱笆也就随涧顺势地立着，篱笆里春来栽红植绿，夏季绿荫匝地，秋天瓜果飘香，成了山里的一道风景。不知何时起，那涧里的细流没了，却常常猛不丁地来了一股漫天盖地的洪水，不但冲了菜园，卷了牛羊、粮食，毁了窑洞，还时常伤人。前年政府把村里人迁移到了后塬上。因前后塬相距不远，有些人家把闲置的农具和草料还放在这里，还有的人家将废窑做了羊圈。

刘有才的家在村口，是两间相连的窑洞，外面用树枝圈着一个院子。几年没人照管，窑洞的墙壁泥巴经过风雨冲刷，豁豁套着豁豁。院里那条被脚板子踩出的黄土路，因没有人走动，上面长满了蒿蒿草草。只有门前那棵沙枣，显示着生命的顽强，有的枝丫竟然蹿上了窑顶，像卫兵似的守望着院落。树上，一群山麻雀不停地跳跃着，唧啾着，仿佛在欢迎窑洞主人的到来。

这是活了大半辈子的地方啊！刘有才心中一热。

从前沟废弃的旧窑回到后塬新家里，天已大黑了，一天的行走，刘有才累得浑身好似散了架。吃了袋从银川带回的方便面，喝了几口凉水就呼呼睡了。一会儿，一伙蒙面人闯进房来，凶神恶煞般围住了他。一个粗壮的汉子叼着烟斗，笑容满面地说有才兄弟，你真不够意思，咋能见死不救呢？说着右手一抖，亮出一支香烟来：缅甸货，尝尝？

此人，正是郝老板。

刘有才知道大祸临头了。这烟抽了就上瘾，就得家破人亡。不抽，郝光明也不会饶了他。动手吗？更使不得，郝光明是个会家子。好汉不吃眼前亏，刘有才说郝老板饶命。郝光明不语，只是露着两只纯金门牙，滋滋地冷笑，刘有才绝望地大叫一声，再看，眼前空无一人，原来是南柯一梦。

刘有才心有余悸，一个打挺跳起来，四下打量未见异样，便拿了根棍子，把房门顶上，这才略略放心，支着耳朵睡了。

第二天上午，刘有才拾掇了房子，带了两千块钱去了岳父家。自他出去打工，家里的地包给别人种了，婆姨就带着娃回了娘家。

岳父家在十五里堡，娃他舅两口子把刚会走路的娃留给老人，也出去打工了，老两口孤单，就把闺女给叫了回来做伴。刘有才不想多见人，没走大路，走的是放羊小路，七拐八弯地耗费了不少时辰，晌午时才到了岳父家。一家人见他突然回来都很惊讶，问咋回来了？刘有才说打工的那个厂子不景气，开的工钱低，朋友说城里人喜欢地软菜，让他回来看看。婆姨说开春有了雨水，地软菜还不老少，我回去帮你收吧？刘有才说用不着，我说不定过几天就走了，你就莫回了。

其实，刘有才是担心婆姨和娃回家，那件事一旦露了风声，万一那伙人找来，是啥事都做得出来的。他想只要三五个月不出事，那就是无头案子了。

晚上，刘有才把那两千给了婆姨，又绕着弯子对她说了半夜知冷知热的话，让她注意身子，买身好衣服穿，买瓶好护肤油搽脸搽手，还让她孝敬老人，一定要把儿子带好，让他念书走正道。婆姨先是感动得热泪涟涟，继而吃惊得大睁着一双泪眼说：你这是咋的啦？是想和我离婚还是咋了？

刘有才听了，一把将婆姨搂到怀里，贴着她的耳朵说：莫瞎想，我不是不常在家，一大家老少都靠你操心嘛。婆姨听了，这才放下心来。说你刚才那几句话把人都吓死了，我还以为你出啥事了呢。

早上，刘有才早早起了床，把岳父家房前屋后拾掇了一番。早饭后，又起了猪圈的粪，送到田里，还给黄牛铡了一堆草料。虽说出了一身的汗，却不感到累，心里反而觉得轻松了许多。吃了晌饭，因心里有事，就起身离去。在院子一旁的麦草垛上，儿子和他的小表弟拿着小人书，趴在院场的草垛洞翻看着，这一情景，勾起刘有才藏在心底的甜蜜往事。在月色溶溶的夜晚，少年刘有才和伙伴们一起卧在散发着香气的麦草上，吮吸着秋天成熟的气息，仰望着天上的白云遐想着长大了要当解放军，要当火车司机……只是刘有才没有想到，今天，自己走了这么一条邪路。

刘有才走了过去，弯腰抱起了儿子，在粉嫩的小脸上亲了又亲，泪水糊了儿子一脸……

从十五里堡回家的第二天，刘有才大清早又去看望父亲。

父亲在后山，和弟弟住在一起。去年弟弟和婆姨也带着孩子打工去了，留下一群羊和三亩多农田由父亲照料。

后山在塬后，晴天在塬上就能看后山村子里的人，可真要去后山，爬高下低翻山绕涧得走小半天。

陕北的二月，不似宁夏那么天寒地冻，清晨的空气中带着丝丝凉意，一缕缕橘红的阳光照在黄土地上，平添了几分暖意。

半晌时刘有才进了后山村子。弟弟家就在村头，在弟弟家的院子外，刘有才就看到有七八只羊正在吃草，一旁有一大一小两只山羊，小羊拱在大羊的怀里，大羊弯了脖子用犄角轻轻触了触小羊，又叉开两条后腿，让小羊的小脑袋贴在胯间，那里更温暖些。小羊将小脑袋在大羊软绵绵的肚子上拱了几下，舒服地咩咩叫个不停，看得刘有才心里暖暖的。进了院子，刘有才看到父亲蹴在向阳的墙根下，闭着眼睛打盹，焦焦黄黄的阳光散散地照着父亲，父亲的脸在阳光里如漫上炭焰的黄铜老壶，不见了光泽，头上的头发更是白多黑少，如稀疏的茅草，瑟瑟地粘在头顶上。

刘有才涩涩地叫了声大。

父亲收了瞌睡，惊喜地问咋回了？

刘有才不敢说实话，把在岳父家说的那番假话又说了一遍。

父亲不信，疑惑地盯着刘有才说：就是收地软，这也不是季节，要出三月落雨了才长出，你这时回来能干啥？

刘有才不敢与父亲的目光对视，也不忍哄骗父亲，但理智又告诉他，那事不能说，说了父亲准得气死。父亲原本是大队会计，可父亲那个极要好的朋友，偷配了钥匙，偷走了父亲抽屉里的七十块钱，害得父亲被定了个监守自盗的罪名，蹲了两年的大牢。而 1987 年夏那个暴雨天，父家却从他家即将垮塌的窑洞里，救了他的家人。为此，刘有才抱怨不该救他们，父亲瞪眼说你娃娃家知道个啥，做人不能坏了良心。从父亲身上，刘有才悟出了一个结论：好人不知道坏人有多坏，坏人不知道好人有多好。而自己走到今天这一步，不正是遇到了马卫国这个坏人吗！咳，糊涂啊！刘有才心里长叹一声。

刘有才坐下来，掏出香烟，给父亲点上，又哄父亲说在外打工也不易，打算把地要回来，边种地边做点地软菜的买卖。

父亲听了连连点头，说：这么打算好。咱庄稼人丢了田地，跑到城里去，住人家房吃人家粮，没根没基的，连一块茅坑板板都是人家的，那日子能活得舒心？

父亲的话在刘有才意料之中。他知道，脚下这块土地是父亲的根，是父亲的血脉所在，人老几辈子都在这里繁衍生息，辛勤劳作，这方水土已经渗透到父亲的血液中了。

父子俩说了会儿话，刘有才进屋做了一锅面片，和父亲吃了，饭后，又帮着父亲起了羊圈的粪，送到田里，还给黄牛铡了一堆草料。眼看日头西坠了，刘有才硬塞给父亲一千块钱，又告诉父亲待过了惊蛰，他过来犁地，让父亲不要急着开犁。

离开了父亲，刘有才便又心事重重，一路上腿脚沉重得迈不开步子。待到家时整个村子里已没有一点亮光。进屋后，他饭也没吃，衣也没脱就睡了。

接下来的日子里，刘有才整日忧心忡忡，过着提心吊胆的日子。他唯一祈求就是时间走得快点，能一下子就过了三个月、三年最好。这样，那件事，那个人就给忘了，自己也就因祸得福了。可是，刘有才手上那块三十五块钱买的电子表，却不解人意，始终不急不躁、不快不慢地走着，一秒一秒地煎熬着刘有才的神经。刘有才嘴上的水疱也就不知疲倦地此消彼长，亮亮的像镶了一串紫葡萄。而他的心里，拥挤着惊恐、担忧、焦虑、牵挂、悔恨，已容不下一星半点的宁静和欢喜了。

为了抵御惊扰焦躁，刘有才有时会到村子里转一转，村子里大都是老人和妇女儿童，仅有的几个青壮年也都忙忙碌碌的，对他一遍遍讲述的地软菜买卖已不感兴趣了。无奈之下，刘有才只好回到家里，蹲在院子那块菜地里，一把把地薅着那些枯死的杂草。这几年外出打工，久不做农活了，可他做起来仍是那么得心应手，五指所到之处，一片片茅草卷地而起，黝黑的土地绽开一朵朵浪花，泥土的清香飘溢在刘有才的身边，让他得到暂时的心静神宁。后来，他干脆把这地深翻了一遍，把一块块土坷垃捏得粉碎，将老大的一块菜地梳理得镜子似的平整。

干完了这些活计，刘有才心里却愈发恐慌焦虑，整夜整夜地睡不着，而一闭上眼就噩梦不断，老是感觉到自己被埋在土山里，吓得他一次次浑身冷汗津津的。

这天晚上，为了使自己能入睡，刘有才干喝了半瓶白酒，不胜酒力的他果然一会儿就昏然入睡了。半夜里，他突然看见他家那两孔废窑里，有几个面熟的人鬼鬼祟祟地在寻找什么，吓得刘有才恐惧地大叫一声，醒来，还是一个噩梦。

早上，刘有才早早起了床，想去废窑看看，出了门又想大清早地往那里跑，别人难免会生疑。就耐着性子做了早饭，吃了才动了身。

已是春三月的时光了，沿途的田地里有了忙碌的身影。刘有才知道，在乡下，真正的春天，应该从三月算起。因为此时，地气已动了。夜深人静时，听得见床底下有什么东西在响动。白天，看得见地上那些柔软薄弱之处，露出了一个个细小的沙眼。沟塘里，则会冷不丁地冒出一大团一大团气泡。被这地气一熏，满山欣然有了生意。往年这时，刘有才就会择一处松软的地块，脱了鞋，站定，将一口气沉到身下，这时，一股清新、温暖、略带些潮湿的气息，穿过脚板，进入到身体的各个部分，和血液融合在一起，打通每一根筋络，舒坦死了。

可是今年，刘有才没了这种心情。

路上，刘有才碰见了刘大伯。刘大伯提着两瓶西凤，说春天潮气大，身子骨吃不消，晚上喝两杯，活络活络筋骨。还请刘有才也过去，他那里还有点山货，正好下酒。刘有才听了，心里暖暖的，连声谢了。望着刘大伯的背影，刘有才心里又泛起一股惆怅。以往，日子虽说清贫，倒也过得有滋有味。可现在，唉！刘有才忽然悟到，钱多钱少，吃好吃孬，都没有好心情舒坦。可是自己一时鬼迷心窍，把好心情弄丢了，怕是再也找不回来了。

到了前沟沟口了，刘有才住了脚，四处望望没见个人影，就拐了进去，到了自家院门前，刘有才果真看见一行脚印，心不由揪了起来，忙打开树枝编织的栅门，仔细查看，那人没进院子，这才放下心来。进到窑洞门口，见木门上的织蛛网也很完整，刘有才心里更踏实些。便掏出一根香烟，点了，蹲在门口，冲着院子前面的小山包默默地吸了起来。

小山包一侧，是母亲安息的地方。

母亲得的不是死病，只要到大医院里是能治好的。可家里日子过得艰难，母亲不去，说她能扛过去，省下钱给儿子上大学。可是儿子以十七分之差落榜了，母亲也走到生命尽头。临终前，母亲叮嘱父亲不要给她花钱，要攒钱给俩儿子娶亲。母亲下葬时，父亲想让母亲带走一副像样的棺木，虽四处求人，还是没能遂愿。要是在今天，他一定会带母亲去银川去西安，请最好的医生把母亲的病看好。可是母亲不在了，自己有多少钱也换不回母亲了。刘有才突然悟出，钱不是万能的，它能救命，也能害命，而自己不就是被它害成了人不人鬼不鬼吗！

日头贴地时，刘有才才起身往家里走。不过，他怕引起别人注意，没有上路，而是顺着沟底的小涧拐到后塬，出沟口时，一只不知从哪里来的棕色旧靴子，引起了刘有才的注意。这只靴子在涧边的泥沙里被迫止住了脚步，靴筒里，探出一株纤弱的山杏苗来，它在晚风中不停地摆动着，像是在展示它顽强的生存本能。刘有才受到了触动，想另一只靴子呢，它被小涧穿跑了吗？它也能孕育出一棵山杏吗？一时，刘有才心里涌上一种难以言说的滋味。心里突然升腾起一股要生存下去的欲望。想山杏都能在靴筒里生存，世界这么大，还能没有我刘有才的活路吗？这种提心吊胆、躲躲藏藏的日子实在不是人受的！要是郝光明那事不出来，那就该自己发财；要是出来了，那就去自首，争取政府宽大处理。想到这里，刘有才的心里便有了几分轻松感。

回到家里，刘有才煮了半锅土豆疙瘩面，美美地吃了两大碗，响响打了几个饱嗝，关门上床，一会儿就响起了粗粗细细的鼾声。

这一觉睡得过瘾，直到天大亮时刘有才才被敲门声吵醒了。他揉着眼睛打开了门，面前，站着一个他最不愿看见的人。

你——你咋来了？刘有才惊惧得眼珠都凸了出来。

来人正是当初要刘有才给他留个地址的马卫国。

马卫国闪身进屋，说来看看才哥。

刘有才稳住心跳说你咋知道我家在这里？

马卫国说你打工单位有登记，一查就出来了。

刘有才说兄弟你干啥来了？

马卫国说我来拿东西

刘有才不解地说啥东西？兄弟你除了那两百块钱，再没给我啥东西呀？

马卫国说才哥，你别装糊涂了，也啥都莫说了，我告诉你，明哥没死，那土窑头顶上露了个洞，明哥被困了三天，一个放羊的把他救了。他不想声张，在盐池医院住了半个月的院，除了瘸了条腿，啥都好好的。

刘有才听了，头嗡的一声，脸色成了死鱼肚皮，两条腿也颤抖起来。心里在想：这咋可能呢？小山似的黄土塌陷下来，半面沟都埋了，郝光明咋还能活过来？唉！真是智者千虑，必有一失。这下真得大祸临头了。便用乞求的口气说卫国，我救了你的命，你该不会帮着别人来害我吧？

听了刘有才的话，马卫国红了脸，赔着笑说才哥，我咋能害你呢？你把东西给我就没事了。说着马卫国从腰里抽出一把镶有宝石的匕首，说才哥，这匕首你一定见过，就是明哥腰上别的那把。他让我取了东西后就用它来收拾你。你是我的救命恩人，俗话说有恩不报是小人，我咋能伤你。不过做我们这生意的，有时不狠心就栽了，连命都保不住。你有文化，也是聪明人，这事莫嚷出去，让人知道了，你我都得坐牢掉脑袋。你把东西给我，我俩交情还在，你还是我的救命恩人。我给你两万，买你个封口。明哥那里我给你摆平，今后有难处，再去找兄弟我，我一定鼎力相帮。

马卫国的一番话，让刘有才心里多少安静了一点，想自己做的实在是个犯法的丑事，传出去丢命又丢人，要是真能不显山不露水地了结了，那可是烧高香也难求的好事。罢罢罢，把那包给他，自己也好再重新活人。就说卫国，我把东西给你，你要说话算数，可不能骗我。

马卫国收起匕首，拍着胸脯说，才哥放心，我要骗你就是牲口。

刘有才说那我带你去拿。便匆匆领着马卫国出了门。

这时，太阳已升高了，塬上洒满了暖暖的春意，天空如同水洗过一样的碧蓝，远处，响起了一声声悠扬有力的赶牛号子，这是吴大伯在架犁犁地呢。刘有才突然想起，今天是惊蛰，农谚说"惊蛰不耕地，好比蒸馍走了气"。惊蛰前后翻整田地，可以减少水分蒸发，还能防旱保墒。

父亲也开犁了吧？自己原先说好帮父亲犁地的，看来今天是去不了了，父亲一定在盼着我吧。只是不知这事能不能悄悄处理了，万一出事，不但自己完了，那把父亲和婆姨娃都害了，叫他们咋活人嘛！唉！好好的日子不过，咋就糊里糊涂地走上这条绝路呢？难道都怨马卫国郝光明吗？是自己贪心呀，遭报应了。

刘有才眼泪汪汪。

原来，前年春上刘有才在银川打工，救了被人拍了砖头、奄奄一息的马卫国，马卫国又介绍他结识了开麻将馆的郝光明郝老板，就糊里糊涂地做了些自己也闹不清楚的事情。一次郝老板将一包东西存放在刘有才租的民房里，还给了他五百块钱。后来，郝老板又让刘有才给他送过两回东西，每次郝老板又都给了他五百块钱。那时刘有才已隐约明白了郝老板他们所做的事情，却财迷心窍，没有和他们中止交往。

今年正月十三那天上午，刘有才在家里过完年刚到银川没几天，郝老板来让陪他坐班车去办事。路上，郝老板交给刘有才一只装着纸盒的购物袋子，并再三叮嘱，这件事要保密，不能给任何人说。车子到了宁陕交界处的一条土沟上，俩人下了车，郝老板打了个电话，就领着刘有才顺着土沟往里走，到了沟壑下一排坍塌的窑洞前，郝老板要过刘有才手里的袋子，让刘有才在这里等他，自己径自往前面的烽火台去了。不大一会儿，郝老板回来了，手里的袋子没了，肩上多了只脏兮兮的黄挎包。郝老板把黄挎包给了刘有才，说我方便一下，你等我。便往沟边的窑洞走，走了几步，又回过头说，咱做的事你心里也明白，说出去就吃枪子儿，你是个打工的，只要自己不说，没人怀疑你。

这几句话听得刘有才心惊肉跳。想郝老板你狗日的为啥给我说实话，你要不说，就是出事了我不过是个打工的，啥也不知，你这一说明不就害了我吗！我不就成了同案犯了吗！又想这挎包里装的是啥，莫不是毒品吧？要是，我可不能给他背。就悄悄拉开挎包拉锁，里面竟然是两捆厚墩墩的百元大钞，不多不少整整二十万。正惊骇间，就听得闷雷似的一声轰响，烟蓬雾罩中却见那边半条沟都垮了，沟壑下那排窑洞也被黄土埋了。这是雨后造成的塌陷，是黄土塬常见的地质灾害。

出人命了！刘有才森森地喊了一声，疯子似的扑过去，边郝老板郝老板地喊着，边手脚并用扒刨着坍塌的泥土，刚扒了脸盆大的一块，崖上滚下的泥土又给填上了，越是使劲挖，那黄土溜得越猛，大有把眼前这个大活人也闷进去之意。在大自然显示的威力面前，人的力量是如此的微弱。看来，郝老板是难活了。莫说是个人，就是一头牛，也给闷死了。刘有才无奈地停下手来，退到安全一点的地方，想起郝老板的好处，刘有才不由泪流满面。

黄土塬泥土湿度小，风劲却大。眨眼工夫，塌下的黄土就变得和原有的泥土一个颜色了。惊吓过后，刘有才对着挎包里二十万块钱起了歹意。想马无夜草不肥，人无外财不富。反正郝老板又不是我害的，这钱也没人知道，更不知道还给谁，干脆自己藏起来，过几年再拿出来用。

歹念一生，刘有才跳起来，对着那片坍塌的黄土看了一眼，便急急走了。

为了不使人起疑，刘有才当晚坐了夜班车赶回银川，收拾了东西，第二天上午，为了不使日后马卫国对他起疑心，就装作无事人的样子，给马卫国道别回家。

可是，郝老板竟然没死。且还记着那笔钱财！当初，我要是不见财起意，把挎包给他家送去不就完了。郝老板还能亏了我？

唉！人算不如天算呀！刘有才对自己的莽撞悔得肠子都青了！就后悔当初没有爬到窑洞顶上看看郝光明是死是活，更抱怨老天捉弄人，你既然把郝光明埋了咋还能留个喘气的洞洞呢？这不把我害死了吗！

翻过几条土垅，几个黄土包，进了前塬的沟口，刘有才径直把马卫国领到自家旧窑前，扯去织蛛网，打开门，手指着堆满破烂的土炕，他沮丧地说，东西就在炕洞里头，让我用了一万。

马卫国没想到事情办得这么顺利，这么容易，边说没事边迫不及待地伏下身子，扒开堵在炕洞口上的砖头，伸手往里面去抓摸，手及处空荡荡的，就随手从一旁取了火棍往里面探，果真探到里面有个物件，也就在这时，马卫国感到手背被什么东西扎了一下，挖心地疼。忙把手缩了回来，见手背上有两个小伤口，沁出的却是泛黑的血珠，且瞬间就感到整个手掌都麻酥酥的难受。

刘有才见马卫国掏了好一会儿，也没把挎包划拉出来，不由慌了，想这钱要是丢了这命怕也真就没了。忙凑过来想看个究竟。马卫国见了心里一惊，想他要趁我掏钱时袭击我咋办？急忙爬起来，说才哥我手划破了，你来掏吧。

刘有才说行，你不熟悉烟道，不好掏。便蹲下来，拆了炕口四周的土坯，趴下身子，将手和头都探进炕洞里。借着微弱的光亮，刘有才看见那个包还在，心里顿觉轻松。为了这包钱自己差点送了命，看来这辈子是没有发财的命了。可当他抓住那个沉甸甸的挎包时，心里又后悔起来，想刚才马卫国趴下掏钱时要是照头给他一砖头，这可是神不知鬼不觉的事情。正思忖间，刘有才听到了一阵窸窸窣窣的声音，跟着脸前就闪现两只豆大的光亮，还有一根细长的东西一伸一卷地往他脸前探来。这是啥东西？刘有才惊住了，待他欲细究时，那一伸一卷的物什已在他的眉心种上了钻心般地疼痛。这时刘有才才清楚是何物袭击了他，跟着窑洞里便响起了刘有才肝胆俱裂的一声惨叫。

种了半辈子地的刘有才，忘了惊蛰这天，也是百毒虫害苏醒的日子。

《月令七十二候集解》中说："二月节，万物出乎震，震为雷，故曰惊蛰。是蛰虫惊而出走矣。"

原载《天津文学》2012 年 2 期

孤　旅

马千里在乌达市南的公路上下了大货车，拐上一条小土路，穿过一片田地，径自往乌兰布和沙漠深处走去。

他的背上，是一只硕大的行囊，里面装满了旅行用品，脖子上，还吊着一只皮口袋，里面也是各种旅行用品。背着这两只包，马千里觉得自己就是一名武装到牙齿的特种兵。

为了这次行动，马千里潜意识里准备了一年，有意识准备也已了半年。

去年，他做了第一次后，就准备着这一天。这半年来，他列了一张表，将旅行必需品列了个单子，最多的时候达一百零八件，带不了，他就一件一件比较，忍痛割爱，还是带了一大包。他自信，有了这些物品，足可应付路上发生的一切不测。

对行动的时间、方向、目的地、交通工具等，马千里更是动了脑筋。这几个月来经过反复考虑，他排除了南方、飞机、欧美等等，就在国庆长假时采取了行动，出奇制胜地往北，走了这条路。

为了熟悉这条路的情况，他8月份还以去额济纳旗看胡杨林为名，先期做了了解。

我走这条路，怕是诸葛亮再世，也料想不到。马千里自得地哂笑起来。

这条路艰苦，凶险莫测，但总比失去自由，在高墙里苦度余生强。再说，马千里是农家子弟，啥苦没吃过，啥罪没受过。又准备得这么充分，权当一次野外旅行吧。

马千里身轻似燕，健步如飞。乌兰布和沙漠东缘，只是他此次行程的起点，落脚点是巴彦淖尔市西面的哈日奥日布格。那里，他的朋友达布什拉图随时都在恭候，他要从那里越过国境到达外蒙古诺木岗山南面，靠近国界线的一个小村庄。在那里，他会得到达布什拉图的亲戚的帮助，先住下来，再谋发展。

说来，马千里和达布什拉图结缘也算是天意，达布什拉图的兄长在凤城开办公司，专做羊绒生意，去年死于车祸，达布什拉图来料理丧事，其兄的三百万贷款就是马千里处理的。索赔等事情也是马千里帮助找的律师，达布什拉图感激不尽，两人有了很深的交情。马千里也就把此次行程的落脚点放在了达布什拉图家里。

乌兰布和沙漠东缘是半沙漠半丘陵地区，沙漠平实，在阳光下显得温和，一处处沙丘上，生长着稀疏的树木和芨芨草。两个多小时后，马千里踏上一片平缓的斜坡，眼前是一片柔和的天际。他扫视周围，这是一个没有人烟的世界。远处，太阳裹在混沌的蒸汽里，如同即将熄灭的火球，模模糊糊、不可捉摸。他掏出表，现在是下午4点，今天是9月的最后一天，秋风渐凉，地平线在四面铺展。斜坡下是一片小小的戈壁，铺着一层浅浅青草。散发着寂静的气息。马千里下了斜坡，前面便是一片沙漠，可以看到边，那边就是一条几里宽的河滩地。他毫不犹豫地向沙漠走去。

天黑时候，他到了沙漠边上，为穿越滩地做准备。他找了一个长着一蓬蓬骆驼刺和沙柳的沙包，卸下两个包，清理出一个坑，铺上半枯的茅草，坐下来，拧亮笔式手电，拉开背袋的拉锁，背袋里，方便面，压缩饼干，应有尽有。清点一下，这一天基本上没有消耗。挎包里装的是一个带盖的硕大不锈钢缸子，一个自制的睡袋，一只三斤装的软皮水袋，指北针，驱蚊剂，匕首，固体酒精，炉子，火柴，盐，辣椒酱，地图，腰上是一把五连发的钢珠枪，十五米的距离内，可以击穿裹着毛巾的五毫米厚的玻璃。这是他在一个老板家里看到要下的，没想他用上了，有了它，可以壮胆。还有手机，是假身份证号办的，神仙也想不到。不过不能打，打了就会暴露自己。

看着这些东西，马千里的嘴角再次浮起自得的笑意。不由想到许多贪官亡命英法加拿大等国不得安生的糗事。真他妈的愚蠢！西方那几个国家树大招风，早就不保险，还朝那里钻，不是找死！就为自己选择蒙古作为奔命之地而暗自得意。蒙古贫穷落后，那里的人长相也和汉人差不多，利于生存。只要站住脚，不愁将来没发展。说不定还能和白雪重逢呢。想到白雪，马千里一股柔情涌上心头。白雪聪颖漂亮，新婚不久丈夫亡于车祸。而他被初恋抛弃后，虽然已过而立之年，却一直未有对象，俩人已相恋两年了。她要是知道自己走上了这条路，能承受得了吗？一次，白雪无意中看到马千里抽屉里有十万元的现款，开玩笑说她有个同学在反贪局工作，并把同学的电话号码说了，说你要是做了错事，赶快回头，争取宽大。马千里听了心虚，故作嗔怪地吻得白雪喘不过气来，心里却再也忘不掉那个让他闹心的号码：2012345。

马千里烧了一缸开水，泡了一袋方便面，为了平衡重量，将两包压缩饼干和几件食物放到挎包里，钻到睡袋里美美地睡了。早上醒来，他喝了半缸热水，吃了一块压缩饼干，就动身了。

一会儿，马千里就出了沙漠，登上一个坡顶，下面是个大斜坡，斜坡中间，有一个半圆形的大深坑，斜坡下是谷地。顺着谷地走，可以省许多路程，也比沙漠里安全。马千里弓下腰，歪斜着下了斜坡。就在这时，灾祸发生了，他摔了一跤，身后的大背袋滚下深不见底的深坑。马千里一下傻了眼，好在胸前的挎包还在，下到坡底，他抑制住内心的恐惧，清理一下，除了不锈钢水杯、睡袋、火柴、盐、辣椒酱，还有三包方便面，三根香肠。庆幸的是还有两包压缩饼干，共二十小包。这是他昨天为了平衡重量从背袋里分到挎包里的。这些就是他此次行程的全部粮食了。

得计划着用。不然得饿死在路上。马千里想。

午后，马千里走出了谷地，又进入沙漠，傍晚时，在他的眼前出现了一个很大的湖泊，这是西部沙漠特有的时令湖。有水就有生物，可以补充食物，马千里不由精神一振。西面，隐约有灯光闪现，那是公路，从那条路可以到达额济纳旗。看胡杨林的人都走那条路。公路那边，便是吉泰盐池。

果真，在一个水坑里，他发现一条条小鱼，看来这是退水时留下的。为了节约食品，马千里决定捕捞这些小鱼。他给水袋里补充好水，拿出匕首，将水坑扒开，一会儿积水便流干了，落下一条条活蹦乱跳的小鱼，有二十多条，足有两斤。马千里想起小学学过的课文《金色的鱼钩》，觉得自己比老班长幸运。怕鱼腐烂，他把鱼洗了，用沙柳穿了，拴在背袋上晾着。他希冀再能抓一些，可却再没碰到。他又试着捕捉青蛙，却一只也没见着。

　　在马千里的寻找中，太阳像一团模糊的火球渐渐沉了下去，马千里也把他熟悉的那座城市、熟悉的那些人远远地抛在身后。

　　此后的几天里，马千里每天都前行几十里，他计算，保持这种速度，只要十天左右就可到达哈日奥日布格了，达布什拉图会帮他在刮风沙时越境，那时就安全了。

　　五天后，马千里越过了第二个时令湖，虽然解决了饮水，却再没捉到小鱼，上次捉到的小鱼吃完了，方便面吃完了，压缩饼干也只剩下四块了，还有小半袋辣椒酱，他不敢再吃了。他忍受着体力和饥饿的双重折磨，感到极其疲倦和衰弱。

　　傍晚，马千里进入了沙漠腹地，一片低矮的乱石岗奇迹般地出现在眼前，马千里惊喜异常，乱石岗中，也许能够找到充饥的东西。他鼓足力气，跌跌撞撞地往乱石岗走去，这段路似乎不远，可马千里走了足有一个小时，跌倒了好几次，筋疲力尽时终于走到了乱石岗前。他跌坐了下来，顺势放展了身子，喘着粗气，躺了一会儿，身上有了点力气了，才挣扎着坐起来。天上还有橘红色的霞光，马千里仔细看了看眼前的景物，这片石岗很大，几乎看不到边，里面零散长着沙棘、杂树，四周被沙漠围着。马千里起身，抓挠了一小堆干草，在一块悬起的巨石下，支起两块石头，放上水杯，点着了它们。他脱下鞋袜，旅游鞋磨破了，袜子尽是洞，脚也血流不止。水开了，他放了点盐，又放了点辣椒酱，咕嘟咕嘟喝了。味道又香又辣，刺激食欲。他捏了捏仅有的压缩饼干，忍住饥饿，天冷了，好在巨石下避风，马千里蜷缩着身子，睡了。也是太疲劳了，这一夜，他竟然睡得很香，梦中竟然还出现了白雪呢……

　　清早，马千里被一阵短促而嘶哑的驴叫声惊醒了，这空天野地里哪来的驴呢？莫非来人了？马千里紧张得头皮发麻。仔细一看，原来是一只形似骡子、毛色浅黄的蒙古野驴。这可是国家一级保护动物。在乌拉特后旗、中旗北部的宝音图苏木、巴音前达门苏木和巴音杭盖苏木境内，设有蒙古野驴自然保护区。它咋会出现在这里呢？马千里惊讶。野驴站在离马千里不远处，用机警好奇的眼光看着他。它膘肥体壮，毛色光滑，顿时，麻辣驴肉火锅那香喷喷的味道，立刻呈现在味觉里。马千里咽了几下口水。掏出钢珠枪，掂了掂，苦笑一声，枪弹对野驴无能为力。他心有不甘地吆喝一声，野驴受了惊吓，撒蹄跑了。

　　追随野驴的身影，马千里眼前是一丛丛枯黄的灌木丛，几处灰色的岩石点缀其中。灰色的天空，不见太阳，也没有太阳露面的迹象。他不知道哪儿是北方，他已经忘记了昨晚是怎样走到这里的，幸好他没有迷路，他知道，往西有一条公路，这片乱石岗可能是雅布赖山的余脉。乌力吉就在前方。那可是个好地方，有马奶酒，有银铃般嗓音的姑娘，还有手抓羊肉，一煮一大锅，不似宁夏，那手抓肉盛在碟子里，吃着不带劲。这里，马千里有个在农信社工作的朋友，他起了联系的念头，可是手机和那些食品一起滑落了。他不出声地骂了一声脏话，挣扎着爬起来，又拣了些枯枝落叶，烧了一缸水，拿出一块压缩饼干，想想又放进包里，想白天说不定能找到东西吃。喝了水，背起包，又动身了。他腿脚发软，颤抖得厉害，饥饿也一阵一阵地撕扯着他的胃，头脑昏沉沉的。他看见前面的沙包下，长着一窝窝麻黄，马千里一步步挪过去，拔起一棵，放进嘴里大嚼起来。苦味，舌头都麻木了，一会儿，马千里的心跳加速了，有了点精神。不过，他没敢再嚼，这东西过量了，会要人命的。他又拔了两棵，装进口袋里，摇摇晃晃地向前走。

　　太阳跃出山顶时，马千里走到了乱石岗中心，眼前是一片沙丘，杂树多了起来，草也旺盛，成群的百灵鸟一群群飞来飞去，这是内蒙古自治区区鸟，钢珠枪能对付得了，马千里现在很想吃它们的肉。他在一棵山榆旁坐下来，拿着钢珠枪守株待兔，祈盼百灵鸟能落下来。结果是望眼欲穿，等得头昏眼花，也没有一只鸟儿落下来。失望时，马千里听到一阵咯儿——咯

儿——咯儿的叫声。呱呱鸡！马千里惊喜地站了起来，果真，有三只呱呱鸡正在前面的草丛里觅食。马千里浑身顿时来了劲，握着钢珠枪，匍匐爬行过去。锋利的岩石划破了他的裤子，一道血迹拖在他的身后，但这种痛苦淹没于饥饿的海洋。虚弱和紧张使汗水一阵涌出，把衣服都透湿了，但是对食物的渴望占据了他的身心，除此之外他什么也感觉不到。可恨那三只呱呱鸡总是急急地跳跃着，不时地飞起，还咯儿咯儿地叫着，似乎在捉弄着他。马千里头晕目眩，大口地喘息着，嘴里扯起了黏条。他实在动不了了，只好停止爬行，闭上眼睛积蓄力气。休息一会，再次睁开眼睛时，马千里惊喜的心都蹿到了嗓子眼里，原来，就在他伸手可及的草棵下，趴着一只呱呱鸡，羽毛蓬松着，像是睡着了。他紧张地屏住呼吸，用尽浑身力气，跃起，两手死命地按了下去，奇怪，这只呱呱鸡毫无反应，马千里小心地松开一只手，细看，手底下是一堆丝丝缕缕的羽毛，原来，这只呱呱鸡早死了，连皮都没了。马千里失望至极，身体也一下瘫成了肉泥。

马千里昏睡了一会，身上有了点力气，头脑也清醒了许多，面对着一丛丛、一蓬蓬的树木、草棵，他想也许可以采到榛子、山杏、悬钩子、山樱桃等，这都是美食呢。他摇晃着站了起来，在草丛林间寻找着，直至中午，走出乱石岗了，还是一无所获。

前面就是茫茫大沙漠。

马千里想，死就死了，他取出一块压缩饼干，放进缸里，搅成了糊糊，不顾滚烫猛喝了一口，真香啊，比鲍鱼捞饭还美。马千里咂咂嘴，几口便将糊糊吸溜了。跟着，马千里又倒了半缸水，取了点辣椒酱，掺在凉水里咕嘟咕嘟地喝下去，香辣的味道，竟让他感觉到了羊汤的鲜美。

傍晚，马千里眼前出现了一大片草场，还出现了一只野骆驼，这是世界上最珍贵的兽类。现在，极度虚弱的马千里心里已失却了搏杀它的念头，他唯一企盼的是在草场上找到可以充饥的东西，走了一截地后，他发现了甘草，他用匕首挖开沙土，将甘草拔起，摘下嫩须放进嘴里，这东西嫩嫩的，咬下去脆生生、甜丝丝的，味道还不错。随后，他又将甘草淡黄的根部塞进嘴里，它是由饱含水分的根根纤维组成，不易嚼碎。他顾不了这些，拼命大咬大嚼，像头饿疯的牲口。而他的记忆，忽然就飘向了少年时代。那时候，他是一个苦志读书的好孩子，别人家的孩子常买甘蔗吃，自家穷，买不起甘蔗，母亲就给他和弟弟妹妹扳甜玉米秆吃。当时，他最大的理想就是能考上大学，做一个吃香喝辣的城里人！后来，也真的如愿以偿地成了城里人。可眼下，这又是咋的了？咋就成了惶惶不可终日的丧家犬！能活着走出这片蛮荒都成了一种奢望了。

咀嚼了几根甘草后，马千里又起了身，他低着头，眼睛贪婪地四处寻觅着，他知道草地上会有可食用的蘑菇、发菜和地软菜，他希望找到它们。

果真，走不多远，马千里发现了几只干枯的灰白色的蘑菇，他迫不及待地捡起放入嘴里，咀嚼几下，吞咽下去，尽管没啥味道，嗓子眼也涩涩地疼痛，马千里还是很兴奋，因为这干蘑菇是真正的山珍，平时也是很少吃到的。

马千里加快了步伐，踉踉跄跄地寻觅，希求找到更多的食物，可是直到天黑了，希望中的发菜和地软菜也没见踪影，倒是捡了一大把干蘑菇。他找了处隆起的土堆，用匕首清理出一块低洼的地方，点起了酒精炉，煮了一缸蘑菇，味道真是美哑了！

剩下的蘑菇还有七个，还可煮一缸，马千里犹豫再三，还是将它们装了起来，他得为明天做准备。就又烧了半缸水，为了节省酒精，水刚热，马千里就把火熄了。喝下半缸热水后，马千里觉得身子有点暖意了，就卧下睡了。气候日渐寒冷，草地潮湿，再加上浑身酸痛，马千里睡得不安稳，不停地做梦，梦中他连续参加各种酒席和宴会，各种各样的精美食物摆在餐桌上。他不停地吃，却总也吃不饱。后来，他在街上看到了羊杂碎，他是从不吃羊杂碎的，他觉得那是没品位人吃的东西。但是他特别想吃，就端了一碗，汤汁上滚动着一层厚厚的馋人的红油，他急切地顺着碗边撒着热气，美美喝下一大口，立马，那味道就香了五脏六腑，胃也美得叫唤起来，身子别提多舒坦了！马千里畅快地打了个饱嗝，醒了。胃一阵阵隐隐作痛。看来，是甘草干蘑菇作怪。可嘴里似乎留着羊杂碎的香味。马千里苦笑了笑，想往日山珍海味都吃腻了，羊杂碎算啥！咋会把这吃食当作了宝贝？

马千里好不苍凉。

原来，马千里是凤城一家支行的营业部主任，一个能够呼风唤雨的人，可是一念之差，在一年多的时间里，先后虚开了二百六十万元存单，就铸成无法回头的大错。国庆节前，行里查账，似乎发现了不正常，他知道事情一旦败露，等待自己的是什么结果，就毫不犹豫地按照事先的谋划，踏上了奔命的行程。

原本想有了钱好好享受，没想今天连羊杂碎的汤都喝不上了。看来自己这一步没走好。要钱干什么？还不是为了享受吗？可有了这么多的钱，却落到奔命境地。马千里心里突然泛起一丝丝悔意。

天放亮了，马千里坐了起来，四周的空气凝滞似的寒冷，他四肢酸痛乏力，似有无数只虫子在叮咬，异常难受。他强打起精神，点了酒精炉，煮了那七个干蘑菇，将最后一点辣椒酱挤进缸子里，又把袋子上沾的辣椒油细心地舔了，将满满一缸热水连同那七个干蘑菇装进肚子里，感到身上好受些了，就又动了身。中午时，草场消失了，前面是一片连绵不绝的沙丘。这时，天上飘起了细雨，空气阴冷潮湿，衣服和鞋子都湿了。这是一个警告，沙丘一望无际，见不到可以遮风避雨的地方，马千里只得背着挎包，痛苦地一步步跋涉。

也许是上苍怜悯，下午，他看到一个沙丘，中间竟然有一个足可容纳下两个人的洞，这个洞是哪来的？是野兽巢穴，还是人类遗迹，马千里顾不上多想，将身子卧进去，放下挎包，缓了一会，身上长了点劲，他倒了一缸水，点燃了酒精炉，随后将挎包里的东西倒出来，他想减轻负担。眼前，指北针、不锈钢缸子、睡袋、水袋、匕首、两小块固体酒精、炉子、火柴、地图、钢珠枪，还有两小块压缩饼干，摆了一大摊。笔式手电没电了，他扔了，驱蚊剂，仅用了两次，看来用不着了，也扔了。水袋里还有一点水，它和两小块压缩饼干是活命希望，扔不得。其他都是必需品，也扔不得。他将它们又放进挎包里，只是拿出钢珠枪，放在口袋里。水开了，突突地冒着热气，他想了想，也许是实在太饿了，又拿了一块压缩饼干放进缸子里。吃毕，外面雨还下着，洞里暖暖的，马千里今天不想再走了，就裹着睡袋昏昏沉沉地睡了。

又一个白天来临，雨也停了。太阳懒散地浮在灰蒙蒙的天空，马千里钻出了洞子，虽然还是头昏眼花，奇怪的是饥饿感消失了。马千里的步伐就比昨日快了一些。一路上，他不断地寻找着食物，把一些叫不上名的豆粒大小的野果吞进肚里。遗憾的是甘草、蘑菇都没有了，麻黄草倒是不少，不过不敢再吃了。可喜的是在一个土丘上，竟然发现了几缕让雨水浸润得晶亮的发菜，马千里欣喜若狂，可惜只拣了一小把，他全部塞进嘴里。发菜是好东西，营养价值极高，也是西北最有名的特产，宁夏这几年禁采，黑市上都卖到三千块钱一斤了。有了发菜，就饿不死了。

马千里再次振奋起来，一次次地爬上一个个沙包，再也没采到一根。却在一个沙包下，发现了动物的粪便。马千里心里一惊，莫非这里有狼？好像是为了印证他的看法，一会儿果真有一只狼在他的前面跑过。狼最凶残狡猾了，马千里警觉地掏出钢珠枪，前后提防着向前移动。

因注意力放在狼的身上，马千里不时地被绊倒，手脸都被磕破了，渗出血丝来。巧的是这一次摔到一个拳头大的洞口旁，马千里心里一喜，这个洞里不是老鼠就是松鼠，是充饥的好东西。放下挎包拿出匕首挖了下去，这洞很深，老不见底，马千里出了一身的汗，累得手都抖了起来，只好放弃。就在这时，身后蹿出一只兔子来，马千里忙拿起钢珠枪来瞄准，那兔子蹦蹦跳跳地转眼就没了。马千里望兔兴叹，喉咙动了几动，咽了几口口水，拾起匕首，无奈地背上挎包，准备往前走。奇迹再次出现了，那个鼠洞里，晃晃悠悠地爬出一条拇指粗的蛇来，它也许没见过人，昂着头一动不动地盯着马千里。蛇可是美味呀！马千里迅疾地做出了反应，毫不犹豫地将钢珠枪口对着发呆的蛇头，扣动了扳机。啪的一声，那蛇头碎了，身子扭动着跳了几下，软软地瘫到了地上。马千里激动地放下挎包，用匕首斩掉蛇头，扒掉蛇皮，蛇肉鲜嫩嫩的，透明得像生鱼片，刺激得马千里口水直朝外涌。他连忙掏出内脏，将蛇身切成一节节，边切边一节节地塞进嘴里，他的脸扭曲着，嚼排骨似的吞嚼着，这蛇肉太美了，比大酒店的生鱼片、三文鱼、龙虾味道还要鲜美。乳白色的肉汁和嘴角的血迹顺着下颌流了下来，使马千里的面孔显得很恐怖。他沉浸在鲜嫩的美味里，脑子里只剩下味觉上的快感：这味道真好，怪不得广东人吃蛇成瘾。要是还有盐，煮上一缸蛇肉汤，那一定更鲜美。

一会儿，马千里便将蛇肉吃光了，他满口生津，胃里也热乎乎的，少有的舒服。但他似乎意犹未尽，对着蛇皮又恋恋不舍地盯了几眼，这才振作精神，继续前行。

现在，他不再老盯着野果子和蘑菇了，他把注意力更多地放在蛇上，它不但好吃，更好对付。不美的是狼似乎多了起来，时不时地就能听到它们的嗥叫。天色也越来越暗了，一种新的恐惧袭上马千里的心头。他不再害怕被饿死了，他担心遇到狼群。他确定方向后，第一次摸黑夜行，他想怎么早点离开这里。

也许是蛇肉的作用，他走了很长一段路，才觉得疲乏，找了一个半凹的沙丘，睡了。因昨晚赶了夜路，太阳升起老高了，马千里还未醒来，他静静地躺着，任凭阳光暖融融地抚摸着他饱受苦难的身躯。快到中午时，马千里被一种哈哧哈哧的声音闹醒了，他艰难地抬起头，十几米外，一只灰狼支着前腿，耷拉着脑袋，坐在一个小沙丘上，有气无力地喘息着，看那样子，好像病了。

马千里惊骇地想站起来逃跑，但他已极度衰弱，连站起来都困难了，便悄悄掏出钢珠枪，架在脸前。他准备在饿狼扑过来时开枪打它。可是足有一个小时，灰狼止步不前，马千里也一动不动。又过了一个小时，灰狼耐不住了，它以为马千里睡着了，便开始行动了，它伏下来，一寸一寸地向前挪着，终于，它爬到了距马千里头顶只有三米多远的地方，停下来，慢悠悠站起来，龇龇牙齿，伸伸舌头，眨着黯淡无光、布满血丝的眼睛，轻轻地叫唤一声，马千里还是没有反应。灰狼放心了，想这个人也许死了，便摇摇晃晃地走了过来，这时，枪响了，一颗子弹击中了灰狼的左眼。灰狼惨痛地嗥叫着逃走了。

灰狼消失后，马千里高度紧张的神经松弛下来，吃了最后一块压缩饼干，喝了水袋里仅有的几口水，为了减轻负荷，把水袋、酒精炉、打火机都扔了。现在，除了钢珠枪，挎包里只剩下水缸、匕首、地图、一盒火柴和指北针了。这就是他眼下在这个世界上所有的家当了！

他挣扎着站起身，脚步轻飘，像一棵没有根基的庄稼。

天又黑了，在一片木质麻黄边上，马千里发现了一个坍塌的地窝子，里面满是杂草和动物的粪便。看来，这里曾经有人活动过。马千里决定在这里过夜。他没有力气拾掇那些粪便，就将身体放进去，不愿再动弹一下。夜里，他再次听到那种让他恐慌的喘息声。他知道，那只独眼狼已和他结了仇，在跟着他，随时准备报仇。他不敢大意，握着钢珠枪，不时咳嗽一声，向狼传递他还活着的信息，警告它不可轻举妄动。

早晨，马千里睁开眼，一整夜没睡好，马千里的头昏沉沉的，眼里布满了血丝。而那只灰狼夹着尾巴，也蜷缩在不远处，头一伸一伸的，如同一条病入膏肓的丧家犬。

马千里冲着灰狼扬了扬钢珠枪，晃晃悠悠地往前走。那狼不即不离地跟在后面，还像老汉似的不时咳嗽几声。惹得马千里心慌意乱。食物消耗光了，他连苦痛也感觉不到了。胃和神经都进入冬眠状态。但生命的原动力还在，逼使他前进。他很累，但拒绝死。正因为这样，他才提防狼的袭击，并不时将嫩草塞进嘴里。

中午时，马千里饿得实在走不动了，他需要食物。他把生存的希望寄托在独眼狼身上。是啊，你要吃我，我为什么不能吃你！他决心故伎重施，整死那只独眼狼。不然，它一旦招来群狼，那自己真就死无葬身之地了。

拿定主意后，马千里摇晃了两下，咚的一声倒在地上。紧跟在后的灰狼吓得哆嗦着也趴了下来。

马千里面贴大地，闭上眼，一时疲倦如潮，从全身的各处涌出，一点一点地淹没他的意识。

马千里昏迷了。

一会儿，强烈的生存欲望，使马千里清醒过来。他知道一旦昏睡过去，自己就将变成独眼狼的美餐。他紧紧咬着嘴唇，驱赶着睡意，脸贴在青草上，静静地躺着。青草的气息诱发了他的饥饿，他张开嘴，咀嚼了嘴边能够触及到的青草。整整一个下午，身子未动一下。灰狼上当了，它以为这个人真的死了。跟着，就跟跄着支起腿来，哆嗦着向马千里靠近。

当灰狼的嘴几乎触及到马千里前伸的手掌时，它突然发现这个死人的眼睛竟然亮亮的盯着它，也许它知道大祸临头了，惊骇得不知所措。就在这时，枪响了，灰狼的两只眼睛全瞎了。它惨叫着乱蹿乱跳，跌倒了撑起来，撑起来又倒下，凄厉的叫声在荒原上回荡着，分外的瘆人。一会儿工夫，独狼就倒下了，腿一伸一伸地在做垂死挣扎。

马千里也翻了个身，昏然睡了。

马千里是被一阵叽叽喳喳的叫声弄醒的，好几只苍鹰正在兴奋地啄着狼肉。马千里愤怒了，他毫不犹豫地冲着它们扳动扳机，苍鹰们丢下几根羽毛，仓皇射上了天空。马千里爬了过去，狼肉几乎没有了，连内脏都让苍鹰吃了，好在四条腿上还有点肉，狼头也还完好。马千里急忙掏出匕首，一刀剐下一块肉，鲜血淋淋地一把塞进了嘴里。香啊！香！真香！——想到数日前还是西装革履的白领，眼下真的在这里茹毛饮血，他神经质地笑了起来，笑着笑着，眼眶子里就充满了泪水……

哎，不能掉泪不能掉泪！自己的身体里眼下连每一滴水都是宝贵的！马千里伸出舌头，珍惜地舔干了嘴边的泪水。又细细地剐尽狼腿上的肉，把狼头剐了，可惜的是两只狼眼没了，还好狼舌头还在，马千里就把狼舌头割了下来，装了满满一水缸子，足有两斤重。

随后的几天里，马千里已经不知道什么时候起程，什么时候休息。他日夜兼程。什么时候倒下了，爬不起来了，他就歇会儿，吞上几块狼肉，再向前爬行。狼肉吃完了，他饥不择食地一把一把地嚼着青草，幸运的是，他遇见了两个鸟窝，一个里有三个红枣大的鸟蛋，他连壳吞了；另一个窝里是三个鸡蛋大小的雏鸟，也被他一只只连毛塞进了嘴里。

他的味觉消失了，疼痛感也没有了，情感、金钱、理想等等对他来说也都不存在了，他的脑子里好像啥都没了。他成了一具行尸走肉，他觉得，只要能活着，其他什么都不重要了。只有求生的本能，促使他做最后的挣扎。

穿过了沙丘，又穿过了一块不大的沙漠，接着又穿过一段戈壁，这天上午，马千里的面前出现了一条清澈见底的河流，此时，马千里的鞋底和鞋面快脱开了，衣服扯成了一缕一缕，挎包也不知啥时丢了，壮胆的铁珠枪也没了，他的脸干黑，头发黏结成了鸟窝，两只手血肉模糊，整个人变成了一个精神失常的乞丐。

眼前的河流，并没有使已几天没有喝水的马千里惊喜，他只是本能地趴下去，饮牛般地咕嘟咕嘟喝到嗓子眼。接着，马千里就下到河里，和衣坐了下来，河水不深，刚到马千里肩膀，马千里又把头一次次埋进河水里。十月的内蒙古高原，河水已冷，马千里没有感到寒意，却觉得气爽神清，使他倍感舒服，比泡了一次桑拿还惬意。许多失忆的符号，也都重又回到了脑海，马千里忽然变得忧心忡忡，他觉得这里可能就是苏宏图，而这条河便是苏宏图的主要水源。苏宏图就在河那面，如果没猜错的话，河那面不远，还应该有一条公路，马千里警觉起来，现在，饥寒交迫的他又增添了一个更大的威胁：人群要出现了。

好像是为了印证马千里的判断，一串洪亮的汽车喇叭声传来，他慌忙起身，踉踉跄跄地往对岸走，河那边，长着茂密的红柳，是藏身的好地方。

马千里一头扎进红柳丛里，透过缝隙看去，前面不远处果真是一条公路，奔驰着一辆辆车，还隐约见到有几个行人。根据记忆分析，这里应是苏宏图镇西面，往北走，下一个有人烟的地方就是哈日奥日布格乡，还有几百里的路程。马千里知道，他再也走不动了，怎么办？是进城还是返回到沙漠，从那里继续前往哈日奥日布格？进城，说不定是自投罗网；返回沙漠，缺水少食，无疑是自取灭亡。

正午的日头火烈，马千里热火攻心，口角的水泡扯得他两颊不断地抽缩，头上的汗水滚豆般涌出，是进入苏宏图镇还是退入沙漠，马千里一时难以决断。这时，马千里突然听到汽车轰鸣声，一辆中型面包车从公路那边径直开了过来，到了一侧的红柳丛前，下来一群男女，还有两个孩子，到了河边照相耍水地嬉闹，还有两个人打开一块帆布，从纸箱里拿出许多食物，那些人便围拢成一圈，吵吵嚷嚷地吃喝起来。这个场景马千里很熟悉，他也经常和单位里的人搞这样的郊外聚餐活动。看来，他们很有可能是从银川、左旗方向来额济纳旗看胡杨林的。去年，马千里也经过这里，只是不知这里竟有这么一条河。

看着眼前热闹的情景，马千里突然感悟到，一个人钱多钱少不是重要的，重要的是有个好心情，能够自由地享受属于自己的钱财，能平平安安地生活。马千里觉得，眼前这些人，就是世界上最幸福的人了。

活着、自由多么美好啊！马千里的脸上，两行泪水流了出来。他捏了捏衣服口袋，那里，是一万美元和三万人民币。其他的钱好在他没挥霍，他埋在一个保险的地方，他打算事情平息了，让家里人挖出来，汇到国外。如果全部退回，说不定能从宽处理。好在自己还年轻，好日子还有得过的。只是，白雪怕是再也回不到自己身边了。

面包车上的人刚走，红柳丛外又响起了汽车声，原来，紧靠柳丛是一条土路，一辆拉石头的大卡车摇晃着驶了过来，在马千里面前停下，一个红脸汉子从驾驶室跳下，走到红柳前，哗哗扫射起来。看着那人的举动，马千里才想起，自己也是个男人。红脸汉子拉上拉链，转身朝卡车走去，马千里不由自主地喊了声师傅。

红脸汉子吓得哆嗦了一下，转过身子，却没看到人。问：谁？谁叫我？

马千里应道：是我。他呻吟着想站起。整个身体却不听使唤。也许是趴得太久了，他的膝关节像锈住的链条，无法伸屈。他怕红脸汉子走了，死死地抓住红柳，使尽浑身的力气，终于艰难地站了起来，又费力地挺直了腰，现在，他总算能像人一样站直了，能像人一样站在人的面前了。

红脸汉子惊愕地盯着眼前这个衣衫褴褛的人，不相信地问：是你喊我？干啥！

马千里两腿痉挛似的颤抖着，说：师傅，我是旅游的，迷了路，请你带我到前面，我给你钱。说着，真从口袋里掏出一卷百元大钞来。

红脸汉子信了，笑说：你一个大活人，咋迷路了呢？这里有狼呢，危险得很。

在红脸汉子的帮助下，马千里上了车，半个小时就到了一个镇子，果真是苏宏图。下车时，马千里给红脸汉子一百元钱，谁知他死活不要，还给马千里指点了旅馆。马千里感动得又流了眼泪。

苏宏图不大，街面上倒是热气腾腾，弥漫着煮熟的牛羊肉的香味。这是人间的味道呀！马千里的喉头哽咽着，心潮起伏，扶着墙壁，一步一步向街里挪着，人们把他当成了腿脚不便的乞丐，向他投以怜悯的目光。看着这样的目光，他先是充满了气愤，怎么！我堂堂的银行主任，什么时候落到让你们这帮老蒙古可怜的分上啦？愤懑间，又见一个瘦瘦弱弱的老妈妈的眼光罩过来，马千里一下子从内心里软了，天呀，咋和我妈那么像呀！自己丢掉了好好的前程亡命潜逃，老妈知道她还能活吗？唉！自己为啥当时要走这么一步路呀！妈，儿子不是人！儿子不孝呀……妈，儿子该何去何从呀？马千里泪流满面。

在一家电话亭门口，马千里惊恐万状，他看到了自己的通缉令。他一下傻了。原以为不乘车乘机，徒步从大沙漠逃往蒙古，让公安无法堵截，是个奇谋，谁知他们料到这一步，早已布下了天罗地网。

最初的惊愕过去后，马千里的心里，不再恐慌，竟然有种如释重负的感觉。嘻！多日来的生死磨难，终于到了头了！他几乎是用手搬着两腿跨进了亭子里，软软地让自己偎到墙上去，一下一下，拨响了那个他最害怕，却烂熟于心的号码……

原载 《鸭绿江》 2010 年 2 期

炊烟的召唤

一

当组织委员老刘宣布王良友担任杨沟村党支部书记时，到会的九个党员惊讶得面面相觑。王良友回村种地，他们听说了，但当支部书记，真是都没想到。

其实，王良友自己也没想到离开家乡十几年了，绕了一个大圈子，竟然又回到了杨沟村，还当了村干部。

王良友是 20 世纪 80 年代末入伍的，因会写文章，转了志愿兵，后来转到军办企业做企管科副科长，今年春节后，企业改制成私营企业公司，他就办理买断手续回家了。

促使王良友回乡的是家庭。老母亲年近七旬，爱人水芹四年前病故了，儿子小毛跟外爷、外奶、小姨过。他一个人在外当工人也不是个办法，好在养老保险已交够十五年了，没有后顾之忧，就决定回来务农，照顾家小。王良友路过县城去看望他在部队时的老首长，现在的县委组织部部长陈真时，他的老同学、太平镇党委书记马涛也在，俩人正为杨沟村支书撂挑子外出打工，村里没人愿当村干部的事上了市报而窝火，听说王良友回村里种地，就动员他担任杨沟村党支部支书，说部队讲火线入党，你这是临危受命，回村就上任，月薪五百元。

杨沟村在成子湖南面的南草洼，是 20 世纪 70 年代末拆迁的，盖了三道宅基，按南北向叫作头道宅、二道宅、三道宅。每道宅子相隔小半里路。一千多口人，前面是两条大河。当初，村子很有点社会主义新农村的样子，这些年不怎么样了。又传言说要定成泄洪区，人心散了，连村干部都没人当了。

这不，良友昨天晚上到家，今天下午任命就到了。

杨沟村有党员四十多人，在家只有十一个人，五个年轻人，其余六人都是六十左右的老人，老村长更是年过七旬。老刘宣布镇党委任命王良友代理支部书记决定后就走了。老村长抱怨良友说：你这事欠考虑，怎么说城里也比乡下好。再说，杨沟村这烂摊子，别人躲还来不及，你是自找苦吃。

支委升文也说：现在的农村跟过去大不一样了，大伙各挣各的钱，各过各的日子，村干部在村民们心里也没啥分量了。顺口溜说：走南闯北不理你，手里有钱不尿你，遇到事情他找你，事办不成他骂你，心里生气他告你。这村干部没法干。

老村长又说：我干了二十多年村干部，老了没人管。如今全靠子女养活，想起来寒心哪！

良友听了心里不是滋味儿。说大家说的都是实际情况，但不论怎样，也不能眼瞅着让村子衰败下去，这可是老几辈子人生活的地方。我们应该齐心协力把村子集体经济搞好，那样村民就有盼头，村干部也就有干劲了。

升文怕伤了良友面子，说：良友你有饭碗的人都回来给村子出力，我们还能说什么，一定支持你的工作。

开完了会，天已晚了，良友进家门时，母亲在门口的藤椅上睡着了。原来母亲等良友回来吃饭，就搬了藤椅坐在家门口等儿子，左等右等良友也没回来，母亲年纪大了，禁不住疲倦，就迷迷糊糊地打起盹来，良友心里一热，含泪喊了声：妈！母亲一惊，拨开遮脸的白发，揉揉困倦的双眼，茫然地问：你是谁呀？

良友哽咽着说：您等的是谁啊？

此刻，良友感到母亲真的老了，扑通跪了下来，捧起母亲粗糙皲裂的双手贴在脸上，泪水似决堤的洪水涌了出来。

本来，良友让母亲一起到城里过，母亲不允，说我守着这几间房子，你还有个家，走了，你就没了家，也没了根了。

母亲清醒了，说饭锅里热着呢。

良友把母亲扶到屋里，盛了碗饭，边吃边问母亲：小毛今晚不回来？

母亲有点无奈地说：他跟他小姨亲，我怎么都哄不回来呢。

良友听了，笑说：这小子，昨天还不理我呢。

昨晚良友到家时，表叔（岳父）、表婶（岳母）、水莲、儿子小毛都来了。两年没见，表叔、表婶更显苍老了，脸上的皱纹都蹙成了疙瘩，小毛小姨水莲也显得憔悴。小毛倒是长高了，见了良友却不吭声，良友想到这么多年来自己也没尽到做爸爸的责任，愧疚地把小毛拉到怀里，说爸爸想毛毛呢！小毛这才说我也想爸爸呢。母亲欢喜地说：回来就好，一家人团团圆圆，过日子也舒心。表叔、表婶许是想到了水芹，眼里闪着泪花说：你回来，这总算像个家了。

良友对水莲说：我不在，苦了你了。

水莲说：哥，一家人你还客气什么。

自水芹走后，水莲就改口叫良友哥。

良友说的是心里话，水莲年二十六了，因姐姐走了，她牵挂这家，个人的婚事也放下了。母亲和表叔地里的重活干不动了，表婶又得了风湿病，沾不得水，风里雨里就水莲一人劳作，小毛也吃住在外爷家，上学也由水莲接送，怎能不辛苦呢！

表叔说：好好的城里不待，怎又回村了？再说回就回了，还当支书，你这是犯傻。

良友知表叔担心，安慰他说：现在大学生和南方城里干部都争着到农村当村干部呢。我们这地方地肥水好，有奔头呢。

表叔说：有啥奔头？有奔头村干部能没人干？村里人能撂下家出去打工！你要是为这个家好，就该在城里好好干，把你妈和小毛接出去，这个家不也就好了！

良友说：城里也不容易，我妈和小毛去了，我都负担不了，再说你和表婶怎么办？水莲一个女孩家，也不能太为难她了。

表叔叹了口气：这支书难干呢，有山本来干得好好的，因水面的事落了抱怨，就撂下村子走了。你先干着试试，不好干就再去城里，你有文化，到哪里吃不了一碗饭。

许是水莲听到了父亲和良友的话，吃晚饭时对良友说：哥，你莫听我大的话，只要有人领头，村子一定能红火起来。表婶也说：你表叔老糊涂了，支书有什么不好，政府也给钱哩。

良友笑了起来，心里在说：为钱，我回来干什么。

表叔他们回家时，良友拿出一万块钱，说给表婶看病。表婶哭着说水芹没享福命，要不，一家人在一起欢欢乐乐过日子，那该多好呵！

二

待良友吃了饭，拾掇了锅碗，侍候母亲睡下，天已大黑了，村子冷清清的，有活力的青壮年大都打工去了，留守的都是老人妇女儿童，又怕费电，许多人家早早睡了，外面没个人影，偶尔响起一两声大牲口的叫唤声，惹得狗们、鸡们发出一阵阵不满的抗议，在村子里漾成一串串空洞的回响。这种沉闷、衰落的现象，给良友增添了无形的压力，督促他要尽快进入角色。

第二天早饭后，良友便出了门，他要到几道宅子上看看，尽快了解、掌握村子里的情况。

门前这条与三道宅子相连的村路，良友已记不清走过多少次了，但哪一次都没有这一次走得沉重。十几年前，他走过这条路，那时这路气派，干净，敞亮；现在，这条路似也穷困潦倒了，路面上坑坑洼洼，两旁长满了胡须般的杂草，把路脸挤成了消瘦的一条。而路一侧的庄院则更是落寞，好些人家都走空了，洞开的院落，像一双双蓄满了委屈的眼睛在盼望着什么。野草遮掩了门庭，枝叶遮住了阳光，遮蔽了庄院往日的灵动。唯有墙角的蟋蟀，长一声短一声地宣示自己的存在。

从东到西走了老远一截，也没遇到个人。在外边不管干什么，也比守着这看老天脸色过日子的生活强。良友不由想起昨晚表叔说的话。

　　是啊，看不到希望，失去了信心，外面又有强烈的诱惑，一斤粮食才几个钱？谁还愿意死守这几亩土地呢。

　　在宅子中间，那个没有堂屋也没有院墙，东西两头各盖着两间厢屋的是吕二爹家。吕二爹不在家，两个屋门都没上锁，过年时贴的对联还在，西厢门上贴的对联上联是：连年发大财，下联还是连年发大财；良友疑惑，再看东厢，门上的对联上联是：四季交好运，下联也是四季交好运。良友明白了，吕二爹不识字，把对联贴成一顺了。看来，吕二爹的儿子永春春节时没回来，对联是吕二爹自己贴的。这一顺的对联，念起来却极具震撼力，它似乎在寄托着吕二爹的无限希望。一时，良友唏嘘不已。

　　这时，良友看见东厢屋的窗台上，有一只破旧的搪瓷碗，里面栽着一株巴掌大小的仙人掌，虽说生存环境局促恶劣，却生长得碧绿碧绿的，呈现出勃勃生机。良友心里怦然一动，这棵小小的仙人掌，不正是昭示着吕二爹对命运的不屈与抗争吗！

　　一时，良友激动得热泪盈眶。

　　离了吕二爹家，良友终于见到了几个村民，出乎良友意料，他当支书的消息昨晚就传遍了全村，大伙对他报以热烈的欢迎，说终于有人问事了，心里多少有点依靠了。

　　走遍了二道宅子，良友又去了住在头道宅的富贵大爷家。富贵大爷孤苦一人，儿子在十九岁那年得病去了，前几年老伴也走了。富贵大爷一辈子正直，疾恶如仇，在村里一呼百应，是最受敬重的长辈。

　　富贵大爷蹲在门口吃旱烟，他也知道良友的事情了，问良友：回来了？

　　良友说：大爷，我回来了。

　　富贵大爷这才冲着一旁的板凳点了点头，说坐。又装了一锅烟，递给良友，良友摆摆手说：大爷，我不会。

　　富贵大爷就自个吃。

　　在外面多少年了，良友都没见过有人吃旱烟。良友知道，旱烟是好东西，能消遣疲劳，还能交流情感。富贵大爷的烟袋玉杆、玛瑙烟嘴、红铜烟锅，真丝绣花烟兜，显得很古雅。有个收古董的出三千块钱都没买走。他说这烟袋是他的魂，魂没了，要钱干什么？

富贵大爷吃了一锅烟后，这才说：回来当书记？

良友说：是的，大爷，你得给我掌舵。

富贵大爷幽幽地说：人都没了，还掌啥舵。

良友说：村子好了，人就多了。

富贵大爷：能有那天？

良友坚定地说：大爷，一定有那一天！

富贵大爷激动了，说：你回村当支书也好，一人在外不易，一大家人也跟你受罪。你要是把村子搞好了，大伙都跟你享福。就把村子里的人和事一一说给了良友，比升文说得还细，还全面。

三道宅口，住的是老根婶，几年前，良友探家时就听到有关老根婶的事：老根婶一家是良友记事时从洪泽湖东面迁来的。老根婶七十多岁了，儿子大牛痴呆，和一个也是痴呆的女人结了婚，生下了同样痴呆的儿子，全家的生活就靠老根婶维持着。老根婶很刚强，那年县民政局局长代表政府送来一点钱粮，老根婶摇头说：不用救济，家里还有一点钱，不用救济。民政局局长坚持让她把钱拿出来让大家看看，她颤巍巍地拿出一个包袱，从包袱里拿出一个钱袋，那钱袋被里三层外三层地包裹着，解开钱袋，随着一阵稀里哗啦声，倒出来一小堆硬币，最后飘出几张纸币，总共也就二十多块钱。当场，一位女记者难过得失声哭了起来……

良友听到这件事时，心里也涩涩地想哭。

良友到了老根婶家，刚叫了声婶，老根婶就一把抱住良友，哭着：大侄子，你真回来管事了，这下我老婆子死了有人埋了，大牛也有人操心了。

良友忍着泪水说：婶，你身子还好，享福在后面呢，家里有事就给我说，莫为难。

老根婶说：你这回来，村里有人主事了，日子也有盼头了，慢慢朝前过吧……

因许多人家是空宅，还有一些人不在家，到晌午时，良友就把全村走了个遍，与见上的村民做了交谈，使他对村子的状况有了较深刻全面的认识。村子确实是名副其实的无资金、无资源、无项目的三无"空壳村"，而且很可能被规划为泄洪区，使村民们丧失了在此长期居住的信心。近年来连旧房修补都少有了。打工的人攒了钱都到镇上买房了。往后这地怎么种？困难户、鳏寡孤独的老人怎么办？良友心里，有了一种强烈的紧迫感。

三

晚上，良友把升文几个党员和几个有号召力的老人请到了村部，说现在村里当务之急就是给村民办点实事，收拢人心，增强支部的凝聚力，就把自己的想法说了出来：

把三道宅子间的土路铺上炉渣，这样既卫生，又能保证路况，便于车辆通行；统一整修水渠、田间道路，利于机械作业；村里时常发生盗窃案，丢失了粮食、牲口，而且容易危及人身安全，要搞好治安工作，组织人员晚上巡查；雨季来了，许多人家房屋需要修补，党员义务出工，帮助外出打工人家及鳏寡孤独老人修补房屋；梳理公共财产，发展集体经济，增加公共积累。

众人听了，都说好，不过修路、巡夜都得有人有钱，这人和钱哪来？

良友说：这我都想好了，镇上工厂里有炉渣，我去找马书记，就用村里人家的四轮拉，花不了多少钱，我手里还有点钱，先用上。至于巡夜的人，就由党员轮换巡查，买上几把手电筒就行了。

升文说：这办法好，村里大都是妇女儿童在家，每到夜里就担惊受怕的，这巡夜的事村民肯定拥护。

富贵大爷和吕二爹更是拥护，说：人老瞌睡少，巡夜的事我们老汉也参加。手电筒也莫买了，家里都有。

升文又说：村里公共资产就是河塘里的水面和老宅，水面让人占了，老宅说泄洪，不让住人，都破败不成样子了。

良友说：水面是聚宝盆，是集体财产，怎能让别人侵占呢？

老村长说：这事复杂，当初是镇上领导牵头包给别人了，前年有山想收回没弄成，差点让人家把他黑了，又气又吓就连支书都不干了。

有山是前任支书兼村长。

良友听出了端倪，说：不管有多大困难，水面都得收回来。

老村长说：眼下收不现实，人家塘子里放了螃蟹，那账算不清，年底等他清塘了，那时机好。

良友点头说：我记住了，待友山回来，我把情况搞清了再说。

会虽短，也没议出什么大事，但大家很振奋，说村子只要有人管事，就有指望了。富贵大爷和吕二爹更是乐得呵呵直笑，说没想这把老骨头还能派上用场。升文则暗自感叹：看来，不是群众思想落后，是缺少带头人哪！

当晚，杨沟村上下两道宅子不时有手电光摇曳，交换、传递着平安的信息。

几天后，修路开始了，马书记亲自协调，几家工厂将炉渣无偿给了杨沟村，还派车送到村里，良友就动员村民们把门口的路都用炉渣铺了，又清理了杂草，修剪了路边的树木，到了三月下旬，伴着槐花清醇的暗香，蝴蝶和蜜蜂的喧闹，村子里的道路便一下整齐、敞亮起来，下雨时也再不像以往那样泥水糊涂了。

月底这天，村前河滩里陷了辆小轿车，升文他们帮助推车时，得知是县水利局来考察河堤防护林规划的，还听说防护林栽种要承包出去。河滩有二十多米宽，五里多长，是极好的育林带。老村长他们都觉得这家门口的好事不能让别人拿走了，就鼓动良友给陈部长说了，良友面子大，陈部长给水利局打了电话，建议他们与杨沟村结对扶贫，又给林业局打了招呼，要他们支持杨沟村植树造林。水利局便改变计划，将河滩给了杨沟村，并与杨沟村签订了栽种防护林合同，合同要求防护林成材后间隔采伐，要采一棵补一棵。林业局也不甘落后，牵头县林场与杨沟村合作，无偿提供树苗，并提供防治病虫害技术指导，成材后所售树款的三成归林场。升文不同意，说树苗不值几个钱，地是我们的，管理也是我们的，他白得三成，抢钱呀！

良友说：不要怕人家得利，这么长的河滩，得种多少树苗？村里又没钱购买，人家要是不支持，我们连一分利也得不上。

老村长看得远，说：前些年树多，好多搞卷板厂的都发了，这些年树没了，卷板厂也都垮了，出点废铁钱就能买上几台卷板设备。河滩上杨树长得快，三年就成材，村里办卷板厂那可就大发了，咱们就认他三成。再说，又没说定树卖给谁，到时还不是由村里说了算。

升文听了咧嘴直笑，说大爹你真是老谋深算！

老村长不气，说水面就是让人用合同套住的，咱们得吃一堑长一智。

签了协议后，水利局来人进行规划指导，村里让大军带人在河滩上挖沟修渠，准备栽树。准备工作完毕了，栽树那天，镇上又锦上添花，动员了镇政府工作人员和镇中学师生共三百多人，和杨沟村的人一起，一天就完工了，村里没出一分工钱，就是烧了十几锅开水。领队的副镇长听说杨沟村今年还要统一整修水渠、田间道路，表扬村里工作做得好。良友不好意思地说这是村民们觉悟高。升文人直，说哪是什么觉悟，是这几年上下都没人管，大伙儿苦咂了，没办法了，就是毛主席说的穷极思变，要干要革命了。镇长听了不气，说王升文你这家伙说得很有点道理。

栽完了树，杨沟村便开始整修水沟、道路，为夏收秋种机械操作做准备。经过半个月的辛苦，一条条宽敞、规则的田间小路和排水沟铺在大片农田中间，很有点当年大寨田的模样。

转眼，清明节到了，早上，母亲对良友说，去年是水莲上的坟，今年你去给你大和水芹的坟添添土，多给你大烧些纸，我梦见他好多次了，他还是穿着破衣裳，人也瘦得不像个人样，看样子，他在那边活得也还是不好……

良友应了。其实他回村后就想着给父亲和水芹上坟。

早饭后，水莲领着小毛来了。良友就和水莲、小毛一起去了坟地。

坟地在头道宅子后面的沙坨上，是村里人家的老坟，看着密密麻麻的坟墓和蹦蹦跳跳的小毛，良友不由想起故乡著名诗人刘家魁的诗：

疼爱我的人越来越少

轮到我疼爱孩子们……

一时，良友心里蓄满了苦楚。

父亲的坟和水芹的坟在坟地西角上，开春以来雨水多，野草长得快，坟头都被荒草埋没了，石碑上的名字也被苔藓吃了，只依稀露着模糊的痕迹。小毛跪在母亲坟前，妈呀妈呀地哭，水莲也泪流满面，良友心里更是盐渍般地难过。父亲耿直忠厚，勤劳一生；水芹贤妻良母，含辛茹苦。老天不公，好人没有好报，过早地夺走了她的生命。而活着的人，用多大的哭声才能让逝者知道这肝肠寸断般的哀痛呢？

也许，最不该哀悼的，就是死亡了。良友的脸上，爬满了泪水。

上坟的人多了起来，升文也来了，良友说把在外打工人家的坟也添了吧。大伙都赞同，添好了自家的坟后，便把那些没人添的坟头都添了。

没想，添坟这件事引起了很大反响，村里村外的人都交口称赞，村里人又把这件事告诉了在外打工的人，还说了村里安排巡夜和互助的事，许多人就打电话、来信夸赞良友和支部，有人还把家里的事托付给良友。还有人给镇上写信，说请了个好书记，在外打工也安心了。

四

五月，在太阳的呼唤中，麦子一天天走向成熟。烈日下，人们似乎可以听到它们奔放的私语。不时有村民走向地头，对着地里的麦香绽放着笑容。

月底，麦子几乎在一夜间就黄了，季节不等人，尤其是收麦季节，天气多变，如不及时收割，遇到风雨，倒伏在地里，损失就大了。收割上场，遇上连阴雨，也会烂在场上。往年这时，在外打工的人大都会赶回来抢收，忙得昏天暗地。粮食进家后，顾不上歇息，抓上一块饼子，灌上一壶开水，贼撵似的又往城里赶，算一算来回路费，顶了好几百斤粮食，去掉成本，一季庄稼只落了个辛苦。如不回来收割，让麦子烂在地里，心又不忍，那可是一滴汗水摔八瓣的辛苦啊！

今年，村支部出面联系了三台收割机，在村东那面大片麦田同时作业，这样可以提高工效，还能降低费用。村民们都很高兴。只有周二叔不管升文怎么做工作，都没允口，说是他家要人工收割。

周二叔曾做过几天泥瓦匠，家里日子原本比一般人家要好过，可是六年前，亲家倪二叔帮他家修苫屋顶时，房梁折了，儿子新民为了救岳父，被砸死了，周二叔也残了一条腿。现在一家老少五口人，就靠儿媳春兰一人支撑着。

春兰和良友是从小学到高中的同学，良友和水芹的事，还是她穿针引线促成的。前两年，曾有人劝春兰再找个人家，周二叔不允，说新民是为她大给砸死的，我这腿也残了。她要走，得等孩子成人了才能走。春兰心里也觉得自己欠新民一条命，就把苦水一人咽了，风里雨里操持着这个家。

周二叔的麦田恰好在大片麦田中间，他家不用机收，就会影响两旁人家的麦子收割，而且还会造成损失。良友知道周二叔是心疼机割费用，就亲自去劝周二叔。

周二叔家在三道宅最东头，院门敞着，门口，趴着一只眯着眼、歪着头，像是心事重重的黄狗。院里静得没了生气，两间灶屋也倒了，还没顾得上清除，只有三间堂屋疲沓沓地立着。

院门前，良友遇着正欲出门的春兰，说：我来找二叔说说话。

春兰说：不在，家里攒了些鸡蛋，他去集上卖，还没回来。

良友听了，想一个残疾人要走那么远的路去卖鸡蛋，心里有点发涩，就没提收麦子的事。问：你要去哪？

春兰涩声说：孩他奶奶又病了，我去镇上给她拿点药。又叹了口气：这日子过得一天不如一天了。这时，良友发现春兰憔悴得脸色发黄，头发都花白了。难过地说：没有过不去的火焰山，家里有难处还有村里呢。就将口袋里的三百块钱拿给了春兰，说你先拿着，回头我再给你拿点。

春兰将钱又塞给良友，说你也不容易，怎能要你的钱呢。良友说这是村里对困难户的救济，你见什么外呢。又说：这家都成这样子了，你找个人吧，这个家就活了。

春兰听了良友的话，幽幽地说，那会被人戳脊梁骨的。良友听了，摇了摇头，说新民都走了六年了，你不能再拖了。再说，这也是为这个家好，没人会说三道四的。

春兰听了没吭声，掩面抽泣起来。

第二天上午，三台中型收割机隆隆地开进了麦田，一边收割，一边脱粒，麦田里一片欢笑。让人惊讶的是，有几个老汉，竟拿着磨得铮亮的镰刀，在麦田地头割了起来。他们的举动，惹得一些老汉老太太们直骂：贱皮子，真是贱皮子，有机器割还偏要自己来受罪！这几个老汉被数落得不好意思，咧着没有几颗牙齿的嘴巴笑道：地头的麦子机器不好割，是怕糟蹋粮食哩。

三天，仅仅三天，全村的麦子都进家了，时间比往年提前四天，每亩地还减少了七块钱的成本。这得益于道路，更得益于村民们大度。往年，要是谁家的地被收割机压了，那就会不依不饶地吵上半天，今年有升文统一调度，村民们也都配合，平平和和地就把麦子收了。周二叔家的费用是良友自己以村里补贴的名义支付的。还有几户人家的麦子种在瓜田、山芋地中间，收割机进不去，村民们自发去帮忙，小半天时间麦子便都上了场。主家心里过意不去，硬是招待帮忙的人吃了顿饭。村里人说，夏收把村里的人情味儿都调稠了。

麦收后，就忙着种秋玉米，待下种后，老天就一直火着脸，没滴一点雨水。日头白花花地铺满一地，似乎要把整个大地熔化，树叶都泛着刺眼的光，田野里空荡荡的，连最喜欢卖弄的小鸟也不见了踪影。地里刚露头的玉米苗，哪经得起这阵势，在火辣辣的太阳炙烤下，几天过去，就耷拉着头，蔫的叶子都卷成了绳子。天气预报说有雨，却总是猫洗脸似的掉下几滴雨点就放了晴，良友心焦得没法子，恨不得把自己的口水给这些嫩苗送上去，以解他们的饥渴。事不宜迟，哪有傍着两条大河把庄稼旱死的！得马上组织抗旱。水沟春天就疏通好了，村里有一台抽水机，良友派人从镇上又借来三台，在安河涵洞口上一字排开，四台机器同时开动，霎时，清凉的河水旋着浪花，轰鸣着涌进了水渠，又一路欢歌，从无数条垄沟里涌进了玉米、黄豆地里，干渴的土地敞开了嗓子狂饮着，发出一片咕咕的蛙叫声。

富贵大爷、吕二爹、表叔他们乐得呵呵直笑，说这气势比人民公社那阵子还要气派。

老村长则说：农村还是需要走合作的路子，一家一户单干成不了大事。

接下来，地里的农活便是锄草、施肥了。往年，家里这些活都是水莲和表叔起早摸黑地忙碌的，今年，不能再让水莲那么苦了，良友便也专心地拾掇着自家的田地。

这天，良友正在地里锄草，柳翠跑来说马兰大婶要投河寻死，良友连忙跑到马兰大婶家。马兰大婶坐在院门口拖声拉语地哭泣，好几个人正在好言相劝。良友一问，才知是马兰大婶这几天腰腿疼病犯了，不能下地，儿媳秀丽就不给她做饭，指鸡骂狗地虐待她。

马兰大婶说：能干，俺是儿女的劳力，不能干，就成了人家的累赘。能动一天就得干，不能干躺下就等死，还不如死了好。

良友听了心想：城里的老人为长寿忙，农村的老人为肚子忙。都是人啊，农民的命咋就这么苦呢？

劝好了马兰大婶、批评了秀丽后，良友给升文说：现在农活轻了，得对村民们进行尊老爱幼的教育。升文一听就笑了，说你还以为农村是工厂，打打闹闹这些鸡毛蒜皮的事天天都有，怎么抓？再说清官难断家务事，这些事躲还躲不及呢，可不敢自找没趣。

良友说：村干部是离群众最近的人，把这事处理好了，就增添了支部的威信，工作就顺畅了。

升文还是不赞同，说现在家庭矛盾都是经济问题引起的，村里又没钱给人家，空口说白话，不中用，还讨人嫌。

这也难怪，在升文的记忆里，前些年村干部的工作被戏称为"催粮要款、刮宫流产"。搞得村民们怨声载道，干群打闹之事时常发生，搞得村干部一个个灰溜溜的，像是做了什么见不得人的错事。这几年不收公粮、不收农业税了，虽说很多人认为村干部已经可有可无了，但干群间的矛盾也大大减少了，村干部耳根也清净多了，用他们的话说，权没了，却也过上清闲日子了。

待地里的农活忙过了，良友召开了党员会议，专门议了孝敬老人的事，大伙七嘴八舌地说：村里吃的最差的是老人，穿的最破的是老人，旧房里住的是老人，在地里干活和照看孙辈的也多是老人，老人受虐待主要表现在儿媳妇身上。她们的眼里只有小家，有孩子，利益绝对压倒亲情。那些刁、泼、骂、闹的妇女成了不受约束、也无人敢管的野马。

针对这种现象，支部决定组织村民学习《老年人权益保障法》，开展评选孝子和逆子活动；对孝子给予表彰，对逆子给予批评。特别是对那些不尽孝的妇女，要加强教育，让她们有个约束，培养起她们的羞耻感，让不尽孝的妇女在村里难抬头，难做人。还推选了富贵大爷、老村长、吕二爹、老根婶、表叔等几位德高望重的长者组成"村老会"，专门协调、裁断、处理因孝道问题引发的家庭纠纷。

会后，良友亲自动手，制定《尊老爱幼公约》，《奖罚条例》，打印出来，家里有人的村民每户一份。对此，村民们都感到新鲜，说王良友这村支书和别人不同，家务事也管。那些泼妇们也都收敛了不少，谁也不想第一个被"村老会"调解。

五

秋季，庄稼总是像暗恋的情人一般含情脉脉，撩人心魄。那一株株玉米在田野里站着，活脱脱一个个待嫁的娉婷的姑娘。它们的穗子饱满充实，细长缨线在空中摇晃着，似武士头盔，神气而自信。良有知道，这得益于村子前的大河，得益于及时抗旱。

面对这丰收景象，村民们按捺不住喜悦的心情，三三两两地漫步在田埂地头，估算着收成。有人说农民是世界上最精于计算的人，他们一弯腰，扒开一株黄豆秧，掐一掐玉米穗子，就能够得出每亩地的产量，这让从小在农村长大的良友也感到神奇。

而在邻村的一块玉米地里，矮矮的玉米秆上，小气地只缀着一个玉米棒子，似未老先衰的干瘦婴儿，刚刚出生就长出了又细又黄的胡须。良友知道，这是干旱的原因。还有种玉米时，大都是老人妇女，将就着下种，人敷衍土地，土地又怎能回报农人呢。良友想，应该和周边村子商量，扒一条连接安东河的引水渠，干旱年头就可以抗旱了。

这晚，良友从电视上看到一条某乡办工厂加班加点生产防洪用草袋的新闻，不由心里一动，想村里每年的麦草不是烧了就是卖给了造纸厂，要是加工成草袋，不是可以增加村民收入吗？就给在徐州打工会编织的大高打了电话，大高兴奋地说，防洪用的草袋用材是废物利用，本小利大，工艺简单，关键是有人要货。村里要办编织厂，我就不打工了。良友心里有了底，第二天又给水利局防洪办打了电话，询问他们要不要草袋？防洪办的听了很高兴，说需求量很大，以往都是在南方订的，成本高，只要杨沟村能生产出合格产品，他们就从杨沟村订货。

不几天，大高就从徐州赶了回来，按防洪办提供的质量标准，亲自做了十个样品，和升文一起送到了防洪办，防洪办很满意，每个草袋按照南方那个工厂产品价格的百分之八十出了价，升文也没争辩，因杨沟村是水利局对口扶贫村，人家给的价格也还合理，防洪办当即订了五千个草袋，说待第一批草袋交货验收合格，就签订常年供货合同，不但要草袋还要草帘、苇席，还预付了两万块钱的订金。消息传开，杨沟村沸腾了，这可是有史以来村子里第一次办工厂，第一次收到的货款啊！

良友担心不能按期供货，大高有办法，他把有手艺的人组织起来，让他们每人负责指导几户村民，先在各家房院里开工。等交了货，拿到货款，就到苏南订机器，扩大规模，增加产量，不但要给县防洪办供货，还要打到外省市去。

忙碌日子过得快，转眼到了年底了。经过一年的工作，杨沟村党支部的工作渐渐走上了正轨，村委会有了点积累，村子里也呈现了新的气象，虽说人少了，却也红红火火热气腾腾。

天解人意，刚进腊月，就下了场大雪，麦地墒情不用担心了，虫害也会减轻不少。老人们说，瑞雪兆丰年，明年村里要发财了。有山也提前回来了，他要帮助良友处理水面的事。

清早，良友就踏雪奔了有山家。村路上铺满了大雪，只隐隐显着模糊的轮廓，远处白皑皑的田地里，黑着几只觅食的乌鸦，羽毛被一阵一阵的寒风吹开，忽闪忽闪地晃动着，像是黑夜生发在白天的芽苗。

有山家在三道宅上，是三间堂屋，两间厢屋，普通得让人不敢相信这是当了十几年村干部并且做了好几年支书兼村长的家。有山是昨晚摸黑回村的，两年前他撂下挑子外出打工，使他在镇里、村里很让人看不起，他自己也觉心中有愧。

有山大良友十多岁，是同辈人，寒暄几句后，就提起水面承包的事，有山将昨夜整理好的合同、来往账目等交给了良友。又关切地说：承包水面的熊万年是镇人大常委会许主任的外甥，这个人带点黑社会性质，难缠，连镇长书记都忌讳他。

良友看协议就一张纸，内容很简单：杨沟村河塘水面五百亩，承包给熊万年，每亩年承包费二十元，三年为一个承包期，杨沟村负责配套工程。

良友问配套工程指什么？

有山说就是拉五百多米电线，因镇供电站刁难，村里没拉上，熊万年自己拉了，第一年承包费就顶了拉电费。后两年熊万年总共给了村里四千元，欠的钱说是顶了村里拿的螃蟹账了。

良友问村里拿人家那么多螃蟹吗？

有山愧疚地说我也说不清楚，不过县上、镇上时常来人招待，再加上村上镇上逢年过节送礼，还有村里几个人也没少吃，唉，说不清了，不过怎么说也用不了那么多钱。为此前年我去找熊万年，人家说细算村里还倒欠他的钱。我和他吵了几句，狗日的竟然把你侄子侄女结婚时送的礼钱都算了，晚上还把我家草堆都点了。

良友气愤地问：姓熊的送了多少礼钱？

有山心虚地说：每次一千，是多了，唉！都怪我贪心。

良友又问：姓熊的放火你怎不报案？

有山说：人家有后台，镇派出所也不愿查，咱惹不起，也斗不过。村里人不知我苦处，说我有短处在姓熊的手里攥着，骂得我抬不起头，实在干不成了，就辞职了。

良友说：这两年姓熊的没交承包费，怎还在村里水面上养螃蟹？

有山说：这不怪人家，村里没去和人家中止合同，人家占理。不过水面一定要在三月份前解决，过了三月，人家要是投放了螃蟹苗就麻烦了。

良友心里说：占什么理，姓熊的就是占了个当主任的舅舅。不过他对收回水面的事心里也有了底。说：把水面收回来，一年产值有十几万元吧？村里有积累，也增加村民收入了。

这天，有人看到熊万年去了河堤，良友就去河堤找熊万年谈谈。

河堤在三道宅前头，也就四里路远，前面是新安河、老安河，村里水面就在新安河堤内的河槽里，约有五十米宽，再往前就是好几米深的河道。良友少时，常和伙伴去河堤上看芦花，那种骑在牛背上面对如旗帜般潮涌浪卷的芦花的感觉，至今仍让良友回味无穷。

如今，河塘里的苇林稀了，那种壮观景象是难以找到了，但是一蓬一蓬的芦苇依然顽强地生长在肥沃的滩涂上、河床边，展现出惊人的生命力。

良友感慨间，发现一只丢弃的鱼篓。这鱼篓用细竹条编织，扁腰，圆口，极像当年父亲的那只。良友心里怦然一动：这会是父亲的鱼篓吗？父亲的鱼篓曾经是全家人的粮仓呀！

那些年，为了生计，父亲背篓下水捕鱼是除了农活以外唯一的职业。那年冬天，爷爷病重，父亲想给爷爷熬碗鱼汤，用尖硬的渔叉敲开厚实的冰层，赤裸着双腿下到河里去下网。在岸边，良友听到被敲碎的浮冰相互撞击的声音，这是一种瘆人的寒冷与疼痛，它像锋利的钢钎扎进良友的身体，至今仍痛彻着良友的心肺。

在河堤中间的简易房里，良友见到了熊万年，熊万年倒也客气，说正要去拜访王书记呢。穷忙，脱不开身。其实，他骨子里没把杨沟村放在眼里。

良友笑笑，就提出回收水面的事。

熊万年听了，那股傲劲就上来了，说有合同在，咱们按合同办，违约要承担责任的，哪能说收就收回呢？再说我这塘子里的螃蟹还没长成呢。

良友说螃蟹不是前时都起了吗？今年蟹苗还没投放吧。合同我看了，要说违约怕是你违约在先吧，承包费都几年未算了。

熊万年说要算承包费，那你们村里搞招待来拿，逢年过节送人，欠我多了。这账算不清。

你来我往，言语就高了。这时过来一个刀疤脸，横眉竖眼地要打良友。

良友说：我是杨沟村支部书记，是来谈合同的，如今是法制社会，你打我要知道后果。

那个人不屑地说：支部书记？多大的官，吓唬谁？咱们熊经理舅舅还是人大常委会主任呢！

良友想姓熊的就是黑恶势力，又有后台，平日横行乡里，鱼肉百姓惯了，和他无理可讲。只有通过司法介入来解决这个问题。就说你不讲理，咱们找个说理的地方。刚出门不远，一条恶狗扑了过来，也是良友经过部队锻炼，飞起一脚，不偏不倚地踢到狗眼上，那狗疼得呜的一声前爪跪地，浑身直哆嗦，看得熊万年、刀疤疤脸都愣了。

下了河堤，良友见升文、富贵大爷、大高、大军几个人匆匆赶来。升文说你怎一个人来，这伙人恶得很，不讲理。

刚才，升文见良友一个人往堤上走，知他去找熊万年，想到有山书记吃的哑巴亏，赶紧叫了几个人赶来。

良友说他是不讲理，我们就找个能给他讲理的人。这种明目张胆地霸占村民财产的事，我不信没人管！

富贵大爷说你得防着姓熊的，这伙人什么坏事都做得出来。

良友说你们放心，前年他耍横那是村里人心不齐，没人和他较真，村里又忌讳他舅，我看正因为他舅是领导，这侵占农民利益的事他不敢过分。明天我去镇上找马书记调解，不行就通过法律手段解决。

升文说这是个办法，能调解最好，毕竟他舅是主任，能不惹他为好。

六

去镇上的路上，良友看到大军和春兰在各自地里上粪，心里不由一动。大军是孤儿，为人忠厚老实，快四十岁了，还没成家。这些年在村里包了几户人家的地种，收入还好。要是春兰能和大军成亲，倒是很理想的一对。便把大军喊到路边，把想法给大军说了。

大军吓坏了，压着嗓子说：这事可不敢让周二叔知道了。我看春兰辛苦，帮她干过几回重活，他来我家盘问我半天，说我要是对春兰有歹意，他不饶我。

良友惊讶地说：还有这事？又笑着问：那你心里对春兰有没有意思啊？她可是上有老下有小，负担重呢。

大军低下头，答非所问地说：农村有地种，有粮吃，还能饿死人。

良友心里有了数，说周二叔那话，莫往心里去，春兰贤惠，你多帮帮她。

杨沟村离镇上十多里地，半个多小时，良友就到了。马涛听了杨沟村要收回水面，点了一支烟，吧嗒吧嗒吸起来。

原来，杨沟村水面承包的事马涛耳有所闻，也了解有山辞职打工与此事有关联。说实话，自去年到太平镇任职来，他曾想把水面的问题解决了，但许主任虽说退休了，在镇里还是个呼风唤雨的人物，他从村支书任上被提拔为副镇长、镇长、人大常委会主任，镇上各村的支书、主任都唯他马首是瞻，如今县上好几个局长都是他托上去的。当时的镇长老郑提醒马涛别惹许主任，说惹了他就等于惹了选票，换届时保准名落孙山。马涛心里就存了忌讳。

直到一支烟吸完了，马涛才说：这几年账算了吗？和村干部有没有弯弯肠子？不会弄出什么事吧？

良友说：账很清楚，有山书记是老实人，就是喜欢占点小便宜。

那依你怎么解决？让熊万年补交承包费？

我也知此事不好办，有些账也扯不清，他只要交出水面，承包费就算了。不然我们就通过法律程序解决。

马涛听了说：不追讨承包费就好办，我俩给许主任唱个红黑脸，问题准能解决。

良友不解：怎个红黑脸？

马涛说：镇长去外地招商引资了，你给他打个电话，就说杨沟村水面的事给陈部长说了，陈部长很生气，要镇上马上解决。

良友说这不好吧？陈部长知道了会批评的。

马涛说这是正事，陈部长知道了也不要紧，而且许主任有气也撒不到我身上。

良友苦笑一声，按马涛的话给镇长挂了电话。

一会儿，镇长就打了马涛的手机，对杨沟村的事很着急。马涛说你就安心招商，这事我处理就是了。跟着，马涛就打了许主任的手机，说镇长来电话说县委陈部长对杨沟村水面承包合同的事很关心，并特意提到陈部长是王良友老战友，说许主任您德高望重，想请您给熊经理做做工作，这几年他欠杨沟村的承包费就算了，把水面退给村里……没想话没说完，那边许主任便气得拍案而起，说岂有此理，国家把农民税费都免了，他熊万年还竟敢侵占农民利益。这事马书记你就不要瞻前顾后了，请你给王良友说，今天就把水面收回去，账一笔笔算清，一分也不能少。

放下电话，马涛苦笑着说：你看，我俩一个镇党委书记，一个村支部书记，这做的是什么事！

七

五百亩水面总算收回来了，只是，良友还没来得及高兴，富贵大爷就走了。

昨夜，富贵大爷在吕二爹家帮着编草袋，感到心里不好受，吕二爹把他扶回家，没想心里更堵得难受，连气都喘不上来了。富贵大爷就给吕二爹说：我怕是不行了，床席下有几千块钱，你拿给良友，良友是个好干部，有他领头，村子会有奔头的。这屋，老根家的要是不嫌弃，就给她吧。吕二爹劝他莫要多想，说我装锅烟给你吃，睡一会就好了。富贵大爷就不再吭声。

吕二爹取了富贵大爷的烟袋，装了一锅烟，点着，吸了一口，递给富贵大爷，没想，富贵大爷却再也接不住伴他度过几十年孤寂、给过他无数慰藉的烟袋了。

老哥哥呀！你怎说走就走了！吕二爹悲痛得涕泪纵横。

良友跪在富贵大爷遗体前，凝望着富贵大爷那被苦难岁月雕刻得犹如核桃似的面孔，回想老人许多时日来对自己工作上的帮助和关心，一股难以抵挡的哀痛揉断了他的心肠，禁不住失声恸哭起来。

棺材打好了，是乡亲们自发送来的上好松木板子。富贵大爷自己准备的那几千块钱老钱（安葬费）一分没动，良友和升文他们商量，到时村里拿出一笔钱和富贵大爷的钱合在一起，设立一个尊老爱幼奖。

富贵大爷安详地躺在散发着清香的松木棺材里，他摆脱了命运的安排，也免却了年复一年的磨难，再也不用操心年成的好坏，品尝尘世的荣辱辛酸了。

村子里，唢呐笙管将乡亲们的心情调拌得肝肠寸断，今天，要安葬富贵大爷了。本来，按照镇上前年下的规定，去世的人要火化的，吕二爹说富贵大爷曾说过，他这辈子没留下儿女，是对父母不孝，他死了不想火化，要埋在父母坟旁，为父母尽孝。良友听了，说我们就按富贵大爷的心愿办，不火化，还要立块碑。

墓地旁，良友、升文、大高、大军及老根婶智障的儿孙几十个晚辈都为富贵大爷披麻戴孝。棺木放下了，给富贵大爷封墓拱土了，在场的人都哭了，老根婶一个劲地念叨，老天爷你没心没肺哪，这么好的人你怎就让他苦了一辈子呢？怎就把他收走了呢？

乡亲们的哭诉，痛惜，赞誉，富贵大爷再也听不见了。这么多年来，他自己虽然孤苦地生活着，却热心地操劳着乡亲们的家长里短。一辈子既没做过什么惊天动地的事情，也没挣下什么富贵、留下儿孙，赤脱脱地来又空着两手离去。

天晚了，坟地里就剩下良友一个了，他悲伤的目光一次次抚过富贵大爷、父亲、水芹那些高高矮矮的坟墓，他见过其中的许多老人，他们有的死于疾病，有的死于贫困，也有的失去了对生活的信心，自寻了短见，他们的音容笑貌此时栩栩如生地活泛在良友的脑海里，虽说一个个满脸沧桑，虽说衣衫破旧，却一个个忠厚善良，一个个眼睛里充满了向往幸福的渴望。良友的脸上，再次爬满了泪水。他的心里，在翻江倒海，一种更加强烈的使命感蓄满了心房。

八

年根到了，由于不停地忙碌，良友很少有时间帮助母亲做点家务活。家里的杂活都是水莲拾掇的，也难为她了，两个家都要她操心，还要照看小毛。小毛对小姨亲，对自己这个做爸爸的，反倒疏远了，良友不由感到对水莲、对小毛还有三位老人很内疚。

这两天，良友挤出时间，在升文、大军几个帮助下，先给表叔家的堂房补了瓦，又给厢屋苫了麦草，抹了房泥，收拾了院墙、门窗。第二天又把家里的房院收拾一番，母亲想小毛，良友又给水莲打电话，让小毛晚上回来陪奶奶说话，也增加父子间的感情。

晚饭前，小毛端着盆子回来了，说爸爸，小姨给我做山芋糖了。说着打开盆上罩着的塑料袋，霎时间，一股久违了的熟悉味道扑鼻而来。良友一下怔住了，那些深埋在心里温馨而又断肠的往事再次浮上心头——

刚结婚那几年，每年过年时，水芹就开始张罗着做山芋糖，熬好糖浆，将花生米、黄豆、芝麻炒熟拌进去，再压紧，切成小块，房子里溢满了甜丝丝的芳香。山芋糖还热得烫手时，良友就迫不及待地拿起一块咬上一口，但很快又不得不丢下。水芹就在一旁快活地笑，嗔怪说瞧你那个馋相，真像一个小孩儿！而他则趁她不备，奖赏似的亲她一口……

水芹走了多年了，良友也多年没有再吃过那香甜的山芋糖了，山芋糖的味道让良友珍藏在心灵深处。而生命的希冀，生活的艰辛，以及那颗因失去亲人而深深哀伤的心灵，无时不在祈盼着得到那甜美的抚慰。尽管他所希望的那种生活已离他远去，使他的人生之旅留下无法弥补的缺憾，但山芋糖的芳香却在良友的记忆里留下永远的思念。

良友强忍着泪水，把小毛连同山芋糖一起揽进了怀里。

母亲也许是受了触动，长长地叹了口气，说：你该成个家，小毛也得有个后妈了。

没想，小毛突然从良友怀里挣脱出来，嚷道：我不要后妈，我要小姨！

母亲和良友不由一愣。

良友说：毛毛，不敢乱说，小姨生气的。

小毛说：外奶说的，小姨比妈妈对我还亲。我就要小姨！

良友不再吭声，母亲又哎地长叹一声，说：也不知我哪辈子作了孽，阎王爷早早就把你大收走了，把水芹也收走了，让我一个老婆子留下来受苦。水芹可是个好孩子呀，孝顺勤快，老天怎就不长眼，怎就年纪轻轻地把她走了呢？

母亲的话，听得良友一时百感交集，父亲走了，水芹也走了，母亲遭受了常人难以忍受的悲痛，双眼几乎让泪水泡瞎了。这些年来，要不是水莲时常劝慰、宽心，怕是也撑不到今天了。水莲是个好姑娘啊！在良友心里，水莲就是自己最亲最好的妹妹，从来没有非分之想。不过，她岁数也大了，哪天有空，得劝她考虑自己的婚姻大事了。就涩声对母亲说：妈，你莫难过，我不是回来了吗？今后不会再让你受苦受累了，你要保重身体，好日子在后头呢。

母亲说：我这辈子苦惯了，就是操心你亲事。水芹走了好几年了，你也三十好几了，再拖就不好找了。

良友为了安慰母亲，但又不敢让小毛听明白了，含糊地说：妈，你放心，等忙过了村子事，我一定把你老的心事了了。

九

因许多人过完初五就又要出去打工，良友在大年二十七那天下午召开了党员大会，健全了党支部，有山再次被选进了支委。晚上，支部又召开了由党员和部分村民参加的群众会议，研究讨论村子发展的事情，到会足有一百多人。会上决定成立水产养殖公司，养殖黑鱼；办编织厂，成立防洪林护林队，在全村所有公有河渠种植莲藕，河埂上栽种杨树，并开始筹备材板厂。

养殖黑鱼是良友的意见。黑鱼价格高，利润大，销路也好。因为黑鱼是肉食性鱼类，本地养殖户喂养黑鱼的饲料主要来源于附近成子湖（洪泽湖西南水面）出产的小杂鱼。以往一段时间里黑鱼越养越多，湖里的小杂鱼自然就越捕捞越少，为了保持成子湖的生态平衡，湖区管理部门规定，每年3月1日到6月1日为禁渔期，这也就使许多养殖户的黑鱼遭遇了断炊，遭受了很大损失。所以许多养殖户明知养黑鱼利大，担心所需饲料鱼供不上，却不敢养。此前，良友对养殖黑鱼做了细致的调研，广泛地听取了大伙的意见，并与转业在连云港市水产公司的老指导员取得了联系，老指导员告诉他，赫赫有名的黑鱼养殖大户陈胜利是从连云港订购海里小杂鱼解决黑鱼饲料问题的。连云港那里的小杂鱼产量高，价格低，适口性也好，是黑鱼上好的饲料。且价格比成子湖的小杂鱼每斤要少七角钱。杨沟村如果需要，可以足量供应。考虑到小杂鱼的贮藏保鲜问题，良友又联系了镇冷库，谈妥了冷藏问题。

听了良友的介绍，大伙儿高兴得直嚷嚷，说这下可逮着了，连云港离杨沟村也就几百里路，运费没有多少钱，光小杂鱼差价就是一笔可观的利润，用不了三年，村子就富了。

在苏州打工的少杰更是兴奋，说支书，我不去打工了，就跟你搞水产养殖吧！少杰以前曾在自家地挖了二亩地的鱼塘，养过鱼和螃蟹，对水产养殖有心得，因规模小收入低，便外出打工了。良友一口答应了少杰的要求，并提议让少杰负责这个项目。对以上几个项目所需资金问题，议定采用两种办法，一是村民集资，利率按国家同期存款利率支付，年底参与分红，不足部分向农信社贷款。还确定了其他几个项目的负责人。

这个会议让大伙看到了实实在在的希望，当场就有好些人表态留在村里做事。还有几个人表白说有工钱被人家扣着，待要了工钱就回来。

良友知他们心里还是对村子的发展吃不准，怕留下来白耽搁一年，就说今年主要是起步，也用不了多少人，大伙就安心出去挣钱，明年是走是留看情况再定。但你们在外面也要多留意，看哪些挣钱的门道适合咱们村，还要多学些本事，回来领着乡亲们发家致富。家里面的事尽管放心，有村支部，有乡亲们在，你们在外的人保重好自己就行了。

良友的话大伙相信，因为良友一年来所作所为他们看在眼里，记在心里，良友是个一步一个脚印诚心为村上干实事的人。会场上开锅似的嚷嚷开了，都说良友想法好，杨沟村一定会有好前程。有山也悄声对升文说：看人家这支书当的，也没干什么惊天动地的大事，村子就不一样了。

散会时，有山接到南京城他打工工厂的电话，说单位要在春节期间清理炉渣场那堆炉渣和垃圾，正月初七完工，包工费三万元，工厂提供运输车辆。有山估算一下有七个人就能干完。每人能拿两千多块钱，就动了心，当场约了人，准备明早动身。

早上，良友早早起来，安排了一台四轮，送有山他们去长途汽车站。四轮到了村口前面大路口，大伙不让良友送了，良友便和有山他们一一握手道别，这时，良友看到许多人的泪水在眼眶里直打转。

目送四轮远去，良友心里涩涩的，想打工只能是权宜之计，毕竟只靠打工很难发家致富的，假如他们留在家乡，付出同样的精神和体力，家乡是否一定没有改变的可能？他们的情况是否一定不如出外打工？因为能外出打工的人中，大都是村里有想法有能力的青壮年，只要这些人能留下来，发挥他们的聪明才智，对村里的经济发展的作用是不容低估的。杨沟村这么大的水面，这么多的河渠，这么多的土地，只要支部路子对头，方法得当，一定会带领村民们发家致富的！

十

良友回到村口时，周二叔气呼呼地走了过来，冲着良友说：良友，你怎能做这种伤天害理的事？莫非你想把我这家人逼死！

周二叔的话听得良友一头雾水，说二叔你这话我不明白，谁要逼死你了？

不明白？那我问你，你让升文给春兰说啥话？说啥话啦！不会是你有孬心，想找春兰吧。

良友这才明白了事情的原委。原来，几天前他让升文给大军和春兰说合，让大军入赘到周二叔家，这事不知怎么让周二叔知道了，他这是问罪来了。便赔着笑脸说：二叔，春兰还年轻，大军又是个老实人，这事要是成……

呸！不待良友说完，周二叔就指着良友说：我儿子是为她大死的，我这腿也是那天伤的，她就得给我养老送终。你要是有本事，让我和城里人一样吃劳保，我就让春兰改嫁，要不，我吊死在你家门口。说完，又呸地吐了一口，这才气呼呼地走了。

周二叔的话锥子般地扎人，让良友惶恐、难言，无法承受。自回村以来，自己全身心地扑在村里工作上，用积极乐观的态度去努力改变村子的面貌，尽可能地去帮助每一个村民。自己何时有过什么孬心呢？难道自己的选择错了？做错了什么？

良友不由感叹起做人的艰难来。

日头跃上东山了，阳光将缎子般的金黄苫到了村子上，酝酿出一层拂面的暖意来。这期间，不断有人经过，热情地和良友打着招呼，邀请良友去家里吃早饭，村子是暖人的啊！良友的心里有了一种温馨的慰藉，对周二叔的责备也感到释然了。是啊，从懵懂少年到年至不惑，村子记挂了自己多少个梦想，又给过自己多少温柔的呵护啊！特别是在父亲、水芹患病、去世期间，乡亲们给了家里那么多的帮助、关照，犹如饥渴时的甘露，点点滴滴浸润在良友的心头。而自己所以选择回村，接受了组织的任命，不也正是要回报父老乡亲，回报这片热土吗！周二叔的话在理，消除村民们生存生活的后顾之忧，是村委会和村支部义不容辞的职责。

年到了，打工的人大都回来了，村子里陡然热闹起来。从初二上午起，各家便开始请客了，且家家都想请良友，说要好好给良友敬几杯酒。都被良友谢绝了。他领着支部一班人看望了五保户、七十岁以上老人和复转军人，说明年过年时全村人在一起吃团圆饭，还要演节目，开村子建设表彰会，经营好了，还要分红，过一个红红火火、热热闹闹有意义的大年。

过了初五，打工的人都走了，但年还没过完，良友不赶酒场，有了空闲，就去表叔家和表叔水莲一起编草袋。初七这天下午，有山来了电话说：他遇到了当年在村里下乡的知青，姓雷，如今是物流公司的老板，他很关心乡亲们的境况，说现在城里绿色食品受欢迎，他建议村里建土鸡养殖场和土鸡蛋生产基地，有多少他收购多少，并考虑给予资金支持。

良友很高兴，说你和雷老板保持联系，待村里研究了再给你回话。

收了电话，良友想到当年表叔曾办过家庭养鸡场，就把有山说的好事说了。谁知表叔连连摆手说可不敢养鸡，这地方潮气大，细菌多，卫生条件不好，鸡容易生瘟，而且一窝鸡只要有一只瘟了，其余的鸡不出三天就都得死。你看现在全镇没一个像样的养鸡场，都垮了。

良友说分开隔离养殖能行吗？

表叔说这能行，现在一家一户养几只鸡不就是这样吗。可村里要养，哪来那么多地方。

良友说：你看在老宅上养能吗？

原来，良友已想到了这么个去处。

老宅？表叔一愣。老宅能行，是好地方，政府能愿意吗？

良友心里有了底，说我去看看，等村里研究了，再给镇上说说看。

良友出门没走几步，水莲拿着一顶帽子追了出来，边给良友戴上边说：哥，老宅阴冷，不要冻着了。

这是良友送给表叔的棉军帽。

良友看着水莲因常年劳作而变得粗糙的双手，心里一热，关切地说：水莲，这家里有我呢，你该考虑自己终身大事了吧？

水莲听了一怔，红着脸嗔怪道：你管你自己的事，我的事不要你管！说着跑了回去。

身后，良友拉着脸说：我是你哥，我不管谁管！

老宅子在村子西面六里远的湖洼高冈上，约有半里路长，二十多米宽，十几年前发洪水时，政府将那里规划为新安河、老安河泄洪区，把那里四十多户人家迁到了现在的地方。

良友家的老屋也在老宅上。良友记得，偌大一条老宅，最后一个坚守者竟是白发苍苍的爷爷。不管当时的村干部们怎么劝说，他都不走，说这里是父母留下的故土，他要老在这里。果真，在他有生之年再也没有离开老宅。而乡亲们在搬离老宅时，也许是故土难离，也许是期盼有一天还能回到故屋，家家户户都仔细地关好门窗，锁好院落，甚至连有些用具都没有带走。

人走了，房屋缺少了人气，倒塌得就快，原本齐齐整整的村落，几年间就塌得差不多了。可是十几年过去了，乡亲们却再也没有能够回到老宅居住。当年规划的泄洪区建设，至今仍没砌一块砖，没动一锹土，只是在一些尚未倒塌的屋檐下，还垒着一个个坚固的燕巢。看来，虽说老宅多年来人去屋空，但当年那些穿行在老宅上方的燕子的子孙，虽历经风吹雨打，依然年复一年地坚守着祖先的家园。

人那，为什么就不能像燕子那样珍惜脚下的土地、祖辈的家业呢？

记忆中的老宅，永远留在记忆中了。现在，良友走在老宅上，在阵阵寒风中，查看着一座座院落，一间间房屋，计算着还要投入多少房梁、多少芦席、多少砖瓦、多少人工才能把老宅上的房屋分隔成为空气流通，阳光充足，不易传染的散养鸡场。良友甚至还从老宅子散养土鸡想到村子里公有的几百亩沟渠水面，假如利用起来放养不易生病的鹅鸭，不也是一条积累公有资产的路子吗？

太阳西坠时，良友把老宅子查看完了，并对如何规划、如何申请利用老宅子心里都有了打算，他想，只要村里开发的这些项目能够获得成功，村民们就真的能够过上小康生活了。而有了资金，有了厚实的积累，村子就可以搞真正的土地流转，还可以上土特产品加工厂，生产土鸡、银鱼罐头，还可以搞小城镇建设，把村民们全都搬到头道宅去，这样有利于公共设施建设。腾出来的二道宅、三道宅再用来发展生产，扩大养殖规模，到时，打工的人都回到村子来上班，那样村民就真的无后顾之忧了，村子也就真的富裕了。

良友心里，充满了激情和渴望。

回到村口时，良友欣喜地发现，村里的炊烟多了密了，这说明许多打工的人留在村里了。

久违了，这稠密的袅袅炊烟。良友倍感亲切。

童年时与伙伴们在滩涂上放牧，割草，看着村子上空冉冉升腾起的袅袅炊烟，能猜知谁家饭做的早，谁家迟，谁家的饭快做熟了。炊烟给予良友的记忆，多少年从未淡漠。在良友心底，炊烟其实是一种期盼，一种牵挂，更是一种召唤，一种生命的延续。良友相信，炊烟是属于乡村的，就如树是属于土地的，人是属于故乡的。

良友贪婪地张大了嘴，似乎要将这些炊烟都呼吸进胸腔。他想：明年这个时候，村子上空的炊烟一定会更多更密吧！

原载 《时代文学》 下半月号 2011 年 6 期

玩　家

　　冬季文博展销会开幕式前，传出了令人惊喜的消息：柳一明博士和柳凡夫大师将在开幕式后，在鉴赏斋里为藏家义务鉴宝。圈子里的人听了，想不可能吧？柳一明强看人家奶子，羞得三个月没出门了；柳凡夫更是在鉴定了那个宋代提梁壶后就深居简出，能来鉴宝吗？

　　开幕式一结束，呼啦啦，鉴赏斋就被挤得水泄不通了。

　　鉴赏斋里，果真坐着身材适中，眉清目秀，手捧茶壶儿的柳一明，一旁站着老板海军，却不见柳老爷子身影。

　　捷足先登的是隔壁轩宝斋的白雪原，说柳老师这是我店里收藏的《金陵十二钗》条屏，每条画了一只老虎，落款为张善子，请人看了，说是伪作。请老爷子和您看看。柳一明和白雪原见过几面，说老爷子怕是来不了了，雪原兄如信得过，在下先过过目如何？白雪原说那就劳驾您了。就先打开两条，刚挂起，就有人说金陵十二钗是十二位女子，怎么成了老虎了？

　　白雪原却不悦了，说闲人莫瞎掺和，听柳博士的。

　　柳一明认真看了一会，点点头，呷了口茶，说雪原兄这应该是张善子真迹。张善子是画虎名家，只活了五十八岁。这是他早年写意笔法画的老虎，他借用《红楼梦》里词句，在每幅画上题写两句，如这一幅这只老虎踞伏在山崖上，斜着眼往下窥视，山崖下是一只惊慌失措的兔子，似乎是老虎的猎物，画面上题写着"机关算尽太聪明，反误了卿卿性命"，显然画的是王熙凤。这十二幅画是用老虎来表现金陵十二钗的性格和命运，远远超出一般金陵十二钗仕女画的立意，而这正是张的高明之处。白雪原听了，笑逐颜开地说，柳老师，我那有瓶十年的茅台，闲了给你送家去。

第二位是位老者，藏品是前不久淘来的一只四方壶。柳一明接了壶盖，内有"申锡"椭圆形图章款，壶面雕阳文汉篆，似砖文格局，底部有"茶熟香温"四字。柳一明笑问老者，您喝茶吗？老者说喝，天天喝。柳一明指着壶盖说，那您见过茶锈生在壶盖上吗？老者一愣，哭丧着脸收起四方壶，说那碎娃黑心，一下就骗了爹老子八百块。惹得人群里响起一阵哄然大笑。

又有人拿来吴昌硕的六尺横批，柳一明只打开一半便说这是假画。这人恳求说这画是孩他舅在台湾购的。他在台湾请人鉴定是真品，您再打开看看。

柳一明说这是假画无疑，吴昌硕是金石起家的，其画风妙能以诗、书、画、印贯通一气。他精于金文、石鼓文，并在绘画中加入金文石鼓文的笔法，所以他的画呈现一种恢宏的气派。而这件假画只求表面相像，并未考虑吴画中渗透的金文、石鼓文的因素，那种磅礴的气势根本没有体现出来。

柳一明就这么精辟、高效地鉴定了一件又一件藏品，他呷着龙井，侃侃而谈，听得大家如痴如醉。都说今天才知道什么叫学富五车，满腹经纶了。

从上午一直忙到下午，临收铺时，罗布衣来了。罗布衣四十多岁，曾给现在的省委董副书记当过一段时间秘书。几年前因病内退，爱上了古钱收藏，和柳一明有着不错的交情。罗布衣说我刚从外地回来，听说你出山鉴宝非常高兴。你知道吗，老弟三月足不出户，老哥担心你一蹶不振呢。那事已经过去了吧？

柳一明不由脸就红了。说布衣兄我那事你就莫说了，再说都羞死我了。

原来，柳一明毕业于北大中文系，老爷子柳凡夫是北京琉璃厂的鉴定专家，"文革"时因他的藏品莫名失踪，被发配下来。柳一明受其影响，自修了文物鉴定师，是文史馆最年轻的博士研究员，年过而立尚未婚娶，结果就出了那档子事。

文史馆地处郊区，员工上下班不方便，中午就在馆里就餐。那天中午，柳一明喝高了，对他有意的青年资料员菇琴去他的办公室送资料，见他醉了，就拿了毛巾给他擦脸，柳一明说菇琴，你真像那部电视剧里的小政委呢，菇琴杏眼一飞，又嫣然一笑，柳一明就酒为色胆，解开了人家的乳罩，菇琴的两只奶子便活脱脱地蹦了出来。天哪，这是什么样的一对奶子啊！这不就是长安刚出土的那件唐瓷画上仙姑的那对天上人间的奶子嘛！柳一明惊得整个人就跟傻子似的。

也是该着出事，馆长马朔风恰巧经过，从窗子里看到了这一幕。马朔风掉头就回了办公室，同时叫了两个与柳一明有成见的男女去找柳一明，抓了个现场。

马朔风之所以出此损招，是因柳一明年轻气盛，对他这位也算收藏界一角的馆长不以为然，说他瞎鉴乱定，这就坏了官场和藏玩界的潜规则。更麻烦的是马朔风也对菇琴有意，见了自己心仪的情人被人捷足先登，心里的妒火把口水烧得咕咕乱响。再加上菇琴事发后对他低眉顺眼、小鸟依人，马朔风为了独占温柔，对柳一明使了阴招，几天后省主管文化口的董副书记就在检举信上批示，要开除柳一名。柳一明生就桀骜不驯，如何受得此气。此处整爷们，爷自有去处。丢下一纸辞职书扬长而去。

辞职了的柳一明，三月足不出户。就在人们为之惋惜时，他却联手海军，以原来的文博斋为基础，创办了鉴赏斋有限责任公司，以作秀的方式重出江湖了。

柳一明早出晚归，在鉴赏斋里坐了一个星期，展销会也进入了尾声。海军一个劲地抱怨展销时间太短了，最少应该开它三十天。店里的员工就笑话他是赚钱赚红眼了。原来，从第二天起，鉴赏斋就来了个有价鉴赏，还相机买进不少价格合适、有升值潜力的东西。更绝的是，他和柳一明利用有些藏玩者以为仿品就是一钱不值的赝品的心理，以极低廉的价格吃进了不少仿品。柳一明私下估价，仅这些仿品起码赚了五十万。海军惊讶地说，你要是早下来就好了，我哥俩怕是都开上宝马了。柳一明半真不假地说看你这出息，宝马算什么，只不过是个代步工具，今后有你烦钱的时候。

展销会闭幕的那天下午，柳一明偷闲出了鉴赏斋，信步往展销市场转去。在市场旁边，见一个二十多岁的矮个子傻乎乎地蹲在那里守着一件青花瓷瓶。四周围着七八个人，大家七嘴八舌，议论纷纷。一个说这是康熙民窑的大花觚，可惜我没带钱来，谁买谁合适。另一个瞪着两眼、指着那矮个子骂：你这个败家子，这么好的瓶才卖三千元！这时，一个皮带上挂有皮钱包的人当众掏出八百元说：这瓶子我收了，我是开古玩店的，我就带着八百元，你随我拿钱去。矮个子说啥也不肯，吞吞吐吐地说：俺不去，俺不去！你给俺三千块，俺就卖你。带皮钱包的人嘴里便不干不净地说：死心眼，越跟你说好的，你越来劲儿。然后又提起瓶子对旁边的人窃窃私语：错不了，康熙的，说不定一会儿来个懂眼的就买走了。

柳一明笑笑，也不揭穿他这个西洋镜。

展销会场上冷清了许多，夕阳的光线懒散地依附在琳琅满目的物什上，闪着诡谲的色彩，那些摆文玩古董的铺位四周，氤氲着一种暧昧的气味，熏得买卖双方都贼兮兮地打起了十二分精神。

柳一明脸上溢着高深莫测的笑意，一排排地转悠着，不时有熟人热情地打着招呼，柳老师柳博士地叫着，柳一明心里很受用、很舒服。哪个摊位也没停，寸长的物什也没买，很快就转到最后一排摊位了，这时，在一个摆着瓷器的摊位前，柳一明的眼里瞬间长出了两把刀子，直直地扎进一个瓷瓶里，再也拔不出来了。

这是一只天球瓶，通高约三十厘米，青花，白底，有细微裂纹，瓶内有少许灰渍，似做过容器。瓶底落款处沾满油腻，还掉了块瓷，用手抹了，隐约可见"嘉庆"二字。

柳一明就来了神了。

问：卖价多少？

答：此瓶有些年头了，只是嫌品相不好，五百块收来的。看来你是识货之人，想要就给三千吧。

柳一明听了一笑，想还有如此爽快之人。就托起瓶，对着阳光，欲再看看，柳一明就看到菇琴在前面那排的摊位旁，忙放下瓶子，掏出手机拨了菇琴的号。见菇琴从坤包里拿出手机，看了显示，却不接。接着又看到马朔风从里面走了出来，嘴角不由生出几丝凄凉的冷笑来。这时摊主已把瓶子包好了，柳一明自嘲道虽打眼一宝，却也淘得一宝。也不还价，付了款，无心再转，径直回家去了。

晚饭后，柳一明拿出天球瓶欣赏起来，瓶子外形品相不错，外面的细微裂纹也未伤及内胎，再细看，却见瓶底落款处掉的那块瓷，并非脱落，而是被打磨掉的。如此低劣的伎俩，自己竟未识破。细想，哪有卖主自贬器物，自亮底价的，这用的不就是姜太公钓鱼之法吗。柳一明汗颜得直摇头。自己是让菇琴分了心了。看来心浮气躁玩不了古玩啊。三千块钱就算买个教训吧。

正自我安慰间，手机响了，是梅香。梅香说梅贵要调到电力局开车，马馆长卡着不放。你给想想办法吧。梅贵是梅香弟弟，在文史馆开车。柳一明说在文史馆不是挺好的吗？梅香说文史馆工资太少，在电力局一年要拿八九万呢。柳一明惊讶地说那么多啊？你容我想想办法。

这一夜，柳一明没睡踏实。窗外一种叫不上名字的虫子不知疲倦地倾诉着心事，声音似溪水般噪动而悠长，扯得他的思绪也涌腾起来。先是想到菇琴的无情，又想到马朔风的阴险，而自己为了梅贵的事还得去求他，接着又想到梅香对爸妈的照顾和她日子的艰难，觉得是应该帮帮她了。

原来，梅香家和柳一明家、海军家20世纪80年代住在一个院里，海军刚成年就父母双亡，柳凡夫夫妇把海军当儿子关照，他那个博古斋就是柳凡夫资助开的，而在柳一明求学那些年里，梅香和海军也像儿女似的照顾柳凡夫夫妇。为此，柳一明曾对大他月份的梅香有意，梅香却自认与他差距太大，在柳一明完成学业那年，她已是一个有了三岁女儿的离异少妇了。

中午，柳一明提着纸盒出现在马朔风的办公室里，马朔风像是见了外星人似的吃惊。柳一明将纸盒放到马朔风的写字台上，说所长怎么像看恐怖分子似的看我？马朔风这才回过神来，说请坐请坐，你现在是日理万机的鉴定专家，咋有空到我这陋室来？

柳一明说你是我的领导，我来看你不行吗？马朔风忙双手合揖说不敢当不敢当。我正准备哪天约你聚聚呢。

柳一明说你就莫破费了，给我个面子，高抬贵手把梅贵放了吧。马朔风一愣，说梅贵的事你咋也管？柳一明说以前是邻居。马朔风说哦是这回事呀，所里也缺司机呢，他走了……柳一明打断马朔风的话，笑道，现在满大街都是司机，梅贵走了，你还可安排一个关系户呢。马朔风听了也笑说，你这嘴从来就不饶人。柳一明却收了笑，指着盒子说我给你带了个瓶子，你看看。

马朔风说一明你看你，你看你也给我来这一套，却打开纸盒，取出，是一只灯笼瓶，白底粉彩，构图严谨，施色淡雅，高古别致。瓶底有"洪宪年制"楷书款，是袁世凯称帝时烧制的瓷器。马朔风心里惊喜，刚欲说句感谢的话，却见柳一明嘴角撇出一抹讥笑，想这小子莫不是弄个烂瓶子来捉弄我吧？心里吃不准，就一语双关地说，多谢老弟了，这情分愚兄却之不恭，不过我收了，也得让它到该去的地方待着。柳一明笑说，那你怎不会拿它去谋顶子吧。

马朔风听了不悦，正要开口，见到菇琴在门口探了下头，肚子里的气一下就跑了，得意地想你柳一明嘴损中屁用，你不是最珍爱菇琴奶子吗，可如今这奶子没你的份了。马朔风立马对柳一明有了一种优越感，也多了几分胸怀。两手一摊，做无奈状说，你看真是拿了人家的东西手短呢，看来梅贵我是非得放了。就从文件夹里拿出梅贵的调动手续，龙飞凤舞地签了字。

柳一明刚出门，马朔风就又迫不及待地拿起灯笼瓶，见胎体洁白，釉质细润，实非一般粗俗之物可比。正欣赏间，马朔风突然想起在一本藏玩手记中曾提示说袁世凯称帝时订制的瓷器，均用篆书题"居仁堂"三字，凡题有"洪宪年制"四字楷书款的，为民国年间的伪作。顿时，马朔风就气不打一处来，恨不得一下把灯笼瓶砸了。又想如砸了柳一明见不着瓶子，他还认为我真反它当珍宝藏起来呢。好好好，你既不仁我也不义，我也得想法子让你再丢人现眼一回。眼睛转了几转后，竟将灯笼瓶盛了水，还往里倒了些墨水，又放了一支秃笔。做完了这些，坐到皮椅上，将两腿架到写字台面，点了支烟，自得地欣赏起自己的杰作来。此时，他就盼望快点来人，好羞辱柳一明。没想第一个来的人是菇琴，经过上次变故，菇琴俊秀的脸上失却了青春的活力，蓄着沉水般地淡漠。她放下资料，就转身欲走，马朔风忙放下双脚说，小琴你看我这瓶子怎样？菇琴这才看到了桌上的瓶子，说真好看，你怎用来洗墨呀？马朔风阳怪气地说是柳一明刚才送的，我不用对不起他呢。菇琴听了一怔，便用手轻轻抚了又抚，说是古瓷吧？

马朔风对菇琴的举动很上火，说狗屁，三十块钱的烂瓶子，把我当傻瓜呢。菇琴听了说，他在收藏上是不会骗人的。马朔风想她这是还念着柳一明哪。心里那个气呀顶得牙根发胀，恨不得扇她两个耳光。

几天后，马朔风把柳一明送的假瓶子当笔洗的话，就传到柳一明耳里，柳一明很吃惊，好一会儿才不阴不阳地打着哈哈说，也就是他才能想得出。

到了三月底，文史馆开始申报副高以上职称了，这天，王向阳给马朔风送了一幅字，说这字是一明给我的，他说是赝品，不值钱。我知你喜欢字画，就给你拿来了。马朔风知道王向阳与柳一明关系不一般，这幅字他也曾在柳一明书房见过。是清成亲王永瑆的书法，价值不菲。也知王向阳送字是为了副高职称。收了就得办事，拒了又心有不舍。为难间，见王向阳眼睛盯着灯笼瓶子看，心里一动，就说向阳你的意思我清楚，不过你这字我不收，君子不夺人之所爱，我能做这既伤感情又违法的事嘛。

王向阳急了，说馆长你要是不收下，就是对我有成见，有戒心。我就当你的面把这字撕了，那屁职称我也不评了。说着就要动手撕字。马朔风见了忙说别别别，你的心意我收了，这字我就留办公室挂吧，可我怎么也得给你找件相匹配的玩什吧。说了眼睛就盯着瓶子看。王向阳就惊诧得直叫唤，说哎呀馆长这么好的瓶子你咋用来洗墨呀？马朔风立马接着王向阳的话茬说，向阳，来而不往非礼也。你要喜欢那就把瓶子送你吧。这也是一明送我的藏品呢。

王向阳急摆手说，这么贵重的瓶子我哪能要呢。

马朔风说陶冶心情的东西，谈不上贵重。你拿去得了。

王向阳说那我就恭敬不如从命了。

马朔风就亲自倒了灯笼瓶里的污水，用它换了王向阳的成亲王的字。

到了四月上旬，大敦煌拍卖行来城里举办春季拍卖会，请收藏协会出面协办，马朔风、柳一明、罗布衣都被聘为顾问。总顾问是柳凡夫。首席鉴定专家是西部收藏协会秘书长白圣陶先生。四月下旬筹备工作基本就绪，拍卖行将顾问们都请了去，先是在每人面前放一红包，然后通报了筹备情况，介绍参拍品。马朔风见宣传册页上赫然印着一只令他眼熟的灯笼瓶，底价一万元。悄声问与他相熟的注册拍卖师李鹏，果然是本市藏家送来的拍品。马朔风起了猜疑，装着上洗手间的样子，去外面打了王向阳的手机，问：那个灯笼瓶呢？

王向阳说卖了。

卖了？多少钱？卖给谁了？

王向阳说卖给一个收古货的，一千块，我正想请你去吃烤鸭呢。

你糊涂呀，那么好的瓶子，咋一千出手了？要值上万元呢。

王向阳听了，喊天呼地地叫起屈来：你咋早不给我说呢，我看你用来洗笔，以为不值钱，还说遇了个冤大头呢。

马朔风急了，说人家是冤大头，我看你才是个大肉头。

拍卖会上，灯笼瓶以三万元成交。中场休息时，柳一明找到马朔风，说你咋把那瓶子出手了？马朔风说我哪舍得，是向阳喜欢，就送他了。柳一明听了，像不认识地瞅着马朔风的脸看，临了又拍拍额头，恍然大悟似的说，是了，是了。你以为我拿假洪宪瓷骗你吧。亏你还搞收藏鉴赏呢，衡量一件古董的价值，主要看器物自身的艺术性与观赏性，并非仿制的器物都无价值，那灯笼瓶尽管不是洪宪瓷，但确是件民国年间仿制的精品。不瞒你说，那个以十二万元成交的民国黄底粉彩开光象耳瓶，就是老爷子1992年用一万元淘得的。说毕，揶揄地笑了起来。

马朔风让柳一明笑得心里发慌，想他不会和王向阳合起来耍我吧？真要这样，那幅字的真假怕也就难说了。就急忙跑回家里，用放大镜把那幅字研究一番，又与《大清书画史稿》中的永瑆的字对照一番，还是吃不准，中午又带到宾馆请白圣陶鉴别，白圣陶见了，说这字我好似见过，戴了眼镜，又擎了放大镜，看了一会，说这是假仿。马朔风说不可能吧，白老您再看看。

白圣陶说你在藏玩界历练多年，应该知道这成亲王永瑆是乾隆皇帝第十一子，自幼专精书法，深得古人用笔之意，书法名重当时，与刘墉、翁方纲、铁保并称清中期四大书家。此书轴纸虽已泛黄，看似真迹，然仔细端详，发现字与字间虽也有些变化，行楷也间出些节奏，但缺乏成亲王书法所固有的挺峭、坚实和豪气，是有形而无神。而且装裱是用金蝉脱壳之法，是将原书画本身挖去，利用原装裱装进伪本的，难道你没看出。

马朔风急了，失态地说怎么可能呢，这字柳一明曾当宝贝似的挂在书房炫耀呢。要是仿品，柳老爷子也不会让他挂呀。

白圣陶听了，连连击着额头说，对了对了，我说咋似曾相识呢，原来是凡夫兄家那幅，当初我问他，家中有那么多古今宝贝，为何偏挂此轴？凡夫兄说是一明认为此仿逼真，是为了练眼力辨假呢。

马朔风听了，跌足暗想，我这是又着了柳一明的道了。这小子原来也是个睚眦必报、搞阴谋诡计的小人。那脸就红到脖子根了。

白圣陶见了马朔风的窘态，估摸着他可能是上了什么套了，就动了恻隐之心，安慰说朔风你也莫过于在意，古玩收藏这行当，其实就是个江湖，正邪两道高手如林，谁都难保没有个闪失。我前不久也打了眼，花了三万八拍了个郑板桥无名弟子的仿品。所以说咱收藏界啊，真是应了那几句话：气死了艺术家，骗死了收藏家，烦死了批评家，难死了鉴赏家呢。

马朔风讪讪地苦笑说，白老您这几句是经典呢，够我这辈子受用的了。

上午拍卖活动结束后，柳一明接到梅香电话，说梅贵已上班了，我在阿香婆餐厅请你吃虾锅。柳一明就打的去了阿香婆。梅香订了一个小包间，虾锅上来后，服务员识趣地说有事叫我，就拉上门退了出去。

初夏的气温已很高了，小火锅的热气蒸腾给包间里蓄满了躁动。梅香是那种身材端正、皮肤白皙、乖巧温柔的女子，今天穿了件低胸内衣，脸色让热浪润得桃花般鲜艳，弯弯的柳眉下一双秀眼湿漉漉的，显得比往日更加妩媚。柳一明看着就不能自持了，想起在那段落魄的日子里，她善解人意变着法儿抚慰自己，对梅香的爱怜就又增加了几分，就有了向梅香表白的冲动，说姐我俩的事，梅香忙捂住了他的嘴，幽幽地说，你什么都莫说，我就盼你早点选中意中人。柳一明听了，一把将梅香揽进怀里，眼里涌出一串泪水来。

正缠绵间，手机响了，是罗布衣的号。柳一明不悦地问：有事？罗布衣说：有急事，我在车上说话不方便，到鉴赏斋说。柳一明摸不着头绪，抱歉地对梅香说老罗有急事，这饭我也不能陪你了。梅香说那你说完了莫忘吃点饭。柳一明心里很温暖，顺从地点了点头。

到了鉴赏斋，罗布衣说一明喜事连连喜事连连啊，你要早来一会就好了，刚才董书记给我打了电话说他快退了，要挂帅收藏协会，我推荐你做秘书长呢。柳一明听到董书记的名字就反感，不屑地说，赵汝真在《古董辨疑》自序中说没有文化的人搞收藏是胡日鬼。董书记虽是省党校专科班的高才生，挂帅收藏协会，怕也是外行领导内行吧！

罗布衣知柳一明记恨董书记那个批示，嘴上不言心里却在说：你一明这是恃才傲物。脸色就不大好看。

柳一明知他不悦，为缓和气氛，故意抱怨说你房子着火似的把我喊来，就为了这事？罗布衣听了，脸上立马飞出了笑容，说看我这记性，把大喜事都忘了。我得了个宝贝，你快给看看。就掏出一个用黄缎子包着的小盒子，打开，是一枚刻有顺天齐福四字的古钱。

原来，罗布衣藏泉不少，圈子里的人称其为罗麻钱。他收有元代124枚古钱中的123枚，名噪一时。只需再寻得乃马真后（称制）二年，即1243铸的那枚顺天齐福铁钱，即可将元朝所铸钱币全部凑齐。便四处托人打探。前几日，天津的朋友打电话来说东北藏泉大家马不前去了你那里，住在迎宾馆，他手里有你要的那枚元古钱。还给了马不前的手机号。罗布衣大喜，马上就联系上了马不前，约了时间去拜访。马不前果非等闲，住的豪华套间，说打折下来下每天还要五千块。惊得罗布衣舌头伸出老长。客套几句，罗布衣就说了元古钱的事，马不前神采飞扬地说这枚古钱可编一本书呢。不过不在我手里。据说该钱是光绪帝取之内府，特赐给德王爷的。八十多年前，也就是冯玉祥把溥仪赶出紫禁城那年，德王爷将此钱以三千大洋出手，被大收藏家任中俊购得。后来日本考古学家田中以两台英制自鸣钟从任中俊手中换得，后又流传至大英帝国东印度公司，曾在英伦三岛展出，轰动一时。后乘欧战之机被康有为得机赎回。又几经周折，现存东北钱王完颜玺先生之手。完颜与我交情不错，我几欲得之，因他视如命根，未能如愿，恐完颜兄不会出手。罗布衣说请不前兄代我联系看看吧。马不前碍于情面，说那我试试看，但罗兄莫抱希望。罗布衣好生感激。马不前当即与完颜玺接上线，把事情说了，果然对方一口回绝，罗布衣好生失望。

没想第二天一大早，马不前却传来喜讯，完颜玺要去天津嘉德福拍卖会竞拍一套日本十三朝全币，急需用钱，决定将那枚古钱出手，还从电脑上把古钱的照片都传来了。罗布衣大喜，飞快赶往宾馆，在马不前的笔记本电脑上看了照片，果真与钱谱无二，罗布衣就用宾馆电话与完颜先生谈定八万元，完颜先生说上午有个航班，即派人送去，十一点半到港，泉钱两清。马不前听了，气得也不用话筒，按了免提，说你不够意思，早先我出七万五你不给，如今罗兄加了五千你就卖了，你这不是重财轻友吗！完颜玺连声叫屈，说我并非为钱，论钱这枚铁钱存世量不足十枚，称得上是孤品绝品，八十万买得去吗。到了外国人手里，怕是八百万也买不回来呢。只因罗先生已有元代古钱123枚，这怕是全中国、全世界第一人了，配齐了对咱中华文化是个贡献。也算我做了一件有益于国家的事吧。马不前听了，无奈地压了电话，哂笑说这货要名利双收呢。

罗布衣觉得对不起朋友。说中午我做东酬谢马兄。马不前连连摆手说那些大餐吃腻了，你就准备钱去吧，我到街上整碗你们这儿的羊杂就行了。

罗布衣急急回去凑齐了钱，又泡了袋方便面吃了，时间已十二点了，又急忙赶到宾馆，马不前正在大堂沙发上和一个年轻人说话，见罗布衣来了，忙将茶几上的好似是机票的什么物件装进口袋里，介绍说这是收藏家罗先生，这位是完颜先生的表弟小金，刚到。我看咱也别上楼下楼的麻烦了，就在这办吧。小金就在大厅沙发上打开密码箱，取出那枚铁钱，泉款两清。又说了会儿客套话，罗布衣急于给柳一明报喜，便起身告辞，约好晚上给小金和马不前接风洗尘，俩人爽快地答应了。

罗布衣叙述了传奇，对柳一明说老弟，我这辈子终于了了一件心愿了，我……

在罗布衣津津乐道时，柳一明已将铁钱正反看了几遍，越看脸色越凝重，又让海军拿了铁砂纸和放大镜又擦又照地研究一番，失色说你被骗了。罗布衣说不可能。大家都是朋友。朋友？鬼迷熟人！要是没有那个朋友你能入瓮？人家这玩的是姜太公钓鱼。

罗布衣慌了，近乎哀求地说一明你可别打眼了。

打眼？此钱实际上所铸不多，明初即已绝迹。钱谱上只存一空名，那些神奇的经历都是编造的，姓马的住的那豪华套间，也是临时租的，一个小时也就两百块钱。还有那个小金原本就和姓马的在一块，假钱就随身带着，乘机送来是鬼话，也不可能赴你的接风宴，怕是早跑了。

罗布衣脸色惨白说，哎呀，我说他们咋不让我上那总统客房，马不前把机票已买了，怕是走了。

柳一明急问：他们订机票了？

罗布衣肯定地说我亲眼见的。

柳一明看了眼表说，下午飞北京的航班是三点二十五，还有四十分钟飞机才起飞，你赶紧找个人给机场打个电话，把姓马的扣住。

罗布衣想了想就忙给董书记打了电话，把实情都说了，只是怕在圈子里落下笑话，让董书记莫扣留马不前。

打了电话后，罗布衣又说一明可不敢打眼了，闹笑话不说，今后朋友都不好见面了。

柳一明生气地说，亏你还叫罗麻钱呢，那么拙劣的骗局都没看出来。说了，见罗布衣可怜兮兮地直眨眼睛，想八万块钱对他也不是个小数字，就换了口气说，你为人过于敦厚，今后一定要多长个心眼，还要多看一些有关钱币的典籍，有关重要的古钱知识，要烂熟于心。又对海军说有麻钱你找些来，我和布衣兄探讨探讨。海军立马就提了半袋子来，哗啦倒在地上，柳一明扒了扒说，这些钱币有真品也有伪品，不过伪品不是现在所造，大多数是清末民国造的。你看，这一枚是将厚钱磨去原文，顺形依式，改刻成版别稀少的文字的；这一枚是将常见的铜币挖去其中一两个字，改成其他六字的；而这一枚则是历史上根本不存在的"货币"，是伪造者独出心裁自己设计的。

罗布衣听了，佩服得五体投地，频频点头。

柳一明也很受用，又随手抓起几串用经线串起，摩擦得光亮的麻钱，说这几串是农村老太太的藏品或顽童们玩——，说了一半，突然打住，神色专注地看了又看，吃惊地问海军，这钱从哪来？海军说从收破烂处按斤收的。柳一明兴奋地说，这可是真正的宝贝呢。海军不明就里，说这是三十八块钱一公斤收的，能算什么宝贝？

柳一明说你听我说，民国年间天津有两位藏泉名家，人称二方，一叫方若，一叫方尔谦，方尔谦是江苏扬州人，早年为袁世凯西席，袁克广曾从其问业。他藏泉与一般人不同，喜欢将收藏的钱用经线穿起来，缠于腰间，每天至少带十来串，且冬夏间不离身。每到闲暇时便用手掌摩挲、擦拭。钱币学家郑家相在其《梁范馆谈屑》中记述 1917 年他与方尔谦会面时的情景时说：尔谦"在其衣袋间出泉十余串，大小亦不一，唯钱经摩擦，色泽如新，真伪难辨。内中有绍定元宝大钱及贞祐通宝折二，为海内孤品。"方尔谦1936 年病故后，所藏古钱遗落于诸妾之手，不知所归，这几串正是方尔谦的藏品。你看这几枚大铜钱就是绍定元宝，每枚价在三万元上下呢。

海军听了欣喜若狂，罗布衣却哭丧着脸眼睛死死地盯着钱串，海军笑道：罗哥你眼睛莫放光了，我害怕呢。就解下一枚给了他。罗布衣这才呵呵地笑道，好兄弟，老哥欠你情了。

这时，董书记的电话也来了，事情办妥了。

罗布衣说老弟厉害，兄长服了。

柳一明说，不，还是官大人厉害。

了了罗布衣的事后，柳一明又想到了梅香，想人生难得一知己，自己也三十好几了，立该成个家了，只是不知老爸老妈能否接纳梅香，决定回家探探二老的口气。进了家，老爷子和老妈正坐在沙发上发怔，见儿子回来了，柳凡夫说：刘有龄厅长的事你听说了？

柳一明说啥事？没听说。

柳凡夫说他前天被双规了，说是因工程的事收了件国宝级殷墟铜器。

柳一明感叹说你看刘厅长平时道貌岸然的，如今真不知谁是什么货色了。

老爷子火了，百十万的工程值得送件殷墟铜器吗！

柳一明对老爷子的火气很惊诧，想也没见他和刘厅长接触过，咋对刘厅长的事这么上心？就用眼神问老妈，老妈说当年你爸平反亏了人家，后来你爸给他刻了一枚印章，他还给还了一箱苹果。你说这样的人能收贿吗？

柳一明随口说道，想不通的事多着呢，那么多贪官谁缺钱？几辈子都吃不完呢，还不是不择手段巧取豪夺。没想柳凡夫听了，一下把拐杖砸在地上，吓得柳一明也顾不上说梅香的事了，一溜烟钻进了书房。

柳一明还是在书房里给罗布衣打了电话，说刘有龄厅长的事你听说吗？罗布衣说我刚刚知道，听说是收了件国宝。柳一明说老爷子欠刘厅长的情，对这事很上心，他说盛世藏古董，领导爱好不能算是罪过。他还怀疑那件东西的真假呢。罗布衣说这不好说，刘厅长文化造诣很高呢，假货骗不了他。

柳一明说官场上你熟悉，能带我看看那件铜器吗？罗布衣说这是纪检委管的。柳一明说你在董书记身上想想办法，这事准成。罗布衣说行，我试试看。

一连三天，罗布衣没个音信，打了手机，是呼转。柳一明着急，柳凡夫也焦躁地在客厅里不停走动，拐杖把地板捣得咚咚直响。

第四天早上，柳凡夫早饭也不吃，泡了一壶茶，端起，呷了一口，放下，再端起，又呷了一口，就这么不停地重复着这个动作。柳一明见了大气也不敢出，心里直埋怨罗布衣办事拖沓。正烦恼间，电话响了，是海军的。说检察长请他去一趟。柳一明心里不由发毛，想检察官上门，好事不多。不敢怠慢，打的奔了检察院，一路上忐忑不安，想不出是何事打了麻烦。

进了检察长的办公室，见里面坐着几个人，茶几上摆着两件青铜器，一只放大镜和一把直尺。柳一明稍稍放下心来。检察长很客气，说一明博士，今天请你来，是马朔风馆长推荐的，请你给这两件青铜器做个鉴定。

柳一明听了，完全放下心来，却对马朔风推荐的感到吃惊。

原来，罗布衣真的说动了董书记，董书记又说动了纪委书记，并推荐马朔风来鉴定那件青铜器的真伪。没想马朔风动了心机，他听说刘有龄和另一位厅头争政协副主席，在这关头出了这档子事，始作俑者怕不是等闲人物。

而董书记快退了，要是糊里糊涂惹了哪路神仙，这馆长怕也就当到头了。灵机一动，就想到柳一明，想姓柳的喜欢出风头，这马蜂窝就让他去捅吧。

就推荐了柳一明。

检察长指着茶几右边的青铜器说先看这件吧。

柳一明未假思索，说这是象尊。

这件象尊品相极好，精巧、华美、形态逼真。通高五十三厘米，通长六十一厘米，只是左边的一颗牙残缺一块。柳一明仔细研究一番后，摇了摇头。

检察长问：是殷墟铜器？

柳一明摇摇头。

是现在仿品？

柳一明又摇摇头。

检察长不解地说，那是哪个朝代的？

柳一明说我如果没有看错的话，这件象尊是民国时刘俊卿的作品。这说起来还有一段故事：民国时上海人吴启周与美籍华人卢芹斋合办了一家美国最大的古玩铺，字号为吴卢公司，因吴本人年事已高，就由其外甥叶叔重做掌柜。叶经常从美国回到上海，常去北京购古玩，同时在苏州与古铜匠刘俊卿开办了家古铜作坊。曾伪造三件殷墟铜器，其中有一只觥，一件提梁卣，一只象尊。1937 年前后吴回国时，在上海以五万美元合十二万银圆从古董商洪玉琳手中将这几件铜器错当真器买下。后来叶叔重从美国回来，发现是自己作坊造的伪器，吴觉脸上无光，将象尊摔断一牙尖，又在尊腹部刻一十字叉，以防贻误他人。发誓从此不买古铜，并嘱托他故去后将这几件东西一起入葬。此物乃吴老先生陪葬品。所以我说它既非殷墟真器，也非现在的仿品。

检察长说你怎能肯定是刘俊卿做的呢？

柳一明说近现代青铜器的伪制大体用五种手段，就是造伪器以充旧器法、冷冲法、屑凑法、添镌款识法、补添镶嵌法，这件象尊用的便是造伪器以充旧器法，此为一。二是此象尊折一左牙尖。三是腹部有磨熟刀痕，加以药饰之痕迹。故是吴老先生打眼的那件象尊无疑。

在场的人听了暗暗称奇。说这件东西莫非是从吴老先生墓里盗来的？

柳一明说那三件伪器应与吴老先生随葬，只不知为何流落到这里。

检察长说那请你再看看这件。柳一明笑道这只青铜斝我一进来就看出是伪器。单从器形看无啥问题，三足、两柱、一鋬、圆口、平底，但底纹——也就是上面的云雷纹过于古板，没有真器的生气。云雷纹是青铜器一种典型的纹饰，基本特征是以连续"回"字形线条所构成，常作为青铜器底纹。云雷纹中的云纹是圆的，雷纹是方的，交代得非常清楚，而且绝不刻板。而这件青铜斝的云雷纹规规矩矩，排列得整整齐齐，好像现在的人打方格一般。这说明作伪者只理解青铜器的一部分，并未理解它的全部，没有很好地钻研青铜器的纹饰规律。记得朔方收藏协会的秘书长王治国先生曾说过，秦汉以上的青铜斝今日完整无缺者极少，而这斝品相完整，但锈色浮于器物之上，绿而不莹，是极典型的表皮锈，所以说是伪器无疑。

检察长听了，脸上露出佩服的表情说，这真是听了博士话，胜读十年书呵。又对在场的人说，你们几位都是院里收藏大家，有何高见哪？

几位都说检察长你这不是出我们洋相吗。人家柳博士是真正的学者、专家，我等哪敢班门弄斧。

检察长便握着柳一明的手说，失礼了，这件酒器是我从一位古玩朋友处借来的，他也说是假的，但没你说得透彻。不过，还得劳驾你把刚才对那件象尊的看法写一写，说不定今后会有用处呢。

柳一明听了，已知让他鉴定象尊的用意，也不落座，就站在办公桌边唰唰唰一挥而就。检察长见了就有了爱才之心，说柳博士你干脆调检察院得了。柳一明忙说使不得使不得，我那档子事闹得满城风雨，真来了你这里就不神圣了。

检察长听了，拍了柳一明一下，也不叫博士了，说你这小子呀，有个性。

半个月后，刘有龄的案子有了结果：免于刑事追究，退二线工作。原来送象尊的那个人承认，他当初送象尊是为了揽文化厅的装修工程，刘有龄说这要是真品就无价，不要，还把他训了一顿，他解释说这是仿品，一百二十块在路边买的。其实是花了八千从卖古董的手中买的。却也没敢再提工程的事。

消息传到了柳凡夫耳里，老爷子唉声叹气地磕着拐杖说：看这个有龄，几千块钱的事，咋就犯糊涂呢。再看儿子，眼里就有了赞许的味道。

刘有龄全身而退，让马朔风大跌眼镜。柳一明却因此名声大振。还上了陕甘宁江浙沪十一省区的报纸。用罗布衣的话说，柳一明在古玩天地里怕要指点江山，叱咤风云了。

果真让罗布衣说中了。这天，南京文博斋的江竹轩老板给海军来了长途，说西部省份文玩古董书画类市场开发、价格不到位，有发展空间，意欲搞一个松散性联营公司，把业务做大做强。想恭请柳博士到南京，一是看看他的实力，二是来指点一二。海军与江竹轩有过生意上的交往，江竹轩还送了他一件唐伯虎弟子的高仿，价值不菲。海军觉得欠了人家的情，就极力撺掇柳一明上了路。到了南京，江竹轩带着两辆宝马接机，当晚在国际酒店摆了一桌，作陪的有南京文玩大佬皮雨浓，有中国标准草书第三代传人陈墨石，还有苏州古董商苏得仙等人。席间，大家对柳一明交口称赞，说他从枪口下救了刘有龄，功德无量。饭后，客人们告辞，江竹轩和柳一明、海军谈了有关联营的设想，因是互惠互利，双方一拍即合，皆大欢喜。

第二天早上，江竹轩陪着用了早餐，就请俩人去他的文博斋。

南京的街道很宽阔，两旁高楼林立，华美壮观。行车道上几条车流穿来梭往，人行道上万头攒动，熙熙攘攘。大都市的气派尽显其中。文博斋在中华门正街上，是个被装修得古色古香的二层小楼。海军想这店面怕要值千万了。再看牌匾，竟是徐悲鸿所题，地道的老字号。

进得店里，各种字画古玩令人目不暇接，其中不乏奇珍异宝。柳一明和海军心里都自叹不如。

观赏了店堂，江竹轩便将俩人请上二楼，楼梯是实木的，看起来也有了年头，房子一边并排放着一些古家具，有八仙桌、太师椅、罗汉榻、梨花案等，靠近南边窗户旁摆着几只藤椅，一只藤制圆几，已泡好了香茶。北面有两个一胖一瘦上了年纪的人在整理杂物，房里有了些许灰尘。江竹轩抱歉说这是刚收来的物什，看能否找出点有年头的。三人落座，刚品尝了香茶，那边喊开了，说有杆铜烟袋，有些累手，烟嘴像是青玉做的。江竹轩听了，出于礼节，便说那就请二位给长长眼吧。柳一明说在你江老板面前，不敢造次。却起身随同走了过去。见这杆烟袋长约二尺，铜锅，锡杆，青玉嘴。看起来是老货，却也没特别之处。江竹轩说拾掇一下，定个价，放下面寻个主家吧。柳一明隐约觉得这烟袋有点特别，随手拿起来仔细看了又看。江竹轩说柳博士要是喜欢，就送你了。柳一明不接话，却说快量量，这烟袋通长是否一尺九寸九。瘦子听了，便接了烟袋，用尺子量了，惊诧地说：正好一尺九寸九。柳一明兴奋地说江老板你这烟袋我可收受不起了，这是太平天国翼王石达开的烟袋，是真正的历史文物呢。江竹轩听了，惊得嘴唇直哆嗦，说柳博士你咋知这是天国遗物？和我开玩笑的吧。

柳一明说《太平天国野史轶闻录》卷17中记载："石达开嗜旱烟，所用烟袋长一尺九寸九，取天国长久之意，金锅银杆青玉咀。闻韦昌辉杀害杨秀清，悲愤而击之，口陷半圈，杆折。"你看这烟锅口，这烟杆折痕，这青玉烟嘴，与书中记载十分吻合，我断定那杆烟袋就是此杆烟袋了。江竹轩听了，喜得连连给柳一明作揖，说柳博士你真是大才子大君子，要换了别人，也识不了这烟袋面目，即使识了也不会说出，变着法儿自己淘走了。今后，联营公司的总经理非你莫属了。刚才要将烟袋送柳一明的话，却再也不提了。自然，中午又是一顿宴请，又换了一些人作陪，少不了又是一番赞美之词。此番柳一明就听得心安理得了。

下午江竹轩又请了电视台和报社记者，采访了柳一明，柳一明是经历过大场面的，就神采飞扬，引经据典一番神侃，把个电视台的青年女记者崇拜得差点丢了话筒来拥抱他。

当天晚上，石达开的金烟袋和西北鉴赏专家柳一明就名满石头城了。让柳一明没想到的是，江竹轩的文博斋门前，一夜之间竖起一个巨幅广告牌，说国家文物鉴赏大师柳一明博士慧眼识宝，发现二百年前太平天国翼王石达开的金锅银杆青玉嘴烟袋，现决定与大家分享快乐，每人可用此烟袋吸一锅黄金叶烟丝，收费八十元，赠照片一张，试吸三天。于是文博斋门前便人头攒动，排起了一条长龙，其中竟然有不少女性。

柳一明对海军感叹道，看人家这生意做的，这就是无商不精呀。

海军说你比江老板也不差呀，这不又名震江南，由博士成了大师了。

柳一明听了，自得地笑了，说大师就是身价，咱回去也得好好利用这名气呢。

柳一明在南京待了三天，和江竹轩达成了联营意向，又看了大报恩寺碑、夫子庙、太平天国天王府遗址、扫叶楼等名胜，就又被苏得仙请到了到了苏州。走时，江竹轩送了柳一明陈墨石的四条屏和一套民国时的宜兴茶具，要值好几万元。柳一明心里很是过意不去。

路上，海军问柳一明，你说那烟袋江老板为啥只让人吸三天呢，如果吸三十天那样赚多少钱呀？反正那烟袋又吸不坏。柳一明说江老板深谙经营之道，我估计这三天只是试探一下反应，如政府不干涉，怕是三百天都打不住呢。

到了苏州，苏得仙老板接待得更为恭敬，言必称专家。柳一明说不敢当。苏老板说不必过谦，您是大师，当之无愧。怕是中央台《鉴宝》节目请的那些专家中也没一个博士呢。头天，苏老板陪俩人看了几处名胜，第二天就请柳一明帮朋友鉴定藏品。柳一明当仁不让，也出了几次彩，当地电视台也锦上添花，当晚就做了报道。第三天中午，鉴赏斋来了电话，说有人欲订购一批文玩，数额不小。海军和柳一明商量后，就在吃饭时告诉苏老板，明早就返程。苏老板一怔，想了想说有位祖上有来头的朋友，家里有些玩意儿，下午务必请柳专家看看。柳一明盛情难却，说行，那就下去看看吧。

朋友家住在一个新开发的小区，进了客厅，在条木沙发椅上落座，主人上茶，是明前龙井，香溢扑鼻。苏老板介绍说主人是杜君杜先生，祖上中过举人，是南京大户。年前拆迁扒老房子时，整出一些玩意儿，还没顾得上请人鉴定，听说柳大师来了，就托我请你给长长眼，打打价，出售时心里也好有个底。杜先生寒暄一番后，从里屋搬出两个纸箱来，说我得抓紧把它卖了，买个商铺。苏老板就和杜先生蹲下来，先打开一个箱子，里面是两只陶罐、一只香炉、一尊木佛和一只鼻烟壶。拂去物件上的灰尘，再递给坐在条椅上的柳一明，柳一明就一一做了鉴定。很快一个箱子里的物件鉴定完了，清叶仲三内画鼻烟壶，值万余元，其他都在千元左右，却也无一伪品。

第二只箱子里装的大多是镇纸、笔筒、砚台、大抓笔、墨床等物件。苏老板打趣道，孔夫子搬家都是书，举人老爷传家都是文房四宝。说得几个人都笑了。柳一明只看了抓笔、墨床两件东西，心里就暗暗称奇了。

墨床是放墨器具，供用墨临时搁墨之用。杜先生的墨床是明代的，瓷制，实实在在有些年头。抓笔是清乾隆年间制作的漆管鬃大抓笔，可惜笔尖稍秃，价值当在两千元左右。苏老板再递上的印盒则是清道光年间的遗物，底部阳识"陈国治作"篆书款，价值过万。接着是清康熙青花龙纽镇纸、宋洮河石圆形砚等，都在五千元左右。柳一明边看边想，到底是举人老爷家，都是好东西。只不知自家老爷子手里有多少宝贝，回去得问个清楚。

苏老板也是行家，自印盒起，每递一件都兴奋地呀呀一声，把个杜先生高兴得直搓手。这时，就听苏老板咦的一声，递上了一个不知是什么玩意儿的旧瓷器来。柳一明还没吭声，老杜急说，哎呀你看我这脑子，这是家父临终前给我的，说这件瓷是孤品，能换套房子呢。

柳一明接过，见这个旧瓷器中平浅底，似出自哥窑的笔洗，但又无哥窑瓷器所具有的冰纹特征。这是何物？一时难以断定。

苏老板见了又打趣道，我看你家举人老爷，怕也和郑板桥、纪晓岚一样是个怪人，不然咋能留下这么个怪玩意儿。杜先生赔着笑说老祖宗留下只饭碗都是传家宝呢，可不敢瞎说。苏老板还是不依不饶地说，我可不是给你家举人老太爷抹黑，别人不说，你就说纪昀纪晓岚怪不怪？连给后世留本《阅微草堂笔记》，也全写的是狐仙鬼怪。杜先生有点急了，说那这件瓷器究竟是什么宝贝？苏老板含糊其词地说，这我也说不清，既然你家举人老祖宗说是传家宝，那可能与哪位文化名人有关吧。你莫着急，柳大师在此，埋没不了你的宝贝。杜先生连声附和：那就请柳大师多多费心，多多费心。正说话间，苏老板手机响了，他打开手机看了显示，却不应答，笑着去了卫生间，一会儿出来说，柳专家对不起，我先告个假，有点急事要办。哈哈腰，匆匆去了。

苏老板刚才的一番话语如电光石火掠过柳一明的大脑，他急忙起身，走到窗前，将这件旧瓷又反复看了几遍，看毕，却不回身落座，而是双眼微闭，嘴角隐隐抽动。他的脑海里，影印出《阅微草堂笔记》中的一段文字来："卖花人顾媪，拿着一个旧瓷器出售。这个旧瓷器好像笔洗，但是略微浅了一些，四周内外及底皆有汹色。似乎是哥窑，但没有冰纹。中平如砚，独露磁骨，边线界划分明，出入不差丝毫，绝对不是剥落的。不知是何器物，看后认为无用，又还给了顾媪……"

柳一明的心蹿到嗓子眼了。

这件被苏老板调侃打趣的玩意儿就是令纪晓岚后悔莫及的宝贝啊。什么叫文物？这就是文物，真文物，大文物。流传千古的文物啊！这还能叫是文物吗？是文胆，文人的魂，无法估价啊！

柳一明的心堵到嗓眼上了。他暗自告诫，不可惊了杜先生。就若无其事地坐回板椅上，猛咽了一口热茶，又压又疼地把心逼落回去。这才说道：杜先生你这件旧瓷是旧货，好像是笔洗吧。说实话我很中意，不是说它多好，是喜欢。论价值，也就万把块钱吧，怎么也上不了两万。你若想卖，我两万收了。

老杜连连摇头，说柳专家这可不行，这件物什是老父亲留下的，老二也知道，他说这是个宝贝，要值二十万呢。两万给你我就说不清了，我那弟妹是个胡桃子，不懂事理，还以为让我黑了呢。如你真心要买，我也急着用钱，你就给个整数，二十万，行不？

柳一明听了，想这老杜心也真狠，这东西两万顶天了，二十万买十件呢。转念又想，这东西从商品价值、艺术价值上说绝对不值这么多钱，但文化价值却是难以估量。这是纪晓岚看走眼的，想得没得到的，后悔眼发青的，写进书里的东西啊。纪晓岚是谁呀？华夏五千年才出这么一位，大文学家，大书法家啊。他打眼的宝贝，三百年后却被我柳一明慧眼淘得，这既是收藏界一大逸事美谈，也证明我柳一明博士并非是浪得虚名。我要让大家知道，柳一明是真学者真玩家啊。

柳一明就铁了心非买下这件宝贝不成了。

说那就十万，能成就成了，不成我走人。老杜见了，咬咬说，那就十五万，海军见柳一明急着想买，一定有他的道理，说老杜你不讲交情，柳博士鉴定都是按百分之十收费的。要计较起来，这费用怕也过万了。在南京时，给江竹轩老板看了根烟袋，人家就给陈墨石的四条屏外带一民国紫砂壶呢。

柳一明听了海军提到石达开的烟袋，脑子里訇然飞驰起来，想江老板能在石达开烟袋上做文章，我就不能在纪晓岚打眼的物件上生财吗？把他这抓笔捎上再搞块古墨，请名家题字作画，怕就是一尺万金了。

柳一明兴奋得血管里的血液奔腾起来了。

说行，那就十五万。不过你还得把那抓笔、笔架、镇纸、笔筒捎上，我也不亏你，我卡上有九万元，再给你留件陈墨石的四条屏，少说也在六万元，能行就行，不行交情还在，后会有期。放下茶杯，起身欲走。老杜忙说别别别，容我给老二挂个电话吧。进了卧室，关了门，压着嗓子在说什么悄悄话。柳一明担心有变故，就忙给苏老板拨了电话，想让他打打圆场，没想苏老板电话占线了。海军很是担心，说一明这是啥玩意能值这些钱？你要慎重，九万元加上那四条不是小数目。

柳一明悄声说，这东西的价值与钱无关，比石达开那烟袋强多了。

那到底是啥宝贝？

这就是纪晓岚打眼放走的那个宝贝，将它与那几件零碎组合起来，就是大策划、大生意、大经营。一句话，它们可都是圈钱的道具呢。

海军信柳一明，听说比石达开的烟袋还金贵，心里也便响起一阵紧密的锣鼓，喘气声也就立马粗了。

这时老杜也给他家老二打完了电话，满脸笑容地出来说老二嫌您出价太低，不过他喜欢陈墨石的字，就同意了。柳一明这才把心落下，说那把箱子里的宝贝看完就去银行办款。老杜说还看什么，我知老太爷留下的都是宝贝就成了。柳一明知他是急于办款，也怕苏老板回来节外生枝。就让海军把旧瓷、大抓笔、镇纸、笔架、笔筒包上，老杜给找了个袋子装好，直奔银行去了。

在银行里办好了款，老杜又跟着去宾馆里取走了陈墨石四条。这时苏老板也办完了事来到宾馆，得知柳一明收了那件旧瓷后，也不问那是何物，摸着下巴笑眯眯地说，货唯卖与识主方得其价，马唯遇伯乐方得其价。我为柳专家得此绝世珍品高兴哪。今晚我设宴，一为柳专家践行，二为柳专家庆贺。

晚上，别了苏老板的践行宴回到宾馆，柳一明就给罗布衣几个打了电话，说我明早七点的航班，十点半到家里看宝贝，不去要和纪晓岚一样后悔。

柳一明到家时，刚过九点半，开门的是梅香，问咋来得这么早？梅香含情脉脉地说，陪大妈说话呢。柳一明心领神会地给了梅香一个飞吻。进了客厅，见老妈一人在，问爸呢，老妈说在里面校对他那部《收藏鉴定词典》呢。柳一明拉开旅行包，拿出两只板鸭，说妈这是你的，又拿出那只紫砂壶说这是民国年间的，给爸用。老妈欢喜地对梅香说，你一明弟也知道孝敬了。梅香抿嘴直笑。这时，柳一明就拿出一个纸盒，神神秘秘地对老妈说，这就是纪晓岚在《阅微草堂笔记》中记载的那个得而复失的宝贝，我花了十五万才淘来。老妈虽是大学生，也看过《阅微草堂笔记》，却不记得什么宝贝，惊呼，十五万？你也舍得！

说话间，约的罗布衣几个都到了。柳一明便让进了自己的书房，说知道我为何把各位请来吗？罗布衣说是呀正要问你呢，莫不是把翼王爷那金烟袋带回来让我们也过过烟瘾吧。柳一明说金烟袋算什么，且听我先说一段书。就从书架上取下一本精装的《阅微草堂笔记》放在书桌上，却不打开，说：纪晓岚曾在集市见卖花人顾媪，拿着一个旧瓷器出售。这个旧瓷器好像笔洗，但是略微浅了一些，内外和底部都有釉色，有点像哥窑，但又没有冰纹。看后认为无用，又退给了顾媪。后来，纪晓岚在《广异志》《干撰子》《逸史》中都看到有关朱笔、朱盏、朱杯以及叶法善持朱钵画符的记载，他猛然明白：唐代以前没有朱砚，点校文籍时都是在杯盏中调朱色，顾妪所卖的东西原来是朱砂盏！是真正的古董。便急寻顾媪欲买下来，顾媪说早二十钱卖杂货摊上了。纪晓岚深为惋惜，感叹道："世多以高价买赝物，而真正古器物却往往遭到摈弃。"

众人听得一头雾水，罗布衣却从凳子跳了起来，惊呼：那只朱砂盏让你得到了？

柳一明激动地从盒子里拿出朱砂盏说，正是，令纪晓岚悔憾不已的朱砂盏就在这里。而且极有可能是孤品。

众人哇的一片惊叹，这就是朱砂盏啊！是国宝吧？快说说你是咋弄到手的。

柳一明清了清嗓子，眉飞色舞地把经过演绎了一遍。

罗布衣感叹道：缘分就是机遇，眼力加魄力，三者缺一不可啊！

接着柳一明又把那个圈钱的筹划也说了，众人又是一遍叫好。王向阳说十五万元淘得这么多宝贝，奇事，大奇事。搞活动那天，一定要让我用乾隆的大抓笔写几个字哟。

罗布衣更是兴奋，摇头晃脑地说江老板得翼王之烟袋，我得尔谦之古钱，一明得老纪梦寐以求之朱砂盏，皆为人生一大幸事也。

又突发奇想地说，一明你把它拿到中央电视台《鉴宝》栏目鉴一鉴怎样？王向阳说扯淡吧，一明是大师级的专家，鉴了还要他们鉴？你看他们一个个干巴巴的老生常谈，说得清楚吗？罗布衣不以为然地说，我是想让全国的父老乡亲都见识见识这个国宝，知道知道一明的学识呢！

柳一明拊掌大笑，说布衣兄想法妙哉。正得意忘形间，就听门口嗵的一声，惊得众人心都大跳了一下，循声看去，见老爷子柳凡夫拄着拐杖，满脸通红，眉毛胡子直抖，颤巍巍地立在书房门口，身后是神色慌乱的柳大妈。这时，柳一明就看到老爷子手里，有一只釉色朦胧，光晕闪动，浸润着一种厚重的岁月气息的瓷器，正是朱砂盏。

原载《鸭绿江》2008 年 4 期

小公务员胡大放的幸福生活

大放和英男的结合像许多老掉牙的故事一样，属于英雄救美那种。

俩人说起来还是同年级的校友，都在一个学校读高中，只不过不在一个班。大放在甲班，英男在乙班，且当时都是学校的名人，一个以口才和稀拉出名，一个以泼辣出名。当然只有这些还不够，俩人都长得够形象，英男还被列入班上的五朵金花。

据说早在学校时，大放和英男就有情有意，证据是只要有英男在场，油嘴油舌的大放就结结巴巴的连一句完整话都说不出来。而英男则在女友跟前说放眼全校男生只有胡大放一人有阳刚之气，此话传到大放耳朵时，大放高兴地三呼万岁，立誓说非李英男不娶。谁知英男听到后，秀眉一挑，说就凭他胡大放呀，等下辈子吧。

就这么一等，俩人就等到三十而立的大男大女行列，这期间，俩人都在不停地搜索着，却始终是只有付出，没有收获。直到有一天，在一阵如癫如狂的大风中，英男扑进了大放的怀抱。事隔多年后，英男还常为此悔得胃里出酸水，说我当初咋那么傻呢，我这不是自投罗网自取灭亡吗。

那天，也就是二〇〇〇年五月九日下午，大放在街上正走着，忽地就刮起了一阵狂风，将一个正低头急走的女性一下旋到大放怀里，大放本能地就伸手搂住人家腰肢。女的在惊慌中抬眼一看竟是大放，大放也认出是英男，英男不待大放说话，便伏在大放肩上呜呜哭了起来。大放不明就里，一个劲地抚摸着英男的后背，英男止住哭泣，挣脱出来，恼羞地说：胡大放，你乱摸什么呀？坏透了。大放急忙分辩：我……我不是那意思，我是想问你，你不上班，乱跑乱哭什么呀。英男抹了把泪水，委屈地说：还上什么班，经理平白无故地把我炒了。大放一惊，说你没错人家怎炒你呢？英男恨恨地说谁知他哪根筋犯了病，给我布置工作，两句话没说就开口骂人，我顶了他几句，就这么回事。大放便火了，说他妈的这是欺负人呢。现在《劳动法》《合同法》在那里摆着，他说炒谁就炒谁呀？我找他去！英男忙说：你别去，那家伙又犟又倔，翻脸不认人，去了是自找没趣。说不定还会叫人打你一顿呢。大放听了，顿时豪气勃发，说英男你放心，我就不信在市里还有敢打我胡大放的。便撇下英男，气壮山河地闯进了英男的公司。英男望着大放的背影，心中涌起一股暖流，又觉得不妥，忐忑一会便也跟了过去。刚走到公司门口，却见经理和大放满面笑容地走了出来，经理见了英男，友好地说：小李，刚才我心情不好，方法不对，说了几句气话，请你原谅。大放也笑着说：看你这个人，人家经理是和你开玩笑呢，一点考验也经不起。好啦，没事啦，老同学请你涮锅，走吧。说着不待英男说话，拉着她的手就往街上走。英男被大放搞得一头雾水，说大放你刚才怎么就把那家伙搞转啦，没打起来吧？没威胁人家吧？大放听了，不答话，只是意味深长地笑，临了，俏皮地问道，武侠电视上常说的那句话叫什么来着？英男眨巴着眼睛摇摇头。大放击了下掌说噢对了，好像叫什么英雄救什么美吧。英男听了，哈哈地笑着说得了吧胡大放，武侠电视上还有句话呢，叫什么癞蛤蟆想什么肉，你知道吗？大放听了，拖着声笑道：小——姐，俺胡某早有此心呢！

　　那晚，大放和英男都喝醉了，也不知怎么就到了大放的宿舍。第二天清晨，英男醒来，见大放赤身裸体躺在身旁，惊恐地大叫一声，呼天抢地的痛哭起来。大放醒来一看自己和英男的身子，吓得扑通一下跪在英男面前，千哀求万告饶，赌咒发誓说是因酒乱性，做了糊涂事。否则的话纵然有一万个贼心，也没一个贼胆。一番话加上那副可怜相哄了英男，她恨爱交加地盯着大放说：胡大放，在学校那阵子，我就知道你贼坏。

　　两个月后，大放便和英男举行婚礼，人们都夸他两是郎才女貌，和大放年龄相仿的同事打趣，说：看来这婚姻就是不能急，你看人家胡大放潇洒到三十岁又找到这么个美人，我们那阵子，嘻！他姐个蛋，毛还没长黑呢，就猴急得不行，非要急着把那点坏水水放掉，悔死人了。

新婚之夜，大放和英男幸福一番后，搂着英男突然嘿嘿地笑了起来，英男说大放你笑什么呀？大放说我想起一句大实话，但是不敢说出来。英男就拧了大放一下说：你敢，快说。大放说娘子呀，我说了怕你不悦呀，英男又拧了一下说，少放酸。大放说你应该想得到嘛，就是——就是十个字嘛，英男说哪十个字？大放坏笑着说就是什么……什么新，什么……什么旧嘛。英男听了，猛一翻身，将大放甩到床边，又抬脚一踹，将大放踹到床下，这才气急败坏地骂道：胡大放，你真是个臭流氓。我今天就跟你分居。大放见英男认了真，讪讪地赔着笑脸说，你看你，你看你这个人，是和你开玩笑呢，书上说夫妻之间开什么玩笑都不过分，那叫亲密无间调节情绪呢。又说：你要跟我分居，那是一厢情愿呢，给你再说句大实话吧，结婚前，我大放想说爱你不是件容易的事，如今，你想说不爱我也不是件容易的事呢。英男瞪着眼说，凭什么？就凭你这副赖猴嘴脸。大放说，不是嘴脸是规律，有这么个说法你听过吗，女人在订婚前像燕子，爱怎么飞就怎么飞，订婚后像鸽子，能飞都不敢飞远，结婚后呢就成了鸭子，想飞却力不从心呢。英男抢白说那你们男人呢，你再往下说呢。大放故作不知地说，男人？男人有什么说的。英男说你们男人是骗子鬼子六白眼狼，订婚前像孙子百依百顺，做了错事就给人下跪，订婚后像儿子学会顶嘴，结婚后就成了老子了，不但发号施令还嫌这嫌那了，所以人家都说男人没有一个好东西，这话虽然打击面宽了些，但套到你头上可是绝对真理呢。大放让英男说得不好意思起来，说嘿，真是近朱者赤，你也学会溜嘴皮子呀，俗话说打人不打脸骂人不揭短，你怎把我醉酒时对你的真情表露也抖出来呢，看我怎么收拾你。说着就笑着扑到床上……

婚后，大放和英男的日子倒也过得有滋有味，两人的父母都在农村，拖累相对少一些。两人收入也不错，大放在文化局工作，是国家公务员，由宣传部指派到市群艺馆负责节目、剧本把关，成了变相负责人。英男所在的那家公司是做药品经营的，效益也不错。大放除了工资外，还有稿费和演出收入，英男也能常常领到一些奖金，吃穿花销不用计算。一年下来，不但置齐了家电摆设，还有一些存款。更可喜的是在婚后的第八个月，也就是二〇〇〇年十月中旬，英男产下一个六斤重的女儿，取名玉玉，喜得大放亲着女儿的屁股说丫头子啊，老爸实在对不起你，老爸是在头脑空白的情况下把种子给你妈种上的，你怎不会抱怨你老爸吧。英男听了，哭笑不得地说，看你这当爸的，真是狗嘴里吐不出象牙。大放涎着脸说，谁说狗嘴里吐不出象牙，是狗嘴里生不出儿子呢。英男气恼地一把抱过女儿说：胡大放，你这是怪我没给你生个儿子吧，俗话说撒什么种出什么苗，你没本事还把责任推我头上了。大放见英男生气的样子很好看，就又故意逗她说：确实生男生女是由男人决定的，不过这在别人家可以这样说，在我们家我连买袋牙膏都得向你请示，生儿生女这么大的事情我有权决定吗？英男听了，扑哧笑了起来，说你他妈的胡大放，你真是老鼠做道场，没有一句正经话。早知道你是这种嘴脸，我当初就是嫁给魔鬼也不嫁给你。大放连连摇着手说，老婆你别乱说，这婚姻大事可是老太太跳皮筋——非同儿戏。你怎能嫁给魔鬼呢？《婚姻法》规定，近亲禁止通婚的哟。英男说：胡大放，算你嘴能，不过我越听越觉得你不像个好人。大放说：李英男，请你听着，好人说我是好人，坏人说我是坏人。英男说不过大放，急了，放下女儿，抓起一块尿布，啪地甩到大放脸上，沉着脸说：胡大放，你少跟我贫嘴，洗尿布去。大放从脸上揭下尿布，也不生气，边做着亮相动作边清脆地应道：得——令！拿着尿布走了。英男见了，不由又扑哧笑出声来。

英男产假快满了，要到公司上班。就和大放商量说：叫你妈来带孩子吧。大放说行，老太太正想孙女呢。就买了车票回家去接老人，可是三天后却是一个人无精打采地回来了。英男问妈呢？怎么没来。大放说家里正在忙农活，又喂了一大群鸡鸭，暂时还来不了。英男不满，说还有这样的奶奶，是鸡鸭重要还是她孙女重要。大放赔着笑脸说你莫生气，孩子就送对面的托儿所吧。一个月也就三百块钱。我妈不来也好，她脾气和你差不多，婆媳不和是咱老祖宗传下的传统，老人家来了，你俩一个针尖，一个麦芒，把我夹在中间，还不把我扎透了啊。英男听了，白了大放一眼，说你少跟我贫嘴，这么小的孩子送托儿所我能放心吗？干脆把我妈接来吧。大放忙说：别别别，她老人家也在地里忙着农活呢。再说我这个人稀拉惯了，说话嘴上又没什么准头，说不准哪天说顺了口，黄段子又跑了出来，你妈那是个老封建，不把我骂个狗血喷头才怪呢。算啦算啦，这宝贝女儿的接送本爸爸包啦，你看怎样？英男想了想，叹口气说，送就送吧，不然我妈来了，你那满口的流氓话不要三天非把她气走不可。

孩子就送了托儿所。

托儿所是附近街道居委会办的，所长、副所长和阿姨们大都在五十岁左右，看起来像是退休职工和下岗职工，设备虽然简陋，经验、服务态度和责任心确是绝对的一流，只是收费高了些，不是大放原先估计的每月三百元，是按孩子的岁数和时间划分来收费的，一岁以内的日托四小时之内的为半托，月收费二百六十元；日托在四个小时以上的为全托，月收费三百八十元。玉玉是白天全托，每月需交三百八十元。英男为了让这些阿姨奶奶尽心，还将朋友送的二斤宁夏灵武产的名牌毛线送给了和她面熟的副所长。副所长说你俩就放心，玉玉交给我，包管把她带得白白胖胖，你俩一点心也莫操。你看这位小朋友，副所长指着一旁正玩积木的小男孩说，他父母都一个多星期没来接了，这不还长得滋滋润润嘛。英男有点不信，说这么小的孩子，他家怎能这么多天不来接？也真舍得呀。副所长不由笑了起来，说一对活宝闹离婚呢，可笑死人了。大放说，现在离婚是极平常的事情，笑话人家自己就是个笑话呢。副所长说你不信我就给你说说。男的是个公司经理，女的也是个做生意的，那晚，男的喝了点酒回来，黑暗中他见开门的好像是女佣，抱住就亲吻起来。没想怀里的女的竟说现在不行，我不知道我那死鬼什么时候回来。嘿，原来是他太太。两口子当时就撕破了脸皮，闹了起来，连孩子都不要了。大放英男听了不由笑了起来，大放说这也是做贼三年不打自招呢。

从托儿所回来后，英男和大放坐在沙发上细细地算了一笔账，两口子工资等项收入合计月收入约两千块钱，每月还房贷和利息是五百五十元，直接生活费约五百元，间接生活费需二百元。玉玉的奶粉营养品五十元，托幼费三百八十元，其他花销人情来往得准备一百元，大放每月要抽三条烟，每条大都在三十元，需要九十元。以上合计是一千八百七十元。算毕，大放自嘲道：不错嘛，还略有盈余，不要十年就是万元户呢。英男则愁眉苦脸地说，盈余什么，一旦有个头疼脑热或者老家那边有个什么事情，就得借钱了。大放拍拍英男肩膀说你不要犯愁嘛，面包不是有了嘛，奶油不是有了嘛，钱也是会有的。告诉你吧，还有几笔收入你没入账呢。英男不解地问，还有什么收入呀，不是连补贴什么的都算进去了吗？大放说怎么没有呢，我每年还多发一个月工资呢，你还有些奖金福利，我还有点稿费呢，这都不是钱吗。

英男听了苦涩地笑了笑说：那点钱好像药引子似的，中什么用。大放见英男那神情不由心酸，说，那我把烟戒了，一年下来不也是一千多块吗。英男忙说不不不，你常熬夜动脑子，戒了怕你打不起精神，少抽点就行了。

大放说你这是舍财害命呀，人家老婆都是软硬兼施地胁迫老公戒烟，你却支持我抽烟，是何居心啊？说着一下捏住英男的鼻子，又把嘴贴了过去，说难道你就不怕我这满嘴烟油味。英男让逗得脸上有了笑容，伸手打掉大放的手说，你这个人真是个大心肠，从来就没见你愁过什么的。

大放果真把烟戒了。烟瘾上来时，就拿根火柴在嘴里咬，看得英男很难过，说大放我要向你学习呢，从现在起化妆品什么的我也不用了，牙膏香皂也拣便宜的买，其他的东西能省就省了，这样下来，一年也要省不少钱呢。大放听了心里很不是滋味，认真地说，你这是干什么，我们日子还没到那种地步呢，该花的钱一定要花，该吃的一定要吃，该穿的一定要穿，这与抽烟性质不同嘛。虽然现在经济小有紧张，但宁可钱受罪，也不能叫人受罪嘛。你说是吗？英男不搭话，大放又问了一遍，英男还是没吭声，大放凑过脸去一看，英男正在悄悄地抹眼泪呢。大放见了，心疼地把英男揽到怀里，说看你这个人，这么好的日子高兴还来不及了，为了点鸡毛蒜皮的事你掉什么泪呀。英男这才开口说，我刚才心里很难过，你说我们收入也算不低了，日子还这么紧巴，那些收入比我们低的人，还有那些下岗工人，日子怎么过呀？大放说你原来是在忧国忧民，替自己难过呀。我看大可不必，各人有各人的活法，三年困难时期都过来了，现在还能有什么过不去的火焰山，我们不要自寻烦恼了，有这么好的年华，又赶上这么好的年代，要唱着过呢。你的生日快到了吧，到时我送你一瓶高级护肤油，另外还要给你一个惊喜。来，我先给你送支歌：

你问我爱你有多深
我爱你有几分
你去想一想
你去看一看
月亮代表我的心……

英男静静地躺在大放怀里，幸福地陶醉在大放深情的歌声里。大放唱毕后，英男见他眼里也闪着晶莹的泪花，忙问：大放你怎么哭啦，大放咧咧嘴想笑没笑出来，伤感地说英男让你委屈了，我怎么也是个大老爷们……

转眼，就进入了二〇〇一年秋季。这天英男在班上搬了一上午的仓库，下班后，又去托儿所给女儿喂了奶，这才拖着疲惫的身体向家里走来。房子在四楼，八十平方米，楼层不错，面积也还可以，是两口子倾其多年的积蓄又按揭五万元才买下的。英男上楼时，见楼梯上有一行污污的鞋印，想必是有人进楼时不小心踩在门旁的污水里。谁这么不讲卫生？英男心里嘀咕着，上了四楼却见那行鞋印没有了，莫不是大放踩上的吧。真讨厌。英男开了房，心里就不由来气，客厅里到处是脏兮兮的鞋印，沙发上也乱糟糟的，茶几上下一片狼藉，花生皮、瓜子皮、水果皮等乱七八糟的丢了一地。油盐葱蒜味充满了整个房间。一看，原来大放在厨房做饭，连着客厅的那扇门没关。英男火了大喊一声：胡大放，你给我出来。正在炒菜的大放被突如其来的吼声吓得一哆嗦，放下活计蹿出厨房，说怎么啦，吓我一跳。英男指着地板说还怎么啦，看你把地板弄得，比厕所还脏。进门就不知把蹄子清理一下。大放听了，又是摆手又是挤眼，压着嗓子说你小声点好不好，妈来了，这是妈踩的。英男听了，也是心情不好的缘故，白了大放一眼说，叫她来不来，现在还来干啥。正说着大放母亲湿着两手从厨房出来，说她嫂子，你下班了？英男这才露了点笑意说妈你来啦。边脱外衣边往卧室走着说：你歇着吧，饭我来做。进了卧室一看，心底的火又蹿了上来，原来，满卧室都是带着泥水的鞋印子，看来婆婆把家里的各个角落都关心过了。放下外衣，就径直转到厨房，对着婆婆说：妈，看你进门也不把鞋换了，地都弄脏了。大放妈让英男说得一愣，瞅了瞅地板，不觉就红了脸，难为情地说看我这脑筋，怎就没想到要脱鞋，就走到客厅里，把鞋脱了，也没换上拖鞋光穿着袜子就进了厨房。英男叫了起来，说呦——妈，谁叫你光着脚呀，快把拖鞋穿上。大放妈让儿媳这么说了，反觉得没脸，当即就绷着脸说，在田里插秧锄草光脚惯了，用不着穿。

英男一看婆婆生气了，不敢再说什么，赶忙到厨房收拾碗筷去了。这一切大放都看在眼里，心中对英男不由来了气，又不好当母亲面说出，便到鞋柜里拿出一双拖鞋来，蹲到母亲面前，说妈，英男让换鞋你就换嘛，不然脚凉了也会感冒呢。说着，就伸手托起母亲一只脚来，把拖鞋换上，在托另一只脚时，母亲硬着腿不动，大放想用劲又怕母亲闪着，就一条腿蹲到地上，仰起头，笑着说，妈，有钱难买老来瘦，我看你这腿肚子比以前瘦多了，你能活二百岁呢。母亲听了也笑了起来，说那我不成了老妖怪了。腿一松劲，大放就乘机托起脚来，将拖鞋给母亲穿上。待站起来时，就见母亲眼里有了晶莹的泪花。

吃饭时，大放拿来一瓶宁夏红，对母亲说：妈，这酒你多喝点，这是长寿酒呢，中央电视台做的广告就是它。听说在南方卖疯了，紧缺时都二百块一瓶呢。母亲说喝它干吗呢。一瓶酒上百斤粮食呢。英男说不喝又省它干什么，你今天多喝点，在农村，怕十年八年也喝不上一口呢。大放听了，嗵的一声将酒瓶放到桌上，说你莫用老眼光看农村，再说，你我都不是从农村出来的。英男说你发什么神经，我跟妈说话碍你什么事呀！大放说不管是谁，只要说农村什么的我心里就有气，谁的祖宗不是老农民出身。大放妈见小两口顶起劲来，便打圆场说：莫说了，快把这红酒倒上，让我尝尝。大放听了忙给玻璃杯里倒满了宁夏红，说妈，我和英男再代表你孙女先给你敬一杯，母亲听了，满腔热情地端起杯子，让儿子媳妇碰了一下，一仰头，竟喝下半杯子，用舌头咂了咂余味，说这就是葡萄酒嘛，一点也不呛人。一仰头，又把剩下的半杯喝了。抹了把嘴，又说，这还真比葡萄酒好喝，再给我倒一杯。大放和英男见了，都舒心地笑了起来。

晚上，英男把女儿接了回来，大放妈见了欢喜得了不得，一把接过抱在怀里就未放过手，连尿布都是抱着换的。睡觉时，不顾大放英男劝阻，又搂着孙女早早睡了。大放冲着英男说，你看，真是可怜天下父母心啊。为人儿女做事可得要讲良心呢。英男听大放话里有话，问：你是什么意思，有话就说有屁就放。大放说我告诉你，妈从来就不喝酒。说毕，径自进了卧室，开着床头灯就睡了。一会儿，英男也跟了进来，脱了衣服，钻进被窝，推推大放，媚中含嗔地笑着说：怎么，心里难过，生气了是不。我这个人可是有嘴无心，你们不要小心眼儿哟。大放直直地盯住灯泡说，我是发愁呢。英男说什么事能让你这个乐天派犯愁啊，大放伸手指了指房门，英男就下去把门轻轻关上。大放说你知我妈这次来干什么？英男说看儿子和孙女呗。大放说你说的也对，不过我妈还想来借点钱。借钱？借多少？英男问。大放说是这么回事，家里想买台农用车，让弟弟来开，还差一万多块，妈就来了。英男说我们哪有这么多钱，贷款还差好几万呢。大放说妈来一趟，总不能让空手回去吧，你的折子上不是还有点钱吗，给妈五千吧。英男说不是说借吗，怎么又成了给啦。大放听英男话音里没有反对的意思，便忽地翻起身来，半压在英男身上说，这听你的，你说借就是借，你说给就是给。说着便伸手去握英男的乳房。英男抬手将他掀到一旁，说你少来这套。给？那么个穷家，给多少是个够呀。再说我们已经给了不少了，大节小节，都是几百，结婚时，你妈带来两千块钱，走时，你给带回去三千块，把礼钱都贴进去了。这回再给五千，那我们经济上什么时候才能喘过气呀。大放让英男说得有点气虚，又抚着她的肩膀说：我们这日子不是还过得去吗，再说……话没说完，英男也忽地翻了起来，手在被窝一搅，就将裤头提了出来，说过得去过得去，亏你还说过得去，你看现在城里谁家还穿打补丁的裤头，洗澡时我都羞得连衣服都不敢脱呢。大放见了英男的裤头，不由心里一热，说英男屈了你了，又打趣道，不过，我和娘子一块同甘共苦呢，你看，我的内裤不也打着补丁吗。

说着竟也将裤头褪了出来。英男睁着秀眼说，同甘共苦，你说我们凭什么和你家同甘共苦？你弟弟结婚，我们出了几千，你妹妹结婚，又是几千，现在又要买车，你说还有完没完呀。大放说你说的也对，不过谁让胡家有了你个贤惠的媳妇呢。英男说你少给我戴高帽子，反正这次不能给，要说借也只能借两千。说着又忽地躺下，翻了个身，给了大放一个脊背。

大放见英男这么个态度，想发火，又怕英男不依，更怕母亲听到，而且折子用的是英男的名字，由英男保管，搞僵了不行，便打定主意慢慢搞她。就悄声说道：看你小家子气，不借就不借嘛，也犯不着拿屁股搪塞人。说着就从后面贴了上去，英男说讨厌。大放嘻嘻地笑着说，你以为用屁股对我我就没办法呀。说着两手就握住了英男的双乳，英男挣扎了几下，也没挣脱，就躺着不再乱动，大放竟也在英男的挣扎中来了情绪，就从后面进入了。于是俩人都不再说话，集中精力聚精会神地做了起来，做了一会，英男便猫似的轻吟起来，大放吭哧着用讨好的口气说：英男，你舒服吧。英男微闭着双眼点点头，大放就做得更卖力了。事毕以后，大放扳过英男的身子，把英男搂在怀里，叹了一声说，现在啊，真是人比人气死人，你看妈为了那点钱大老远地从乡下跑来向儿子借，而我们为了还房贷还穿着打补丁的裤头，而那些大款一顿饭就成千上万，一场麻将输赢就好几万。有个银行的行长，为了泡台湾的一个女演员，一夜竟然给了她三十万港元，这个社会分配实在是不公。英男也颇有同感地附和说：这就是为什么现在生活这么好，老百姓还怨气冲天，是几只老鼠坏了一锅汤呢。大放又说：现在也确实是饿死胆小的，撑死胆大的，就拿我们群艺馆马导说吧，说实在的，他那水平连我都不如，几年都没导出一个好戏来。可人家就是有发财的胆、发财的命，前些年跑海南岛和俄罗斯混了几年，回来又开发了群艺馆那块地，嘿，现在人家是挎外国的"蜜"，坐奔驰的"的"，吸鬼子烟，喝威士忌。每天的花费都得好大几千元。可你猜怎么着，他当年下乡的那个村里有个患难朋友，是个文艺爱好者，常给我们写点小戏快板什么的，与我也熟，来找他借几万块钱，他嘴上虽然说是小意思，可就是光有声音没有图像，最后连面都不照，害得那个朋友在旅馆里住了一个星期，一分钱没借上还花了一大笔住宿费。临走那天，来向我辞行，我问他老马的钱借到了？他答非所问地给我讲了这么个笑话：说一个偶然的机会，乡下蚊子进城做客，晚间，城里人不是喷灭虫剂，就是挂蚊帐，蚊子很难下嘴。乡下蚊子飞呀飞呀，飞到一家商场，猛然见到几个赤身露体的俊男靓女，非常热情冲着它微笑，蚊子不知那是模特儿，以为是遇到了热心肠的好人，便扑上去叮，吸了半天，未吸出一滴血来，乡下蚊子不由得感叹：城里人啊，真是没有一点人味。讲毕，大放不由嘿嘿笑了起来，英男却一点反应也没有，大放便用劲捏了下英男的乳头问：怎么你睡啦？英男哎哟叫了一声，恼怒地说：笑什么笑，你妈又不是蚊子。

早上起来，母亲把大放叫到一旁，问：今晌午我就要走了，钱的事昨晚给你媳妇说啦？

大放哎呀一声说你看你看我这脑子，咋把这事忘了呢。不过妈你莫着急，中午下班回来，我一准把钱给你拿来。母亲一听脸色就沉了下来，说这么大的事你还能忘了，我给你姐夫说了后，他连夜就送来三千块钱，你呀，有你姐夫对我和你爸的一半孝心就行了。大放扮了个鬼脸咧嘴笑道：妈，甘蔗没有两头甜，我姐夫的娘也是这样对我姐夫说的。母亲听了，扑哧一笑说：你呀，油头滑嘴的，在你妈面前也没个正形。

母亲在大放中午下班前就走了，走时，口袋里装了整整五千块钱。她似乎很满意，在接过英男递来的五千块钱后，她竟然从口袋里掏出一卷钱来，说看我这记性，这些钱是我和你爸还有玉玉叔叔姑姑带给玉玉的，你给她买些好吃的。还有，我看你也没件像样的衣服，就用这钱去买一件。这几年家里事情多，拖累你们不少，妈心里有数，妈也是个要强的人，是实在没有办法才向你俩张口的，明年就好了，家里建了一间塑料大棚，再把车买上，收入要好几万呢，怕比你们还要强呢。说着不顾英男推托，硬把钱塞进她的口袋里。

英男听了，感动地说：妈，我们帮家里点忙是应该的，这里不用你们操心，家里只要把日子过好了，我们就放心了。

大放回来，见母亲走了，脸色阴得能拧出水来，说李英男，我突然想起罗休夫柯的一句话：他说了解人类全体比较容易，但了解人类中的个人却很困难。看来这真是至理名言呵。

英男知道大放的心思，心里觉得好笑，嘴上却说：胡大放，你又犯什么酸，是不是有什么想法啦！

大放朝沙发上一躺，又说：西塞罗说聪明人依理行事，领悟力较差的人凭经验，愚人凭需要，走兽凭本能。

英男听了感到既好笑又好气，一下扑过去捏着大放的腮帮说好你个胡大放，你这没心肺的东西，编着词儿骂我呢。大放被捏得疼痛，便也伸手去捏英男的脸，这么一闹就从英男的口袋里掉出个存折来。大放见了，心里一动，又是一热，便顺势把英男揽进怀里一顿亲吻，吻毕，两眼柔情地望着英男，英男也让大放这番爱抚软化了，低声慢语地说，怎么，你不骂我了。大放温情脉脉地说：英男，你知道吗？女人并不是因为美丽才可爱，而是因为可爱才美丽。英男娇嗔地说：大放你这个人呀，叫我怎么说，和你一起生活，痛苦起来痛苦得很，幸福起来又幸福得很，我都让你折腾得不知自己是谁了。大放戏谑地说，黄花闺女作嫁，本来就是自身难保嘛。再说，感觉不到痛苦的爱情不是真正的爱情，感觉不到幸福的婚姻，必是悲哀的婚姻，你既感觉到痛苦又感觉到幸福，这才叫完美的婚姻呢。你坚持到了老姑娘行列才献身给我，这不是缘分，是你有眼力呢。英男听了咯咯地笑着说，说你坏吧你还委屈，好像我那么大岁数不结婚就为了等你似的。大放神秘地一笑，给你说实话，我谈了那么多都没成，就是心里先有你，总拿别人和你比，把你那泼辣蛮横都当成优点了，你说到哪里再找第二个你这样的人呢？又用劲搂了英男一下，问：你给我说实话，你心里是不是以我为标准寻找白马王子的？英男听了矜持地一笑，说美得你。哦对了，我问你，那天你是怎么把我们经理制住的？自那以后，他对我可客气呢。大放狡黠地笑了笑，噗地亲了英男一口，拖着长音说娘子，把存折装好，我肚子饿了。英男让大放说得一愣，再一看存折果真掉在一旁，就戏谑地笑说，我说你大中午哪来这么多甜言蜜语，你这人真是实用得很呢。

日子过得真快，转眼就快到二○○一年年底了。英男在的那个公司要与别的公司合并，经理成了副手，员工也都实行竞聘上岗，听说要减掉几十个人。英男觉得自己有孩子拖累怕竞争不过别人，晚饭后就对大放说，你是不是再找找我们经理，让他关照一下。大放想了想说不行，自那天以后，我都两年没见过他，人家早把我忘了。再说他如今是副职，说了也不算，就不要给人家添麻烦了，你年龄不大，又有学历，能力也不差啥，不会有问题的。英男一听来了气，说副职又咋啦，我又不当官，他说句话还不行。我看你和他关系不一般，这么屁大的事还帮不了？

大放听了英男的话不由咧嘴大笑起来。英男恼火地说你笑什么，你老婆要下岗了你还笑得出。

大放说你不是还没有下岗吗，而且我敢打保票你绝对下不了岗，你纯粹是庸人自扰呢。我笑的是你说的屁事那两个字，我给你讲个绝对真实的笑话。上海有位小姐新婚燕尔，因新郎在喜宴上鸣放响屁一枚，新娘子不禁红颜一怒，羞愤之下毅然提出离婚，可见，人生在世，除了国事家事天下事之外，屁事也非同小可呢。

英男听了果真被逗笑了，说这个女的也真是，虽说放屁不能登大雅之堂，但上至皇帝老子下至贩夫走卒哪一个不放屁呢。正说着，英男自己不由得就跑出个细细的响屁来，大放还没笑话她，英男就扭过身子羞涩地咯咯笑了起来。没想，大放竟然以此屁来打趣她，还一本正经地说英男同志，你放个屁笑什么呢，真是刘姥姥进了大观园什么都稀奇。放屁是人类正常生理现象，是为了把肠腔内的污浊气体排出来，这样不仅让人觉得通体舒泰，而且对健康大有裨益呢，你现在是不是就有这种感觉啦？如有，那这屁就放对啦，有的同志喜欢憋着屁不放，虽然那废气会从肠腔回流而溶入血液进入肝肾，然后从尿中排出，但另一部分氢和氮则由肺部和皮肤排出，这种屁没气味，却会使肝肾增加负担，甚至能造成屁中毒呢。当然，打屁要注意场合，不然就会殃及四邻，那可要厕所里扔炸弹——引起共愤（粪）了。像你刚才的场合就选择得对，这叫被窝里打拳没外人，你还可以再鸣放一枚呢。

大放这番调侃，逗得英男哎哟哎哟地笑得差点喘不过气来。大放仍然不笑，还是一本正经地说：屁为何不吐芝兰之气而散恶臭之味呢，这在于它那近百种的成分，比如你刚才鸣放的那个……话没说完，英男笑得闪着泪花扑过来捂着他的嘴巴说妈呀笑死我了，一个屁就让你说了半天，那晚玉玉奶奶也放了好几个响屁呢，那你怎么说。大放也被英男这句话惹笑了，说你这是没眼的算卦——瞎说一气。我妈放屁你怎听到？英男说我怕她睡着了压着玉玉，那一夜就没睡着。

大放便连忙罢战，说算啦不谈这些屁事啦，今天上午我搬道具，把腰扭了一下，你给捶捶。说着趴到沙发上哼唧起来。英男忙过去掀起大放的衣服，又压又抚地仔细检查一番，见整个后背都很正常，就在大放指定的部位轻轻地捶了足有一刻钟，把大放舒服得一个劲地哼哼。英男柔声问：还痛不痛？大放答，不痛了。真的不痛？真的不痛。啪的一声，英男重重地在大放的屁股上扇了一巴掌，说那好，你去把碗洗了，刚才笑得我现在肚肠还疼呢。

到了年底，英男果真没有下岗，还被提升做了业务经理。另据知情人透露，大放因几篇政论文章和几篇文学作品引起市委领导的关注，群艺馆的节目也受到方方面面的好评，他不是回文化局做副局长就是到市文联做专职秘书长，副处级待遇。英男就劝大放说，折子上还有八九千块钱，你是不是在春节前到有关领导家里跑跑呢。大放说跑什么呀？英男说人家都说又跑又送提拔使用，就跑你那个副处级呗。大放说这副处级是你那几千块能跑下来的？现在那些掌权的，廉洁就廉洁得不得了，你一送就砸锅；贪婪就贪婪得不得了，你送条金牛去，他都敢拆了房门赶进去。英男说话是那么说，跑还是要跑，市委刘书记的小车司机我认识，就托托他怎样？人家都说他们是动班（扳）子揭盖子的货色呢。大放说算了吧，我们也别把那些传言当回事，也别把自己太作践了，古人都说人到无求品自高。如今都21世纪了，又过上这么好的日月，你说我们还跑那个官官干吗？那点钱留下买台电脑吧。英男想想爽快地说行，嫁鸡随鸡，嫁狗随狗，夫唱妇随，听你的，节前就买台电脑吧。

大放的电脑在二〇〇二年春节前却没买成。原因是两口子决定回两家老家去过春节，大放姿态高，先去了英男家，做主给了英男父母两千块钱，又散了好几百块压岁钱。初二又到了大放家，英男也表现得公平，也给了玉玉爷爷奶奶两千块钱，散了几百块的压岁钱。大年初十中午两口子回来后，整理大放母亲和英男母亲给玉玉做的衣帽时，发现那四千块钱竟然原封不动地包在两个纸包里，英男不由就红了眼睛。大放先是一怔，接着就强笑着说，我说你这个人是见钱眼红吧，才四千块钱你就流泪了，今后家里那塑料大棚效益上来，每年给我们万儿八千的，你怕要痛哭了吧。我看你现在不要良心发现了吧，走，买电脑去。

两口子带了钱把玉玉放到托儿所里，就上了街，看了几家电脑专卖店，不是嫌太贵就是嫌款式不好，这么转着转着就到了最大的电器超市，见好多人在一面告示牌前议论着房子什么的，经过那里时英男见同楼的小张也在那里，就把小张叫过来问是怎么回事，小张说咋啦，你们还不知道呀，是收房款的呀，我们那座楼的开发商又盖了十几万平方米的房子卖不出去，资金周转困难，为了回笼资金，他不知和银行达成什么交易，说如果在三月底前一次把贷款还清，就免去现欠款的百分之十。我那套房子贷款还有九万，我得想办法把它还了，一下子就少九千块呢。英男心里一动，想，自家这套房还有四万多元的贷款，要是还了，不也要少付四千多块吗？就对大放说，这电脑还是先别买了吧，回家合计合计，把那贷款也提前还了吧。大放说行，我也是这么想的，能少几千块钱呢。

俩人回到家里，怎么凑也就是一万块钱，想找别人借，又怕大新年的人家不愿借，自己也张不了口。要是不还吧错过了机会，就得多还四千多块钱，赶得上一个人半年的收入了。英男说我给我妈说说，看能不能借一点。大放说算了吧，你们家我们本来就没帮上什么忙，再说农村的日子都过得紧巴巴的，哪来那么多钱借人呢。英男说那我们就白欢喜一场啦？大放又想了一会说，走，找胡小宝去。英男说找他？怕不行吧，你都不理人家了，他还能借给你。大放说死马当活马医，试试看吧。

胡小宝原来是文化局的临时工，个子不高，却长了个圆滚滚小西瓜般的脑袋，脖子又特别细，以至稍一动弹，脑袋就颤悠悠地摇晃不定。在局里，谁都拿他当烂三对待，唯有胡大放对他好言好语，还叫到家里吃了几顿饭。有次，他不知从哪里弄来个瓷瓶，大放见瓶底有大清乾隆字样，就有点爱不释手。胡小宝见了，说，胡大哥你要是喜欢就送给你，大放一来是吃不准这东西从那里来的，二来自己也拿不定价值，出价多了，自己冤，出价少了占胡小宝这么个人的便宜，心里不痛快。就对他说：这个瓶说不定值个大价钱，你把他收好，哪天到文物市场去，多问几个价，谁家价高你卖给谁，要是真货的话，我估计少说也要值两三万呢。胡小宝一听，惊得舌头伸出老长，果真去了文物市场，第一个摊主就出价八千。也是他脑瓜子活，连转了两天都没出手，第三天就卖了三万。回来，给胡大放买了一大堆东西，说胡大哥你真是好人，要不是你，我哪来这发财的命呢。我这就回老家去，临时工也不干了，我们那穷山沟里这些有年头的破烂多着呢。胡小宝回老家不久，又倒腾来一些乱七八糟的东西，不到半年就大发了，自己买了房又开了间店面，成了市里的一个人物。成名后的胡小宝，吃喝嫖赌乱来，又娶了个叫小翠的坐台又出台的小姐做媳妇，说来也巧，小翠原先正好在群艺馆伴舞，因乱勾人被退掉了，后来在酒吧出台时被胡小宝看上就成了胡小宝的媳妇。自那以后，胡大放因厌恶胡小宝的人品，就断了来往，而胡小宝每次见了，却大哥长大哥短叫得很甜。

两口子到了胡小宝家门前，大放边按门铃边自我调侃道：这就叫马瘦毛长，人穷志短啊！

小宝不在家，开门的是小翠，小翠真可说是天生丽质光彩照人，嫁得却是一个奇丑的男人。小翠见是大放，惊讶得说是胡大哥胡老师呀，这是大嫂吧？真是稀客。热情地把大放英男让进客厅，又忙着到装在餐厅的家庭吧台上为俩人冲咖啡，英男悄声感叹道：真是一朵鲜花插在了牛粪上。大放会心地笑了笑说，牛粪有养料，插插也无妨，这叫取其一点不及其余呢。

小翠端来了咖啡，问：胡大哥你和嫂子来家里是不是有事呀？英男刚要开口，大放忙说没事没事，路过这里顺便来看看。

小翠说那谢大哥嫂子了，还这么惦记我们。又对英男说：嫂子，胡大哥真是好人，那阵子馆里坑我，走时连工资都不给我发，亏得大哥说了公道话，我这辈子都忘不了呢。

大放脆快了当地说这都是哪年的事啦，你还记着，其实那算不上什么大不了的事，我就是不说，馆里也会把工资给你的。

小翠还要搭话，大放两手在大腿上一撑站了起来说：好了，我们走了，有空和小宝到我那去玩。起步就往外走，小翠连声抱歉说，大哥你嫌我招待不周啊，怎么水也不喝一口就走了呢？英男也觉得过意不去，打着圆场说他就是这么个人，到哪里都坐不了五分钟，你莫在意。

出了小翠家，大放在额头击了一掌说，我真浑，怎么跑这里借钱呢。英男说到这里借钱又咋了，我看人家这钱比有些当官的钱干净多啦。大放没再接话，脸色显得很阴郁，英男莫名地有了心疼的感觉，就笑说：我看你来不完全是来借钱吧，听小翠那话，你当初也曾英雄救美呢。大放让英男说笑了，说她当初太过分了，大白天就和人家在道具室里胡搞，馆里有几个人还为她争风吃醋，就把她辞退了。英男说那工资也应该给人家呀。大放看了四周一眼，低声说那是副馆长没占上便宜报复小翠呢。英男说胡小宝找了这么好的媳妇，也算他有福分。

大放不以为然地说，不见得吧，小翠这种人正应了那句新三从四德：有钱则从，有貌则从，年少则从；吃得做不得，穿得动不得，胡小宝一旦败了家，她非跑不可。

俩人这么边走边说，不知不觉就到了自家的单元楼前。英男说你看，只顾说话了，走了好几里路呢。大放说走走也好，既锻炼了身体又省了钱。英男说你这一提钱我又想那还贷款的事，你说咋办呢？大放朗声说不还就不还吧，今后挣钱的路还长着呢，不必太在乎那几千块钱。英男说不行，这贷款一定得还，我就不信凭我俩的人品，还借不来三万块钱。我们再找熟人借去。大放也被英男的豪气感染，说行，那就出发，看胡某人这脸皮能值多少钱。俩人就又往外走。英男说打的吧，大放说不，就步行，心诚则灵，就算是去朝拜吧。就这么步行着先找了两位最要好的朋友，人家态度很诚恳，只是没钱，都说你们不用上火，这三万块钱包在我身上了，最多三天，给你弄好。出了这两家房门，英男却泄了气，说我看算了吧，他们两位都借不上，还能指望谁呢？大放说你莫灰心，最后的胜利往往存在于再坚持一下之中。再找几家看看，我就不信你我处的朋友都是穷光蛋。于是就又边走边借下去，第一家，就借了两万，第二家开口就问要多少？说手里正好有几万块钱准备去存呢。

借上了钱，两人脸上都是多云转晴，接着是一片阳光灿烂，英男说这半天工夫没白费了，等于挣四千多块钱呢。大放说三月份调整班子，我要真到文化局做副局长，这几万块钱的事电话上就办了。英男说得了吧，文化局是无钱无权的清水衙门，谁求你啊！正说着就被翘起的路砖绊得扑通栽到地上，疼得抱着左腿叫了起来。大放被吓了一跳，蹲下一看，英男的裤子都摔破了，估计肯定伤着皮肉。忙将英男拉起，拦了一辆出租，直奔家门。到了单元楼前，英男要自己走上去，大放说，你就让我表现表现吧，弯腰将英男抱起，腾腾腾直奔四楼，邻居们见了，啧啧地说看这两口子，多幸福，多浪漫。

进了房子后，英男双手还紧紧地勾着大放的脖子，大放笑着说你还赖着不下来呀。英男微闭双眼说，人家让你再表现一会呢。大放果真就抱着英男在房里转了起来，问：这样抱着你感到幸福吗？英男深情地说幸福。大放又问：那幸福是什么呢？英男歪着头边想边说。幸福就是做自己想做的事，比如我想让你抱着我，你抱了，我就感到幸福；还有幸福就是抛开尘世的喧嚣和纷扰，找一个属于自己的空间，品味一份唯有自己知晓的快乐。你说是这样吗？大放将脸贴了英男的脸一下，说我对幸福的理解没你这么抽象浪漫，我对幸福的理解就是实在、实用。我认为幸福与贫富无关，幸福与地位无关。幸福要靠感知，靠一颗豁达宽广的心情去品味，有了这种心情，你就会发现，幸福其实就在你的身边，在你的日常生活中，它是一种知足、淡泊、随遇而安，乐己所乐的心情。正如你刚才打的比方一样，我现在就感到很幸福，能抱着心爱的人并让她享受幸福，我难道不是最幸福的人吗！英男让大放说得热泪盈眶，动情地说大放你今天的表现最可爱了，你快把我放下吧，把你累坏了。大放说你今天的表现也最温柔了，像个撒娇的乖孩子呢，说着又在英男额头亲吻了一下，才将英男放到床上，说你先躺着，我给你倒杯水。刚到了厨房里，英男就大呼小叫地闯进来说都六点了，玉玉还在托儿所呢？快去接玉玉。大放听了，拍了下后脑勺，哎呀，看我们真浑，把孩子都忘接了，说着就蹿出房门，飞身下楼去了。

大放直到快八点了才抱着女儿回来，英男急得在房里拐着腿转圈圈。大放推门进来后，英男边接孩子边骂道：胡大放，你死哪里去了，这么晚才回来。大放赔着笑脸说对不起，我路过大刘那里被他媳妇拉进去评理了。大刘是英男的同事，两家关系也不错，英男听了就不再训斥大放，问大刘他们怎么啦。大放故意卖关子，笑说莫提莫提可把我笑死了，那两个活宝呀！英男边给孩子喂奶边催着：什么事让你都感到好笑呀，快说我听听。大放这才说道：大刘家雇了个油漆工，粉刷房子，大刘昨晚回家不注意把手印留在开关边的墙壁上，今天早上，他家属看见那块黑点，就对油漆工说，请你到卧室来，我要你看看昨晚我那口子摸过的地方。油漆工听了尴尬地说，大嫂你别这样，我害怕……英男听了放声大笑起来，泪水流了满脸。说这不会是你编的故事吧？大放一脸正经地说怎能呢，大概大刘那口子就是这么说的吧。英男说那这事你怎么去调解呀。大放说这本来也没什么事，谁知那个油漆工以为大刘那口子真要他看那个地方，吓得掉头就跑了。大刘下午回来看房子还没粉刷好就去找他，在门口无意中听到几个人在说他媳妇要勾引油漆工，而且目的是为赖掉工钱，就一脚踹开房门，进去就扇了那油漆工两耳光，油漆工抱屈，就把经过说了，大刘听了觉得恶心，跑回家不问青红皂白，打了老婆一顿，老婆也叫屈连天，要找人评理，结果就把我拉进去了。英男听了又笑了起来，说这事传出去非把人大牙笑掉不可，大刘那人又死要面子，两口子怕要闹一阵子呢。

大放听了，斜着眼，咧着嘴坏笑说：英男，你说为什么上帝把女人造得那么美丽却又那么愚蠢呢？

英男嘴角挂着嘲笑说，这个道理你还不懂，把我们造得美丽，你们男人才会爱我们，把我们造得愚蠢，我们才会爱你们。

大放听了，纵声大笑起来，说，说得好，有哲理，你给玉玉喂奶，我来做饭，炒两个菜，今天高兴，我们再喝它几杯吧。

饭菜上桌后，英男抱着孩子要走过去，大放小跑着过来说别动别动，有包机呢。两手朝英男大腿下一托，把母女一同托起来，又轻轻地放到椅子上，弯腰低头，伸着手说：夫人——请用餐。英男便喜不自禁地笑了起来，说，大放，别人家两口子的生活是不是也和我们一样啊。大放说那不一定，我的看法和那种流行的说法不一样，我认为不幸的生活是一样的，而幸福的生活却是五彩缤纷各不相同的。

　　吃完晚饭，已是九点多钟了，英男喝了几杯酒，脸色娇艳得花瓣似的。大放忍不住用手轻轻地拍了拍，说我今天出了三身汗，得用热水擦擦，你先睡吧。英男不解地问：出了三身汗？哪来的汗呀。大放夸张地捶着胸脯说：老婆呀你怎对老公的辛劳熟视无睹呢。我告诉这三身汗是何时出的吧。首先是你跌倒那一刹那，我被惊出一身冷汗，抱你上楼那阵子我被累出一身臭汗，跑去接玉玉出了一身热汗，你说这是不是出了三身汗呀！英男听了会心地笑说：要洗你就洗吧，不过别想好事哟。大放一只眼睛挤了挤说，我本来没想，让你这么一勾引，你怎么也得奖励我一下吧。英男说不过有个条件，你答应了再说。大放说，只要不是让我上九天揽月，下五洋捉鳖，什么条件我都答应。英男说好，那你把你说服我们经理留用我的经过给我说一说。大放沉吟了一会，又摇摇头说，你还是不知道的好，知道你会感到恶心，我也是去群艺馆的男厕所里碰到的，你就别再问了。英男不由哦了一声，整个人都惊呆了。

　　大放擦了澡，进到卧室，见英男已睡了，还有轻轻的鼾声，用手轻轻推了推，英男也没什么反应，想她一个女同志，跑了这么大半天，又跌了一跤，也实在是太累了，就悄悄脱了衣裤，贴着英男躺了下来，脑子里却没有一点睡意，乱七八糟的，一会儿想到少年时家里过的苦日子；一会儿想到父母都到了花甲之年，还脸朝黄土背朝天地操劳着；一会儿又想到自己为能省下四千块钱，四面撒网般地求人，而群艺馆这么个清贫毛毛单位，过年了还得从牙缝里抠出上万块钱来给头头拜年。要知道这笔钱原本是市里发的那几个剧目的奖金呀，这笔钱要是分给大伙，自己少说也得五百块吧？那要买多少鸡鱼肉蛋，买多少条裤头呀。接着便想到自己虽然也是一名公务员，出了单位却什么都不是，办什么事都得说上半天好话，还得有所表示，就连孩子上托儿所也得给阿姨送上二斤毛线，好像自己多有钱似的。其实自己日子一直过得紧巴巴的，上街买菜都拣便宜的挑，三块钱一盒的烟卷也戒了。由此又想到那些下岗工人特困户，他们在物资极度匮乏的年头里，虽然每月只有几十块钱的工资，但在工人阶级的大旗下日子过得有声有色，如今物质极大丰富了，国家实力增强了，人均收入也都翻了好几番，他们却灰溜溜地下岗了，连正常生活都维持不下去了。这是什么原因呢，是生活抛弃了他们，还是他们游戏了生活？唉——大放重重地叹了口气，自语道：人啊，活得也实在不容易！

没想英男不知什么时候醒了，柔声问，你叹什么气，是不是今天借钱的事伤你自尊啦？

大放说光明正大清清楚楚地借钱，有什么伤自尊的。

英男就不再说话，伸出一只手来，在大放胸脯上抚摸着，大放便也伸过一只手去，将英男搂了过来，说英男，我说句话你信不，我俩在大男大女的婚姻中，是最幸福的一对呢。英男没说话，却用头在大放胸脯上点了点，俩人这么温存一阵，大放就有了要求，说英男，我想要呢。英男说你能行吗，今天累了一天，睡吧。大放说能行，我今晚感觉最好了，说着就把英男搂在身下，刚进行几下，就见英男嘴里吸着冷气，把左腿也屈了起来，大放知道英男的腿摔伤后还没恢复好，就撑起身体，不想进行了。英男猜到了大放的心思，伸手把大放又紧紧地搂在身上，用一种视死如归的声音说你进行吧，我能行。大放听了心头一热，眼里就湿润起来，颤着嗓子说算了吧，明晚再……

原载《黄河文学》2005 年 1 期

有个女孩叫喜喜

　　喜喜从小就显得很特别，不合群，常常一个人默默地坐在一旁，双手托腮，两只黑葡萄般的眼睛茫然地看着前方，像是心如止水的智者，又像是个要洞察万事万物的小思想者。

　　叔叔阿姨们对喜喜的举动感到很有意思，说这孩子真特别，像个小大人。喜喜妈对喜喜的特别却一点也不觉得有意思，想这孩子莫不是脑子有毛病吧。因为她在怀喜喜时，悄悄吃过一次打胎药，于是喜喜妈心里便一千遍一万遍地咒骂喜喜爸你这头挨刀杀的驴，当初我要你坚持一下忍耐一下，可你偏偏就憋不住，没结婚就强行把那坏事给做了，我要打掉你又死活不同意，害得大喜那天肚子成了个安塞腰鼓，让人笑掉了大牙，这下可好，遭报应了吧。

　　喜喜妈对喜喜爸有了情绪，在喜喜爸来情绪时就时常以屁股对之，喜喜爸心中很是不悦，说好，我让你守贞洁，今后咱俩谁也别管谁。喜喜爸说过这话后，果真好多天不再要和喜喜妈幸福，喜喜妈心里就有点紧张，那天早上下夜班回来，果真在枕头上找到两根长发，喜喜妈不由心里一惊，对着镜子把那两根长发和自己的头发比了又比，越看越不像是自己的，于是喜喜妈不由得怒火中烧，继而涕泪俱下，在她诅咒喜喜爸第九百九十九遍后，喜喜爸下班进了家门，喜喜妈举着两根长发像举着尚方宝剑似的扑向了喜喜爸，开始，喜喜爸搞不清发生什么事情，待抵挡一番搞清了事由后，不由气得牙根发疼，两巴掌拍得喜喜妈鼻孔开花，喜喜妈感到受了天大的屈辱，一屁股坐到地上捶胸恸哭。就在这时，一件意想不到的事情发生了，平时里沉默寡语的喜喜从房间里走了出来，肩上背着书包，怀里抱着一包衣物，对她爸说：你怎能打我妈。又对她妈说：妈，我们到姥姥家去住。

喜喜的这番举动让喜喜爸、喜喜妈大吃一惊，在他俩心里，喜喜是个木讷没头脑没脾气的孩子，怎么今天突然就变了个人呢？喜喜爸和喜喜妈大睁着四只眼睛，直冲喜喜发愣，那神态仿佛在问：这个小丫头是我那没头脑的喜喜吗？

喜喜却不管爸妈的惊怔，抱着衣服径直出了房门，喜喜妈这才回过神来，骄傲地冲着喜喜爸瞪眼说：喜喜长大了，这个家由不得你胡作非为了。爬起来，响响地在屁股上拍了两下，腾腾腾地直奔娘家而去。

喜喜妈在娘家揭发控诉了喜喜爸这头老驴的罪恶后，就搂着喜喜又亲又咬，说我这闺女内秀，有主见。又说喜喜你快点长大吧，长大了一定比妈有出息，妈今后就靠你了，靠你爸那头驴是不中了。

可是喜喜姥爷对喜喜妈的哭诉却很不以为然，说世上本无事，庸人自扰之。喜喜妈不大听得懂，问：爸你这是什么意思，喜喜在一旁说姥爷说你是无事生非，无事找事呢。喜喜妈听了气得将头一掉，再也不同喜喜姥爷说话了。

喜喜妈在娘家住了三天，喜喜爸也没个反应，喜喜妈心里就莫名地发慌，第四天大清早，就带着喜喜闯进了家门，喜喜爸不在，喜喜妈就直奔卧室，拉开被子，在床单上枕头上搜寻起来，结果连半根头发丝也没找着，喜喜妈有点不甘心，对喜喜说：上次我上了一个夜班，床上就掉了两根头发，这次我三天没在，怎连一根头发也没找着呢，喜喜忽闪着黑葡萄般的大眼点点头，又摇摇头，忽地跳起来拍着手说：哇，爸爸真无耻，他是找了个秃头女人啊！

喜喜妈听了喜喜的话，心里先是一愣，继而一动，接着哈哈笑了起来，笑毕，猛地将喜喜搂到怀里，酣畅淋漓地大哭起来。

到了20世纪末，喜喜已出落成一个亭亭玉立的大姑娘，和她同年龄的女孩子大都结了婚，喜喜却不为所动，还是沉默少语，喜欢独处，两只黑葡萄似的大眼睛一如往前地凝视着前方的某一处，只是清秀的脸上多了几分忧伤。还有就是喜欢上了琼瑶的电视剧，常为剧中那些并不可信的痴情男女洒下一掬一掬的泪水，让早已和好如初的爸爸妈妈心疼得打战。

喜喜这种让人看起来很另类的性格，在许多大男人小男人眼里真是魅力无穷，他们私下议论说喜喜的气质简直是空前绝后，于是就有几个自认为是帅哥的向喜喜大献殷勤，可是几番接触下来，一个个皆无功而返，这原因除了喜喜妈把喜喜作为奇货要待价而沽外，更主要的原因是喜喜对这些帅哥连正眼都不看，帅哥们怀里那颗火热的心没想碰上一块冰坨坨，那种垂头丧气就不用说了。事后，当他们在一起探讨缘由时，得出的结论竟同许多年前喜喜妈的看法一样，喜喜的头脑莫不是有毛病吧，不然怎能这样又怪又傻呢。帅哥们的议论传到喜喜妈耳朵里时，喜喜妈生气得很，因为她清楚喜喜的脑子一点问题也没有，喜喜是凡事心中都有数的，喜喜是真聪明。喜喜对帅哥们的议论很大度，在一次聚会上，她破天荒地谈起了爱情，说爱是虚的，缘才是实实在在的，还有，女人不是因为美丽才可爱，而是因为可爱才美丽，在座的青年人听了惊叹得直嚷嚷，说喜喜你从今后就是我们心中的女神了，我们实在是太崇拜你了。

喜喜小姨听到喜喜这番话后，对喜喜说，你对爱情太理想化了，你还年轻，其实你根本不懂得爱情，说白了，就是你根本不懂得男人，你是中琼瑶的毒太深了。

其实你仔细想想，琼瑶笔下的那些青春男女哪一个不是俊男靓女，一个比一个漂亮，如果是丑八怪，能爱得起来吗！

喜喜对小姨的经验之谈只是抿嘴一笑，一句话也不说，小姨叹口气说，你不听小姨言，吃亏在眼前呢。

小姨走后，喜喜对她妈说：看小姨把爱情说得血淋淋的，喜喜妈也叹口气说，你知道什么呀，你姨夫这几天正和你小姨闹离婚呢，还打了几架。

喜喜听了很吃惊，问，这是真的？喜喜妈说你姨夫和他宾馆里的部主任好上了，那个女的既年轻又漂亮，听说都怀上了。

喜喜更吃惊了，哇的一声坐在沙发上直发呆，好一会儿又突然说道：小姨活得真没劲。

小姨果真协议离婚了，当天晚上，已经不是姨夫的姨夫竟跑到喜喜家，抹着泪水哀求喜喜妈劝小姨不要另找，说他离婚也是被逼的，那个女的姑夫是局长，要是不离他宾馆经理的位子就要保不住了，而且还要被定个强奸罪。他打算和那个女的拖上一两年，她姑夫就到线了，那时再和喜喜小姨复婚。

喜喜妈肺都快气炸了，把前妹夫骂了个狗血喷头后，赶了出去。喜喜爸好似起了恻隐之心，在一旁不住地长吁短叹。喜喜妈看他那个样子，心里十二分地恼火，先是摔东西，后来又说喜喜爸心里也有鬼。喜喜爸接受不了，委屈地对喜喜说：喜喜，你看你妈——谁知，喜喜扑闪着黑眼睛，摇着他的胳膊，问：爸，男人真的都不可靠吗？喜喜爸被问了个大红脸，不好意思地说，看你这丫头，哪有这么跟爸爸说话的。

小姨离婚后，把家里那台电脑送给了喜喜，喜喜很快迷上了上网，对网上那些自称为勇士、金刚、帅哥的网友，喜喜觉得很无聊，很没劲，交流上一两次就再也不搭理他们，后来喜喜在网上的聊天室里发现了一个自称为"孤独的男孩"时，出于好奇，她点击了他，并和他交谈起来。他说他毕业于一家名牌大学，现在是某设计院的一名管理干部。他很健谈，知识很丰富，而且每一句话都那么妥帖得体，没有一点张扬的痕迹，他和喜喜不知不觉聊了很长时间，而完全忘了自己曾经是个"孤独的男孩"。

喜喜和"孤独的男孩"渐渐加深了了解，几乎天天都要上网和他聊天，她觉得已经离不开他了。"孤独的男孩"也非常喜欢喜喜，在他生日前的一天晚上，在网上用了整整两个小时的时间，恳求喜喜莅临他的生日宴会，喜喜是个十分谨慎的女孩，几次在心软时又咬紧牙关谢绝了"孤独的男孩"的请求，在"孤独的男孩"发出空虚的心灵里蓄满了失望的泪水伤感时，喜喜终于答应给他寄一张照片去。当晚，喜喜打开相册。一遍遍地挑选着，最终挑出一张侧影照来，在决定寄这张照片时，喜喜心里一动，嘴角露出狡黠的笑意来。照片的效果很美，如瀑的秀发，纤巧妩媚的脸形，白色的连衣裙，玲珑苗条的身材，姿态优雅地立在一棵垂柳旁。第二天，当喜喜把信件放进邮筒时，昨天晚上那种狡黠的笑意竟又浮现在她的嘴角上。

"孤独的男孩"在收到喜喜那封装着照片但没地址的信后，在网上用了这样的话来回应她：孤独的男孩这辈子将注定百年孤独。喜喜看到后，激动得脸色绯红。

于是，他们由此谈起了爱情。幸福中的喜喜问"孤独的男孩"择偶的标准是什么。

"孤独的男孩"说不唯财不唯貌，只求心灵上的共鸣。

喜喜看到这些让鬼神感动的文字时，幸福得快要昏过去了。在周六晚上，她主动地约"孤独的男孩"在一个很浪漫、很朦胧、很有情调的小酒吧见面，"孤独的男孩"如约而至，一眼就感觉到墙角那张放着水仙的桌旁那位美丽的侧影就是深刻在心底的她。而喜喜在"孤独的男孩"刚跨进门槛时眼睛也为之一亮。"孤独的男孩"面对喜喜美妙绝伦的侧影，如梦一样地轻轻唤着喜喜的名字。喜喜仍侧着身子，也轻声问道：你真的爱我吗？"孤独的男孩"颤声道：是的，亲爱的，今生今世你是我的唯一。喜喜听了，缓缓地转过身来，缓缓地抬起头来。刹那间"孤独的男孩"如同雷击般地惊怔了，嘴角也扭曲起来，喜喜的右眼角下的脸颊上竟然凸着一道蚯蚓似的疤痕，十分的丑陋。在橘黄色的灯光下，那道疤痕仿佛在缓缓地蠕动。

"孤独的男孩"低下头，不再说一句话。喜喜轻轻叹了口气，说：你还爱我吗？

"孤独的男孩"沉默了一会，抬起头，眼睛看着墙壁说，对不起，家里为我找了一位研究生，父命难违，你如没有什么事情，那我先走了。

喜喜听了，凄然笑了一声，先他站了起来，抹了一下头发和脸颊，侧着身子，对他说：你我相识一场，这给你当作纪念吧，随手递给他一个物品，快步走了出去。

"孤独的男孩"目送喜喜款款的靓影离去后，如释重负地吁了口气，他展开手掌一看，喜喜留下的纪念品，原来是一小块软胶泥，他对喜喜这种莫名的举动摇摇头，宽容地笑着随手用一种优雅的姿势将软胶泥扔向一旁的垃圾桶，当软胶泥划开橘黄色的光晕，撞在桶檐上，又抖动着掉到地面时，"孤独的男孩"那宽容的笑意陡然凝固起来，他飞身扑向软胶泥，双手捡起，冲到酒吧门口，对着街上五颜六色的灯光和熙攘的人群，狼般嚎叫起来。

喜喜病了一场，病好后，再也不玩电脑了，人也变得很忧郁，话说得更少了。只有和小姨及几个好朋友在一起时，她的话才会多起来，才会难得地露出笑脸，但却总是提一些诸如人生的意义是什么、什么样的爱情才是爱情而不是婚姻、现代女孩的自我是什么等等让人既不感兴趣又说不清道不明的问题。一次小姨看着喜喜那蓄满了渴望而又迷惘的眼神，心疼地对她说：喜喜，小姨是过来人，小姨知道你的心思。小姨劝你不要相信什么狗屁爱情，那是骗人的空的，婚姻才是实的，结婚了身心有了依靠，也有人为你挡风挡雨，我看找个合适的结婚吧。

听了小姨的话，喜喜沉思了一会，自语道：难道婚姻是爱情的归宿吗？那为什么她不是一棵越长越大的大树，而是一片割了一茬又一茬的庄稼；为什么不是一坛越放越醇的美酒，而是一块经不起日月打磨的宝石呢？

喜喜的话触动小姨的痛处，小姨叹了口气，眼睛也红了起来，说：喜喜，你说的也许有道理，不过像你这样追求完美的女孩子，在生活中怕是要碰壁的，小姨还是劝你不要认死理，那样会吃亏的。

对小姨的劝告，喜喜只是扑闪着眼睛，一副无可奉告的样子，小姨只好无奈地摇摇头，走了。

小姨走后没几天，喜喜就下岗了。本来喜喜是下不了岗的，她所在的部门七个人，新来的领导说人多了，要安排三个下岗，就一个一个找他们谈话，说了许多竞争上岗优胜劣汰的道理，听得大家心里惶惶的，喜喜这时候无意间发现同事们跑领导房间的次数多了，打扫卫生什么的也比往日积极了，还听说有几个在晚上去了领导家。喜喜对此抱着一副漠然的态度，因为她对自己很自信，一是业务精又年轻，二是新领导在三天时间找她谈了两次，每次都很关心她的去留。喜喜想，既然领导这么关心自己，那肯定不会下岗。

在决定下岗去留人员名单的前一天下午，领导在下班时又把喜喜叫进了办公室，领导说喜喜你对下岗的事情想好没有？喜喜说我没怎么想。领导笑着问那你想不想下岗？喜喜也笑着说我又不是傻瓜，我怎能想要下岗呢。领导说不想下岗就好，那你想过怎样才能不下岗呢？喜喜说好好工作呗。领导说就这些？喜喜说就这些。领导摇摇头，说喜喜仅有这些是不够的，你这么年轻，这么漂亮，脑子怎么就这么不开窍呢。说毕，眼睛就盯着喜喜的胸脯看。喜喜被看得有点不好意思，就站起来说：要是没事我回家了，领导便也站起来说，你再想想，想好了今晚给我打电话。不过就是下岗了也没什么关系，我还可以设法让你再回来。

喜喜回到家，看见爸爸靠在沙发上看电视，妈妈在做饭，喜喜问道：爸，你说男人真没一个好的吗？

喜喜爸让问得一愣，生气地说，看你这丫头，哪有女儿老是问爸爸这话的。

喜喜妈听到了不由笑了起来，探出头对喜喜说：喜喜，你听说有不吃羊的狼吗？

喜喜果真下了岗，让喜喜吃惊的是下岗的并不是三个人，只有她一个。同事徐大姐说：喜喜，你下岗了，证明你是个好女孩。领导也打来电话说，你虽然下岗了，还是我们单位人，有什么想法随时都可告诉我。喜喜说我没什么想法，反正我不下别人就要下。领导听了便把电话挂了。喜喜便也通过同学买梅的关系进了百乐园做了吧台服务员。

百乐园是买梅爸爸办的。买老板人称"买帮办"，很有名望，尽管是腰缠万贯的大老板，可对人却是格外的随和，且有一副热心肠，只要有求于他，不分贫贱，都尽力帮你去办，博得了上下称誉的口碑，他的百乐园的生意也就格外兴隆，餐厅、舞厅、多功能娱乐厅的客人几乎天天爆满，却从未发生什么大不了的事情。公安和综合治理部门每年都要给百乐园发几个硕大的铜牌，被买老板恭敬地挂在大厅，使人一进门就产生一种很强的安全感。而买老板也很给执法部门争脸，除了守法经营外，每年都要给执法部门捐些款子，搞什么警民共建活动，很热烈，很风光。

喜喜到百乐园上班时，买老板刚刚被公安局聘为警风警纪监督员，是个管穿制服的厉害角色。买老板把喜喜叫到办公室里，当着女儿买梅的面说：喜喜你是叔看着长大的，你下岗的事叔知道。你是个好孩子。当初没有你买梅也上不了高中。不过叔给你说句实话，这个地方不适合你，你凡事多长个心眼儿，能干就干下去，不能干叔帮你想办法。不过，你不论看到什么，听到什么，都不能给叔乱说，那样可就毁了叔的半世英名了。

买老板的话听得喜喜心里迷惑，待她在吧台里一站，就全明白了买叔的话意。

上班的当天晚上，就来了两个穿制服的冲着她色眯眯地笑，对领班说，等会儿让这小姐来陪陪我们。领班可能受过买老板的吩咐，说哥们这不行，这是买老板侄女。穿制服的一怔，忙说对不起，对不起，又盯了喜喜一眼，摇摇头，遗憾地进了包厢。

在后来的日子里，点名要喜喜作陪的客人几乎每天都有好几次，搞得喜喜心里惶惶的，就产生了离开百乐园的念头。而就在这时，喜喜又无意间发现了这样一件事情：那天晚上，来了一个很帅气的中年人，带着一位长得很清纯的女孩，中年人到吧台对酒保说：等会送饮料时关照一下。酒保看来和中年人很熟，笑嘻嘻地说放心，暗号照旧。喜喜听了很纳闷，就留意酒保的举动，一会儿他看见酒保竟用针管向罐装饮料里注射什么，又亲自给中年人送去。过了不到一个小时，就见中年人和那位女孩半搂半抱着向楼上客房走去，女孩不停地浪笑着，显得很风骚，与刚进来时那副清纯的模样判若两人。喜喜这时便明白了酒保用针管向饮料注射的是什么。喜喜不由对酒保产生一种愤怒，再看酒保越看越像个坏人。当即喜喜就打定主意，把酒保的恶行报告给买叔。

喜喜离了吧台，径直去了买老板的办公室。买老板正在埋头看报学习，喜喜敬佩地说买叔天这么晚了你还在学习呀，买老板放下报纸，笑眯眯地说：买叔这虽然是私营企业，可也要认真学习研究党的方针政策呢，不然企业就搞不好呢。喜喜听了，反身关上房门，压着嗓子说，买叔，我给你说件事，酒保他，他用针管往……

喜喜看你这孩子，不在吧台上班跑来就给我说这事呀。酒保用针管那是为了调酒啊。买老板打断喜喜的话说。

喜喜听了着急地说，买叔，不是的，他不是调酒，是……

好啦，好啦。买老板拉下脸，说：喜喜你到我这里干才几天呀，怎么就想惹是非呀？当初我是怎么给你说的，我不是叮嘱你不论看到什么，听到什么都当作什么都不知道吗？你还年轻，不懂事，你要知道乱说要犯诬陷罪呢。这话要让酒保知道，那是个混混子，你祸就惹大了。好吧，你什么也没看到，叔什么也都没听到，回吧台去吧。

喜喜疑惑而又无奈地返回吧台时，见酒保正在放电话。放下电话酒保端起一大玻璃杯白酒就往肚里灌，灌完了两只眼睛恶恶地盯着喜喜说：喜喜，我独眼龙眼里揉不进半粒沙子的。

喜喜听了心里发毛，讨好地说酒保大哥，你两只眼睛不是好好的吗？酒保阴阴地说：我有只眼睛是随时准备被人挖的。说着又灌了一大杯白酒。

喜喜不由心惊胆战起来。到晚上十二点下班时，酒保红着眼睛对喜喜说：喜喜，你知道买老板为什么叫你站吧台吗？喜喜摇摇头。酒保伸手在喜喜脸上捏了一把说，还不是你条子好盘儿靓，招人喜欢嘛。你今后可要把嘴闭紧了，不然，冷不丁黑路上蹿出几个小流氓来，那你可……哈哈哈，酒保邪恶地大笑起来。

喜喜让酒保吓得不敢走回去，在百乐园门口叫了辆出租。爸爸给她开门时打趣道：哟，我们喜喜也成了富姐了。喜喜妈也没睡，听了，白了喜喜爸一眼，看你这当爸的说的什么话。

喜喜对爸妈的话仿佛没有听见，软软地靠在墙上，问：爸，是不是有钱的没什么好人哪。喜喜爸又被问得一愣，说这怎么说呢，一时半时也说不清。喜喜妈接话说，这有什么说不清的，你没听说为富不仁吗。喜喜一听笑了起来，说妈你真伟大，总是一句中的，不过我心里还有点接受不了呢。

第二天喜喜没去百乐园上班，晚上买梅来看喜喜，见喜喜脸色很憔悴，眼睛也不那么黑亮水灵了。买梅拉着喜喜的手，红着脸说：喜喜，百乐园确实不适合你这样的女孩子，我爸说他再给你介绍个好单位。喜喜听了忙说，不用了，不用了。单位我已找好了。买梅不相信，问：那是什么单位？喜喜说我上班时你就知道了。买梅不好再问。从手包里拿出一个信封说：我把你在百乐园的工资带来了。喜喜说：我不要，我不要了，你带回去吧。买梅听了生气了，说喜喜你咋了，是嫌这钱不干净呀，还是你在百乐园发现什么大不了的事情？我告诉你，其实你什么都没看见。因为，你能看见的事情就算不上事情了。

买梅这番话，喜喜听到惊讶得像挨了一个闷棍，连眼神都直了。买梅见了，揉着喜喜的手，真诚地说：喜喜我知道你是个理想主义者，可你要知道，当下理想主义是行不通的。说完，连招呼也没打就走了。

喜喜为了不再麻烦买叔买老板，为了不再想起那件让她愤怒又恶心的事情，也为了躲避酒保所说的路上可能出现的那几个小流氓，喜喜决定到南方打工。喜喜说出自己的打算时，亲友们无不大吃一惊，认为她是说笑话，因为在他们心里，喜喜还是那个闪着两只黑葡萄似的眼睛，双手托腮，茫然呆视的文静女孩儿。这样缺少勇气、缺少活力、软绵绵的女孩儿怎能到南方那种地方打工呢。不过惊诧归惊诧，喜喜去南方打工确是笃定的事情。喜喜爸妈未能阻止喜喜南行后，只得含泪将喜喜送上南方去的火车，火车启动时，喜喜趴在车窗边喊了声爸、妈就哭了起来，喜喜爸伤感地说：都怪我们太穷，不然孩子也不会一个人出外打工了。喜喜妈听了，抹了把泪水，呸地吐了喜喜爸一口，说，你就知道挣钱、挣钱。孩子是去挣钱吗？她是去找出路啊。我可怜的女儿啊。喜喜妈号啕大哭起来。

喜喜出来后一头就扎到珠海，去了几家公司，大公司的人态度很冷淡，喜喜知道这是没看上自己的学历。小公司的老板都很热情，有的甚至连起码的了解都免了，就点头让喜喜去上班。还有一个年纪已不年轻的经理一个劲地夸喜喜好靓，说在珠海像你这样清纯的女孩子已不多见了。喜喜听了就想起了为富不仁那句话来，就有了一种遇到打劫的感觉，也顾不上礼节了，起身就往外走，竟一头撞到玻璃门上，惹得公司里的男女哄笑起来。有了这次教训，喜喜打定主意不去私人公司应聘了，专门找国有公司去询问，果真还让她找到了一家做土特产的国有公司，而且经理竟然是她不算太远的老乡，更让喜喜高兴的是经理还是位极有修养极有风度的慈祥长者，面孔极像那个在全国极有名望的大作家，一见就让人产生信赖感，觉得亲切。一次喜喜在无人在场时对经理叫了声叔，经理听了高兴地露出慈爱的笑容来，喜喜为经理的笑容所感动，情不自禁地和经理谈起了人生、生活、理想和心中的苦闷、迷惘、惶惑。

经理听了喜喜的倾诉后，用手掌摸摸头发，一针见血地给喜喜指出她患了一种现代城市女孩的焦虑症，起因是对事业、对人生、对生活的定位不正确，陷入了由自身设定的怪圈，不知道该做什么，怎么做，以致迷失了生活的坐标。

经理这些独到精辟的见解，如同一阵清风，拂走了长期以来沉积于喜喜心底的迷惘，喜喜的心情豁然开朗起来，喜喜的脸上露出了少有的春花般灿烂的笑容。经理也为喜喜的表情感染了，他疼爱地拍拍喜喜的脸颊连声说傻姑娘，你真是个傻姑娘呀。

喜喜在公司里受到经理无微不至的关照，诸如早饭要吃饱，午饭要吃好，晚饭要吃少，以及夜里睡觉要盖毛巾被小心着凉等等生活小事都替她想到了。喜喜感到很幸福，很温暖，总想对经理回报点什么。后来喜喜了解到经理的家眷不在珠海，对经理也就分外关心起来，经理很开心，常常拍着喜喜的肩膀说我要有你这么个闺女就好了。

这天喜喜了解到经理的一个小秘密，上午下班时对经理说：我下午请半天假，再请你下午7点去我房里。经理听了不解地问，有什么事情吗？喜喜神秘地说你就别问了，你今晚务必去，我保证给你一个惊喜。

喜喜走后，经理陷入了沉思，因为通过一段时间的观察发现，喜喜是个极内向极爱思索不爱热闹的女孩，她约自己去她租住的房里，能给自己一个什么样的惊喜呢？

经理做了许多种猜测，最后归结到一个猜测上来。经理就摇摇头，笑了笑，又摇摇头，又笑了笑，最后经理嘴里嘟囔一句什么，脸色都变了。

晚上7点时，经理来到喜喜的房前，喜喜正在门口等着经理，见经理来了，喜喜把头转向房里，好像是喊了声，然后小跑着过来，把经理迎到外间的客厅里。经理见喜喜的脸色红艳艳的露着含蓄的微笑，穿着也很华丽，一改平日那种古板的高雅，便歪着头问道：喜喜，你不是说要给我一个惊喜吗？是什么惊喜呀？喜喜笑着说你先坐下来等一会儿，我去卧室准备一下，保证给你一个惊喜。说着喜喜就进了卧室，关门前还俏皮地向经理眨了眨黑眼睛。

经理坐在沙发上，觉得喜喜刚才那眼神特媚，那衣着特温馨，经理的脸色便又变了，嘴又嘟囔了一句什么，经理一看表，喜喜进卧室已有两分钟了，经理冲着卧室喊喜喜、喜喜。房子里一片宁静。经理又喊喜喜，你不出来我进去了，卧室里便传来一阵簌簌的声音，似衣裙在摆动。经理浑身不由燥热起来，伸手便扯下领带，脱下西装……

祝你生日快乐，祝你生日快乐……突然房子里响起歌声来，卧室房也随之呼啦一声打开，喜喜手捧一个硕大的蛋糕和公司的几名青工齐唱着生日赞歌，满脸笑容正欲跨出门槛来，但是，刹那间歌声和笑容都凝固了，客厅里，似半截木头般戳着仅穿着一条三角花裤头的经理……

喜喜手中的蛋糕哗啦一声撞在地板上，眼前飞溅起一片五彩缤纷的迷茫……

原载《佛山文艺》2001 年 11 期

陈小妮的愧疚

陈小妮那好看的樱桃小嘴都咬出了血，那血红殷殷的，从下嘴唇珍珠般一颗一颗沁出来，在她乖巧的下颌上弹了一下，打着滚往地下掉。看得人惊心动魄地疼。

陈小妮的嘴是自己咬破的。

陈小妮的脸色白里泛青，是惨白的那一种，那双平时泛着秋水的秀眼里跃动着湿漉漉的火苗。她脚步凌乱地出了保健院，边走边拿出粉红色的手机，也不顾周围来来往往的人流，气急败坏地大骂：刘小明，你个伪君子、臭流氓，我饶不了你！骂着骂着，那湿漉漉的火苗就一束束地蹿出了眼窝。

手机那头，刘小明被骂得云天雾地不明就里，着急地问：小妮，怎么啦？小妮圆睁秀眼，恶声说：不要装了，我跟你没完。啪的一声，竟关了手机。

陈小妮是在早上上班的路上觉得有问题的，是痒痒的那种，还带点微微的刺痛，陈小妮就想到那种病，先是紧张，想想又很释然，自己怎么会得那种病呢？真是神经过敏。可是走了不到几十米路，就痒痒得受不了，几次想用手去抓挠减轻点痛苦，偏她又很淑女，众目睽睽之下，实难下手，只好强忍着，好容易挨到了公共汽车上，趁着人群的拥挤，用手狠狠地抓挠了一番，这才感到好受一点。

到了单位，放下坤包，陈小妮就急急进了卫生间，仔细检查一番，见上面有些细小泛红色的疱疹般的东西，陈小妮就慌了，嘴里一个劲地念着不可能不可能根本不可能。自己从没做过什么出格的事，刘小明更是对自己忠贞不贰。再说俩人结婚只有两年多，正恩爱着呢，他怎么也不可能染上这种病？说不定是其他炎症吧。想是这么想，出了卫生间，给同室的张可可打了声招呼，还是奔了保健院，大夫一检查，问也没问就说你们这些年轻人啊，一点都不知道自爱。陈小妮听了头皮都麻了，心存侥幸地问大夫我这是怎么啦？大夫没好气地说：性病。陈小妮听了脸色一下变得惨白，用哭声说不可能的，我从没做过那种事情，怎么会得这种病呢？大夫见了陈小妮气急败坏的样子，用疑惑的眼神看了看她，扑哧笑了起来，说你结婚了吧？结婚之人哪有不做那事的。陈小妮说我不是那个意思，我是说我从没做过出格的事情。大夫说我相信你说的话，不过这种病传染渠道很多，最常见的是性生活传染。大夫说到这里，突然又问，你爱人是干什么的，是当官的还是老板？陈小妮说他是人事局普通干部，很本分的，莫非是他？大夫忙解释说我不是那个意思，我是说这种病传染渠道很多，他也应该做个检查。又安慰陈小妮说你这病属轻微初发，我给你开点药，几天就好了。

大夫的话不但没有减轻陈小妮的心理负担，反而使她对刘小明产生了一种怨恨，她边取药边咬着嘴唇暗想：这个臭流氓，怪不得一见张可可那货就嬉皮笑脸的发贱，这次怎么也不能饶了他，非让我弟狠狠揍他一顿。

陈小妮离开保健站没有去单位，径直回了娘家，进了门就倒在沙发上放声大哭，老妈吓坏了，问你这是怎么啦，有人欺负你啦？你告诉妈，妈给你做主。

老母亲的关爱让陈小妮感到更加委屈，哭得愈发伤心。老妈急了，先是骂陈小妮老爸那个老东西，奔六十的人了，还花心，为图个摸摸人家手拍拍人家屁股的小便宜，退休了有清福不享，却整天和那几个老妖婆混在一起，教她们打什么狗屁门球。骂毕，就要给在省武术队的儿子打电话，让他回来替姐姐讨个公道。

陈小妮在母亲的絮叨中得到了安慰，情绪也稳定了，想自己也可能是委屈刘小明了，听说母亲要给弟弟打电话，便坐了起来，抹了把泪水说：妈，我没有什么，就是心里有点烦，想哭。

老妈听了，盯了陈小妮一眼，坐到沙发上，搂着陈小妮说：你肯定有不顺心的事，你给妈说实话，我帮你拿拿主意。陈小妮说真的没什么，我就是想哭。老妈见她不说，就拉着脸说：你不说妈可要说了，你肯定是和小明闹矛盾了，我给你说小明可是个好孩子，忠厚老实，对你百依百顺，你不要太任性了，遇事也要让着他一些。陈小妮点点头说我知道，你莫操心了。

陈小妮离开母亲后到街心公园里静心坐了一会，想了好多心思，离开时脸色已很平和，嘴角上似乎还带着几丝狡黠的笑意。

陈小妮在下班前回到了单位。张可可不在，桌上放着她留下的字条：小妮：小明打你手机，未接通他很着急。另，郑局长和马队长也找你。

陈小妮看着张可可的留言，一人在办公室里发起呆来，她本来就认为自己的病是刘小明传染的，而且和张可可有关。因为半个月前在和刘小明做爱时，刘小明曾说过他怀疑张可可可能有妇科病的话，陈小妮当时正在潮头上，只顾咬刘小明的肩头，也没往心里去。从那以后，刘小明再没有要求过。今天一查出这种病来，陈小妮就动了心思。刘小明与张可可算得上是青梅竹马，据说俩人彼此倾慕过，后来陈小妮的初中老师，现在的人事局帅克局长做媒，将陈小妮介绍给了刘小明，俩人在 2002 年国庆长假时结了姻缘，张可可今年都二十八了，还是孑然一身。从她平时的神情看，似乎对刘小明还是一往情深，而刘小明对张可可也是呵护有加，不然，张可可有妇科病刘小明怎么知道呢？这事我一定要弄个清楚。正想着，刘小明来了。

陈小妮的工作单位是市城管局下设的二级单位，叫市容管理局，与人事局隔着两条街，陈小妮给刘小明打手机时，他正陪着帅克局长在科委考察人事，帅局长和一位看起来很熟悉的女同志谈话时，让刘小明回避一下，他刚出了房门就接到了陈小妮的电话，心里急坏了，想去找她又不好向帅局长请假，只得在科委的小院里转圈圈。帅局长和那位女同志的谈话足足进行了一个半小时，女同志离开后帅局长就把刘小明叫进房里，语重心长地教导一番，意思是他的工作可能要变动到市政府，局里的班子也要动，要刘小明多努力努力，他也好对陈小妮有个交代。临了还特意加了一句：说句出原则的话，小妮是我的学生，我可是爱屋及乌呦。帅局长的关爱，让刘小明很感动，想到自己加入党组织也是帅局长介绍的，心里对帅局长就更多了几分亲切和敬意。一再表示要用党员标准严格要求自己，努力做好工作，不辜负组织和帅局长的期望。两人就这么一直聊到了下班时候，科委的人留帅克局长吃午饭，刘小明便找了个借口打的直奔市容局。

陈小妮见刘小明来了，忽然想哭。但还是忍住了。刘小明就抚着陈小妮的肩头说出什么事啦？你快告诉我。陈小妮忽地站起来，圆睁秀眼说：都是你干的好事，你还有脸问。刘小明不明就里，也着急起来，说你今天一大早就打手机骂我，我究竟做错什么啦？陈小妮说你丑事都做了还假装什么正经。刘小明更急了，拍着胸脯说小妮你听着，我小明对你可是一片真心，自从有了你，那种丑事我可是连想都没想过。

陈小妮看刘小明急赤白脸的样子，心里很受用，想也许是委屈他了，眼睛就不由自主地往刘小明的那个部位瞧，刘小明被她瞧得心里痒酥酥的，就伸手拥着陈小妮嬉皮笑脸地说：原来是想我啦。这段时间我忙着整"保先"材料，也没顾上照顾你，走，咱们快点打的回家。陈小妮明白刘小明打的回家的意思，心里却也暖暖的，嗔了刘小明一眼说美得你。

出租车上，陈小妮偎在刘小明怀里漫不经心地问：可可有妇科病啦？刘小明说是吗？陈小妮说我问你呢。刘小明一怔，说可能是吧，上次咱爸打门球闪了腰，我陪去医院时见她正在妇科看医生呢。陈小妮听了噢了一声便不再说话。

进了家门，刘小明便一下将陈小妮抱进了卧室，吻了几下就要解陈小妮的裤带，陈小妮态度坚决地说不行，我怀疑你有病呢。刘小明坏笑道有病？我这有病就是因为太没病了。陈小妮说那也不行，你先让我看看。刘小明听了，都有点不相信自己的耳朵了，在刘小明心中，陈小妮是那种挺漂亮挺文静挺羞涩的女孩。结婚这么长时间了，对夫妻间的事还是羞答答的，刘小明多次要看看她的身体，都未遂愿，而且做爱时连床头灯都要关掉。可她今天这是怎么啦？好像变了个人似的。刘小明的惊讶很快就被冲动湮没了，他在兴奋中以极快的速度向陈小妮展示了身体，陈小妮极快地端详了一眼后就合上双眼，脸上却已是桃花满面。刘小明的生命之根焕发着雄性之光，丝毫不见疱疹、溃烂等性病类痕迹，看来刘小明是清白无辜的了。陈小妮就舒畅地松了口气，伸手勾住刘小明的脖子百感交集地恸哭起来。刘小明吓坏了，热情在瞬间降成了零，连问小妮你咋了咋了究竟咋了？陈小妮不语，只是把恸哭变成了哽哽咽咽的低泣。刘小明就把陈小妮揽在怀里，边给她抹着泪水边说：小妮你不要吓我了，究竟出什么事啦？你快给我说呀！

陈小妮就羞怯地低着头，眼噙泪水，嗓音发颤地告诉刘小明，她得性病了。

刘小明听了，惊讶得像挨了一闷棍，他的第一个反应就是一把将陈小妮推开，说怎么可能呢，你怎么能得这种病呢？

陈小妮泪眼汪汪地说，就是啊，我自己也想不明白，怎能得这种病呢？这要是传出去怎么见人呢！说着又哀戚地哭了起来。

刘小明从陈小妮的哭声中回过神来，心疼地又将陈小妮抱在怀里，涩声安慰道：小妮，不要难过了，电视卫生讲座上说这种病传染渠道很多，咱们慢慢找，再说这个病又不是不治之症，咱们去医院看看不就行了。

陈小妮没想到刘小明会这般通情达理，感动得脸直往刘小明胸口贴，嘴里喃喃地直叫小明小明……

俩人冷静下来后，对陈小妮的病因进行了查找分析，首先排除了夫妻相互传染，接着又排除了旅店感染，因为这几个月里俩人都没有出差。后来刘小明说你想想这段时间接没接触过不干净的人？陈小妮说你什么意思，难道你还怀疑我？刘小明说看你小心眼，我是说你那几个局头都有那种嗜好，你又在办公室，和他们接触多，万一他们得了性病，难保不会传给你。陈小妮说你这么说还真有点影子，郑局长有几次借故拉着我的手不放，稽查队的马队长"三八"那晚跳舞老是把脸朝我脸上贴，可我每次都及时到卫生间洗了又洗，他们即使有病我也不会传上的，何况也没听说他们有这种病呀。刘小明听了咬牙说，这两个狗日的，平时见了我老弟长老弟短的叫得亲热，却原来也是个黄师傅。陈小妮听了，想到老妈骂老爸的话，幽幽地叹了口气，说：小明，你说难道男人就非得要花心吗？难道不花不行吗？小明说小妮这种事你也不能全怨男的，上帝也有责任，谁让他造出那么多水性杨花的女人呢。陈小妮听了，扬起脸说那这病怎不会是张可可传给我的吧？她现在是交际花呢。刘小明说不会吧，可可做事是挺有原则的，她是活泼不放纵，出格的事决不会做。陈小妮说你这么了解她？刘小明说我和她从小就在一起，我当然了解她。

陈小妮就有点急了，说：那你说我这病是从哪里传来的呢？

刘小明也很茫然，说：是啊，这病究竟是从哪里传来的呢？

俩人想来想去还是没有头绪，一看表，快两点了，刘小明说上班时间快到了，你休息一会我去下两包方便面。陈小妮说行我去洗洗。刘小明去了厨房，陈小妮就去了卫生间。

陈小妮刚进了卫生间，小便的感觉伴着刺痒就来了，她坐到坐便器上后，又觉得小便没有了，却发现坐便器的绒布套前端有一坨灰白色的结垢，似乎还隐隐扯着几条血丝，陈小妮心里不由一动，就伸手去抠，这结垢似干了的糨糊，又似黏痰，粘在绒布上，怎么也抠不下来。陈小妮就喊刘小明过来看，谁知，刘小明见了就说这东西上个星期六就有了，当时那颜色比现在还难看，我还以为是鼻涕呢。

陈小妮听了心里又是一动说：是谁？这家里除了你我还能有谁？

刘小明说看你这记性，那天上午帅局长不是和胡师傅来要玩麻将吗?

陈小妮让刘小明一提醒，说我也想起来了，那天帅老师和胡师傅坐了好长时间，也没凑齐人，他上了次卫生间就走了，当时我也想用卫生间，帅老师在客厅里我没好意思，直到他走了我才进去，因着急我坐得靠前了一些，当时好像有点黏糊糊的感觉，我也没在意，难道帅老师他——陈小妮神色惊疑地望着刘小明，却不再言语。

刘小明从陈小妮的话中听出了意思，惊得大张着嘴好一会儿才说：你是说帅局长他——

陈小妮忙打断刘小明的话说，你胡猜什么呀，我什么也没说。接着，俩人便都站在坐便器前发愣。这时，厨房里传来水沸声，刘小明才回过神来，说你看我俩快成福尔摩斯了，快莫想这些了，洗洗吃饭。陈小妮草草洗了洗，又服了点药，却没去吃饭，只顾坐在沙发上发呆，刘小明知道帅局长是陈小妮心中的偶像，她对帅局长的感情不一般，是在担心猜疑变成现实，就劝道你不要庸人自扰了，那块结垢说不定真是谁吐的痰呢，你要是不放心，我把它刮下来去医院化验看看吧。陈小妮听了条件反射般地从沙发上弹起来，说别别别，别去化验，那样不好，反正我这病也不是什么大问题，大夫说连续服一个星期的药就好了。我们吃饭吧，上班时间快到了。

两人便坐下来吃饭，谁也没把饭吃完，就默默地各自上班去了。

晚上回来，两人心情还是有点郁闷，简单地吃了点饭，就打开电视，却不知看哪个节目好，不到半分钟就换了二十几个台。气氛沉闷得好像与世隔绝了，陈小妮甚至又有了痛哭一场的想法。正在这时，她的手机响了，陈小妮按了接听键，手机里响起了帅老师那亲切爽朗又极富磁性的声音来：小妮啊，你今天去保健院了吧，你孔阿姨看到你了，也是她多事，找大夫问了你的情况，大夫说你只是小感染，以我的经验，即使是很严重的感染，只要用药得当，也不过二十多天就好了。你哪天来我办公室，我找点资料你看看。不过，记住要一个人来呦。

帅老师的活，如同一阵和煦的春风，刮走了陈小妮心中的阴霾，陈小妮感动得热泪盈眶，想起自己和小明的那些猜疑，心里羞愧得不知说什么好，只是连声地对着手机喊着帅老师帅老师……

原载《鹿鸣》2005 年 10 期

光天化日下的追杀

　　七月酷暑，郑大勇双手抱膝，神情凝重地坐在东墙根下，两眼对着地上的几只来往不停的蚂蚁发怔，太阳从半空照来，蚂蚁身上亮光光的，似出了油，郑大勇想蚂蚁身上怎能出油呢，可能是出汗了吧？现在是大夏天了，日头劲大了，人窝着不动都冒汗，何况蚂蚁不停地忙碌呢？郑大勇就伸出手掌来为蚂蚁遮挡阳光，郑大勇的手掌是属于厚实、坚硬、蒲扇般的那种。蚂蚁在郑大勇的掌荫下稍作停顿，便四散开来，有一只钻到郑大勇左脚鞋头下，郑大勇忙跷起鞋头，却不见了蚂蚁，郑大勇心里一紧，想不会踩着吧？抬起脚来看，鞋底上只沾了几片黄土，郑大勇有点纳闷，再仔细看鞋头下方，看到一个针眼般的小洞，原来蚂蚁钻洞里去了。郑大勇就松了口气，眉头却又皱成了疙瘩，脸上涌出僵硬的苦涩来。

　　郑大勇满腹心事、闷闷不乐已经好几天了。

　　郑大勇父母虽然都已去世，但平时是从不知发愁的。他是太平镇上有名的憨厚人，纯朴温和，身材敦实高大，浑身有使不完的力气。上个月刚娶了陈小梅做媳妇，为此太平镇上轰动了好几天，甚至在他俩去办理结婚证时，许多人还认为这是青年人闹着玩的，陈小梅不可能嫁给他。

　　这因为，陈小梅是个异常美丽的女子。如果硬要描述她的美丽，哈代笔下的《德伯家的苔丝》中的苔丝也只能勉强与她媲美。

　　真正发现陈小梅美丽的是原来的太平乡党委书记周海南。

那时适值暮春，正是晚霞最绚丽的季节，一天傍晚，陈小梅在她家东面那个小池塘边上，端着一盆洗好的衣裳正欲离去，在池塘对面散步的周书记无意中发现了她。周书记不由惊呆了，那是一种什么样的情景啊！绯红的霞光里，一位身着荷色上衣，身材婀娜，面容娇妍的农家少女亭亭玉立在池塘边上，背后，晚霞绮丽，如幻多姿，身前，绿波荡漾，荷叶轻摇，不是仙境，胜似仙境。当陈小梅转身沿着池塘边的小路迈着轻盈的脚步离去时，周书记脱口发出了一声由衷的感叹：啊！凌波仙子。

几天后，当周海南了解到陈小梅还是个高中毕业生后，就安排她进了乡政府做了勤务员。陈小梅的主要工作就是给书记乡长们扫扫地、倒倒水，还有就是给周书记抄抄诗稿。原来，周书记还是市里的名诗人呢。

陈小梅在乡政府只干了一个多月就被辞退了。辞退的原因有多种说法，有说是周书记要和她研讨《白鹿原》中那段把乱伦写得很美妙的文字，并要亲自和陈小梅体验一下时，她不愿配合，失了周书记的面子；还有的说是因为陈小梅太美了，惹得市上有些人隔三岔五地来太平镇检查工作，使镇上经济支出与精力支出处于高度紧张状态……

陈小梅从乡上回来几个月后竟然又被招到乡派出所去整理户籍。原来太平乡已被批准撤乡设镇，有一大批人的户口要农转非。陈小梅到派出所上班的第二天，周书记就在电话里把派出所所长赵国良训斥了一顿，说赵国良不懂政治。赵国良放下电话就破口大骂：他妈的什么狗屁政治！谁不知道你姓周的流氓一个。警员老马提醒说所长你声音小点，隔墙有耳呢。赵国良说怕他个屌。我有绝对可靠消息，姓周的要调到别的乡里了，他在太平待不了几天了。

果然，在太平撤乡设镇庆典会前，周海南被平调他乡。而在这之前，陈小梅也被赵国良所长打出了派出所。

那天，陈小梅不小心把墨水瓶碰倒了，染了几张表格。几天来对陈小梅一反常态的赵国良过去就是一巴掌，骂道你真是个没心没肺的东西，怪不得周海南要辞了你。你给我滚！

当陈小梅羞愧难当地捂着脸上的手指印低泣着跑出派出所时，有一个人始终跟着她，并且一直跟到了她的家里。

这个人就是郑大勇。

郑大勇是陈小梅的初中同学。他当时正在派出所办理户籍登记，陈小梅受辱的一幕就发生在他的眼前。他想女孩子怎能受这样的委屈呢，可不能想不开呀。就跟着陈小梅跑。到了陈小梅家房前的那个池塘时，郑大勇心都揪了起来，他怕陈小梅跳河寻死。因为去年就有个新媳妇遇事一时想不开，跳河淹死了。还好，陈小梅径直跑进了家门。郑大勇紧揪的心放了下来，想我还得劝劝她，就跟了进去。

陈小梅进房后一头栽在床上放声痛哭，把她妈吓坏了，忙问你这是怎么啦？谁又欺负你啦？陈小梅不答。这时郑大勇进了屋。说是赵所长打了她了。小梅妈听了一愣，抹着泪水说赵所长来家里叫小梅去上班，我看他是怪和气的人，怎会打人呢？郑大勇说就是洒了点墨水，他就耍威风。又悄声对小梅妈说：大娘，你要劝小梅想开些，晚上莫让她出去。以后地里有活，我来帮小梅干。临走时，郑大勇见水缸里没水了，又去挑了两桶水，这才离开小梅家。望着郑大勇宽实的背影，小梅妈叹了口气说：真是个好孩子，就是命苦啊。

自那以后，郑大勇就常去陈小梅家帮助干一些重活累活。

这天，当郑大勇扶着小梅妈去外面晒太阳时，陈小梅望着他宽厚的背影久久出神……

郑大勇和陈小梅的婚姻是陈小梅主动提出的。那天，当陈小梅亲口对郑大勇说要嫁给他时，郑大勇在惊怔之后，便双手抱头蹲到地上傻子似的痛哭起来，随后他就去上海港口做了八个月的搬运工，由于他为人忠厚，身体壮，又舍得下力气，很得领班欢喜，常给他找一些挣钱多的活做，八个月的时间里，竟然挣了别人一年也挣不上的钱。今年5月初，郑大勇从上海回来，在乡亲们的热心张罗下，芒种那天和陈小梅完了婚。婚后，郑大勇幸福得满脸阳光灿烂，走路都是连蹦带跳的，看到别人有事，就主动过去帮忙，乡亲们打趣说看大勇娶了小梅喜的，都成了活雷锋了。可是，这么一个正在快活头上的憨厚人，怎么突然变得愁眉不展、满腹心事了呢？

郑大勇的闷闷不乐让新婚妻子小梅很纳闷，也很担心，几次询问大勇都不吭声，小梅就火了，说你有事就给我说，不能一个人憋在心里呀，憋出病来咋办呀。郑大勇听了抬起头，满脸委屈地望着陈小梅，嘴唇动了动，一副欲说又止的神态，嗓子里吭哧了几声，也没说出一个字来。

其实，这怨不得郑大勇，他是没法说啊。

前天郑大勇在喜客来饭店门前，见杜堂军与苏有良两个老汉喝醉了酒在推搡着吵架，杜堂军骂苏有良是小人，苏有良骂杜堂君是小人。大勇忙过去拉架，没想杜堂军老腿没根，摔了一跤，把苏有良也拉倒了，杜堂军就骂姓郑的你个憨熊，连老婆都看不住还来管老子的事情。苏有良也骂说你个憨熊狗咬吕洞宾不识好人心，我给你说的那么好的闺女你不要，非要找个烂货。大勇让这两个老汉骂得一时丈二和尚摸不着头绪，脸涨红得鸡冠子似的。喜客来饭店的老爷子马大山不悦了，说你俩几十岁的人吃屎啦，说话放屁似的，连点人味都没有。

马大山就把大勇拉进店里，问大勇是怎么得罪他俩的？大勇说苏有良原先要给我说亲没说成，事后他说我没良心，连包烟都没买给他抽。杜堂军是想要我家那根木头盖牛棚，小梅没给他，他就不乐意了。马大山劝大勇说：杜堂军一肚子坏水，苏有良是昧着良心说话，连我们开饭店的钱他俩都造谣说来路不明，你莫把那些没影子的话放在心上。

大勇出了喜客来饭店的门，迎面碰上了镇为民建筑公司经理朱正仁。

朱正仁四十出头，中等个头，脸上斜着三个浅坑坑，极像麻将上的三饼，因他常常说人话不做人事，人们觉得他的所作所为与他的名字不配，干脆就喊他朱三饼。他原本是个泥瓦匠，前几年拉起了一个建筑公司，赶上太平撤乡设镇，通过他姐夫，当时的孙副镇长现在的孙代镇长的路子包了小城镇建设工程，口袋就气球般鼓了起来。

朱三饼见了郑大勇有点意外，原来，杜堂军和苏有良就是在他家喝的酒，他煽惑杜堂军和苏有良诬蔑陈小梅偷鸡摸狗、为人不正，还装作醉酒说他亲眼见到周海南把陈小梅那个了。当有人告诉他郑大勇和两个醉老汉打起来时，朱三饼想这三个没脑子的人还不人头打出狗脑子来，就看笑话来了。

可是一上街打听，知道架没打起来，郑大勇的笑话看不上了。朱三饼心里就塞了猪毛似的难受，就满大街地打转转，想闹出点事情来排遣排遣。

就遇见了郑大勇。

朱三饼喷着酒气说郑大勇你小子艳福不浅呀，能耐大呀？我两个月不在你就把陈小梅弄到手啦。不过你知道陈小梅的底细吗？郑大勇说朱经理你的话我不明白。朱三饼暧昧地笑笑又说，陈小梅的底细我敢肯定你没有我知道的清楚。我还告诉你，陈小梅还欠我七千块钱呢。对朱三饼的活，郑大勇当时没朝心里放，谁知过了两天，朱三饼建筑公司的那两个工头竟又当面问郑大勇说憨子，那晚你和陈小梅见红了吗？

郑大勇不是傻子，只是为人忠厚，再憨也知道那些人的意思。他爱小梅、疼小梅，更知道小梅是好人，气这些人欺负她，但也隐隐担心小梅是否真的发生过什么事情，这可是个天大的事情啊！几次想问小梅，又说不出口，心里就闷闷不乐，话少了，饭量减了，脸色也憔悴了许多。陈小梅见此情景，感到郑大勇心里一定有事，这天午饭后，她刷完锅碗，把郑大勇叫到卧室里，说大勇你究竟遇到什么事啦？有事可不能瞒着我呀！郑大勇看着陈小梅关切、焦急的脸色，心里酸酸的，慌忙掉开脸，坐到床边低着头一声不吭。陈小梅看郑大勇还是不说，气得也坐到床边直掉眼泪，郑大勇见了，心里更加难受，不由脱口说道：朱三饼他们都说你早就被人家那个了，还说我和你那晚没见红。我想和他们吵，又怕传出去伤了你。

陈小梅听了，脸色一下变得惨白，整个人都呆了。郑大勇吓坏了，忙说小梅小梅你怎么啦？你不要吓唬呀。我是逗你玩的，你不要当真呀。好一会儿，陈小梅才怔醒过来，先是冲着屋顶发了会儿呆，然后眼泪汪汪地柔声问：大勇，你还记得那晚我给你说的话吗？

那天晚上，陈小梅不顾郑大勇的劝阻，点燃了床头的红蜡烛，手里拿着一块染着红色的手帕，娇喘吁吁地对大勇说：把它收好，今后你看见它，就不会欺负我了。大勇爱怜地将小梅一把揽进怀里，颤声说小梅我一辈子都要对你好……

大勇点点头，说小梅我对不起你，哪个坏种再给你扣屎盆子，我就和他拼了。小梅听了，抹了把泪水说：朱三饼那个坏种专门欺负老实人，害起人了就没个完，街上拆迁那阵子，王大爹几户人家搬得慢了点，他白天唆使派出所去抓人，夜里又让人去砸砖头，把人家的草堆都烧了。王大爹说了句日子没法过了，孙镇长还给他扣帽子说是煽动闹事。现在他看我俩过了几天舒心日子，又来给我扣屎盆子。不瞒你说，前天我也见到他了，他也给我说了些牲口话。我早料到他会这么做，这几天我也一直在想不能这样让他来糟蹋我，我要告他个诽谤罪。大勇听了担心说：这么点事能告赢吗？孙镇长是他姐夫呀，再说我们还少他钱呢。小梅说现在是共产党的天下，孙镇长一手遮不了天。少他的钱，我们还他。

当天下午陈小梅就找到镇司法助理宋明，宋明是陈小梅表姐柳叶的同学，宋明说你执意要告朱三饼，要给你柳叶表姐说一声，让她帮你拿拿主意。陈小梅说那行，告别宋明后就在喜客来饭店里给柳叶打了电话。柳叶在电话里刚喂了一声，陈小梅就哇的一声边哭边说表姐我是小梅你快点来吧。

柳叶第二天上午就赶到小梅家。小梅妈是柳叶的姑姑，她早年守寡，双腿因风湿落下了病根，时常疼痛得路都不能走。为了治病，借了不少的债，而朱三饼就是最大的债主。

小梅把事情经过给柳叶说了，大勇也眼巴巴地望着柳叶，说姐你有文化，你就给我们写状子吧。

朱三饼的厚颜无耻令柳叶异常愤慨，可是柳叶心里却否定了小梅的想法。因为小梅和朱三饼的事是她亲眼所见。

那天，柳叶清楚记得是2004年10月3日的晚上，她去太平镇看姑姑，姑姑对她说朱正仁经理把小梅叫他公司都有一顿饭的工夫了，还没见回来。柳叶知道姑姑担心，就找到了朱正仁的公司。看门的老汉听说柳叶是来找小梅的，忙指着院里头一间透着亮光的房子说，她在朱经理房里，你赶快找去。柳叶匆匆走了过去，房子窗户拉着窗帘，门却半掩，这时柳叶看到了让人震惊的一幕：小梅衣衫不整地趴在沙发上哭泣，朱正仁穿着一条大裤衩站在沙发前，说闹出去也是你自己丢人，我怕什么？反正深更半夜的是你自己跑来的……那些钱我不要就是了……

小梅见柳叶的态度不置可否，就将柳叶拉到里屋，从箱子里拿出一只沾有血迹的手帕说，姐你还记得那晚你盘问我朱三饼欺没欺负我的事吗？现在你也莫问这手帕的来历了，但你要相信，这就是证据，是大勇和我成亲那晚亲手收起来的证据。

看着小梅手里的手帕，柳叶都不敢相信自己的眼睛了，这怎么可能呢？朱正仁办公室的一幕是自己耳闻目睹的呀。小梅和大勇那晚还怎么会见红呢？看来，小梅为了维护和大勇的爱情动了心事啊！柳叶的心里泛起一股酸涩来。可是，出伪证是犯法的呀。而且对待朱正仁那样的奸人，告他侮辱诽谤能起作用吗？弄不好会弄巧成拙，反受其害。柳叶把想法给小梅说了，小梅流着泪说姐我知道告朱三饼侮辱诽谤是轻饶了他，可我这都是为了大勇啊！他是老实人，是好人，天下难找的好人。他爱我、疼我，可他心眼小，这些天听到朱三饼他们风言风语后，整天霜打似的，没了一点精神，人都瘦了一圈。我不能让他一辈子在众人面前抬不起头啊！为了他，我什么都不顾了。

小梅的痴情和勇气使柳叶深受感动，说既然要告他，就要告出个是非分明来，你先莫着急，县法院的民事庭庭长李鹏是我高中同学，他也是太平人，等我打电话问问他再说。

世上的事就是这么蹊跷，柳叶给李鹏打电话的事下午镇党委刘书记就知道了，他对司法助理宋明和主管行政的副镇长说，太平镇这两年一点也不安生，朱正仁就是害群之马，把孙镇长的影响都搞坏了。最近有传言说他糟蹋了陈小梅，陈小梅要讨个公道，我看这也是件好事，应该支持，你们可以下去了解一下情况。

更让人纳闷的是刘书记给宋明他们说的话，当天晚上孙镇长也知道了，他把朱三饼叫到办公室问：陈小梅向你借钱时你是不是把她糟蹋了？朱三饼忙否认说：没有，绝对没有。要糟蹋那也是周海南、赵国良糟蹋的。孙镇长说放屁。周海南、赵国良要是得手了，陈小梅还能回家种地，还能这么顺当嫁给郑憨子。朱三饼说反正没有我的事，陈小梅为给她妈治病，是借过我一万七千块钱，我连一个指头都没动过她。现在还有七千块钱没还呢。孙镇长说那你又怎么知道陈小梅失身呢？你把睡她的那个人给我说出来。说不出来就是你干的。你就是强奸犯，你就得去坐牢。你个王八蛋真是害人不浅！朱三饼被孙镇长臭骂得耷拉着脑袋直翻白眼，孙镇长见了这才顺了点气，又压住嗓门说，现在正赶在调整班子的节骨眼上，刘书记想利用陈小梅的事做文章，我担心这事要是闹开了，激起民愤来就是天大的事情。你要是再不管好你那小头，大头吃枪子儿也就是早晚的事情。

朱三饼听了，也怕事情闹大了，说姐夫你说怎么办吧，我听你的。孙镇长说宋明和陈小梅的表姐是同学，我去找他，请他出面调解，你现在就给我写张道歉书，给陈小梅两口子赔个礼、认个错，还有再写上那几千块钱不要了，算是赔偿精神损失，这也好堵堵他们的嘴。朱三饼咬咬牙说行，他奶奶的，大丈夫能屈能伸，我就先把这口恶气忍着。

孙镇长连夜敲开司法助理宋明的门，劈头就说，老弟呀老哥遇事了你得帮帮我。宋明一头雾水地说孙镇长你这闹的哪家子玄虚，我能帮你什么呀？孙镇长掏出烟来给宋明递了一支说，真人面前不说假话，就是朱正仁说小梅那档子事。宋明佯装不知，说朱经理说小梅哪档子事啊？孙镇长说你别推托了，我来找你，不是为朱正仁，是为我自己。刘书记要走人，市里安排我做书记，组织部已找我谈过话了，这节骨眼上，老哥的想法和刘书记不一样，可是不想闹心呦。

宋明听了孙镇长这番软中藏硬的大实话，想孙镇长这老狐狸真是修炼成精了。说镇长我知道啥事都瞒不过你，不过朱正仁也太缺德了，今后非给你弄出乱子来。孙镇长说你说的对，刚才我把他骂了一顿，还抽了他两巴掌。我把这件事的利害关系和做人的道德给他说了半天，他总算承认了错误。这不，还写了道歉书。孙镇长边说边将道歉书递给宋明。宋明接过来看了看，道歉书写得还算诚恳，还提出将陈小梅欠的那七千块钱作为补偿费。宋明知道这都是孙镇长的点子，故意说这道歉书写得还多少有点人味。孙镇长听了忙说他也四十岁的人了，哪能一点事理都不明呢。宋明笑笑说：镇长说句你不高兴的话，只怕朱正仁是狗改不了吃屎，白费了你一番苦心。孙镇长说他这回是王八吃秤砣，铁了心地学好。你就给调解调解，把这事给了了，千万不能上法庭。这既是你的本职工作也算给了老哥面子。

宋明听孙镇长把话说到这分上，想到年初老父亲去世时，那么大的风雪天，他竟然跑了十几里路去烧纸，进门时雪没顾得上抖一下，就趴在父亲灵前磕头。想想当时的情景真是感人。这么个知情达理的镇长，却在小城镇建设这个事关群众切身利益的大事上，任由朱三饼胡来，惹了那么大的民怨，真让人痛心。想到这里宋明说镇长，朱经理虽然有悔过之心，但他做下了那么大的坏事，如果就这么算了，陈小梅怕不答应呢。

孙镇长听了说：老弟你说的话虽然有理，可你想过没有，朱正仁虽然不是个东西，可小梅还要过日子呢。农村封建思想浓厚，穷不死饿不死话能把人噎死。这事要是闹腾开了，只凭个诽谤罪，也不能把朱正仁怎么了，往深里闹，怕就要两败俱伤了。那样你想想，陈小梅那家庭还能存在吗？陈小梅她妈还能活吗？

宋明听了，久久没有吭声，只是一支接一支地抽烟，孙镇长也不言语，一支接一支陪着宋明抽烟。两人抽光了烟盒里的烟后，宋明才开口说道：镇长，你说我俩要做的是人事吗？

宋明把孙镇长和他所说的话原原本本地告诉了柳叶和小梅，也劝小梅不要再上法庭了，还给小梅分析了各种利弊关系，小梅先是不允，柳叶和大勇也劝她忍了。小梅就呜呜地边哭边说，大勇，我们都太老实了，我们还是斗不过那恶人啊！

7月下旬，太平镇传开了刘书记要调走孙镇长要做一把手的消息。村民们担心，孙镇长真要是接替了刘书记，那许多常人想不到的富民项目怕是谁也挡不住了。因此人们的心里似乎塞了猪毛似的难受。因为孙镇长做副镇长这几年里搞过许多富民项目，虽说村民们对这些项目颇有微词，有时甚至怨声载道，但市长对孙镇长很赏识，说孙镇长这样有开拓精神的基层干部，正是建设社会主义新农村所需要的带头人。

真是应了那句怕什么就来什么的老话，孙镇长果真在7月下旬就升官了。孙镇长的新职权是党委副书记兼镇长，因为党委书记空缺，孙镇长就理所应当地主持着太平镇党政全盘工作。

孙镇长上任伊始真的就来了个大动作，他在第一次主持的党政领导班子联席会上，提出要在镇西搞一个占地五百余亩的封闭式市场，对外宣称千亩大市场。并说此设想市领导很支持，名字都想好了，叫太平富民大市场。市长届时还要亲自题字。

镇头头们听了，感到很突然。刘副书记心想这么大的事情，事先也不碰碰头，太霸道了吧。心里就气不打一处来，刚想表示反对，又想他如今是大权独揽，市里又有后台，还是不要搞僵了，就婉转地说我们太平镇不足三万人口，搞这么大的市场是否合适呀？孙镇长听了冲着刘副书记意味深长地笑了笑，说老刘我们可要用发展的眼光来看问题。你当兵的宁夏那地方小吧，在地图上看跟一张羊皮似的，可人家愣是搞了个大银川，建了五十里的长街，还修了八车道。当然我们太平镇是小地方，不能和人家相比，但再小我看也有他羊耳朵大吧，搞个几百亩的市场不算大吧。再说，我们不能只盯着太平这三万口人，还要考虑到周邻乡镇的人口呢。只要管理跟得上，四面八方的客商就会拥来，说不定三两年后，这里还能成为一个大的物流集散地呢。

陈副镇长小孩姨姨家在镇西头，孙镇长所选的地方正是她家的玉米地，他心想你老孙为啥不选镇东那块地，那里更适合建市场呀，还不是因为那里都是你本家。你说征地好处大，这鬼才知道，太平这么个交通闭塞、经济落后的地方，能成为物流集散地，睁着眼睛说瞎话呢。社会上说来钱快，把房盖。你无非是想借此捞一把。就说这市场所占的都是一马平川的好地，现在玉米长势正旺，是否考虑另选场地。孙镇长反驳说，自古来哪座城市不是建在水美草肥的地方，没有好的生态环境，鸟都不落脚。楼兰那地方倒是不占用玉米地，可你去吗？我们这个大市场是要招商引资的，你不拿出一马平川的好地难道还要人家去洪泽湖里填湖造地！

又有人提出失地村民的补偿问题，孙镇长很严肃地说：这才是最重要最根本的问题。我的想法是，不管谁来承建这个市场，都要把好事变成更大的好事。每亩玉米产量按八百斤计价补偿。土地按市上规定价补偿，市场建成后，再以优惠价优先给每户征地村民一个摊位。俗话说一铺富三代，有了这个摊位，或自营或出租，都比种地强。这就叫为官一任，造福一方。镇人大常委会副主任老马说这规定价是多少？这摊位的优惠价又是多少？不给大家说清楚怕是建不下去。话音刚落，派出所长赵国良就瞪着眼睛说：这是镇里决定的事情，谁领头捣乱就和上次拆迁一样把他抓起来。老马听了，冷声说如果那失地的上百户人家都闹起来，你抓得了嘛？再说上次你把人家抓服了吗？你也不下去听听老百姓都是怎么说的。

刘副书记、陈副镇长听了老马的话，心里暗暗叫好。刘副书记接口说老马的担心也不无道理，这确实是一件大事，还是要把方方面面的问题都考虑周到了再说吧。陈副镇长也说建大市场的指导思想就是为老百姓办好事，如果老百姓不理解、不支持，甚至因此引发事端，那就不宜急办。现在正在开展保先教育，我们还是要体察好民情再做决定为好。与会的其他几位主要领导对建大市场似乎并无异议，他们关心的是由谁来负责？自己能否进入筹建班子？哪个公司承建？是否提供财政支持？等等。而这些实质性问题孙镇长一个也没提及。就七嘴八舌地附和陈副镇长的意见，说主席早就教导我们没有调查就没有发言权。这件事不宜过急，先摸摸村民们的想法还是必要的。其他人也有赞同几位副职意见的，也有赞扬孙镇长与时俱进的开拓精神的，还有赞扬赵国良为改革保驾护航无畏勇气的。孙镇长见此情景想这建大市场的事今天是难以统一思想了，气得胃里泛酸，脸上却带着笑容说，建市场的事今天算是给大家吹吹风，不过这是市长点头的好事、实事，是非办不可的。我们一定要排除干扰，不要想得太复杂了。要齐心协力，把这件好事办实，实事办好。

镇党政联席会议的第二天，建大市场的事便传开了，村民们对这件富民好事的反应大大出乎孙镇长的预料，各种各样的议论铺天盖地而来：说太平这么个穷地方既不通铁路又不通水路，更没有叫得响的土特产，建什么物流大市场，这纯粹是领导搞政绩工程；说农产品附加值低，原本就卖不上好价钱，进了市场里不但要上税还要交管理费，是搞变相提留；说建大市场就是为了安置领导亲属，让他们像公家人一样拿工资；说要建大市场应该由出地农民自己联建，共同经营，这才是富民政策，让农民把土地卖了，靠一个摊位生活，如果市场办砸了，拿什么养家糊口；说建大市场的地方原先是孙镇长那地主爷爷的圩子，而这个工程肯定是他小舅子朱三饼干，朱三饼的公司里有孙镇长的股份……

孙镇长面对种种责难，颇有大将风度，说假的真不了，真的假不了。当官不为民做主，就得回家种山芋。现在群众还没有意识到建大市场的好处，有各种各样的想法是正常的。当初小平同志制定的那些特区政策，有多少人理解、支持呢？我也发过牢骚、讲过怪话嘛。可现在谁不说好呢。实践是检验真理的唯一标准，这建大市场如同生孩子，在没有生下来之前，谁敢断定他是死的呢？至于说大市场要由为民建筑公司来建，这也不是事实嘛，这要由大市场建设领导小组来确定。要选有这个实力、有这个能力的公司来建，不是谁想建就能建的。

孙镇长有关实力的那番话语很快得到回应。为民建筑公司放出话来，说已自筹、向镇农信社和市建行借贷了一笔资金，用于富民大市场的建设。朱三饼也在收敛了一段时间，随着孙镇长的升迁而越发成了炙手可热的人物。在这段时间里，几乎每天都有人为了大市场工程的事请他喝酒，其中竟然还有两个镇领导也请他在孙镇长面前说说话，谋富民大市场那个筹建组长、副组长的位子。说只要自己坐上那把交椅，那大市场的工程就是为民公司的了。

7月底，洪泽湖畔在持续的高温、干旱中，终于盼来了一场濯枝润叶、洗净田野的小雨。雨是在早饭前下的，下了约有半个时辰，雨过天晴，蓝天上飘着一朵朵乳白色的云絮，日头也温柔了许多，习习清风从湖面，从沟渠，从池塘，从庄稼地里酝酿出来，带着泥土的馨香和庄稼的细语温柔地沁入人们胸中，给人带来一种凉爽适意的快感。

朱三饼在这时带着两个贴心工头径直来到被孙镇长选作富民大市场的镇西头，边走边看边谈论着怎样施工才能省钱工效又快，在转过那个小池塘后，朱三饼就看见了郑大勇和陈小梅正在房头干活，朱三饼那原本谈笑风生的脸色陡然间阴沉起来，他怎么也没想到陈小梅这样的美人会嫁给郑大勇这个老实头。而自己这么有钱有势却不能得到一个穷得家徒四壁的弱女子的欢心。他心里多次后悔那次外出，如果在镇上，怎么也要把他俩的婚事搅黄，最好把陈小梅再弄得臭一些，那样她说不定会死心塌地跟自己好呢。这可是万里挑一的美人啊！直到今天他心里还是放不下她，他是多么盼望有一天陈小梅能把郑大勇蹬了，投入到自己的怀抱啊！

两个工头对朱三饼的神情突变迷惑不解，但当他们顺着朱三饼那阴鸷的目光看到陈小梅时，便揣度出几分端倪，其中一个夸张地唉了一声说朱总你是好心无好报啊。朱三饼没有搭理工头的讨好，用牙缝里渗出的那种冷森森的声音说：陈家这房子今后怕是大市场的钉子户呢。工头不解地说：大市场不是建在他家门前那片玉米地吗？这房子不在规划范围呀。朱三饼说我觉得它窝在这里不顺眼，怎么也得扒掉。走，我们过去看看。

朱三饼三人晃到陈小梅家伙房跟前时，郑大勇正站在一条木凳上抹墙泥。木凳有了些年头，吱吱作响。陈小梅怕郑大勇有闪失，用手扶着大勇的双腿。

朱三饼阴阳怪气地说：大勇兄弟小梅妹子忙呵。

郑大勇和陈小梅吓了一跳，脚下的凳子也极响亮地叫唤了一声，扭头一看是朱三饼，陈小梅转过脸一声未吭。郑大勇还是为人忠厚，嗯了声说这墙去年被雨水淹了，我给它苫层泥。

朱三饼眼睛斜着陈小梅冲着郑大勇说：兄弟说你憨吧你还真憨。俗话说宁吃仙桃一口，不吃烂桃一筐。你看看你这里哪有一样好东西，连条凳子都是破的。再说这破房子吧，是肯定要扒的，你还当宝贝似的抹什么泥呢。

朱三饼的含沙射影指桑骂槐，陈小梅忍不住了，说姓朱的你狗嘴里吐不出象牙。

朱三饼是存心来找碴的，听了立马拉下脸说：好狗不咬上门客，你怎么跟泼妇似的。我说你这房子凳子都是破凳的是事实嘛，你能说不是破的吗？朱三饼说着就上前用脚蹬了一下木凳。没想这凳子也是快散架了，上面又站着郑大勇这么个壮汉，朱三饼一蹬就咔嚓一声垮了，郑大勇冷不防摔了下来，右边脸都蹭破了。陈小梅不由惊叫起来，本能地冲到朱三饼跟前边推边说朱三饼你欺人太甚！朱三饼也没想到会把凳子蹬散了，正愕然间被小梅推倒一屁股坐到地上。朱三饼平时最忌讳别人说他脸上那三个麻子，现在被陈小梅当面骂了出来，不由恼羞成怒，爬起来就猛扇了陈小梅两耳光。也是朱三饼下手太重，陈小梅的鼻孔里、嘴里瞬间喷出几股惊心动魄的血柱。身子晃了晃一头栽到地上。郑大勇见了吓坏了，抱着陈小梅便小梅小梅地喊了起来。被惊动的乡邻们纷纷跑了过来，七嘴八舌地问这是怎么回事？朱三饼也没想到两巴掌会把陈小梅打晕，慌不择言地解释说我们路过这里时我劝大勇这墙泥不要抹了，建大市场说不定这房子要扒呢。陈小梅听了扑过来就打我，我顺手就推了她一下。村民们原本就不相信陈小梅会打人，对朱三饼在小城镇建设中的恶行更是深恶痛绝，如今听说建大市场不但要占庄稼地还要扒房子，一个个便气不打一处来，有的骂大市场不是富民是害民，还有的说太平镇是台湾岛，有天没日。一时人声鼎沸，群情震怒。

朱三饼没有想到事情闹得这么大，紧张得脸色都变了，两个工头也胆怯了，悄声对朱三饼说朱总怕要出事赶紧走吧。苏有良前阵子给朱三饼弄了盘死驴尿做的金钱菜，朱三饼给了他两包水泥，两人处得很热乎，这时也贴过来说正仁，郑憨子是个愣熊，你躲一躲吧。朱三饼原本想赶紧走开，转念又想镇长是我姐夫，派出所所长是我哥们，在太平镇这一亩三分地上，谁敢动我朱正仁！就故作声势地说走什么走，莫非我怕他们不成！

陈小梅在郑大勇的呼喊声中睁开了眼睛，她深情地看着满脸焦急的郑大勇，爱怜地伸手抚摸着大勇被汗水和鲜血沁湿的脸庞，满怀内疚悲怆地对大勇说，是我连累了你，骗了你，我对不起你。朱三饼他、他是……我没脸再活了……

郑大勇听了陈小梅的哭诉，一下惊若泥塑，脸色变得惨白，头上的汗水雨浇似的涌了出来。在陈小梅的悲哭声中，郑大勇的脸色由惨白渐渐地变成了紫红，那双平时蓄满温顺、和善还略带羞涩的大眼暴突出来，像是一对正在燃烧的火球。他放下小梅，抓起一旁的瓦刀，颤巍巍地站了起来，一步一步地向朱三饼逼了过去。朱三饼此时有点慌了，急忙对两个工头说，快拦住他，他要行凶。两个工头迎上前来，但还未开口就被郑大勇的神情吓得缩到一旁。朱三饼顾不上对他俩生气，又冲着围观的人群喊道拦住他快拦住他他要行凶！围观的人群没有一个人回应朱三饼的求助，而站在他身旁的苏有良则早已躲进了人群里。郑大勇的面前，孤零零地只剩下朱三饼一个人。

说话间郑大勇已到了离朱三饼只有几米远的地方，他的表情庄严而又决然，仿佛是肩负着一项庄严的使命。

郑憨子疯啦！

朱三饼喊了一声，转身撒腿就跑。

朱三饼拐过池塘，窜上太平镇上那条唯一的街道，拼命地向镇政府奔去。

郑大勇在后面紧追不舍。

在郑大勇的身后，王大爹怒骂着儿孙们：你们这些狗日的，还不快拦住大勇，千万不能让他做傻事啊！

这时候有个民警从东街跑来。

朱三饼见来了救星，便边跑边喊郑憨子要杀人啦，快把他抓起来。

民警是镇派出所的老马。

这时候老马便看到了郑大勇那副带着血迹的决然表情和那高高举起的铮亮瓦刀，想必还看到郑大勇身后那片黑压压的人群。老马还是迎面冲了过去，只是在他离郑大勇仅有两步之地时，竟然摔倒在地。

郑大勇对摔倒在地的老马没看一眼，怒狮般扑向朱三饼，朱三饼此时已吓得胆魄俱丧，边狂奔一边扯着嗓子喊着救命啊救命啊，郑憨子杀人啦……

这时，夏日的洪泽湖边上演着奇特的一幕：青天白日之下，憨人郑大勇高举着铮亮的瓦刀，在大街上追杀着太平镇不可一世的头面人物朱正仁。他的身后，若即若离地跟着十几个满脸快意的青壮村民，街道两旁，站着许多观望的人群……

原载《延河》2006 年 3 期

女人不可轻视

甜甜和老憨走到山脚时，天就变了，云黑黑，风呜呜，一幕山雨欲来的情景。老憨脸色惶惶地对甜甜说：甜同学，天变了，不能走了。甜甜看了看西边的太阳，说，你就是怕死，这里又不是老风口。走！老憨说，不能走。甜同学，不能走，日头快下去了。山里头又没住宿的。甜甜又抬头看了看太阳，拉着脸，说：什么甜同学，你记着，我姓陈，叫陈甜甜，不叫甜同学。说罢，鄙夷地瞪了老憨一眼，径直往山脚一侧的旅店走去。老憨难为情地讪讪一笑，挟着扁担，拎着画夹跟了过去。

老憨是甜甜雇来的，一天八十块钱，雇三天，包吃。

甜甜是昨天在美院门前的大街上发现老憨的。这几天是国庆长假，甜甜想利用这个长假去仙女浴写生。杏子说仙女浴在他们村后面，它背靠悬壶山、月亮洞，旁边是香树林，那景致神奇极了，美妙极了。说它是大自然的鬼斧神工一点也不为过，怕是全世界绝无仅有的。甜甜听了，当时就有了去仙女浴写生的冲动，可是杏子说去仙女浴要过老风口，一个人是不能去的。老风口甜甜知道，那里的风上过中央电视台的新闻联播，把上千斤重的骆驼都刮到半空，摔成了一堆骨头血水，让人看了毛骨悚然。本来，甜甜想让杏子陪她去的，可是杏子那位白马王子领着她去南方做蜜月实习了。甜甜便决定找一个向导陪她去，结果就找到了老憨。

甜甜看到老憨时，老憨刚挨过一女两男三个小青年的打，正从地上爬起来。甜甜见他满脸是血，不由气愤地问，他们为什么打你？老憨可怜兮兮地指着一旁的一根不足四尺长的小扁担说，那个大小姐说我的扁担头碰了她，那两个小伙子就上来……上来……老憨说着抹了把脸，又吐了口红花花的痰，叹口气，又说，不说了，说了屈死人哩，这是欺负咱山里人呢。

甜甜让老憨的痰吐得心里直作呕，想，这么壮的一个大男人，被三个毛孩子打成这个狼狈样，真是窝囊透了。刚想走开，听说是山里人，心里不由一动，问：你是山里人，你知道山里有个仙女浴、月亮洞吗？老憨听了，冲甜甜眨巴了几下眼，迟疑地点点头。于是，经过一番交谈，讨价还价，甜甜便雇了老憨陪她一起进山。

这时，老憨就告诉甜甜，他叫老憨。甜甜听了，浅浅一笑说，名如其人，你和这名字还真般配。

旅店叫喜妹子旅店，前后两排约十多间平房，两边用石头垒了围墙。老板娘虽然徐娘半老，却也风韵犹存，脸色白而光洁，眼睛贼亮，脑后束着一条马尾巴，上面钉着一只似蝶非蝶的东西，左右不停地摇着，给老板娘的身上增添了几分匪气。奇怪的是她的手特长，特细，像是在硬硬的筷子上包了层人皮，但点钱时却又特灵特敏，手一抓到钱就青筋暴起。随着手指的蠕动，微张的嘴巴不停地蠕动着，脸上滚动着一层红晕，甜甜突然有了一个奇异的想法，这个老财婆多像欧也妮的二姑呀，莫非有着葛朗台的血统？

老板娘点完了钱，冲着站在一旁的老憨说，大哥在城里发财了吧？老憨嘿嘿地笑笑，说受苦人，发什么财，挣几个小钱罢了。老板娘又打量了甜甜一眼说：这位小姐是您……老憨忙说，她要过老风口，雇我给她提包呢。老憨说着扬扬手中的画夹。老板娘听了脸上立马堆满奉承的笑容，说，哎呀大哥，你这是碰上好人了，人家把你的房钱都付了呢。老憨听了，说哪能呢，哪能呢，我付我付。手便在胸前口袋里不住地摸索，却又摸索不出一分钱来。甜甜见了，觉得好笑，说算了吧。就算我给你多加点工钱吧。老憨的手一晃就从口袋里抽了出来，鸡啄米般地点着头，局促地笑着却不说话。

晚饭后，天还大亮着，甜甜便出了旅店，看看四周的风景。喜妹子旅店的位置其实一半在山外，一半在山里，往山里去，到了这里也就算进了山。

往山外走，到了这里则算出了山。向山里看去，见山似乎都不太高，却有数不尽的峰，带着紫暮色，静静地躺在起伏的大地上。若往远处看，觉得置身在山外；往近看，却又一下发觉你其实就在山中。这时甜甜便看到喜妹子旅店山墙上贴的那张布告来。说是布告，其实是这个县公安局发布的一张通缉令。原来在前不久发生的一次抢劫杀人案中，罪犯在警察的围捕中逃脱了。他们怀疑这个罪犯与前一次抢劫杀人案有关。通缉令上有一张带有背景的很特别的照片，照片中的罪犯，脸上从右眼到左嘴唇上隆起一道肉色，而且右眼角上翻，左嘴角上扯，使整个五官显得既恐怖又滑稽。甜甜不由笑了起来，因为，从生理上、人体结构上来说，这是不可能的事。莫非是印刷质量问题？甜甜又仔细把布告看了一番。纸张四周规则，字迹清晰，版面干净，不可能是印刷问题，而且更不可能是恶作剧。这么大的事，怎么就没听到一点消息呢？这里离美院也不过就是大半天的路程呀。甜甜心里莫名地泛起了一层寒意，看山观景的兴致就消失了许多。返身回到了旅店，弄了盆热水，插上门锁，洗了洗，和衣睡了。

不知什么时间，甜甜一下惊得坐了起来，她在熟睡中好似感到有人在推门。甜甜的睡意顿时全无，竖耳屏气静听一会儿，除了山风和隐约响起的一两声山雀啁啾外，旅店里水一般沉寂。甜甜轻轻呼了口气，自语道，神经过敏了。就又侧身躺下。这时候，甜甜真切地听到老憨的房间里猝然响起仿佛从胸腔里挤出来的说话声来：

刚才想做啥，想人家小大姐啦？

胡说，我一直睡着呢。

睡着了？你大姐我眼睛好使着哩。你在人家门口站了足有半个小时呢。

那是我怕她门没关，会招贼呢。

哟，大哥原来是个好心肠呀！你大姐我没看走眼。我就喜欢你这样的好人，让我来陪陪大哥吧。

不、不、不，大妹子，不，老板娘，我不会做那事，我没钱。

哟，不会做那事？你不是个男的？你放心，我是图大哥你这个人，钱你看着给吧。

滚！一声低叱，一声闷响，好像是什么东西摔倒了。跟着便响起了一串脚步声，看来是那个女的离去了。

甜甜听了，先是感到好笑，又觉得老憨这个老乡还真是个坐怀不乱的君子。听他刚才那番言语，那声怒斥，可能还推了那女的一掌，倒也是个有血性的人，一点也不窝囊。当初那三个小青年欺负他时，要是有这么个劲儿，也不至于被打得鼻孔出血。嘻，乡下人就是太老实，太受人欺负了。甜甜就这么胡思乱想着，一点睡意也没有，而隔壁的房里，老憨的呼噜却惊天动地般响着，一直到天明。

早起，吃了点早饭，甜甜和老憨匆匆离店赶路。拐过屋角，迎面又看到了那张通缉令，甜甜便又笑了起来。老憨不解地问：你笑什么？甜甜说这不是恶作剧吧，哪有人长这么个样子呀？老憨说是印的呢，能假？甜甜白了老憨一眼，说：人民币还有假的呢！老憨有点不好意思，讪讪地一笑，不再吭声。

进了山，都是羊肠小道，崎崎岖岖，走得很艰难。小道一侧不远处，有一条沿山公路，来往的车辆很多，响亮的喇叭声此起彼伏地在群山中回响着，激荡着。甜甜身上已出了汗，说，老憨，要能找上匹马骑骑就好了。老憨一听，脱口说道：哎呀，你这个想法真不错，要是在山口旅店那里养上几匹马，专供进山人使用，保准能挣好价钱。甜甜听了，惊奇地说：哇，老憨，你一点也不憨呀，很有经济头脑嘛。正说着，公路上猛然传来一阵尖锐的警笛声，甜甜皱起眉说，这些公安太牛了，在大山里还拉着警笛。老憨说可能人家有事吧。甜甜说有事？让他们这么张扬有事也没事了。老憨让甜甜戗得又讪讪笑了笑说：我……我……红着脸，手抓着裤带向一旁走去。甜甜从老憨的举动知道他要干什么，便就近坐在一块石头上等。等了一会儿，想他该完了吧，就转脸去望，却见老憨高高地站在一块大石头上，居高临下地尿得正欢。甜甜厌恶地转回脸，想这人真没教养，小便不在低处，偏爬在那么高的石头上。

老憨尿完，回来，拿起扁担，提上画夹，笑眯眯地说，甜同学，歇好了吧？甜甜不冷不热地说，好啦，走。两人就默默地往前走。这时太阳已升得老高了，阳光软软地铺满了整个群山，成群的山雀在蓝天轻盈地飞翔，鸣唱着，让人不由得心旷神怡。山道上这时也有了行人，都是从山里来的青壮年，看样子是出去打工的。偶尔也有穿制服、穿西装的人迎面而来，这些人对甜甜和老憨的进山似乎感到新奇，眼睛直直盯着他俩看。有两个穿制服的，在擦肩而过时，还停下来，冲着甜甜和老憨指指点点的。甜甜不悦地说，这些人真没劲。老憨低声说，莫理他们，会惹事的。就急急地自顾往前走。甜甜在后面讥笑说，你这个老憨，真是个胆小鬼。

太阳在眼前打晃的时候，甜甜和老憨已走了很远的一截路了。甜甜累得腿脚发软，筋骨酸痛，胸口发闷。一看手表，已是上午10点多了。甜甜说，老憨，休息一会儿吧。老憨看看太阳，说，那就休息休息。甜甜扑哧一声笑了起来。老憨眨巴着眼睛问：甜同学，你笑什么呀？甜甜说我笑你呢，刚才你还把休息说成是歇歇，这一会就变成休息了。还挺顺口的呢。老憨不好意思地憨笑着说，出来打工，见的都是五湖四海的人，说话也南腔北调的了。甜甜听了，说，老憨听你刚才这段话，像个文化人呀。起码是高中生吧。老憨听了，自得地说：你真是个有文化的，会听。我是念过几天高中呢。两人正闲扯着，这时就突然听到一声枪响。

枪声是从后面，也就是西面响起的，惊得两人都立马跳了起来。甜甜四面张望着，想弄清是哪里打枪，老憨却一下就将脸转向后面。

甜甜问，哪里响枪？

老憨答，是后面。

这枪声好像是……是……老憨说。

是自动步枪单发。甜甜说。

老憨听了，转过身来，问：是自动步枪声吗？会不会是土枪声呢？

甜甜说：自动步枪声音脆、短，余音小；土枪声音要么小、闷，要么声音大，余音长，但都不清脆。

老憨听了，惊讶地问：你对枪声的学问真大呀，从哪里学的呀？

甜甜自得地说，我是美院军训尖子，5发子弹打了49环，比那个排长教官还多3环呢。说着甜甜扬起右手，极潇洒地挥了一下，说，出发。迈步就走。老憨在后面歪着头，冲着甜甜后背看了看，说：你先走，我再方便方便。

甜甜走了一截路，见老憨还没有跟上来，回头一看，见老憨正双手扣着裤扣从一块凸起的石堆上下来，看样子，他又是站在高处小便了。这人咋这么没羞？牲口似的。甜甜心里对老憨厌恶起来。

老憨赶上甜甜时，脸上笑嘻嘻的。甜甜说什么事让你高兴的？老憨说你看前面那个山冈，叫望乡岗，离老风口很近。过了老风口，路就走一多半了。到了那个山冈，如果遇不到前面来的人，那就没人来了。甜甜不解地问，为什么呢？老憨笑了笑说，那天黑前就住不上喜妹子旅店了。甜甜歪着头，也笑着说，好哇老憨，你原来蛮有心思的嘛。老憨说，不不，这条路我走了几回，熟了。甜甜一听，站住说，你原来不住在这边山里哟。老憨忙说，是住在这边山里，不过往西南边斜了斜。你看，就是我们左手那边那条山路，一直走，就到我家。甜甜顺着老憨指点的方向，看了又看，也没看到有什么山路。老憨见状，说甜同学，你不要看了，你们城里人看不出山里小路的。只有我们常在山里走动的人才能看出来。在我们的眼里，山洞是个好去处呢。在里面窝上十天半个月，吃喝都不愁。渴了，有山泉；饿了，有山枣野杏。还可打个野味，掏窝鸟蛋，吃起来才香呢。就是冬天，也不怕，找个避风的山洞，铺上毛草，再架上柴火，比城里暖气还热乎呢。你没看电影上早年的游击队就是这么在山里过冬的呢。要是来了心情，可以放大嗓门大吼、大骂、大唱，大山也跟着你起了心情呢。

老憨这番话，听得甜甜惊奇得眼睛直眨巴，说老憨你这番话确实是蛮有文化的。我真的对你刮目相看了。老憨让甜甜夸得不好意思地低着头，局促得像女人家一样羞涩地摆弄着衣襟，低声说，我不是上过高中嘛。

甜甜故作惊诧地说，哎呀，你看我，把你是个高中生都忘了，老憨你也算是知识农民了。你刚才说人在山里来了心情又吼又骂又唱，那你会唱吗？你唱支山歌给我听听吧。

老憨听了，不好意思地说，我会的不多，唱得也不好听，你们城里人都唱卡拉OK，你唱个歌子听听吧。

甜甜说行，不过你要先唱，你唱了，我再唱。

老憨抹了把脸，像是要把害羞一把抹净似的，说，好，那你听着，老憨便边走边唱：

想我郎呀想我郎，
我郎是个热心肠。
如若不是热心肠，
半夜不翻我家墙。

老憨细声细气地唱，头还一点一点的，甜甜扑哧笑了起来，说老憨，你唱的什么山歌？这是你们这里的山歌吗？

老憨半转着身子说这不像吗，我们都这样唱呢，够味呢。你要不爱听，我给你换一个，又唱：

人说哥你是一个负心人，
我不难看出你的心变啦。
昨夜里你离去时头都没有回，
一直到今夜我再也没有见你。

好啦！好啦！莫要再唱啦。甜甜喊了起来。老憨打住歌声问：我唱得不好吧？甜甜的表情有点意味深长地说：你唱得好，不过我怎么有点觉得你不像好人呢。

老憨一惊，轻松的表情一下消失了，有点紧张地问，甜同学，你嫌我的歌了？

甜甜见老憨认真的样子，咯咯笑了起来，说我逗着你玩呢。

老憨又抹了把脸说：你这话吓我一跳呢。又说，我唱了，你也唱一个听听。

甜甜说，我真的不会唱。你把仙女浴、悬壶山，还有月亮洞、香树林给我说说吧，我要去那里写生呢。

老憨听了，难为情地说：甜同学，你让我唱歌还行，你让我讲仙女浴什么的，还真把我难住了。甜甜惊讶地说，怎么，你不是这山里人吗？怎么不知道仙女浴、悬壶山的景致呢。

老憨说，看你忘性还不小，我刚才不是给你说过我家在西南山里面嘛。我也听人说老风口那边有个什么仙女浴什么月亮洞的，还真没去过，你给我说说吧，今后进城里也有个给山里人争光的话题呢。

甜甜看老憨的态度很是诚恳，说：好，那我这个城里人就给你说说仙女浴那边的风景。不过先给你声明，我这是听我宿舍的王杏说的。王杏你听说过吗？她是你们山里人的骄傲呢，名气可大呢……

这么说着说着，就到了刚才老憨说的望乡岗。望乡岗也就有四五米高，两边都是乱石和杂树林。老憨把画夹朝地上一放，举起双手，伸了个懒腰，笑眯眯地说，好啦，总算到啦。甜甜听了一愣，说什么到啦，这里不是仙女浴呀。老憨说前面就是老风口，只要老风口没有风，住在前面村子的人到了这里就算到家了。你说，这不是到了吗？老憨冲着甜甜意味深长地一笑。甜甜见了，心里莫名地有了一种不怎么舒服的感觉。

老憨收住笑容，说我方便一下，再到冈上看看老风口会不会起风，起风了就过不去呢。说着只几个纵步就蹿到冈上。这敏捷利落的身手，看得甜甜心里直嘀咕，想，就凭他刚才这几个飞身，那三个小青年哪是他的对手？可他却被打得丧家犬似的，腰都直不起来。正猜疑间，脸颊上落下几点湿湿的东西来，甜甜抬头一望，不由得飞红了脸，原来老憨的肚子下挺着一个直直的物件，正哗哗地尿得欢畅，而老憨的头却四处张望着，一点也没顾忌到下面还有个姑娘家。

甜甜不由得怒火中烧，随手捡起块鸡蛋大的石头，骂了声：猪。石头便飞了出去，准确地击在老憨的腰上。老憨突然间遭此一斥、一击，本能地低下头来，脸色惊愕地盯着甜甜。甜甜见了老憨的表情，满心的羞和气，顿时化作一股嘶嘶的凉气，蛇一般游弋在脊背上，脑子里犹如电光石火般飞转起来……

老憨怒气冲冲地从山冈上跑下来，问，你刚才叫唤什么？吓我一跳，看，把我腰都砸痛了。

甜甜也气哼哼地说，吓你什么，痛你什么，人家要出大事了，管你吓不吓，痛不痛呢。

老憨一下让甜甜说得一头雾水，说，大事？什么大事？你咋知道你要出大事了？

你真是个老憨，我自己的事我还不知道呀。你看，你看，甜甜说着从随身背的小包里掏出一把钱来，我这钱是拿王杏的，这可怎么办，怎么办呢？

老憨见甜甜急得这么个样子，劝说，这钱怎么啦？你莫急，慢慢说。

甜甜苦着脸说：这次放长假，王杏——就是我在路上给你说的那个名气大、家里又有钱的王杏，这次放假，她到南方玩去了。我和她一个宿舍，她走时床上也没收拾，我帮她整理床铺时看到她枕头下压着整整三万块钱。前天上午，我见家里给我寄的钱还没到，就拿了王杏一千块钱，这两天用掉了有三百块钱。甜甜说着扬了扬手里的钱。前天下午，家里给我寄的三千块钱到了，收发室通知我去拿汇单，我忙着准备来仙女浴，把取钱还钱的事给忘了。你说万一王杏突然回来看少了钱，嚷嚷起来那多丢人呀。

老憨听了，盯着甜甜的脸看。甜甜恼了，吼着，你看什么你，烦人！

老憨说这是真的？

甜甜说滚你的，我心里烦着呢。脸上一副快哭的样子。

老憨遭了甜甜的恶语，却不气，忽地拍了下手，说这么点事看把你愁得，你回去把自己的钱给人家还上不就行啦？不然要落个偷钱的名呢。

甜甜白了老憨一眼，说看你说得轻巧的，我还要去仙女浴写生准备参展呢。

老憨说亏你还是个大学生，我问你学校放几天假？甜甜说：七天。

老憨说这不就对了，今天我们不过老风口，返回到喜妹子旅店，明天上午不就可以到你们学校了？你取了钱，再给人家还了钱，明天晚上我们坐夜车再赶到喜妹子旅店，后天就到了你画画的地方了，画上一天就回学校上课，这不是两不误吗？

甜甜一听，高兴得一下跳了起来，抓着老憨的手，边摇边说，老憨同志，你这个办法好，那我们现在就返回去。从今天起，我每天再给你多加十块钱。说着，摘下身上的小包，套在老憨的脖子上。

老憨听了，咧着嘴情不自禁地憨笑起来，说，那一天就是九十块呢，这下我要发笔小财了……

看守所的铁门哗的一下打开了。

刘文学！随着干警的声音，躺在床上的犯罪嫌疑人翻身坐了起来。憨厚纯朴的脸上表情坦然，只是左眼四周围了一圈青紫，那是那晚在陈甜甜的宿舍里留下的印记。

抬起头来的刘文学看到了面前站着的甜甜，先是一怔，继而不好意思地抹了下脸，怔怔地笑了笑。

甜甜说，老憨，亏你还当过民办教师。

老憨盯着甜甜的眼睛，冷冷地问：你是怎么怀疑上我的？

甜甜矜持地笑了笑，说，还记得你一路上的言行吗？你流露出的蛛丝马迹多着呢。不过，最终还是你的尊容揭露了你。你在望乡岗上受惊吓时的那副嘴脸与喜妹子旅店墙上贴的那张通缉令上的罪犯有什么两样呢？还有，自你看到那张通缉令后，每到地形复杂的地方，你就要小便，并且总要站在高处张望，你想，你这个举动不是反常吗？这除了说明你做贼心虚，还能说明什么呢？

老憨听了甜甜这番话，脸上呈现出一副死人般僵硬的神色，低下头，嘴里自言自语地嗫嚅道：女人不可轻视，女人不可轻视……

刘文学！甜甜威严地喊了一声。

老憨不由得打了个颤抖，抬起头，见甜甜从口袋里拿出一个深蓝色的小本子，朝他眼前一展，微笑着说：告诉你，我是个代培生。

老憨听了，一下子站了起来，又咚的一下跌坐到床边上，整个面孔急速地抽动扭曲起来，接着，眼睛里流出两股黏稠稠的水水来。

原载《佛山文艺》2008 年 10 期

向下的台阶

江主任的脾气这段时间越来越大，他整天坐在沙发上，郁郁寡欢，铁着脸，瞪着眼，动辄便发脾气，搞得全家男女老少喘气都得尽力匀称着，不敢粗声短促，气得老伴在背后骂他活脱脱是个秦始皇。

本来，江主任的脾气是没有这么大的，对家人也算是和气的，只是在他怀疑担心他们可能要干预政事时才会发火，骂得他们一个个灰头土脸，肤色泛青。今年，江主任快到耳顺之年了，按理说人在这个年龄不应再有这么大的火气了，但江主任的脾气非但没减，反而日益见长了。对江主任这种反常生理现象的成因，家人心里都清楚得像镜子似的，所以对江主任长的脾气虽然不感冒，但都能理解，都能正确对待。

因为，江主任在三个月前提前退休了。

退休了的江主任开始时和许多退了休的领导感觉不一样，不但没有失落感，反而很高兴。不上班了，好像卸下人生的重负，躲开了名利的阴影，功利无所求，衣食无所忧，再不用俯仰随人，自觉从容大气了许多，心里充满了轻松与安然，真正感到了休息的惬意。

但是，这种惬意也就存在一个多月，江主任却又莫名地"忧来无端"，好像"山中无岁月"，觉得日子漫漫，不知如何去打发了。

原来江主任从年轻时就做领导，退休前是省计委党组书记、主任，还兼了单位的计划生育领导小组组长、综合治理领导小组组长等十几个职务，整天忙忙碌碌，连上厕所都是快节奏。如今退休了，职务没有了，作报告、听汇报、下指示、批文件、签字报销、剪彩、搞检查、接电话没有了，请吃请喝（这是江主任最烦的）有事没事跑来海阔天空套近乎的（这是江主任最气的）也没有了。于是，江主任每天早上睁开惺忪的睡眼，就为一天的日子发愁，感到无处可去，没事可做，只好无聊地站在窗前看外面摩肩接踵、行色匆匆的人群。有次江主任看到窗外有老熟人经过，便忙开窗打招呼，请人家上楼坐坐。可人家边走边扬扬手中的公文包，似乎是无奈地说不行啊，我没你那福分呀，好多事情还没办完呢。江主任望着人家的背影，心里就有了一种被社会抛弃的难受滋味。这时便一下领悟到瑞士哲学家艾弥尔说的"是工作使人生有味"这句听起来极简单话语的深刻含义了。有工作干多好啊！江主任不由得怅然感慨起来，心里面生发出几分浓浓的悔意来。

江主任今年五十七岁，身体还好，十八年前以优异成绩毕业于一所重点大学的文科培训班，手里还拿着两个中级职称的本本。他为人正派，为官清正廉洁，群众威信很高，按理说是不应这么早就从局长位置上退下来的。退一步说，就是退，也是退到二线，做个调而不研、顾而不问的自在官儿，不会一退到底的。因而，很多人都为他抱不平，有的甚至说了些诸如"咋就容不下江主任这样的好官呢"等过头话。

要说江主任退休，也算是他自己要求的。

原来，江主任在去年三月份犯了个决策失误的错误，他当时便引咎辞职，上面没同意，单位里的同事劝他不要过于责备自己，说那么多巨贪都还满脸春色地风光着，你损失那点钱算什么罪过，顶多是好心办了错事，多交了点学费罢了，你辞哪门子职呀。上面也找他谈话，让他轻装上阵，抓好工作。江主任心里很感动，暗下决心要更努力地把工作干好，不辜负组织和群众的期望。

谁知，就在江主任以百倍的努力来弥补决策上的损失时，他又犯了个自己也搞不清的莫名其妙的错误，这个错误导致了他的下台，说得好听点叫提前退休。

这是发生在今年初的事情。

那天晚上，江主任应邀去赴几个老同学，也是老朋友的聚会，饭桌上，在省机关工作过的老周讲了个笑话，说省委有两个工作人员议论省领导：甲说书记能说会吹，还喜欢上台摸女演员的手；乙说书记能吹会摸也算本事，省长才是个肉头呢，屁本事也没有，只会傻笑。这事传到组织部后，将甲处理到锅炉房，把乙开除回家。乙不服，找到组织部论理，说书记是一把手，甲骂他说他作风不正派还保留了公职，省长是二把手，而且我也没怎么说他，怎么把我开除了呢？我想不通。组织部人听了，讥笑乙道：你说省长是肉头，我看你才真是个肉头呢，连这么简单的道理都不清楚，我告诉你，甲骂书记，只不过是说书记工作作风问题，而你说省长是肉头，那可是省级机密问题，这要是让老外知道了，谁来我们这里投资啊……大家听了，不由哈哈大笑起来。江主任也笑着说：这笑话编得缺德，不过好像不是说——话说了一半，觉得有点不合适，就打住话头，转口说道：这也算是政治幽默吧，无伤大雅。就是这么件事情，不知怎地就传到省头头那里，过完"七一"，纪检委干部室主任就找江主任谈话，说你要是把编造所谓盛世民谣的心思用在决策上就好了，就不会出现那么大的失误了。江主任知道自己被误会了，便急扯着嗓子解释了半天，干部室主任听了什么也没再说，和江主任拉拉手，走了。过了几天，组织部的人又来了，通知江主任说你的退休要求组织上研究了，同意你提前退出领导岗位，可以不上班，到年龄后再办理退休手续。又说组织感谢你为打破干部终身制，为实现干部队伍年轻化做出了榜样。说毕也和江主任拉拉手，走了。

就这么简单，辛苦了大半辈子的江主任告老还家了。

可是，没想到平时自己也叫唤太辛苦、太操心，羡慕别人无官一身轻的江主任，退休不到两个月就烦躁暴怒得像关在笼子里的狮子，对家里的人和物看着没一个顺眼的，把老伴骂得走路踮着脚尖，把几个儿女骂得一个个灰溜溜的，住在外面的连家也不敢回。到了夜里，江主任的脾气也没减退，半夜三更还拍着老伴的肚子吼道：我是领导，我负责，要处理就处理我一人。老伴从熟睡中被拍醒，骂道亏你还是主任，当了一辈子官钱没攒，房没买，孩子的工作没办好一个，也就落了个脾气了。抱起被子，睡沙发去了。

　　长子爱国很为老爸的情绪担心，想劝又不敢啰唆。左思右想，就想到了马叔马局长。马叔和江主任既是高中校友又是文科班同学，交情很不错，爱国就去找马叔，请马叔为老爸开开心。马叔家住在市一环路边上的一排欧式别墅里，很别致，也很气派。马叔正靠在皮沙发上看什么材料。爱国把来意说了，马叔生气地哗一声把手里的材料甩到茶几上。爱国一看，是份标有机密字样的红头文件。爱国心里不由犯起了疑惑。马叔说你爸这个人呀，也不是我说他，一辈子只知当官做事，只知向上，不知向下。我早就劝过他，做官是一阵子的事，做人是一辈子的事。做人不单是指在外面做人，在家里也要做人，还要把自己当人，对家人对自己都要负责，可你爸听不进去，说我这是谬论，是谋私，好像他能当一辈子官，好像他是不食人间烟火的神仙。看把你们几个孩子都弄到什么单位了。

　　马叔一番话说得爱国虽然满脸通红，却很有同感，说马叔你说得对，我爸这个人呀，唉，叫我怎么说呢。

　　马叔听了，忙说：爱国，我是说你爸，也气你爸，不过，我了解你爸他可是个绝对的好人。他现在心情不好，我看原因有三个：一是他遭人暗算，被人家整了个提前休息，心里有气没处说；二是他一辈子都操劳成习惯了，猛不丁闲下来，不习惯，有点上火；三是快六十岁的人了，更年期也该到了，心里烦躁，就容易发脾气。这事好办，他骂你们，你们就装作没听见，多找些家务事给他做，比如把爱民、爱武的孩子都叫回来围着他叫爷爷，他想发火也没得时间了。正说着电话铃响了起来，马叔伸手接过电话，嗯嗯唔唔了几分钟，就说这事好办，这去找刘厅长，我再让永东给王部长说说，你大胆去办，没问题。放下电话，马叔无奈地笑着说，你看我，说是退下来，可老是清静不下来，刚才是你永革哥来的电话，嘻，这小子，都当处长了，还要我老头子操心。永革是马叔的长子，和爱国一块光屁股长大的，如今人家做处长了，自己还在快倒闭的国有厂子里做车间主任，爱国心里泛起一种别样的滋味来，就起身想告辞，这时，永东拿着公文包走了进来，永东是马叔二小子，在市委宣传部做办公室主任，见了爱国，亲热地说：爱国哥，你来啦，好长时间没见了，还好吧？爱国笑笑说，还好。永东又问，爱民、爱武好吧？爱国又笑笑说：也好。永东放下公文包，不悦地说，爱国哥，你总跟我们见外，你说好，好什么呀，你那个厂子快倒闭了，爱民听说也下岗了，江叔怎么也不给你们想想办法，你回去给爱民说，他的事我来办，我给他换个单位。

爱国听了惊喜地问：永东，你这话当真？

永东说：爱国哥，这事能扯谎吗！

爱国说，永东，哥先谢你了。

马叔听了说，爱国，你这话就见外了，那年，要不是你和爱民给永东输血，他这命怕早就没了。今后家里有事，只管给永革、永东说，他俩办不了，再来告诉我，你叔我这张老脸还有几分面子呢。

马叔说话期间，永东从公文包里拿出一沓东西说，爸，这是刚来的内参和我拟的在国庆中秋双节期间准备看望人员的名单，你看看妥不妥。

马叔听了，笑呵呵地说：我正想看看美国对台湾"入联公投"的真实态度呢。上面有吧？说着拿过眼镜，往耳朵上一架，拿过内参却不看，放到沙发一侧，又拿过永东拟的那份名单来，朝胸前一放，马叔便全神贯注地投入了工作，看了几行，马叔身子不动，眼睛也没离开手中的名单，一只手却准确无误地伸向茶几上的眼镜盒，一摸，竟从眼镜盒里摸出半截红蓝铅笔来，马叔提起这半截红蓝铅笔，就在名单上刷刷地画了几道，又刷刷地在名单上添了几笔。这时，马叔的脸上闪现出一层凝重的光色来。

爱国看了马叔这番举动，这副神情，心里不由大大一动，脑子里也豁然一片透亮，待马叔批改完名单，又旁若无人地拿过内参，欲去探究美国佬对"入联公投"的态度时，爱国不失时机地说道：马叔，你刚才看的那份文件我爸能看吗？我想带回去让他看看。马叔听了一愣，随即说道：行行行，好好好。你带回去让他看看。那边柜子上还有几份材料，你也带回去吧。

爱国听了，高兴地拿起文件，一看标题是关于整顿社会治安的通知，又拿起柜子上的一沓材料，还有几分新华社印的内参，刚要告辞，永东叮嘱道：爱国哥，这份文件让叔抓紧看，不要外传，也不敢弄丢了，要存档的。

马叔听了永东的话，不耐烦地冲着永东说：好啦好啦，你江叔是厅级干部，这发到县团级的文件对他没什么保密的。又冲爱国挥挥手，说，你回吧，问你爸你妈好，中秋节我去看他们。

爱国回到家，江主任正冲着面前一份报纸在自言自语，爱国问：爸，你在说什么呀？

江主任生气地说：你看，美国的世贸大厦才被撞了几年？我们又要建什么第一高楼，他们知不知道建好建，维护起来难，每年光花的维修费上千万元都不够呢。

爱国说爸你操这个心……说了一半，感到不妥，忙打住，将文件、材料递到老爸面前，说：这是马叔让我带来给你看的。江主任见是一份红头文件，不由眼睛一亮，伸手欲接不接，说，阅文件是有规定的，这不是给我发的，我不看。

爱国气了，说，爸，不是我说你，你都退休了，还那么认真干吗，这份文件是发到县团级的，人家县团级能看，你厅级还不能看，退一万步说，就是不能看，你看了，又能有多大的错，又不是为家里人找什么好工作，捞什么不义之财，人家马叔……

你……你给我住口。你是嫌老子没给你弄个一官半职，还是嫌老子没给你存个十万八万。江主任吼了起来。爱国一看把老爸惹怒了，吓得赶紧把文件、材料朝茶几上一放，转身溜了出去，在门口，碰到老妈，老妈抱怨说：老大，你怎也不懂事了，看把你爸气的。爱国委屈地说：妈，哪是我气爸，是爸在气自己呢。

爱国出去后，老伴砰地关上门，冷着脸对江主任说：你这段日子到底怎么啦，谁惹你啦。你看你刚才把老大骂的，莫说他没有那种想法，就是有也没什么错，你做老子的也当了老大不小的官，可三个孩子的工作你就一点没上心。就说老大吧，别人把他工作调好了，你还非硬逼着他再调回去，孩子虽说想不通，也没说什么怨言，你退休了没事干，为了让你散心，他又为你去找文件找材料，这么孝顺的儿子如今你到哪里去找，你说。

老伴刚开口时，江主任气得两眼冒火，后来就变成直喘粗气，再后来就拉着脸坐到沙发上瞪着房顶，满脸的痛苦相。老伴见了，不由心疼，忙倒了杯清茶，放到茶几上，柔声说：我刚才去局里给你领工资，大家都问候你呢，说怎么不见老主任啦，让你有空多去转转，听说下面许多单位还想请你去给他们当顾问呢。

江主任听了老伴的话，虽然一言不发，脸色却渐渐平和下来了。

晚上，江主任卧室的灯光几乎亮了一夜，吃早饭时，爱国他们不见老爸，问老妈，爸怎不来吃饭？

老妈把爱国昨天带来的材料放到饭桌上，捂着嘴悄声说道：你爸昨晚看到五点才睡下，正在打呼噜呢。爱国听了，翻开那些材料、文件，见上面赫然画了许多红红蓝蓝的道道，看得爱国眼睛都直了。

爱国草草地吃了几口饭，推过自行车就欲出门。老妈说今天是双休日，你还上班，爱国张口想说什么，又摇摇头，什么也没说就走了。

爱国径直到了住在城西的李姨家。爱国隐约听说过，李姨年轻时特漂亮，那双与众不同的单眼皮迷倒过无数的男青年，老爸就是其中之一，好像是李姨也对他有意，后来不知什么原因有情人未成眷属。但爱国知道，老爸很敬重李姨，在李姨面前说话都平心静气的，从不发火。李姨住在单元楼一楼，房门虚掩着，爱国架好车子，正欲敲门，里面传出一阵音乐声，跟着有位女人说：大家请跟我来，一大大，二大大，步子大一点，步子大一点，好，就这样，来，扭扭屁股扭扭屁股，扭扭屁股。拍拍屁股拍拍屁股拍拍——屁股……爱国想这是哪位健美教练呀，马华？不可能，马华因白血病去世了，再说这声音也没有马华标准。是李姨？也不可能，李姨说不出这么好的普通话，爱国在纳闷间从门缝里一瞧，不禁吓了一跳，房里有位女同志穿着一身健美衣，手里抓着一把芹菜，摘一下菜叶，拍一下屁股跳得正欢呢，仔细一看，竟是李姨，爱国便忍不住哈哈笑了起来。

爱国的笑声吓了李姨一跳，拉开门见是爱国，也忍不住扑哧一声笑了起来，有点难为情地说：我这是锻炼身体，争取无疾而终，少花医疗费，为革命再做点贡献。爱国说李姨你命长呢，越活越年轻了。李姨说你笑话老姨呀。爱国说真的，我这是心里话，看你活得多轻松，多快活，哪像我爸呀，整天自己不快活，让别人也跟着难受。

李姨把爱国让到沙发上，关了录音机，自己也坐了下来，边摘着芹菜叶边说道：爱国，这人一退休，也就夕阳红了，也就清闲了。你会享受清闲，你就清闲了，夕阳也就红了；你不会享受清闲，你就清闲不了，夕阳也就暗了。

爱国说我爸退休后，够清闲的了，家里什么事情都不用他操心，可他怎么就清闲不下来呢？

李姨说这不怪你爸，刚退休的人大都有这么个过程。我刚退休时也一时适应不了，心里空虚又烦躁，后来经过几年实践，质疑问难，我才悟出享受清闲就是享受兴趣，一个人只要对某些事情感兴趣，闲暇时就会心有所归，不再觉得生活孤寂空虚了。不过话又说回来，你爸不比我，我习书法，下跳棋，练健美，打太极拳，参加大合唱，样样都来。他什么业余爱好都没有，什么娱乐活动都不会，精神没有寄托，你马叔早就说他是只知原则，不知灵活，只知向上，不知向下，所以，让他享受清闲怕就难了。

爱国深有同感地点点头，又不解地说，那马叔他也是什么娱乐活动都不喜欢，可我看他活得却很充实，很滋润呢。

李姨听了，意味深长地笑笑，又摇摇头，说：你说你马叔啊，他比鬼还多了个心眼儿呢。我、你爸，还有他，三人同时进的文科班，同时提的处长，后来，你爸和他又都提成厅级了。他比你爸大两岁，前年正干得红火时，给省委写了封辞职让贤的信，博得一片赞扬声。其实，我知道他的算盘，他早把向下的台阶铺好了，永革、永东被他托上了处长、主任的位置，侄子被他送去做了挂职副县长，永红被安排在省政府迎宾馆做了副经理，他把位置让给了张副局长，张副局长上任后就把永红爱人提了处长。你说永革他们几个懂什么？还不是马叔这个狗头军师在幕后垂帘听政。别人退休了，马上就掉价了，可你马叔他身价非但不掉，反而看涨，现在好多人都称他马老了。

爱国听了说，我还听到好多人称马叔是老太爷呢。他虽然退休了，还经常在电视上露面，我看他精神比上班时还好呢。不像我爸，一退休，整个人就垮了。

李姨听了爱国的话，把手中的芹菜放到盆子里，感慨地说：爱国你知道吗？工作着是美丽的呀！

李姨的话触动了爱国的某根心弦，他的心大大跳动了一下，他拿起盆子里的芹菜默默地摘了起来，房里的气氛显得有点沉闷。李姨便忽地拍了大腿，说你看我们姨俩尽说这些没意思的话干吗，现在吃穿不愁，言论自由，你把外面那些让人开心的事儿给我说说吧。

爱国苦笑了笑，说：李姨，我哪有什么开心的事儿说呀，我来是想请你去劝劝我爸，我怕他憋出病来，可刚才听了你那番话，我觉得我爸的烦恼是别人劝不好的。马叔说的一点都不错，我爸一辈子只知原则，不会灵活，只知向上，不知向下，只知工作，不知休息，对他来说，工作是最美丽的事情，最美好的享受，他的心思都在事业上，从没想到铺什么向下的台阶。现在退下来了，没工作可干了，没心可操了，他承受不了这份的清闲，别人再劝，怕一时也难让他转过这个弯子来，除非让他重新有工作干。

李姨若有所悟地点点头，说现在劝他这真不管用，不过，你爸是讲道理的人，你也不用太担心，要设法让他把心静下来，古人说，"无念则静，静则通神"。我知道你爸喜爱文学，你回去找几本书让他看，他钻到书里面心就不烦了。说毕，李姨起身，走到书桌前，说我给你爸写幅字。取过宣纸，提笔蘸墨，凝神运气，只见一管毛笔在她手中如鱼入水般地回锋、蹲锋、逆勒、提按，左右呼应，前后顾盼，顿挫绞转，真乃是行云流水，轻松如一路春水，转眼之间已书就一幅"震雷兄存正的"条屏：

心静乾坤大　心安理数明

落款"铁英书于丁亥仲秋"。爱国也是练书法的，见李姨这幅字写得猛看娟秀妩媚，细看却又筋强骨峻，挥洒自如，格调高雅，看得他眼睛都直了。

爱国别了李姨，手提着李姨给老爸的两盒脑白金，没有回家，而是直奔在市郊供销社工作的爱民家。爱民见爱国是一人来，问：嫂子和孩子呢，爱国说前几天去姥姥家了。爱民又说，我刚才去买了只甲鱼，正准备给爸送过去呢。爱国听了，心里一热说，你都下岗几个月，还花那钱干吗？一看爱民媳妇和孩子也不在，问：孩子呢？爱民笑说去她姥姥家蹭饭了。爱国听了心里涩涩的，说我来给你说两件事。兄弟俩便都坐在简易沙发上，爱民拿出烟给了爱国一支，爱国不抽烟，接过来，拿在手里，说：上午我见到永东，他要给你调个工作，你有空过去看看。爱国惊喜地说：哥，当真？爱国点点头。爱民说，这事可不能让爸知道，不然又黄啦。爱国说我没告诉他，他现在退休了，再阻拦你不要听他的。爱民又说那我去找永东要不要带点东西？爱国摇摇头说不用。你带东西去永东会生气的，不管怎么说，马叔他们是真心对我们好。人家从来没求我们办过什么事。只是爸有点不近情理，这也看不惯，那也看不惯的。爱民说爸这段时间还好吧，我怕他为我的事烦心，也没敢回去。爱国听了，心里又是一热，想，委屈爱民了。爱民是大专生，毕业分配工作时，本来可以找个好单位，可陈局长偏偏让他去供销社。还有爱武，她进了棉纺厂，工厂早就关门等待破产了，现在租了个门面，开了个小百货店，日子过得也很难。

爱国接过爱民的话头，说我正要给你说爸的事呢。就把老爸现在的情况一一告诉了爱民，然后，又把在马叔家的见闻，以及李姨的话也一一说给了爱民。

爱民听了爱国说的事后，心里如同打翻了五味调料瓶，很不是滋味，着急地说：哥，许多老干部一退下来，人很快就不行了，你说爸要是这样下去我们该怎么办呢？

爱国说我就是为这事来找你商量的。刚才李姨有句话让我很受启发，她说工作着是美丽的。她和马叔是退而不休，静而不闲，生活得都很充实，我们也得想办法让爸忙起来。爱民听了连声说对对对，爸退休后我们怕他烦，把孩子都送姥姥家，我和爱武怕他操心也很少回家，看来这办法不行，我们常回家看看，不，我们就把几个孩子交给爷爷、奶奶，他心情再不好，也不会冲孩子发脾气吧。另外，再有事没事想着法儿给爸找点心操，找点事做，分分他的心，让爸顾不上生气发愁，我看这样要不了半年，他就会适应了。

爸不是不会营造向下的台阶吗，我们就给他营造一个。说着，爱民激动地笑了起来，再看爱国，两只眼睛已蓄满了盈盈的泪光……

星期天下午，爱国一家，爱民带着女儿甜甜，爱武带着儿子小亮都回来了，家里一下热闹起来，江主任脸上刚有点笑容，一看二儿媳和女婿没回来，心里就有点不高兴，这时，爱国媳妇便过来说，爸，我昨天在家时，孩子他姥爷有件事拿不定主意，让你给参谋参谋，就把江主任叫到一偏房里，足足说了有一个多小时的话。说完了话，大家见江主任脸上笑眯眯的，拿起电话给一个老部下打了个电话，说我老亲家的三小子是搞铝合金的，想参加你那个小工程投标，我给你说一说，不过绝对没有走后门搞不正之风的意思，一切按程序办，你看行不行。老部下激动地在电话里几乎喊着说：老领导，参加投标的事没问题。我按规定办就是了。不过，你定个时间，我们想见见你，请你吃顿饭。江主任听了，脸上的笑容消失了，张口刚要说什么，又什么也没说，电话里老部下还在一个劲地催他定时间，江主任只好笑着说了句你呀你呀，便挂了电话。

爱国的儿子小明见爷爷挂了电话，便指着墙上镜框里李姨写的那幅字说，爷爷，这是李奶奶送给你的吧，奶奶说你怕李奶奶呢。是吗？江主任听了孩子的话，快六十岁的人了竟然还红了脸，说莫听你奶奶胡说，爷爷什么都不怕。

吃晚饭时，江主任显得很高兴，喝了几杯野生葡萄酒，脸上容光焕发，一家人见他高兴便也都跟着高兴，江主任见了，便念叨二儿媳和女婿没回来，叮嘱道：下个星期天都要回来，一个也不能少。爱民和爱武听了，便给小亮和甜甜使了个眼色，小亮便说爷爷我爸和我妈吵架了，我妈还给你写了封信呢。甜甜听了，也告状说姥爷我爸也和我妈吵架了，我爸也给你写了封信呢。江主任听了孙子孙女的话，感到很突然，说，哦，吵架了，为什么呀，把信给爷爷看看。

两个孩子便都郑重其事地从口袋拿出信来，递给爷爷。

江主任接了信，说你们吃，我去看看写的什么？就起身进了客厅。坐到沙发上，拧亮台灯，戴上花镜，先抽出一封信纸，看了起来。这封信是女婿写的，说爱武嫌开小百货店累人又丢人现眼的让人看不起，不想干了。他认为，爱武有经营头脑，店虽然小了点，但效益很可观，足以解决一家人的温饱，他准备把店面再搞大点，把批发也带上，挣了钱今后再往大里发展。

江主任看了心情很激动，觉得女婿思想解放，人又务实，想法对头，应该支持，拿出钢笔来，在空白处写道：出自己的力，流自己的汗，自己挣钱吃饭，何来丢人现眼！

接着又抽出小亮妈的信，信上说：家里现有的彩电，是 1989 年买的，十八寸，长虹牌，上个月坏了，修了一下，花掉二百元。前天又坏了，爱民要买一台大的，我不同意，因为他下岗了，经济上越来越紧张，今后还要供小亮上大学，得存点钱，爱民不同意，还和我吵了起来，特给爸去信，看彩电买还是不买。

江主任看了呵呵地笑起来，自语说，这点小事还值得吵架，现在彩电能值几个钱，说着，又提笔写道：我意钱要攒，电视也要买，钱由我来出，找小亮奶奶要，由爱民办理。

江主任写毕，潇洒地把钢笔啪地放到茶几上，长嘘了一口气，两只手握到一起，把骨节弄得咯咯直响。没想江主任这番举动被躲在外面，伸头向里张望的爱武和几个孙子孙女看到了，他们忍不住笑出声来，江主任抬头向外一看，几个头影一晃，通通地跑到餐厅去了，餐厅里一阵凳子响动，也隐隐传来窃窃的笑声，江主任的头脑里不由轰响了一下，便电光石火般闪过这段时间来爱国那强作欢颜的面孔，老马带来的文件、内参，老李的条幅，爱民送来的甲鱼，还有老伴和几个孩子背着他的窃窃私语，以及许多老同志没话找话的电话……心里有一股强烈的，说不出是苦还是甜的暖流直往上顶，眼里有两行清泪涌了出来……

原载《黄河文学》2002 年 3 期

臀部上的油迹

　　"康明斯"在小城北郊 312 国道树木密集的 U 形拐弯处颠了一下，后轮那里传来什么东西被碾碎的声音，司机心里一紧，关掉大灯，一点油门，车子发出一声轰响，在颤抖中脱兔般地隐进了夜幕。

　　周全正把"靓妹"往皮鞋上挤，鞋面上、鞋后跟上，到处是一条条黝黑的油虫。风把门刮得一颤一颤的，斜阳从门缝探了进来，亮在鞋上，鞋油在瞬间蠕动起来。一曲一伸的，像蚯蚓。

　　鞋是新买的，新贵牌，一百八十八元。

　　鞋底上面还有块爬满洋文的牌牌，很勾眼，也贼气派。小姐介绍说是什么出口转内销。也就是说这鞋是替洋鬼子做的，肯定差不了。周全一眼就看上了它。他觉得这双鞋的款式比马鬼子马超脚上那双一百六十六块的鞋强多了。他姐姐的，马超穿着那双鞋走路都快飘起来了，还时不时地在人面前踮起脚尖颠两下。看那个烧包样，好像他穿了双烂鞋就成了刘皇叔的五虎将似的。

　　周全如此和马超憋心，有着一个说不出口的原因。原来，马超的媳妇原本是和周全好的，可她爸极力反对，说马超家境好，嫁了马超不愁吃穿，周全的心上人只得含着哀怨的泪水做了马鬼子的新娘，还为马鬼子生了两个小子。二小子出生时，计划生育的上门罚款，说拿不出钱来扒房。周全听了心里一阵狂喜，蹲在马超家门旁，两眼不停地在马超家院子里骨碌碌地转动，盘算着怎样才能快捷而又保险地蹿上马超家的大瓦房。遗憾的是，在周全还没看出门道时，马超竟然笑嘻嘻地甩出一沓大钞，高高兴兴地打发了计划生育的，周全见了，心中那个气呀，小肚皮都哆嗦开了。忽地蹦起来，冲着那几个搞计划生育的屁股，呸地吐了一口，骂道：还说你们坚持政策呢，坚持你姐个奶子吧。

周全给"新贵"挤满了"靓妹"，用擦布在鞋头只轻轻一拉，立马就亮得晃眼，能映出人影来。情不自禁地说，难怪人说中国的好东西都让洋鬼子消受了，这么好的鞋要不是转内销，老百姓哪有这么个福分。又想，洋鬼子消受的东西没想咱周全也消受了，周全心里那个美气劲儿呀，都赶上前天晚上那十八次自摸了。

他姐个奶子。前天晚上本来还要多进账三千，马鬼子带头赖账，哭丧着脸说输得屌蛋精光了，这个月连油盐钱都没得着落了。硬是少给了一千多块。

想到马超那狼狈样子，周全心里格外惬意起来，两片厚唇一吧嗒，蹦出了一串曲曲来：

> 小妞小妞快快长
>
> 长大了嫁官长
>
> 穿皮鞋，披大氅
>
> 走起路来叭叭响

周全拿起第二只皮鞋，也就是左脚这只皮鞋时，刚在鞋头、后跟处抹了几条"靓妹"，门吱地叫了一声，马超来了。马超的形象很糟，矮矮的个头，瘦小的瓜子脸，灰灰的，没有润色，一副受苦受难的模样。周全则长得一表人才，不胖不瘦，身材适中，浓眉大眼，很福态。马超火烧眉毛般地说，快走，他们都来了好几次电话了，再晚了没位置。周全举着手中的皮鞋说：你看，我正在擦鞋呢，"新贵"牌，是出口转内销，他姐的，一百八十八块票子呢。马超听了。哦了一声。下意识地朝自己的皮鞋看了一眼，说这价钱吉利。今晚你肯定还能弄它个万儿八千，快走，快走。说着转个身子，一副欲走的架势。周全见了。只得说好好好，咱俩一块走。就用毛刷在鞋头匆匆抹了抹，甩掉脚上的拖鞋，蹬上"新贵"，跟着马超就往外走。

环城路就在家门口百多米处。过了环城路就是 312 国道，这段时间山西的工程队在 312 国道附近修高速公路，国道上大大小小的运土运料的车辆不分白天黑夜地轰响着，把原本又黑又亮的国道搞得尘土飞扬，一片乌烟瘴气。马超比周全要灵活些，瞅个空当就从车辆的缝隙里穿了过去，周全还在那边畏畏缩缩地不敢向前，足有半支烟工夫，才蹦蹦跳跳地冲了过来。马超见了，讥笑着刚要挖苦周全几句。周全却绷着脸说，你急什么呀你，这些拉土拉沙的，挣钱不要命都跑疯了。昨天这路上就压死一个骑摩托车的，可那个开车的爹老子停都没停，还是一个劲地往前开。让人拦住后，你猜怎么着，那阵子他正大睁着眼睛睡觉呢。原来前天晚上和我们一样，一夜没睡，挣了小三千块。

马超听了，惊讶地说，有这回事？这不是他妈的草菅人命嘛，看来，咱们都得小心点呢。

过了国道，是一片林子，中间有一条石子路。马超说，这片林子再过两年，要卖不少钱呢。现在看来，我们那地卖贱了，往后再不能靠地吃饭了。

周全说你这话我不同意，土地的事政府没亏咱们，不但给了钱，还订了合同。招商引资后我们就要上班呢。

马超苦着脸说，政府给那几个钱顶屁用，我都没剩几个了。

周全听了忙问：哎，今天你带多少？

马超难为情地说：只有三百。

周全停住脚说：怎么，春兰没给你钱？这点钱今晚你还要个屁呀，连半圈都不够。我是不借给你了，十借九输，我三次借钱给你，害得我就输了两次。

原来，马超自惭形秽，觉得自己配不上春兰，婚后，就自觉地让春兰掌了权。那笔土地出让金，已被他以做生意为名，从春兰手里要了两万多块，都扔在赌场了，再要春兰就不给了，马超扒本心切，情急之下，抖出了向周全借高利贷的事，月息百分之十。春兰听了，先是一愣，继而砍头破脑地和马超大闹一场。闹毕，洗了洗脸，梳了梳头，径直去了周全家。周全见春兰来了，眼睛一亮，呼吸就急促起来，并局促地说，你……你来啦。再也说不出第二句话来，只是冲着春兰发呆。春兰避开周全发烫的目光，低着头，噙着泪水，嗓音发颤地说：周全，我知道，对不起你，我也知晓你心里一直有我，可你我都成家立业了，天早已塌了，补不起来了，可日子还要过。马超如今好吃懒做，不像个过日子的人，整天去赌，补偿钱输光了，那笔保命的土地钱又输了两万多块，还从你这里借了几千块钱的高利贷，这日子实在过不下去了。你要可怜我，就不要再和他去赌了，更不要再借钱给他了。说着，春兰就哽哽咽咽地低泣起来。

周全先是让春兰说得脸上发烧，继而又让春兰哭得柔肠百转，一把将春兰揽到怀里，春兰也不挣脱，周全也没有动作，这么站了一会儿。周全叹口气，松开手，到里屋拿出那张借据来递给春兰说，这条你拿去，利息我不要了。春兰不接，说你只要不再和他去赌，连本带息我一起还你。周全嗫嚅着欲语又止。春兰见了，叹了口气，转身走了。周全望着春兰的背影，嘴里恶狠狠诅咒道：狗日的马超，把我的女人抢去了，你非输得倾家荡产不可。

马超听了周全这番硬邦邦的话，阴阳怪气的说周全，春兰去你家了吧？钱嘛，生不带来死不带去，有吃就行了。我谢你好心，连本带利都还你，一分都不少。

周全让马超说得心里发虚，讪笑着说，看你说得这么难听，咱们今天去是有福同享，有难同当。我先上。手气好了，你就在我门上下注，捞他千儿八百不成问题。你看这样行吗？

马超听了，答非所问地说：你身上带多少？

周全拍拍裤腰：五千一百八。

马超撇撇嘴，诡谲地无声笑了笑，冷冷地说：你真不愧叫作周全，连赌资都有个讲究，但愿今天你真的发了，好让我也沾沾光。

周全尽管心里对马超憋着一口恶气，但在赌场上却是一对赌友。他俩本来就住在城边上的村里，又同时进了县毛纺厂，毛纺厂破产后，各自得了六千元的补偿钱。俩人正在为失业犯愁时，家里的土地被征用了。马超家得到八万元，周全家得到七万元。两家原本就有些积蓄，一下子有了这么多钱，失业的压力一下子就减轻了许多。在一时无所事事的日子里，两人就不约而同地和下岗的工友聚到了麻将桌上。周全的赌运忒顺，半年里竟然赢了六千多元；马超手气也不错，少说也有了三千块钱进账，随着赌资的增加和土地补偿费到手，腰包鼓了，就觉得和工友们每场百把块钱的输赢不过瘾了，就走出工厂，走出村子去撞大运。两个月下来，每场进出都有两三千块。总体上是马超赢得多，周全输赢不大。可是最近几场，情况突变，马超场场大输，把土地钱也输了不少。周全则前天一夜就装进腰包六千多块。对周全的财运，那几个赌徒不服，马超更是眼红，临散场时，约好今天再大战一场。这不，天还未黑，马超就急不可耐地叫上周全直奔几里外的赌场去了。

说话间，两人穿过小树林，拐过一片稻田又经过一排塑料大棚，就到了村口。这时，太阳已经完全落山了，深秋的夜幕已悄悄地漫了上来，晚风柔柔的，夹裹着稻香，给人一种微醺的感觉。周全自语说：今晚空气真好。马超也自语道：人逢喜事精神爽。说毕，俩人的牙齿都露了露，算是相互微笑了一下，就进了村。拐了几个弯，在一户院落很大的大铁门前住了脚。周全刚要动手敲门，铁门无声地开了，两人也不搭话。径直进了房里。麻将已摆好了，三面且已坐上了人，正在剥着鸡蛋，吃着油饼。周全和马超冲他们点点头，也从一旁的盆子里抓了几只鸡蛋和油饼，到桌边坐了下来。待周全吃了两个鸡蛋，半块油饼后，几个便动起手来，打的是乱将和，二十块的底子，庄上自带一条鱼子，也就是平和四十自摸八十，偏庄随意下。周全感觉到这麻将开始就打得不小了，因此格外谨慎，以至于嘴里咬的一块油饼，半天都忘了咽下。

打到了半夜时牌场的气氛已到了白热化，几个赌徒一个个满脸通红，额上冒汗。周全对门的那位由于手气太臭，已输掉好几千元，脸色已红到发根，由于紧张过度，眉头拧成了一团，嘴唇被不自觉地咬出血迹，脖子上的青筋气势汹汹地蹦跳着，像是要挣脱已变得血红的脖颈。每当别人和了一盘，或者自己摸到一张臭牌时，眼里就会闪烁出一股无法遏止的、通常只有输红了眼的赌徒才有的欲哭不能的怒火。周全的脸和脖子也红得像猴屁股，眼睛贼亮贼亮，连皱纹的沟沟里也放着光芒。鼻翼由于内心激动张得大大的，手脚也不时地抖个不停。为了掩饰心底的激动，不停地喝着饮料，肚子被撑得滚圆滚圆，让腰间那鼓胀的钱包咯得酸麻疼痛。就有了方便的念头，刚欲起身，又怕一泡尿放跑了财气，就又稳稳地坐在桌前，全身心地投入到麻将上。一会儿，对门输了个干干净净，将牌一推，起身骂了句：我日他祖宗，今晚认栽了，明晚再来，谁不来，我日他祖宗。骂毕，拍拍屁股走了。另外两个人见场上成了三缺一，脸色显得很难看。周全知道他俩想翻本，心想翻你姐个奶子吧，都到这时辰了，谁要来掺和谁就是肉头。正暗自高兴，没想马超一屁股坐了上去，说我来凑几圈吧。周全听了，心里那个气呀，恨不得伸手给他几个耳光，但又不好阻止，只好说：对门今晚背着呢，你那几个钱还不够一圈呢，回去向春兰多要点，明晚再来。谁知马超不领情，说我在你那门子下鱼子还赢了几百呢，你放心来。保证少不了你的。周全见马超把话说到这分上，不好再说什么，心里就盘算不把马超打干这场子散不了，说不定到手的大几千块还会倒回去，在出牌碰牌放和上就多了个心眼，逢到马超吃牌时，只要自己有对子，哪怕是已成牌了，都要拆出来碰；自己的牌不好时，故意放牌给下家。这招果然见效，马超那点钱，刚好两圈就进了别人口袋，马超那脸色难看得像死了娘老子。周全心里过意不去，表白说：我的话你不听，看害得我也输了好几百。马超也不搭话，斜了周全一眼走了出去。牌打到这时，按说是不能再打下去了，谁也没想到一贯设局敛财的赌场老板竟然又坐到桌前。周全见了，心中暗暗叫苦，想刚才故意把牌打背了。这要是翻不起来。到天亮也就输得差不多了。此时，鼓胀的尿脬突然一下憋得抽筋似的疼痛，大便也跟着十万火急，便忽地站起来，说，我去趟厕所。赌场老板说：周全，牌场规矩是输家不说走，赢家不能走，你怎不会溜吧？那可就不够意思了。周全让屎尿憋得难受，甩下两百块钱来，对一旁看牌的说，你先给我打一盘。说着撕了一块卫生纸，捂着肚子跑了出去……

312国道上压死人了，头都压烂了。事发地点在城北U形拐弯处。那里两旁都是密麻麻的红柳树丛，车到这里都得减速，踩一下刹车、换挡，过了U形弯道底端，再挂挡、加速。人就压死在U形底部。上早学的学生发现了，报了110，就围住了现场。警察从死者口袋里翻出了身份证，看了相片，脸色就变了。警察叫周义，是周全的堂弟，而死者正是周全。周义的泪水就夺眶而出。本来，周义到现场时，准备按例行公事处理的，如今是堂哥被压死了，这就是天大的事情了。悲痛中周义首先想的就是要抓住肇事司机，为堂哥报仇雪恨。他先给刑警队长王昊打了电话，然后才给堂嫂春萍报了消息。春萍先到事故现场，扑在周全身上只喊了声天哪，就背了气。

王昊赶到现场时，只对着周全压碎的头和尸体看了一眼，就连连自语道奇怪奇怪。周义央求说：老王，你无论如何得把那个狗日的司机给我找到，我非剥了他的皮不可。王昊听了，拍了拍周义的肩膀，没有说话，就蹲到周全尸体前清理遗物。周全的头被压烂了。脖子以下部分完好无损，口袋里装着一千多块钱，半包国宾香烟，一只塑料打火机，还有一张商场的售货卡片，就是那双皮鞋的付款凭证。

清理完周全的遗物后，王昊解开了周全的上衣扣子，周全的衣服上除了有几处小块血迹外，还很干净，不像别的车祸受害者那样浑身血肉模糊。接着王昊又解开了周全的裤带，周全的裤带是皮质带眼的那种，锁扣没有卡在眼里，拉开裤子的拉链见周全的裤头竟然褪在大腿根部，上面还沾着一块大便。王昊心中不由一动，叫周义把周全的裤子裤头都褪到小腿部，又撩起周全的背心，前后仔细查看一遍。周全的身体很完好，没有一点伤痕，只是左边屁股上，有一坨黑黑的东西。

王昊对现场查看一番后，向交警队通报了情况，便一个人坐到一旁，默默地沉思了足有一个小时，随后又问了春萍一些情况，春萍一把鼻涕一把泪水地说：这段时间周全心情很好，两口子也没吵嘴磨牙，就是他老是去赌钱打麻将，昨天天黑前他正在擦皮鞋，刚擦了右边那只，马超又来找他去赌钱，他连左脚那只鞋上的鞋油都没顾上擦掉，就跟着马超走了。没想到，他这一走，命就没了。

听了春萍的话，王昊心里又是一动，安慰周全媳妇几句后，就去找马超。马超和周全是局里挂名的赌徒。王昊和他俩是老相识了。马超正坐在家里发愣，两只眼睛红红的，王昊还未开口，马超就哭丧着脸说：这事都怨我，我要是不和他去打麻将或者我要不早回来，他就不会被车压死了。唉，也怪我俩嘴臭，过国道时还说这路上又压死人了要小心呢。王昊问：你们在哪里赌的钱？马超说在城郊蔬菜队杨奎家。王昊起身就往房外走，马超见了，上前一把拉住王昊说：王队长，你怎就走了呢？这么大的事情，你怎得说几句话吧。王昊边走边揶揄地笑着说：话不是都让你说了吗！马超就跟屁虫似的跟在后面，一个劲念叨：这事怨我，这事怨我，我要和他一起回来就好了，他赢了千把块钱呢……

王昊到了杨奎家，杨奎慌了，脸上堆满了讨好的笑容，忙着给王昊敬烟倒茶。王昊不冷不热地说：杨奎，你别忙乎了，周全的事你听说了吧？他昨晚出你这个门就被压死了。你得把昨晚的情况如实告诉我，不然休怪我不给面子了。杨奎听了，一个劲地点头哈腰说：王队长，出了这么大的事情，我哪敢瞎说呢，昨晚 6 点钟前后，杨忠、杨万里、周长发、白亮、马成和马超，还有周全来我这玩麻将，上场的是杨万里、周长发、马成和周全。牌嘛打得是有点大了，大几千块钱的输赢。先是杨万里输光了，气得走了，接着马超又输走了，钱都让周全一人赢去了，有好几千块，周长发和马成心不死，就把我又拉上陪他们再玩玩，这时周全要上厕所，因为白亮已回家去了，就让杨忠替他打一盘，他就捂着肚子出去了，谁知他去了好一会儿也没见回来，气得周长发和马成直骂他是个小人，说要在旧社会赢点钱就溜，早让人装麻袋里扔黄河喂鱼去了。我们这么骂了一会儿，看他是不可能再回来了就散了场，喝了点啤酒，直到天亮，他们几个就回去了。就是这么个情况，王队长我发誓说的都是实话，没有半点谎言。

王昊听了，沉思了一会，不置可否地问：你这院子里有厕所？

杨奎讪讪地笑了笑说：本来是有的，可夏天太臭，我就在围墙外路边又盖了一个。

王昊说：你门外那条路是公路，你怎能把自家的厕所盖路上呢？

杨奎尴尬地笑着说：这正要拆呢。

王昊说：你能肯定周全是去了厕所？他要是小便，不会在你这院子里吗？

杨奎肯定地说：他是去拉屎的，手里还攥着纸呢。

王昊说：那去厕所看看。俩人出了院子进了厕所。

厕所是砖头修建的，很结实，分为男女两部分，男厕这边，竟有三个蹲位。厕所里打扫得干干净净，比城里的一些厕所还整洁卫生。王昊笑着说：你这厕所够档次呀。杨奎也赔着笑脸说：王队长你这……话未说完，王昊突然拉下脸来说：杨奎，你设局聚赌，这次一定得重罚你。杨奎听了，叫唤道：哎呀王队长，你要手下留情呀。王昊听了，疾言厉色地说道：杨奎！我们杨局的脸让你给丢光了。

王昊到了杨万里家里时，他媳妇金兰见王昊来了，热情地说老王来了。王昊点点头，问老杨呢？金兰生气地说，昨晚又赌了一夜，天亮才回来，看那样好像和人还打了一架，脸都破了，还在床上躺着呢。你来了，可得好好训训他，太不像话了。金兰的话让王昊一下紧张起来，原来王昊、杨万里、周义是战友，同年参的军。王昊是从军区法院的正营职干事岗位上转业的，周义是二十八岁从副连长的岗位上转业的，只有杨万里没提干，复员时是超期服役三年的老班长。问：你说的是真的？金兰说：我骗你干吗，不信你去问他。

王昊三步并作两步地跨进卧室，杨万里正在蒙头大睡。王昊重重拍了一下被子说：起来。杨万里一惊，睁眼见是王昊，起身坐了起来，揉着眼睛问：老王，你咋来了？王昊嘴里说来看看你，眼睛却锥子似的盯着杨万里脸上的那块伤口看。杨万里不以为然地说：你看什么呀，我又不是大姑娘小媳妇。王昊说我觉得你这伤口有故事呢，我问你，昨晚几点回来的。杨万里不假思索地回答：半夜回来的。你说的是实话？没骗我？王昊又盯着杨万里的眼睛问。杨万里的脸腾的一下红了，说你问这干什么？王昊直截了当地告诉他我是在办公务呢。杨万里一怔，冲着房门努努嘴，王昊便过去关了房门。杨万里这才重重地叹了口气说：我昨晚手气太臭了，刚半夜四千多块就输光了，全让周全那小子赢了，我心不甘，想借点钱来扳本，找别人借怕人家不借，头脑一昏就去了桂花那里。嘻，你猜怎么着，碰到马三那个驴日的，不知在哪里喝了点猫尿，正趴桂花家窗子说混话呢，还用手电朝房里乱照，我气不过骂了他几句，那驴日的竟然反咬一口，说我是会老相好来了。我火了，给了他一拳头，驴日的抬手就砸了我一手电，这不把脸都砸破了。气得我把他按在地上好揍，要不是桂花出来劝，我非把他日蹋了不可。马三走后，我就……就和桂花在门外说了会儿话，就是这么回事，你不信，可以去问马超，我离开桂花门口时，马超也正往家里走呢。

王昊听了杨万里后面这句话后，眉毛一挑问：你真看到马超啦，不会看错人吧？

杨万里瞪眼说：哪能错了呢，天都放亮了，穿着个白色的老头衫，那小模样看得清着呢。又说：老王，桂花她一个寡妇家，孩子又小，日子太艰难了，你在公安里熟人多，帮帮她吧，给她找个事做，就没人敢欺负她了。

王昊听了，拿出烟来扔给杨万里一支，自己也点上一支，默默地吸了几口。叹口气说：桂花和我们都是同学，我何曾不想帮她呢？只是现在几个厂子都垮了，到哪里找活干呢？这样吧，我给环卫局说说，看他们要不要清洁工，活虽然辛苦点，工资还好。杨万里感动地悄声说道：老王，那我就代桂花谢了你了。王昊听了，一下笑了起来，朗声说道：老杨，你和桂花在学校那点过家家的事，金兰早就知道了，你不要再拿小心眼去揣摸金兰了。随即，又正色道：你要真想帮助桂花，就不要再赌了，把你手里的闲钱借给她做点小生意也行嘛。

王昊在下午5点多时又赶到了白亮家，白亮日子过得低沉，只有三间平房和一间临时搭建的小灶房。没有像别的人家那样拦个院子。王昊到白亮家门前时，首先看到的是门前有一行红胶泥的鞋印，窗台上放着一双沾有红胶泥的运动胶鞋。这种红胶泥特黏，沾到鞋上比沥青都难清除。王昊把白亮叫到门外，沉下脸来厉声说：白亮，昨天晚上和你同在赌场的周全死了，这事你应该知道了吧，我可以负责地告诉你，周全死得蹊跷，有被谋害的可能，而你正是在周全上厕所前离开的，你有责任把你昨夜的行踪向我交代清楚。

白亮听了，顿时脸色变得刷白说：王队长，周全他……他不是被卡车压死的吗？

王昊说，你怎知他是被卡车压死的？

白亮说：上午我去看周全，听马超说的，你想头都压烂了，不是卡车哪来那么大的重量。

王昊噢了一声，呵斥道：我是问你昨夜的行踪呢。

白亮说：我昨晚从杨奎家出来就回来睡了，不信，你问我媳妇。

王昊听了平和地问道：那你今天都去了哪里？白亮说就去了周全家一趟，没去别的地方。

王昊突然声色俱厉地说道：白亮，我看你是不想说实话了！我问你，你这门前的红胶泥鞋印和胶鞋上的红胶泥是怎么回事？

白亮听了王昊的话。双腿一软，一下蹲到地上，双手抱头哭丧着脸说：王队长，我错了我交代。不过他马成也太欺负人了……

王昊在晚饭后赶到周全家时，见周全的灵堂已经搭好，杨万里、杨奎几个赌友正在忙乎着。周义见到王昊一把拉住他说：老王，那个王八蛋司机中午被抓住了，是开卡车的，后轮挡泥板上都是血，正在清洗时被当地巡警发现，一盘查就认了。

王昊听了摇摇头。周义说怎么你不信？这是真的。

王昊扫了一眼四周低声说：老周，问题没这么简单，你找个僻静地方，我再给你说。

周义让王昊说得一头雾水，但他知道搞刑侦的，是不会乱说的，就将王昊领到一边的小房子里。刚进门，就迫不及待地问：老王，这究竟是怎么回事？

王昊点了支烟说：别急，这可是人命关天的大事，你听我慢慢给你说，你也帮我分析分析，不要委屈无辜——

老周，当我赶到事故现场，看到你哥被压死的 312 国道 U 形弯道底端时，我心中的愤恨一点也不比你小，从理论上讲，车辆到这里都得减速，车速一般不会超过 15 迈，除非故意朝车上撞，或者司机故意肇事，否则根本不可能发生车祸，而你哥日子过得不错，还刚刚买了一双那么贵的皮鞋，当晚还赢了几千块钱，也不可能去撞车寻死。事故的可能是司机恶意或大意伤人，而当我看到你哥哥的尸体时，我对司机肇事的怀疑就打消了许多。你哥的尸体是头北脚南，也就是头正好在弯道底端路边的车道上，肩膀以下都在红柳丛中。车轮正好把头压碎了。脖子以下毫无伤痕。你哥的四肢比较整齐地并拢着。看不出挣扎的痕迹。你知道，我在军区法院干了那么多年，到地方后又在刑警队待了这么多年，处理了多少刑事、交通事故案件，却从来未见过被车辆压死的人能四肢如此自然平和地摆放着的。当时我心里便有了疑问。在我解开你哥的衣裤时，我又发现你哥衣服上的血迹很少，而他的裤头竟然褪在大腿上，上面还沾有一大块大便。你想这么大的一个活人，哪有大便了不提裤头还把大便留在裤裆里的？这更加重了我对你哥死因的怀疑。只是当时我对你哥左边臀部那一块黑黑的印记有点不明就里。但是当你堂嫂向我哭诉你哥出去赌钱时的经过时，我就基本清楚你哥是怎么死的，第一现场是在什么地方了。你堂嫂当时是边哭边这样说的：

　　昨天天黑前，他正在擦皮鞋，刚擦好了右边那只，马超来找他
　　去赌钱。他连左脚那只鞋上的鞋油都没顾上擦掉就跟马超走了……

我听了你堂嫂的话，已分析出你堂哥是怎么死的了。只是我无法确定凶手。所以我只能从那几个聚赌的人身上查找线索。

首先，我怀疑马超脱不了干系，你哥是被他叫走的。而你哥死了，他却安全地回到了家里。又一想，不可能是马超作的案。因为再愚蠢的案犯也不可能在作案前就把嫌疑惹到自己头上。所以，我对马超的怀疑仅仅在脑中存在了不到五分钟。

我离开发案现场后，就去了马超家，马超正坐在房里发怔，两只眼睛红红的，身上的衣服显得很干净，脚上的皮鞋却是一层灰土。我还不开口，他就自责说周全的死怨他。他说：

　　我要是不叫他去打麻将，或者我不一个人早早回来他就不会
　　死了。唉。也怪我俩嘴臭。过国道时，还说这路上又压死了人，

要小心呢，没想他真的……

我又问马超：在哪里赌的钱？他说在杨奎家，在我走时，马超追在后面说：

　　这事怨我，都怨我，我要和他一起回来就好了，那时他赢了千把块钱呢。

我从马超家出来就去了杨奎家，杨奎告诉我昨晚赌钱的有杨忠、杨万里、周长发、白亮、马成、马超和周全。先后上场的有杨万里、周长发、马成、周全、马超和杨奎。杨奎说：

　　先是杨万里输光了。气走了。马超又凑上，又输光了，也出去了，他自己又接着玩，这时周全拿着卫生纸要上厕所。让杨忠替他打，因为白亮也走了。周全出去了，就没再回来。杨奎还说：钱都让周全一人赢去了，有好几千块呢。

我问了些杨奎的情况后，又去杨奎家厕所里看了看，他家的厕所盖在院外的公路上。气派着呢，蹲位就有三个。

随后，我又去找了杨万里，他正在蒙头睡觉，春兰告诉我他天亮才回来，而且脸都破了。我便心里一惊，叫醒他一问，才知是因为马三调戏桂花，与马三打了一架，他怕我不信，说：

　　你不信，可以问马超，我离开桂花门口时，马超也正往家里去呢，穿着老头衫，那小模样儿，看得清着呢。他也说：钱都让周全赢去了。

这样，当时半道离开赌场的人只剩下白亮一人。我在白亮家门前看到了一行红胶泥脚印，又看到白亮那双运动胶鞋上也沾满红胶泥，你知道这红胶泥只有小山后面的河滩上才有，那里离白亮家还有八里路，河滩上只有马成有一片国光苹果园子，白亮半夜去那里干什么呢？除非去偷马成家苹果。可是，现在国光苹果也就两毛钱一斤，且国家免了农业税，白亮的日子红火起来了，有什么必要去偷这么不值钱的东西呢？我一吓唬他，他果然招了，他真是去马成家的园子了。原来，还是因为赌钱的事。马成和别人串通起来，宰了白亮两千多块钱，白亮气不过，趁马成不在园子时，把他的园子里的果树糟蹋了不少。白亮还告诉我，他上午听马超说：周全是被卡车压死的。离开白亮家，我再次去了马超家，马超不在，到这里来帮忙来了，马超媳妇春兰两眼哭得肿成了桃子，她说周全是个好人。待人处事宽宏大量的，借钱给别人。连利息都不要，不像马超小心眼儿。春兰夸周全，当然可以理解，他俩原本是一对恋人，但是春兰还说了这么一段话：

> 周全出事后马超心里也很难过，他一大早回来后，穿了件衣服，就坐在凳子上发愣，我做了早饭叫他吃他都不吃，后来我就去干活了。

王昊说到这里，将烟头甩到地上，又用脚狠狠地踩了一下。从以上人的话中，我们可以得知有一个人说的与其他人不一样，而且是说了假话。一是他不是半夜回家去的，而是天亮才回去的。二是周全不是像他说的赢了一千多块钱，而是赢了好几千块钱，而周全死后，从他身上找到正好也就是千把块钱。三是在这个季节晚上去赌钱，不可能只穿一件汗衫，而杨万里看到他时，他确实是穿了件汗衫，而且春兰也说他回去后又穿了件衣服，穿了什么衣服呢？是一件干干净净的上衣。四是你刚才说中午才找到那个卡车司机。而白亮说上午这个人就说周全是被卡车压死的……

听到这里，周义咬牙切齿地骂道：原来是他个狗日的干的。我非剥了他的皮不可。又不解地问：那他究竟是在哪里害了我哥？又是怎么害了我哥的？

王昊说：对！确定作案地点是关键的问题，但这个问题在本案中可以非常准确地确定，你哥是在杨奎家厕所里被害的，凶手进了厕所后，因为是熟人，你哥没什么防备，而凶手此时已经准备好砖头石块之类的凶器猛击你哥的头部，这一击虽然凶狠，却未把你哥击倒，在你哥与之挣扎搏斗时，凶手将你哥按在坑位上又进行了第二次第三次打击，因为你哥是未来得及提起裤子的情况下被打死在坑位上的。这就是他左臀部为什么有块黑坨的原因。你嫂子告诉我，你哥是在左脚皮鞋上的鞋油都未来得及擦掉就出了家门的，这个细节非常重要，没有它就不能确定你哥被害的时间地点，而确定你哥被害的时间地点后，车祸的假象就会不揭自破了。凶手打死你哥后，即脱了上衣，包住你哥的头部，当然也有可能凶手是先突然把上衣蒙在你哥头上，再开始行凶的，这样现场不会留下血迹。随后，凶手将他扛到 312 国道 U 形弯道底部旁的红柳丛中，待一辆卡车减速驶过时，他迅速将你哥的头部送入后车轮下，造成了车祸假象。在凶手将你哥的尸体往前一推时，结果就形成了你哥四肢垂直并拢的姿势。应该承认凶手制造假车祸的办法很绝，估计是在事前就有周密考虑的，但智者千虑必有一失：就是他在推送尸体时，把手腿弄得太规则了，而褪在大腿的裤头和臀部的鞋油油迹又明白地说明了行凶现场，所以说认定他是凶手，应该不会委屈他的。下一步，只要我们找到他行凶的凶器和那件血衣，等待他的将是法律的严惩。

听了王昊的分析，周义的肺都快要气炸了，说狗日的好阴险歹毒呀！他为什么下此毒手呢？我哥和他没什么仇呀。

王昊点了点头说，这也正是我百思不得其解的，现在虽说许多犯罪动机令人匪夷所思。但也应该有个够分量的理由吧，而你哥虽然和他在婚姻上有过尴尬。那也是多年前的事了，而且这件事与他无关，是女方家长的事情。这里有一个信息也很重要，就是春兰说的，他是个小心眼儿，什么小心眼儿？他对周全产生了什么怀疑？就像那件血衣和凶器藏在哪里一样，现在我们还是不得而知，只能说是谋财害命了。杨奎他们都说，你哥赢了好几千块钱，再加上本钱，应该有上万块钱了吧，而从你哥身上找到的只有千把块钱，这千把块钱是凶手留下作为车祸并非谋杀的佐证，而正是它证明了凶手的做法是此地无银三百两，凶手在这一点上又犯了一个致命的错误。

这时，杨万里走了进来，冲着王昊周义讪讪地说道：赌博真是害死人啊。外面，马超在动情劝着周全媳妇说：嫂子，人死不能复生，你不要太悲伤了，今后还要过日子呢，还是吃点东西吧。

周义在房里听了，双眼陡然暴睁得滚圆，嘴里嘣的一声响亮，右手在腰间一探，一件耀眼的金属物件已擎在手中……

原载《延河》2009 年 2 期